AUSG'SPUIT IM BAYERWALD

Tessy Haslauer, in Niederbayern geboren und aufgewachsen, lebt und arbeitet als Projektbetreuerin in Neustadt an der Donau. Neben dem Schreiben, Lesen und der Naturfotografie wandert sie in ihrer Freizeit am liebsten gemeinsam mit Ehemann und Hund durch den Bayerischen Wald, dem sie seit ihrer Kindheit eng verbunden ist.

TESSY HASLAUER

AUSG'SPUIT IM BAYERWALD

Kriminalroman

emons:

Bibliografische Information der Deutschen Nationalbibliothek
Die Deutsche Nationalbibliothek verzeichnet diese Publikation
in der Deutschen Nationalbibliografie; detaillierte bibliografische
Daten sind im Internet über http://dnb.d-nb.de abrufbar.

© Emons Verlag GmbH
Alle Rechte vorbehalten
Umschlagmotiv: Hayden Verry/Arcangel.com
Umschlaggestaltung: Nina Schäfer, nach einem Konzept
von Leonardo Magrelli und Nina Schäfer
Umsetzung: Tobias Doetsch
Gestaltung Innenteil: DÜDE Satz und Grafik, Odenthal
Lektorat: Christiane Geldmacher, Textsyndikat, Bremberg
Druck und Bindung: CPI – Clausen & Bosse, Leck
Printed in Germany 2021
ISBN 978-3-7408-1124-2
Originalausgabe

Unser Newsletter informiert Sie
regelmäßig über Neues von emons:
Kostenlos bestellen unter
www.emons-verlag.de

Dieser Roman ist all jenen gewidmet,
die selbstlos anderen Menschen helfen, egal,
ob als Freiwillige, Ehrenamtliche oder von Berufs wegen.
All diese Personen verdienen aufrichtigen Respekt
und großen Dank.

Es glaubt der Mensch, sein Leben zu leiten,
sich selbst zu führen,
und sein Innerstes wird unwiderstehlich
nach seinem Schicksale gezogen.

Goethe (aus »Egmont«, 5. Akt, Gefängnis)

Prolog

Vor siebzehn Jahren, Frühsommer

Mit zitternden Händen schob sie die Bettdecke zur Seite, stand auf, schaute zuerst auf das Laken, dann prüfend an sich hinunter. Wieder keine Spur von Blut. Absolut nix. Ihre Periode hatte sie auch heute Nacht nicht bekommen.

Heute war der dreiundzwanzigste, das hieß, sie war schon seit mehr als einer Woche überfällig. Lieber Gott, das durfte doch nicht wahr sein! Nein, es konnte nicht sein! Als »es« passiert war, war sie noch Jungfrau gewesen, und es hieß doch immer, beim ersten Mal würde man nicht schwanger werden. Vor allem nicht, wenn man »es« gar nicht gewollt hatte! Wenn man dazu gezwungen worden war!

Mit an den Magen gepressten Händen stürzte sie zum Fenster, riss es heftig auf, atmete tief die reine, taufeuchte Morgenluft ein. Es war kurz nach sechs, die aufgehende Sonne sandte goldene Strahlen über die Bergkämme des Bayerischen Waldes. Vor ihrem Fenster breitete sich, noch im Schatten des über eintausend Meter hohen Berges Hirschenstein, ein dicht bestandener, reich blühender Obstgarten aus. Amseln und Buchfinken begrüßten in den knorrigen Ästen überschwänglich zwitschernd den neuen Tag.

Hatte sie dieser herrliche Anblick bisher jedes Mal beruhigt und seelisch gestärkt, so fand sie heute keine Freude daran. Überhaupt keine. Was sollte sie bloß tun, wenn sie tatsächlich schwanger war? Ein Kind bekam von diesem … ein Kind von *ihm*?

Ihre Eltern, mit Sicherheit zumindest ihr Vater, würden ihr wahrscheinlich nicht glauben, dass sie es nicht gewollt hatte, als er ihr im Heustadel nahe gekommen war. Viel zu nahe. Sie hatte sich heftig gewehrt, doch selbst mit ihren von vieler Arbeit starken Muskeln war sie ihm nicht übergekommen. Er war ein großer Mann, schwer gebaut, es hatte nicht viel bedurft, sie unter sich zu zwingen. Mit harten Küssen auf den Mund hatte er ihr Wimmern erstickt, mit seinen wie Pranken wirkenden Händen hatte er sie festgehalten.

Und dann war es passiert …

Hinterher hatte er sie noch mal hart geküsst, ihr gesagt, wie schön sie sei und dass er sich so etwas viel öfter von ihr wünschen würde. Ihre blutig gebissene Unterlippe und ihre tränennassen Wangen schien er dabei nicht bemerkt zu haben.

Zumindest hatte er nicht zynisch gelacht, nein, das nicht. Gelächelt auch nicht. Seine blauen Augen waren kalt geblieben, eiskalt, sie zeigten keine Spur von Zuneigung oder gar von Zärtlichkeit. Nein, *sie* wollte es kein zweites Mal! *Ganz bestimmt nicht!*

Seither war sie ihm aus dem Weg gegangen, soweit es irgendwie möglich war. Ihre Schlafzimmertür hatte sie vorher schon nachts vorsorglich abgeschlossen; Gott sei Dank hatte er bisher nie versucht, zu später Stunde in ihr Zimmer einzudringen. Sicher hatte er davor zurückgescheut, dass sie mit lautem Geschrei alle anderen im Haus wecken könnte. Zum Glück hatte sie es seitdem auch vermeiden können, mit ihm allein zusammenzutreffen. Und in Gesellschaft anderer ließ er sich nicht anmerken, was zwischen ihnen vorgefallen war. Was er ihr angetan hatte.

Was sollte sie nur machen? Jetzt zur Polizei gehen, um diese Vergewaltigung anzuzeigen, würde nach mehr als zwei Wochen wohl nichts mehr bringen. Und ehrlich gestanden, dazu fehlte ihr auch der Mut. Sie war noch immer so eingeschüchtert und gelähmt wie an dem Tag, als es passiert war. Was dann? Sich jemandem anvertrauen? Sie wüsste nicht, wem. Außer … ihrer Mutter vielleicht, wohl die Einzige, die ihr Glauben schenken würde. Er war schließlich ihr Chef, der Herr auf dem Hof, seine Schwester und alle anderen Angestellten würden ihr sowieso nicht glauben. Eher noch ihr die Schuld zuschieben. Als

Verleumderin würde sie dastehen, als Lügnerin. Nein, diesen Gedanken konnte sie nicht ertragen.

Würgend schluckte sie ihre Angst hinunter, Wut kroch langsam in ihr hoch. Der Druck im Magen wurde etwas leichter, der Knoten in der Kehle löste sich allmählich.

Sie würde nicht weinen, nein, sie würde stark sein. Sie musste es! Jetzt zu weinen hieße, an Gott zu zweifeln. Hilf dir selbst, dann …

Es gab nur eine Möglichkeit. Sie musste fort von hier, weg von diesem Hof, aus diesem Dorf, und weg von ihrem Zuhause. Dorthin, wo kein Mensch sie kannte. Irgendwo in der Fremde würde sich schon etwas finden, wo sie bleiben könnte. Wo sie sich klar werden könnte, wie es weitergehen sollte.

Unvermittelt lachte sie bitter auf. Wie sollte es wohl schon mit ihr weitergehen, einem Mädchen von siebzehn, ohne abgeschlossene Berufsausbildung, ohne Kontakte, aber mit einem unehelichen Kind, das noch nicht einmal geboren war?

Schöne Aussichten. Eine glückliche Zukunft schien in diesem Moment für sie in weite Ferne zu rücken …

1

Sonntag, 3. März

»Jetzt geht's aber los, Papa!« Barbara Zinnari, von allen nur kurz Babs genannt, lachte ihrem Vater schadenfroh ins Gesicht. »Ich dacht eigentlich«, fuhr die Siebzehnjährige fort, »du als Polizist müsstest besonders fit sein, dabei machst du als Erster von uns allen schlapp!« Sie wedelte mahnend mit dem Zeigefinger vor seinem Gesicht herum. »Schäm dich!«

Eine müde Handbewegung seinerseits war die Antwort. Auf beide Skistöcke gestützt, beugte sich Kriminalhauptkommissar Mike Zinnari keuchend nach vorn. Diese Abfahrt im Skigebiet Pröller hatte er nicht so schwierig in Erinnerung, doch irgendwie war ihm seine Familie mit Leichtigkeit davongefahren. Dabei war es noch nicht einmal eine schwarze Piste gewesen!

Vielleicht hätte er eine rasante Schussfahrt seinen eleganten, jedoch sehr anstrengenden Schwüngen vorziehen sollen. Sowieso hatte niemand auf seine extraschön gefahrenen Bögen geachtet. Das mitleidige Gesicht seiner Kinder und Isabels, die weiter unten am Berg auf ihn warten mussten, hätte er sich damit ganz sicher erspart. Außerdem wäre er in direkter Falllinie bestimmt nicht so außer Atem gekommen.

Mike war ein wenig schwindlig, seine Hände zitterten, und das Herz klopfte schnell und hart gegen seinen Brustkorb. Das Gesicht zu einem schiefen Lächeln verzogen, sah er nun schnaufend zu seiner Tochter hoch. »Du hast gut reden, Babs. Ein alter Mann ist halt kein D-Zug!«

»Du bist beim technischen Fortschritt hintendran, Papa, inzwischen heißt das ICE«, gab Babs trocken zurück.

Mit der Hand klopfte sein Sohn Lukas ihm nun auf den daunengepolsterten Rücken. »Du bist kein alter Mann, Papa, bloß a bisserl aus der Form! Aber ich kann dich ja trainieren, dann wird des schon wieder!«

Seit der zwölfjährige Lukas in Deggendorf Mitglied der D-Jugend von SpVgg Grün-Weiß 03 war, hatte er meist nur noch Fußballtaktiken und Konditionstraining im Kopf.

Mike grinste pflichtschuldigst, während sich ein leises Auflachen vernehmen ließ. Gleich darauf sagte eine helle Stimme: »Dein Wort in Gottes Ohr, Lukas! Glaubst du wirklich, dass du das schaffst?«

Isabel Weingartner hatte sich mit Hilfe der Stöcke auf ihren Skiern einige Meter nach oben geschoben. Mit einem besorgten Blick, ein spöttisches Zwinkern sich aber nicht verkneifen könnend, blieb sie vor Mike stehen.

Schnell richtete er sich auf. Es hätte ihm gerade noch gefehlt, dass sie glaubte, er würde sich altersschwach vor ihr verbeugen müssen! Immerhin war Isabel gut zwölf Jahre jünger als er und konditionell um einiges fitter, wie Mike im Laufe ihrer Beziehung manchmal leidvoll feststellen musste.

Isabel war Mikes Freundin, Lebensabschnittsgefährtin nannte man es heutzutage wohl, und wenn irgendjemand das Recht hatte, über ihn zu spötteln, dann sie.

Die Sonne in ihrem Rücken, konnte Mike Isabels Gesicht nicht genau sehen, er blinzelte trotz der getönten Skibrille, musste niesen und wandte den Kopf hinüber zu seiner Tochter Babs, die ihn teils belustigt, teils ängstlich musterte.

»Musst mich ned so anschauen, ich bekomm schon keinen Herzinfarkt«, knurrte er ungehalten, dehnte sich mit ausgestreckten Armen und atmete einige Male tief durch.

Langsam ging es ihm besser. Dass er aber auch so wenig Ausdauer besaß, nicht zu fassen! Schon nach der dritten längeren Abfahrt ging ihm die Puste aus, er musste Babs recht geben, er sollte sich schämen.

Okay, sein Rennrad verstaubte seit gefühlt einer halben Ewigkeit im Keller, aber der Hauptgrund schien ihm Isabels gutes Essen zu sein, das er seit einigen Monaten genießen durfte.

Anscheinend schlug es sich nicht nur auf seinem zunehmenden Hüftumfang nieder.

Isabel beugte sich vor, mit einer Hand auf seiner Schulter drückte sie einen Kuss auf seine Wange. »Mein armer Schatz. Jetzt hast du schon mal frei, und wir Sklavenschinder jagen dich so den Berg hinunter. Geht's wieder?«

»Freilich.« Er reckte sich zu seiner stattlichen Größe von über eins neunzig, legte Isabel den Arm um die Schultern und feixte. »Kinder, beim nächsten Mal nehmen wir wieder die Hinterwies-Abfahrt, dann könnts *ihr* mir hinterherschauen, das schwör ich euch!«

Damit nahm er sich selbst auf den Arm. Da die Skigebiete rund um St. Englmar quasi ihre Hausberge waren, kannte natürlich jeder die Pisten in- und auswendig. Die Hinterwies-Abfahrt war als blau, also leicht zu fahren ausgewiesen, zahlreiche Skischulen und Anfänger tummelten sich dort. Alle lachten.

Geschickt versuchte Mike, von seiner verkümmerten Kondition abzulenken. Mit lauter Stimme stellte er fest: »Mensch, ist das heut nicht einfach ein herrlicher Tag? Schauts euch mal diese Aussicht an!«

Die Sonne schien von einem strahlend blauen Himmel, der Neuschnee der letzten Tage hatte nachgerade zum Skifahren eingeladen, es war ein Sonntagnachmittag wie aus dem Bilderbuch. Die schneebedeckten Berge des Bayerischen Waldes boten ein Werbeprospekt-Panorama, das keinerlei Bildbearbeitungskorrekturen bedurfte.

Mike stand zwischen seiner Tochter und Isabel, genoss zufrieden ihre nickende Zustimmung, aber noch viel mehr ihre Nähe. Zusammen mit seinen Kindern und der Frau, die er liebte, diesen Tag verbringen zu können machte ihn einfach nur glücklich. In so guter Stimmung war er schon lange nicht mehr gewesen, daran konnte auch eine wenig glanzvolle Hangabfahrt nichts ändern.

Hätte ihm das jemand vor zwei Jahren prophezeit, hätte er sich vielsagend an die Stirn getippt und den Kopf geschüttelt.

Seine Ex-Frau Marion war damals zusammen mit Lukas ausgezogen, er hatte danach das Gefühl gehabt, es würde nur noch bergab gehen. Von Selbstzweifeln und müden Gedanken beherrscht, brachte er gerade noch die notwendige Energie für Beruf und die Bedürfnisse seiner Kinder auf, das war es aber schon. Etwas später hatte er Isabel bei einem seiner Mordfälle als Zeugin kennengelernt, zwischen ihnen hatte es sofort gefunkt. Seine Kinder mochten sie auch sehr, und an Schorschi, Isabels Golden Retriever, hatten Babs und Lukas schlichtweg einen Narren gefressen.

Die Scheidung von Marion etwas später war eigentlich nur noch Formsache gewesen und ohne großes Tamtam abgelaufen. Inzwischen gehörten die blonde Heilpraktikerin und ihr Hund Schorschi zu seiner Familie, auch wenn Isabel bisher nicht dazu bereit gewesen war, ihr kleines Häuschen in Rundlberg, hier ganz in der Nähe, aufzugeben und bei ihm einzuziehen. Sie pendelte, blieb an manchen Wochenenden bei ihm in Bogen, oder, an den Tagen, die Babs bei ihrer Mutter in Deggendorf verbrachte, fuhr Mike zu Isabel, sofern es sein Dienst zuließ.

Ja, Mike war glücklich, das ließ sich nicht leugnen, und in solchen Momenten wie diesem hätte er am liebsten die ganze ihm zu Füßen liegende bayerische Welt umarmt.

Zurück auf den Boden der Tatsachen brachte ihn schließlich sein Handy, das sich zuerst mit einem Vibrieren, dann mit Falcos Song »Drah di ned um, der Kommissar geht um« lautstark meldete.

»Verdammt …« Widerwillig nahm Mike den Arm von Isabels Schultern, zog sich, die Hände zwischen die Knie geklemmt, die Handschuhe aus und fummelte das Telefon aus der Tasche seines Anoraks.

»Das ist Jutta, ich erkenn das am Klingelton«, behauptete Babs und stieß Isabel von der Seite an. »Jetzt ist wohl Schluss mit lustig.«

Isabel gab keine Antwort, sie beobachtete Mikes Gesicht, das sich während des Gesprächs immer mehr verfinsterte. Falcos Welthit als Klingelton für die Kriminalinspektion, meistens in Person seiner Kollegin Jutta Heinze, war ihnen inzwischen hinreichend geläufig, und wie so oft erklang er zu den völlig unpassendsten Momenten.

Seufzend drehte sich Isabel zu Babs um. »Sieht ganz so aus, Babs, Schluss mit lustig«, gab sie ihr recht. »Gut, dass wir eh schon fast am Parkplatz sind, die letzten paar Meter gehen ja schnell.«

Verdrossen schob Mike das Smartphone wieder ein.

»Wir müssen heimfahren, Kinder, tut mir leid.« Obwohl er versuchte, seine Stimme unbeschwert klingen zu lassen, war ihm der Ernst der Angelegenheit anzusehen, die schmalen Augen und die umwölkte Stirn sprachen für sich. Seine Anwesenheit wurde verlangt, weil ein Mensch sein irdisches Dasein verlassen hatte, und das höchstwahrscheinlich nicht auf natürlichem Wege.

Lukas war es, der nach Sekunden enttäuschten Schweigens den Startschuss gab.

»Dann nix wie los!«, rief er laut, stieß sich ab und wedelte flink die etwa hundert Meter voraus, die sie noch vom Zugang zum Parkplatz trennten. Babs schoss ihm hinterher.

Isabel und Mike blieben kurz nebeneinander stehen. Schnell setzte er sie ins Bild. »Es gibt einen Toten. Ausgerechnet jetzt, aber es hilft nix, ich muss dahin. Jutta ist nur noch heut in Bereitschaft, ab morgen hat sie frei, weil sie ihre Mutter in Bielefeld besuchen will. Wäre blöd, wenn ich jetzt da ned hinfahren würde …« Er sah sie entschuldigend an. »Tut mir echt leid, Isabel, aber es geht ned anders.«

Aus seiner Stimme war deutlich zu hören, wie sehr es ihm widerstrebte, einen der so selten stattfindenden gemeinsamen Familienausflüge abbrechen zu müssen.

Isabel ergriff seine Hand. »Komm schon, Mike, jetzt mach nicht so ein Gesicht! Deine Kinder sind dran gewöhnt und ich allmählich auch. Dein Beruf geht halt mal vor. Du nimmst doch auch auf meine Termine Rücksicht, oder? So ist es nun mal bei uns.«

Ja, bei ihr klang das so einfach. Aber war es nicht genau das, was seine Ex-Frau Marion ihm früher vorgeworfen hatte? Dass ihm die Arbeit wichtiger geworden war als seine Familie, wichtiger als sie, seine Ehefrau? Allerdings war Marion damals nicht berufstätig gewesen, im Gegensatz zu Isabel, die eine erfolgreiche Heilpraktiker-Praxis in Bogen führte. Marions Unzufriedenheit mit der damaligen Situation konnte Mike inzwischen sogar verstehen. Er hoffte nur, aus seinen alten Fehlern gelernt zu haben.

Gerade deshalb wurmte ihn nun dieser Einsatz besonders. Wie lange würde Isabel wohl so verständnisvoll auf die ständigen Unterbrechungen, die Verzichte auf Vergnügungen reagieren? Mike hatte keine Ahnung, er zuckte als Antwort auf Isabels Feststellung lediglich die Schultern. Missmutig machte er sich auf den Weg nach unten, Isabel folgte langsamer.

In aller Eile verstauten sie die Skier auf dem Autodach, alles andere flog achtlos in den Kofferraum, dann traten sie die Rückfahrt an, ohne über dieses Thema ein weiteres Wort zu wechseln.

2

Der Fundort der Leiche lag irgendwo mitten in der Prärie, hatte Kommissarin Jutta Heinze am Telefon erklärt, zwischen den kleinen Ortschaften Perasdorf und Schwarzach, nur über schmale Ortsverbindungsstraßen zu erreichen und später über ein Gewirr von verschneiten Agrarwegen noch schwerer zu finden.

Wieder einmal war Mike froh über seinen Renault SUV, dem die schneebedeckten Straßen und von groben Traktorreifen stammenden Eisbrocken in den Fahrspuren kaum Probleme bereiteten.

Um halb vier nachmittags stellte Mike seinen Wagen erleichtert ab, verabschiedete sich von seinen Kindern auf der Rücksitzbank und schwang sich mit einem energischen Satz hinaus. Er wartete, bis Isabel ebenfalls ausgestiegen und zu ihm auf die Fahrerseite gekommen war.

»Danke, dass du die Kinder heimbringst, Isabel.«

»Ist doch klar. Soll ich bei dir zu Hause warten, bis du heimkommst?«

»Wenn es dir nix ausmacht? Ich kann aber ned sagen, wie spät es wird.«

»Gib mir einfach zwischendurch Bescheid, wenn du was weißt.« Sie sah zu ihm hoch, mit diesen sanften goldbraunen Augen, die ihn schon immer fasziniert hatten.

»Bitte, Mike, hör endlich auf, ein schlechtes Gewissen zu haben«, sagte sie leise, aber eindringlich. »Ich liebe dich, und ich versteh vollkommen, dass es dir ned leichtfällt, jetzt da hinüberzugehen.« Isabel wies mit dem Kinn auf den von gut einem Dutzend Leuten bevölkerten Fundort der Leiche. »Aber deine Arbeit ist wichtig, und du weißt inzwischen hoffentlich ganz genau, dass ich immer für dich da bin!«

Flüchtig berührte sie seine Wange, drehte sich um und öffnete die Autotür. Mike hielt sie am Oberarm zurück, Isabel wandte ihm das Gesicht zu. »Isabel, ich … ich dank dir. Ich meld mich später, okay?« Das war es eigentlich nicht, was er hatte sagen wollen, das Wesentliche konnte Isabel jedoch aus seinem Blick lesen.

Sie nickte und lächelte. »Ist gut. Pass auf dich auf, Mike.«

Sie stieg ein, schnallte sich an, drückte den Startknopf. Mike sah ihr nach, wie sie den Feldweg langsam zurückstieß, bis sie den Renault wenden konnte und vorsichtig davonfuhr.

Mit schmalen Augen musterte Mike nun das Szenario, das sich ihm bot. Er hatte seine Sonnenbrille im Auto vergessen, jetzt reflektierte der Schnee die schräg einfallenden Sonnenstrahlen fast unerträglich.

Eine tief verschneite ebene Landschaft dehnte sich vor ihm aus, von den darunterliegenden Kartoffel- oder Rübenäckern, abgeernteten Mais- oder Gerstenfeldern war nichts zu erahnen. Dazwischen nahmen sich einzig die blassgelben Farbtupfer eingefrorener Rapsblüten aus, die von der Zwischensaat im letzten Herbst übrig geblieben waren. In der weiteren Umgebung waren die Anbauflächen von im Gegenlicht schwarz wirkenden Wäldchen umgeben.

Eigentlich hätte es eine friedliche ländliche und einsame Gegend sein können, wären nicht die Einsatzwagen und der dunkle Leichenwagen dahinter gewesen, die sich den Schotterweg entlang aufgereiht hatten. Etwa fünfzig Meter von ihm entfernt konnte er Kollegen vom KDD, dem Kriminaldauerdienst, und Polizisten der Inspektion Straubing erkennen, die dunkelblauen Uniformen hoben sich deutlich vom Schnee ab. Dagegen erschienen die Gesichter der Spurensicherer wie bei einer Pantomime, die Körper in weiße Wichtelanzüge gehüllt, verschmolzen sie aus der Ferne fast völlig mit dem hellen Hintergrund.

Widerwillig setzte er sich in Bewegung, hatte kurz darauf die abgesperrte Stelle am Rande eines Ackers erreicht. Seine Kollegin Jutta sah ihn kommen und eilte Mike entgegen, dabei strich sie sich wie gewohnt mit einer fahrigen Bewegung eine dunkle Haarsträhne hinters Ohr. Stirnrunzelnd betrachtete

Jutta Mikes neonbuntes Skifahrer-Outfit, verlor darüber aber kein Wort. Ihre Stimme klang müde, als sie ihn begrüßte.

»Servus, Mike. Gut, dass du da bist. Hat ja ewig gedauert.«

Schon lag ihm der Spruch vom alten Mann und dem D-Zug auf der Zunge, doch Mike unterließ es. Stattdessen sagte er ruhig: »Grüß dich, Jutta. Klär mich auf, was gibt's denn?«

»Eine männliche, noch unbekannte Leiche, Alter geschätzt zwischen siebzig und achtzig, der Tod ist mutmaßlich durch starke Gewalteinwirkung auf den Hinterkopf eingetreten. Die Spusi hat die Tatwaffe gesichert, es ist ein Flurbegrenzungsstein, er lag neben dem Toten und war voll Blut, ein paar Haaren – und …«, ein leichtes Zögern war zu hören, Jutta konnte ihr Schaudern nicht verbergen, »… Fragmenten von Schädelknochen und Hirnmasse. Echt grauenhaft.«

Mike musste schlucken. Das hörte sich wirklich nicht gut an. Ganz und gar nicht gut. Mit vielen Leichen waren sie hier im niederbayerischen Straubing Gott sei Dank nicht gesegnet, und ein Mord, der sich so grausam darstellte wie dieser, war mehr als ungewöhnlich.

»Kann ich ihn mir noch ansehen, oder ist Pauli schon fertig?«, wollte Mike wissen.

Jutta nickte. »Der Tote ist noch da, Pauli hat ihn nur zugedeckt, damit …«

»… ihn ned friert?«

»… die Sonne nicht so auf ihn draufbrennt«, vervollständigte Jutta ihren Satz. Sie warf Mike einen abfälligen Blick zu. Sein Versuch, mit einem Scherz ihre Beklommenheit zu mildern, war völlig danebengegangen. Entschuldigend zog er die Schultern hoch.

Schweigend führte Jutta ihn über den gesicherten Pfad der Spurensicherung hinüber zur Leiche.

Der Tote lag etwa zwei Meter abseits vom Traktorweg in einem Feld, mit einer alufarbenen Plane abgedeckt.

Paul Heise, der Leiter des Erkennungsdienstes, stand davor und notierte gerade etwas auf einem Block. Auch er hatte über seine Wintersachen den obligatorischen Ganzkörperschutz gezogen. Er hob den Kopf und nickte Mike zu, musterte ebenfalls seine für diese traurige Örtlichkeit völlig unpassende bunte Bekleidung, grinste kurz, wurde jedoch sofort wieder dienstlich.

»Servus, Mike. Ned grad ein sonntägliches Nachmittagsvergnügen, würd ich sagen. Echt kein schönes Bild.«

Die Stimme des kleinen bebrillten Mannes klang im Gegensatz zu sonst nachdenklich und ernst. Selbst ihm schien dieses Opfer an die Nieren zu gehen, da er keinen seiner üblichen spöttischen Kommentare abgab.

Mike nickte zurück. »Grüß dich, Pauli. Wie lang liegt der schon da, was meinst du?«

Pauli zuckte die schmalen Schultern. »Schwer zu sagen. Im Freien und bei Kälte sind die Abläufe ganz anders als bei Toten in geschlossenen Räumen oder im Sommer. Das Blut gerinnt ned so schnell, die Körperflüssigkeiten trocknen langsamer aus, aber die innere Körpertemperatur sinkt nach Eintritt des Todes rapide ab. Genaueres kann dir der Gerichtsmediziner nach der Obduktion sagen, aber ich schätz mal ganz vorsichtig, seit dem späten Vormittag. Der gute Mann hat wohl heut irgendwann kurz vor Mittag das Zeitliche gesegnet, denk ich.«

Prüfend schaute Pauli ihn an. »Du wirst dir bestimmt einen eigenen Eindruck machen wollen, bevor wir ihn mitnehmen?«

Mike nickte, obwohl er sich überwinden musste. Alles, was er bisher gehört hatte, ließ seine Neugier auf den Anblick entschieden schrumpfen.

Pauli bückte sich und zog die Aludecke hinunter bis über die Hüften des toten Mannes.

Er lag auf dem Bauch, die Arme nach vorn ausgestreckt, den Kopf zur Seite gedreht. Das tiefe Loch am Hinterkopf war unter dem schütteren grauen Haar deutlich zu sehen, von seinem Gesicht unter einer Schicht getrockneten Blutes allerdings wenig zu erkennen. Der Mund, mit bläulichen, wie eingezogen wirkenden schmalen Lippen, stand halb offen, die hellblauen getrübten Augen stierten unter struppigen Brauen hervor.

Er trug einen dunkelgrünen Parka, der über die Hüften hochgerutschte Saum der Jacke brachte ein Stück rot kariertes Flanellhemd zum Vorschein. Unterhalb der von Pauli zusammengeschobenen Plane konnte Mike den Bund einer dunkelblauen Jeanshose erkennen.

Auffallend schnell wandte er sich wieder ab. Mike war Kriminalbeamter, Mord und Totschlag sollten eigentlich mit zu seinem täglichen Brot zählen. Trotzdem, die Erfahrungen mit Mordopfern hielten sich Gott sei Dank in Grenzen. Vielleicht hatte Mike gerade deshalb mit jedem Toten, den er zu Gesicht bekam, Probleme. Der Grund dafür war, dass er jedes Mal insgeheim ein Gefühl von unerklärlichem Bedauern verspürte. Unwillkürlich stellte er sich immer wieder die Frage, was die Opfer in ihrem Leben von ihren Wünschen und Sehnsüchten wohl erreicht hatten beziehungsweise was sie nach ihrem Ableben an Gelegenheiten dazu versäumen würden. Diese Gedanken ließen sich nicht ausschalten, ganz im Gegenteil, Mike belasteten sie im Laufe der Berufsjahre immer schwerer.

»Okay, das reicht mir schon, Pauli, danke.« Mike sah auf den um knapp zwei Köpfe kleineren Mann hinunter. Dieser blinzelte ihm über den Brillenrand zu. »Ja. Verstehe.«

»Einen Unglücksfall kannst du ausschließen, oder?« Vorsichtshalber wollte Mike sich dessen vergewissern, damit sie sich nicht umsonst die Mühe einer bevorstehenden Ermittlung machten.

Seine Frage schien Pauli zu verwirren. »Hm?«

»Ja mei, ich mein halt, ob der Mann ned einfach gestürzt ist und sich den Kopf aus Versehen am Begrenzungsstein aufgeschlagen hat?«

»Nein.« Pauli stopfte den Notizblock über den Halsausschnitt seines Overalls in die Brusttasche des Anoraks und lächelte leicht.

»'tschuldige, du warst ja vorhin noch ned da. Die Tatwaffe, also der Flurstein, lag gut einen Meter neben dem Toten, deswegen kann ich schon ausschließen, dass es ein Unfall war, Mike.

So leid's mir tut, aber ich kann dir da keine Ermittlungsarbeit ersparen.«

»Wollt's ja nur noch mal sicher wissen.« Mike grinste etwas schief und wandte sich an seine Kollegin. »Wer hat ihn überhaupt gefunden, Jutta?«

Sie wies hinüber zum Feldweg hinter dem Acker auf ein paar Jugendliche, die zwischen zwei Streifenwagen standen, umringt von uniformierten Beamten und Leuten in Zivil, die Mike von hier aus nicht deutlich erkennen konnte. Einzig Polizeiobermeister Willi Schretzlmeiers untersetzte Gestalt konnte er ausmachen, sein dienstseifriger Kollege stach aufgrund seiner körperlichen Fülle auffällig aus dem Kreis der Kollegen hervor.

»Die Jungen dort drüben. Sie haben mit ihren Mountainbikes hier Geländefahren geübt, was wohl einigen Landwirten gar nicht gefällt, denn die sind einfach querfeldein gedüst. Jedenfalls haben sie den Toten hier liegen sehen und dann über ein Handy bei den Eltern eines der Jungs angerufen, die dann wiederum uns verständigt haben.«

»Hast du schon mit ihnen geredet?«

Jutta Heinze nickte. Angesäuert erwiderte sie: »Ja klar, du warst ja nicht da.«

Allmählich reichte es Mike mit ihren versteckten Vorwürfen. Schließlich hätte er heute freigehabt und war nur ihr zuliebe angetreten. Fast wollte er schon eine heftige Antwort geben, doch dann bemerkte er ihre müden Augen, die sorgenvollen Falten um ihre Mundwinkel, die zu einem schmalen Strich gepressten Lippen. Da verstand er ihre Anspannung. Er wusste, sie würde morgen nach Bielefeld zu ihrer an Alzheimer leidenden Mutter fahren, die nun zusätzlich noch an Lungenentzündung erkrankt war.

Mike sah ein, dass alles, was diesen Toten hier anging, Jutta im Moment nur peripher berührte, was heißen sollte, dass es ihr – bayerisch ausgedrückt – am Arsch vorbeiging. Klar war sie sauer darauf, dass er so spät erschienen war, denn sie wollte mit dem Fall so wenig wie möglich zu tun haben, schließlich würden alle weiteren Ermittlungen, zumindest in absehbarer Zeit, an Mike hängen bleiben.

»Tut mir leid«, murmelte er deshalb anstelle der schroffen Erwiderung. »Aber ich konnte ja ned ahnen, dass uns ausgerechnet heute ein Mordfall reinschneit, oder?«

Achselzuckend drehte sich Jutta um und sah zu den Jugendlichen hinüber. »Schon gut. Also, die primären Aussagen haben wir aufgenommen. Die Eltern des einen Jungen, der in der ersten Panik daheim angerufen hatte, sind ebenfalls hierhergekommen. Wie gesagt, noch haben wir keine Anhaltspunkte, wer der Mann ist. Er hatte weder Personalausweis noch Bankkarte oder irgendwelche anderen Dinge dabei, womit wir ihn identifizieren könnten. Willi und ich haben alles Wichtige aufgeschrieben, ich schick dir meinen Bericht bis spätestens morgen früh.«

Ihre Stimme war immer leiser geworden. Mike sah besorgt auf sie hinunter, erkannte ihre Blässe. »Hey, jetzt kipp mir bloß ned um, ja?«

Er war es nicht gewohnt, dass seine sonst so kühl und souverän agierende Kollegin plötzlich Schwäche zeigte. Langsam hob Jutta den Kopf.

»Entschuldige, aber – es ist heute einfach ein bisschen viel. In Gedanken bin ich wohl schon in Bielefeld, und dann die ganze Hektik und dieser erschlagene Mann, also, ganz ehrlich, ich kann nicht mehr …« Plötzlich packte sie Mike am Unterarm und zog ihn aus dem Acker heraus, zurück auf den Weg. »Lass uns fahren, Mike, ich will hier weg!«

»Okay. Gib mir den Schlüssel, Jutta, ich fahr.«

Dankbar reichte sie ihm den Zündschlüssel für den Audi der Fahrbereitschaft, ließ sich aufatmend auf den Beifahrersitz fallen und öffnete das Fenster einen kleinen Spalt. Vorsichtig manövrierte Mike den Wagen über die rutschigen Feldwege zurück auf die geteerte Straße, bevor er Gas gab. Der Fahrtwind, obwohl schneidend kalt, tat Jutta gut. Langsam kam wieder Farbe in ihre Wangen.

3

Während die beiden Kommissare auf dem Weg zur Straubinger Dienststelle waren, erzählte Jutta ihm alles, was sie bisher erfahren hatte. Viel war es nicht. Die fünf Jugendlichen, die das Opfer gefunden hatten, waren Freunde und verbrachten oft ihre Freizeit zusammen. Keinem von ihnen war der Mann bekannt gewesen. Und dass aufgrund fehlender Dokumente seine Identität noch nicht geklärt werden konnte, wusste Mike schon.

»Nur ein wenig Bargeld hatte er dabei, so um die dreißig Euro. Wenn es ein Raubmord gewesen wäre, hätte der Täter die sicher ebenfalls mitgenommen, oder?« Dann schwieg sie und sah nachdenklich aus dem Fenster.

Mike warf ihr einen Seitenblick zu. »Du, hör mal, ich fahr dich jetzt heim. Spar dir die schriftlichen Berichte, das übernehme ich. Du hast jetzt grad genug Probleme, also …«

»Ja, aber –«

»Nix aber, das passt schon. Du gibst mir deine Notizen, alles andere mach ich dann. Nein, ehrlich, halt jetzt die Klappe, das passt schon!«

Obwohl er einen harschen Ton angeschlagen hatte, schaute sie ihn dankbar an. »Okay. Lieb von dir. Ich wäre wohl sowieso keine große Hilfe«, seufzte sie.

Mike sagte nichts darauf, aber er lächelte ihr verständnisvoll zu.

Bald darauf hatte er sie vor ihrer Wohnung in einem außerhalb liegenden Stadtteil Straubings abgesetzt, stieg aus und reichte ihr zum Abschied die Hand. Normalerweise hätte Mike eine tröstende Umarmung vorgezogen, aber nicht bei Jutta Heinze, seiner Kollegin. Ihre introvertierte Art hatte schon immer für eine gewisse Distanz gesorgt, auch wenn sie sich zwischenmenschlich mittlerweile sehr gut verstanden. Jutta wusste auch so, was Mike dachte und fühlte.

Sie drückte kurz seine Hand, lächelte ihm flüchtig zu und bedankte sich noch einmal. Dann verschwand sie eilig hinter der Haustür zu ihrer Wohnung.

Mike fuhr weiter zur Kriminalinspektion Straubing, pflückte Juttas Notizen vom Beifahrersitz und stieg aus. Der Parkplatz im Hinterhof des Polizeigebäudes im Stadtkern von Straubing lag inzwischen völlig im Schatten.

Hier war es um einiges kälter, der Wind pfiff schneidend durch die Toreinfahrt, einige Sekunden blieb Mike dennoch stehen und atmete tief durch. Am westlichen Himmel ballten sich hohe Wolkenberge zusammen, verschlangen nach und nach den blauen Himmel, vermutlich würde es bald wieder zu schneien beginnen.

Mike seufzte.

Das Bild des Toten stand ihm noch deutlich vor Augen, die rohe Gewalt der Tat machte ihm fast Angst. Mit einem Begrenzungsstein erschlagen, lieber Himmel, Mike schätzte, dass dieser um die fünfundzwanzig Kilo wog. Der Tote schien nicht gerade ein Leichtgewicht gewesen zu sein, soweit Mike das von dem flüchtigen Anblick beurteilen konnte. Wie musste wohl der Mörder physisch gebaut sein, um so etwas auszuführen? Wer war zu so etwas nur imstande?

Fröstelnd rieb er sich die Hände, während er das Amtsgebäude neben der ehemaligen Jesuitenkirche betrat.

Nach einer knappen Stunde hatte Mike Juttas schnell gekritzelte Handschrift entziffert und zu einem ordentlichen Bericht zusammengefasst. Es waren zwar keine persönlichen Dokumente, aber die Geldbörse mit ein paar Münzen und kleineren Scheinen bei der Leiche gefunden worden. Ein Raubüberfall? Jutta vermutete wohl zu Recht, dass der Täter dann wohl auch das restliche Geld oder gar das ganze Portemonnaie mitgenommen hätte, überlegte Mike.

Sie hatte ebenso die erste Einschätzung Paulis schriftlich festgehalten: Trotz der Neuschneedecke waren am Fundort kaum offensichtliche Spuren zu erkennen gewesen. Bevor die Spurensicherung eingetroffen war, hatten bereits zu viele Personen und Fahrzeuge ihre Abdrücke hinterlassen.

Na ja, dachte Mike, vielleicht fanden Pauli und seine Gefolgschaft nach akribischer Suche doch noch etwas Brauchbares, schließlich war Paul Heise bekannt dafür, sehr penibel zu sein.

Gerade als Mike den Bericht abgespeichert hatte, kam Polizeiobermeister Willi Schretzlmeier zu ihm ins Büro. Sein rundes Gesicht leuchtete rot wie eine Signalfahne, es hatte wohl durch den reflektierenden Schnee zu viel Sonne abbekommen.

Aufseufzend ließ sich Willi auf den Besucherstuhl vor Mikes Schreibtisch fallen. Über sein Uniformhemd hatte er einen dicken Pullover gezogen, für die Witterung draußen durchaus passend, für Mikes geheiztes Büro eindeutig zu warm. Ächzend zog Willi ihn sich aus und ließ ihn achtlos neben dem Stuhl zu Boden fallen.

»Lieber Mann, is des warm hier drin.« Mit einem Stofftaschentuch trocknete Willi sich die Stirn, während er weitersprach. »So, mia san am Tatort fertig, die Leich wurde abtransportiert. Pauli gibt uns Bescheid, sobald er die Fingerabdrücke abg'nommen und gecheckt hod. Hoffentlich is der Alte irgendwo registriert, sonst ham wir keine Ahnung, wer der Tote sein könnt.«

»Ja, das hoff ich auch«, gab Mike zurück. »Hol dir von der Gemeindeverwaltung die Grundbuchauszüge von der Gegend, Willi, dann können wir immerhin feststellen, auf wessen Acker er gefunden wurde. Vielleicht hilft uns das schon mal weiter.«

»Kann i scho machen, Mike, oba da musst du wohl bis morgen früh warten, an am Sonntag arbeiten die ned.«

»Ach so, ja, hab ich ganz vergessen. Dann eben morgen früh. Und prüf dann gleich noch die Vermisstendatei, vielleicht ist da inzwischen schon was eingelaufen.«

»Klar, hätt i eh g'macht. Sonst noch was?«

»Mir fällt nix mehr ein. Dir?«

Willi erhob sich schnaufend. »Mia scho. Heimfahren, umziehen, zum Bräu auf a Weißbier. Kommst mit?« Er schmunzelte und deutete auf Mikes Skihose. »Après-Ski? Kriegst anstelle des Biers auch an Jagertee oder an Glühwein. A bisserl Ablenkung würd uns jetzt allen ned schaden, glaub i.«

Damit gab Willi ebenfalls seinem mulmigen Gefühl Ausdruck, auch ihm schien dieser Tote irgendwie nahezugehen.

Der Gedanke an ein Feierabendbierchen im Kreis der Kollegen war durchaus verlockend, das musste Mike zugeben, doch er dachte an Isabel und seine Kinder, die zu Hause auf ihn warteten. Zudem musste er Lukas noch zurück zu Marion nach Deggendorf fahren.

Bedauernd schüttelte er den Kopf. »Danke, aber es geht ned, ich muss heim. Vielleicht können wir das ein andermal nachholen, Willi?«

»Freilich. Also, servus, bis morgen!« Und schon wollte der dickliche Polizist zur Tür hinaus, Mikes laute Stimme bremste ihn.

»Brr ha, halt, Willi! Deinen Saustall räumst bittschön schon selber auf, ja?«

Willi drehte sich um, sah, dass Mike auf den am Boden liegenden Pullover deutete. Er grinste verlegen, klaubte das Bekleidungsstück auf und verschwand hinter der Tür, die krachend ins Schloss fiel.

»'tschuldigung«, kam es noch undeutlich von draußen, bevor Willis eilige Schritte im Flur verklangen.

Mike musste ebenfalls grinsen. Der freundschaftliche Umgangston in seinem Team wirkte wie so oft tröstend, nahm manchen Druck von der Seele.

Er griff zu seinem Handy und schrieb Isabel, dass er spätestens in einer halben Stunde heimkommen würde. Der Computer war schnell heruntergefahren, Mike schloss die Bürotür ab und machte sich mit dem Audi der Bereitschaft, den er von Jutta übernommen hatte, auf den Heimweg. Gott sei Dank betrug der Fahrweg zwischen seiner Dienststelle in Straubing und dessen Nachbarort Bogen, wo er wohnte, nur etwa fünfzehn Kilometer, eine Strecke, die er relativ schnell hinter sich bringen konnte.

Die Aussicht auf einen gemeinsamen Abend mit Isabel entschädigte Mike ein wenig für den aufreibenden Nachmittag. Morgen hatte ihre Praxis in Bogen geschlossen, sie wollte nur einige Hausbesuche machen. Vor allem, da Schorschi bei ihnen war und nicht einsam daheim in Rundlberg auf sein Frauchen wartete, hoffte Mike, dass Isabel über Nacht bei ihm bleiben würde.

Voller Vorfreude parkte Mike den Audi direkt hinter Isabels Kleinwagen am Straßenrand, stieg aus und ging quer über die Hofeinfahrt zur Haustür. Dabei stellte er überrascht fest, dass die Garage leer war, der Renault fehlte.

Isabel habe es übernommen, Lukas zurück nach Deggendorf zu Mama zu bringen, erfuhr er von Babs, die ihm mit einem Geschirrtuch in der Hand aus der Küche entgegenkam.

Diese Nachricht beunruhigte Mike, denn das hätte Isabel gar nicht zu tun brauchen. Düster stellte er sich vor, wie ein Zusammentreffen seiner Ex mit Isabel ablaufen könnte, zumal er nicht dabei war, um eingreifen zu können.

Isabel und Marion kannten sich lediglich flüchtig vom Sehen, zu einem längeren Gespräch zwischen ihnen hatte es noch keine Gelegenheit gegeben. Dass Mike daran die größere Schuld trug, wollte er sich nicht eingestehen. Marion hatte selbst einen neuen Freund, einen Kerl namens Bernd, den er ebenfalls nur vom »Grüß Gott«- und »Servus«-Sagen kannte.

Er wusste, Babs und Lukas hatten sich mit den neuen Partnern ihrer Eltern abgefunden, weshalb also sollte er darauf bestehen, eine dicke Freundschaft daraus zu machen?

Marion hatte schon mehrmals vorgeschlagen, zusammen etwas zu unternehmen, sie fand es doof, den Menschen an Mikes Seite, mit dem ihre Kinder Tage und Wochen verbrachten, nicht näher zu kennen. Als Mike dieses Thema Isabel gegenüber einmal erwähnt hatte, hatte sie seiner Ex-Frau recht gegeben. Mike aber war mit dem bisherigen Verlauf durchaus zufrieden und wollte keinen Ärger riskieren. Seine Verdrängungstaktik, die ihm die letzten Jahre manchmal geholfen, ihn aber auch blockiert hatte, konnte er einfach nicht so ohne Weiteres ablegen.

Nun war also der Fall eingetreten, dass sich Isabel und Marion ohne ihn treffen würden. Allerdings waren beide Frauen durchaus vernünftig, weshalb Mike hoffte, dass alles ohne Ärger abgehen würde.

In der Zwischenzeit hatte Babs den Küchentisch zum Abendessen gedeckt und eine alles andere als frugale Brotzeit zusammengestellt. Sogar an sein Weißbier hatte sie fürsorglich gedacht. »Damit du wieder zu Kräften kommst, du alter D-Zug«, neckte sie ihn lächelnd. »Isabel wird bald zurück sein, dann können wir essen.«

Isabels Hund Schorschi, den sie während ihres Skiausfluges im Haus gelassen hatten, sprang freudig um ihn herum. Mike bückte sich und tätschelte seinen Rücken. Inzwischen hatte er sich mit dem Golden Retriever dermaßen angefreundet, dass ihm etwas fehlte, sobald Isabel ihn wieder mit zu sich nach Hause nahm.

Mike hatte noch nie ein Haustier besessen, doch Schorschis treue Hundeaugen, die feuchtkalte Schnauze, die sich frech bei jeder Gelegenheit in sein Gesicht drückte, hatte Mike lieb gewonnen. Immer mehr wuchs in ihm die Sehnsucht danach, Schorschi – aber vielmehr noch dessen Frauchen – für immer bei sich zu haben …

Schnell sprang Mike unter die Dusche, schlüpfte in ein frisches Shirt und eine lange Trainingshose, kam genau in dem Moment nach unten, als Isabel den Renault in die Garage fuhr. Verstohlen beobachtete er sie durch das Fenster, wie sie im Licht der Hoflampe zur Haustür ging.

Isabel sah entspannt und gut gelaunt aus, stellte er erleichtert fest, was wohl bewies, dass Marion und sie keinen Disput bekommen hatten. Als sie lächelnd in die Küche trat, ihn mit einem innigen Kuss begrüßte, wurde Mike herzklopfend wieder einmal bewusst, was für ein Glückspilz er doch war.

Seine beiden Kinder waren »wohlgeraten«, wie es so schön hieß, worauf er insgeheim ziemlich stolz war. Und diese umwerfende Frau, die in ihren engen Jeans, dem beigen Norwegerpulli und mit dem blonden Pferdeschwanz weitaus jünger als ihre siebenunddreißig Jahre wirkte, diese wunderbare Frau liebte ihn, gehörte zu ihm und war für ihn da. Womit hatte er das eigentlich verdient?

4

Montag, 4. März

Oberkommissar Richard Bacher war am Montagmorgen wie immer pünktlich in der Kriminalinspektion eingetroffen. Nichts ahnend strebte er seinem Büro zu, doch Mikes tüchtige Vorzimmerdame, die junge, rundliche Beate Bauernfeind, hielt ihn im Flur auf und leitete ihn zum Büro ihres Chefs um.

Zögernd trat er in Mikes Büro ein. »Guten Morgen, Mike!«

Er blieb an der Tür stehen und erwiderte das grüßende Zunicken seines Vorgesetzten mit einem vorsichtigen Lächeln.

»Morgen, Richard! Bitte, setz dich.« Mike sah ihm ernst entgegen, winkte ihm, näher zu kommen. Richard kam zu Mikes Schreibtisch und hockte sich auf den Besucherstuhl.

Es war ihm anzusehen, dass er wegen der abweichenden Montagsroutine unbehaglich darüber nachdachte, ob er etwas angestellt hatte. Immerhin war er der jüngste Kommissar in Mikes Abteilung, eigentlich Straubing nur vorübergehend zugeteilt, und seine dienstlichen Abenteuer seither hatten sein Selbstvertrauen, wenn überhaupt, nur mäßig bestärken können. Richards Befürchtungen waren allerdings völlig unbegründet, denn Mike hatte lediglich die Absicht, ihn persönlich in den neuesten Fall einzuweihen.

Während Mike nun sachlich den Fall schilderte, wurde Richard immer aufgeregter. Das Ganze erschien ihm wohl ebenso zu schrecklich, um es als alltägliches Kapitalverbrechen abzutun.

»Also, da Jutta ab heute Urlaub hat«, fuhr Mike nachdrücklich fort, »werden wir drei, du, Willi und ich, uns wohl oder übel damit befassen müssen. Mit Willi hab ich gestern schon besprochen, was als Nächstes anliegt. Du machst bitte beim Erkennungsdienst Druck, Richard. Wir können schließlich nicht anfangen zu ermitteln, solange wir nicht wissen, wer unser Toter ist.«

Richard nickte, während er sich nebenbei in den Tatortbericht vertiefte, den Mike ihm gereicht hatte. Mike bemerkte, wie der junge Kommissar angewidert das Gesicht verzog, vermutlich, weil er die Beschreibung der Kopfwunde und des Tatwerkzeuges las. Man konnte es ihm nicht verdenken. Aber er wollte Richards Meinung nicht vorgreifen und wartete schweigend auf seinen Kommentar.

Schließlich legte Richard die Mappe zurück auf den Schreibtisch und hob den Kopf.

»Mein lieber Schwan«, murmelte Richard, »das ist gar ned schöö. Allmächd, naa, des is wirkle gar nedd schöö.« Sein fränkischer Dialekt, den er sonst tunlichst zu vermeiden suchte, schlug durch, was deutlich von seiner inneren Anspannung zeugte.

»Und, was denkst du darüber?«

Ratlos gab Richard Mikes Blick zurück. Inzwischen wieder des Hochdeutschen einigermaßen mächtig, antwortete er: »Tja, so ein Stein hat schon sein Gewicht. Also, ich glaub, eine kleine, schmächtige Person kann den wohl nicht so weit nach oben heben, um einen Mann, auch wenn dieser schon älter war, von hinten damit zu erschlagen. Außer das Opfer wäre da schon gelegen. Aber das werden wir wohl erst nach den Berichten der Spusi und der Pathologie genauer wissen.«

»Vermutlich«, bestätigte Mike. »Trotzdem, der Schlag muss mit großer Kraft ausgeführt worden sein, ein Schädelknochen bricht schließlich ned so leicht durch. Obwohl, der Begrenzungsstein war alt, aus Granit, der ist schon noch etwas schwerer als die neueren, die kleiner sind und aus Leichtbeton gegossen werden. Je nach Größe muss man da mit gut einem halben Zentner rechnen.«

»Woher weißt du so was, Mike? Davon steht nichts hier im Bericht!« Fragend sah Richard ihn an.

Mike lachte. »Weil Grenzstreitigkeiten seit der Durchführung des Flurbereinigungsgesetzes andauernd vorkommen und

Grenzsteinrücken früher bei den Bauern fast alltäglich war. Somit auch zwangsläufig das Ersetzen alter gegen neue Flursteine, wenn die alten ganz ›zufällig‹ verschwunden waren, weil man sie angeblich versehentlich mit eingeackert hatte. Das Spiel geht schon seit Mitte der siebziger Jahre so in Bayern, und mehr als einmal kam es dabei zu handgreiflichen Delikten.«

»Ah so, das wusste ich nicht. Hm.« Nachdenklich starrte Richard vor sich hin. »Der Tote scheint dem Bericht nach ein kräftiger Mann gewesen zu sein. Eine Person von dieser Statur spontan über den Haufen zu schlagen erscheint mir relativ schwierig, er hätte sich doch bestimmt gewehrt! Wenn sich uns mal ein Kreis von Verdächtigen erschließt, können wir wohl alte, schwache und kleine Leute als Täter von Haus aus ausschließen!«

»Ned unbedingt, Richard«, widersprach Mike. »Wir wissen ja noch gar ned, wie das Ganze abgelaufen ist. Vielleicht waren es ja mehr als einer. Bei zwei oder mehr Tätern schaut die Sache schon anders aus.«

Plötzlich kam ihm die Gruppe Jugendlicher in den Sinn, die den Toten gefunden hatten. Zu fünft waren sie gewesen, im Alter von fünfzehn bis siebzehn. Allein die Tatsache, dass sie mutwillig mit ihren Mountainbikes kreuz und quer außerhalb der Wege über Landwirtschaftsflächen gebrettert waren, zeigte Mike, dass ein gewisses Maß an Schonungslosigkeit und Gleichgültigkeit vorhanden sein musste. Ja, okay, zugegeben war die Erde momentan gefroren und schneebedeckt, der Schaden hielt sich deshalb wahrscheinlich in Grenzen.

Trotzdem, nach Mikes Ansicht tat man so etwas einfach nicht. Vielleicht hatte der alte Mann sie deshalb zur Rede stellen wollen, und die Jungen waren über ihn hergefallen?

Entschlossen sagte er: »Solange wir nichts Neues haben, reden wir noch mal mit den Jungs, die den Toten gefunden haben. Ruf die Eltern an, versuch herauszubekommen, wo die Buben zur Schule oder zur Arbeit gehen, sofern das nicht schon in den Protokollen vermerkt ist. Sag ihnen, dass wir sie ein weiteres

Mal befragen wollen, entweder nach Schulschluss beziehungsweise nach deren Feierabend hier in der Dienststelle oder jetzt gleich noch an Ort und Stelle, was mir fast lieber wäre.«

Mike war der Gedanke gekommen, dass den Jungen, falls sie tatsächlich etwas damit zu tun hatten, der Schreck in alle Glieder fahren würde, wenn sie unerwartet von der Kriminalpolizei aufgesucht werden würden.

Vielleicht würde sich einer dabei unbewusst verplappern. Er wusste aber auch, dass sie ohne Anwesenheit oder Einverständnis eines Elternteiles nicht mit den Minderjährigen reden durften. Alles hing nun davon ab, was Richard mit den jeweiligen Sorgeberechtigten vereinbaren konnte.

Der rothaarige Kommissar nickte und erhob sich. »Okay, ich mach mich gleich dran. Und im Übrigen –« Richards Blick ging hinüber zu Juttas leerem Schreibtisch.

Bevor er den Satz zu Ende bringen konnte, wehrte Mike schon heftig mit den Händen ab. »Nix da, Richard, diesmal ziehst du ned zu mir um! Jutta bleibt nur solange es nötig ist in Bielefeld, dann kommt sie ja wieder zum Dienst. Lohnt doch die ganze Arbeit ned, jetzt deinen Krempel umzuräumen, oder?«

Vielleicht klang das ein wenig schroff, doch Mike wollte Richard gar keine Hoffnungen machen. Das hätte ihm noch gefehlt. Die Erfahrungen vom letzten Mal, als er mit dem jungen Kollegen das Büro geteilt hatte, reichten ihm allemal für die nächsten hundert Jahre.

Enttäuscht zuckte Richard die Achseln. »Hab ja nur gemeint«, murmelte er, »aber wenn du nicht willst …« Langsam ging er zur Tür, hoffend, dass sich Mike vielleicht noch anders besinnen würde.

Als sein Chef nichts mehr erwiderte, verließ Richard stumm das Büro. Mike seufzte tief. Ihm fehlte Jutta jetzt schon. Zugegeben, sie konnte sehr kühl und sachlich auftreten, aber insgeheim musste sich Mike eingestehen, dass sie ihm mit ihrer nüchternen Art immer wieder ein Gefühl von Rückhalt und Beruhigung gab.

Bei Kriminaloberkommissar Richard Bacher lag der Fall anders. Zwar hatte auch er durchaus seine Vorzüge, aber trotz allem fühlte sich Mike ihm gegenüber stets etwas unsicher, um nicht zu sagen besorgt, in etwa so, wie ein fürsorglicher Vater für seinen halbwüchsigen Sohn fühlt. Das absolute Vertrauen fehlte einfach.

Mike erinnerte sich an seine letzten Mordfälle, die er, da die Tatorte in der Nähe von Bodenmais gelegen waren, mehr zusammen mit den Kollegen der Polizeiinspektion Regen aufgeklärt hatte. Richard hatte sich damals Urlaub genommen, um die Weinlese in seiner Heimat mitzumachen, und Polizeiobermeister Willi Schretzlmeier hatte sich wundersamerweise überreden lassen, an einem Seminar für psychologisch-rhetorische Befragungen teilzunehmen. So waren Jutta und er auf die ortskenntliche Hilfe der Kollegen in Regen angewiesen gewesen.

Als Erstes fiel Mike die nette Elke Schmidt ein, die ihm sämtliche angeforderten Informationen in Rekordzeit serviert hatte, womit sie locker sowohl sein Vorzimmermädel Beate als auch Willi, den Recherche-Experten, in die Tasche stecken konnte.

Vor allem aber dachte er an Andreas Rosenmüller, den kompetenten, sympathischen Polizeimeister, den Mike sich als Mitglied seines eigenen Teams in Straubing gewünscht hätte. Sein Vorhaben, Rosenmüller nach Straubing zu holen, um ihn von seinem arroganten und ziemlich strengen Vorgesetzten loszueisen, war zwischenzeitlich hinfällig geworden. Mittlerweile hatte sich in der Inspektion Regen ein sehr gutes Betriebsklima eingestellt, was auch ein wenig Mikes persönlichem Engagement zuzuschreiben war, wie er befriedigt feststellte.

Und was Mike noch mehr freute: Er war zur Hochzeit von Polizeimeister Andi Rosenmüller mit seiner Herzensdame Amy eingeladen worden. Im Mai sollte die Feier stattfinden, und Mike nahm sich fest vor, diesen Termin keinesfalls zu verpassen.

Ein halbes Jahr waren diese Ereignisse in Regen und Bodenmais nun schon her, sinnierte Mike. Er musste sich zwingen, wieder in die Gegenwart zurückzufinden, schließlich gab es ein neues Mordopfer, dem Gerechtigkeit widerfahren sollte, und das gelang erfahrungsgemäß nur mit akribischer Arbeit der Kriminalpolizei und der angegliederten Forensik.

Er musste niesen und zog eine Schublade seines Bürotisches auf, in der Hoffnung, dort eine Packung Papiertaschentücher zu finden. Dabei fiel sein Blick auf ein amtliches Kuvert, das er vor ein paar Tagen spontan dort hineingestopft hatte, und plötzlich wurde Mike von schlechtem Gewissen übermannt.

Ein schwerwiegender Brief lag seit Freitag in Mikes Schreibtischschublade, etwas, was seinen Kollegen Oberkommissar Richard Bacher betraf. Und das sogar fundamental.

Hätte Mike zu diesem Zeitpunkt geahnt, wie sehr dieses Schreiben Richards Zukunft beeinträchtigen würde, hätte er es entweder sofort verbrannt, was natürlich gar nichts bewirkt hätte, oder schleunigst an den jungen Kollegen weitergegeben. So aber hatte Mike das Wochenende verstreichen lassen, ohne mit Richard darüber zu reden, er hatte einfach noch nicht den Mut dazu gefunden. Und auch jetzt schob er schnell das Fach zu, um das Schreiben und seine Konsequenzen vorerst aus seinen Gedanken zu verbannen.

Während Mike auf Rückmeldungen seiner Untergebenen zum aktuellen Fall wartete, rief er seine E-Mails ab, studierte die aufgelaufenen Delikte und Vorkommnisse.

Wie üblich ohne Voranmeldung platzte Willi Schretzlmeier herein. Mike sah vom Bildschirm hoch. Willis rote Kopffarbe ließ nicht erkennen, ob er sich nur aufgeregt oder ob sich der Sonnenbrand vom Vortag verschlimmert hatte.

»Mia ham den Audi bei dir dahoam abg'holt und wieder aufn Parkplatz g'stellt«, informierte er Mike, während er auf den Stuhl vor Mikes Schreibtisch plumpste. Mike, der es heute Morgen vorgezogen hatte, mit seinem eigenen Auto zur Dienststelle zu kommen, nickte ihm zu. »Dank dir. Gibt's sonst schon was Neues?«

»Der Richard lässt dir ausrichten, dass es no koa Identifizierung gibt. Die Fingerabdrücke von dem Toten san leider nirgends gespeichert. In der Vermisstendatenbank is bis jetzt auch nix.«

Willi rieb an seiner geröteten Nase, auf deren Rücken sich die Haut zu schälen begann. »Tja, i hob wenigstens scho mol den Grundbesitzer austindig g'macht. Der Acker, auf dem die Leich g'funden worden is, g'hört einem gewissen Hans Riedmeier, ein Landwirt in Großberghofen, des is a kloans Kaff in der Nähe von Perasdorf. Wennst wuisst, fahr i hin.«

»Ja, mach das, Willi. Lass dir von der Pathologie ein Foto vom Toten rüberschicken und nimm es mit, vielleicht kann dir dort jemand sagen, wer das ist.«

»Eh klar. Wos machst du in der Zwischenzeit?«

»Richard und ich wollten die Jugendlichen noch mal befragen. Er schaut grad, wo er sie am ehesten auftreiben kann, damit zumindest ein Elternteil zur Verfügung steht. Du kennst ja die Vorschriften.«

»Hm, hm.« Der sonst so redselige Willi machte eine nachdenkliche Pause. Dann kratzte er sich verlegen am Hinterkopf.

»Äh, Mike, i wui ja nix sagen, du hast ja selber einen Buben fast in dem Alter, aber … i wollt's nur erwähnt ham, dass für meinen G'schmack die fünf Burschen gestern fei ganz schön frech waren, als Jutta und i ihre Personalien und die ersten Aussagen aufg'schrieben ham. Wie sogt ma – na ja, richtig pampig waren sie halt.« Offenbar überlegte Willi, wie er seine Eindrücke am besten beschreiben konnte. »Die ham kaum eine von Juttas oder meinen Fragen ernst g'nommen«, fuhr er nachdenklich fort, »ham rumdruckst und sich immer wieder gegenseitig ang'heizt zum Rumblödeln. Vielleicht kam's ja von der Aufregung, wos man scho verstehen könnt, wenn man a Leich findt. Aber ganz ehrlich, Mike, i glaub des ned. Dafür waren einige der Jungs vui zu frech.« Er machte eine Pause, sein Gesicht wirkte ernsthaft besorgt, was bei Willi selten vorkam. Leise fügte er hinzu: »Sog mol, is de heutige Jugend allgemein so gefühllos, oder san de fünf Hanseln da was B'sonderes?«

Mike hatte Willis Schilderung aufmerksam zugehört, doch

plötzlich konnte er sich ein spontanes Lächeln nicht verkneifen. Die elementaren Erfahrungen mit pubertierenden Mädels und Jungs, die Mike in den letzten Jahren mit seinen eigenen Kindern sammeln durfte, standen Willi noch bevor. Obwohl Willi die vierzig bereits gut überschritten hatte, war er Vater von zwei Töchtern, die gerade erst das Schulalter erreicht hatten. Ein Spätzünder.

»Gott sei Dank sind ned alle Kinder so, Willi«, gab Mike belustigt zurück, »aber ich will dir die Vorfreude auf das Teenageralter deiner Töchter ned nehmen. Ich denk, da muss jeder selber durch.«

Willi schnaubte: »Na, Prost Mahlzeit. Du machst mia ja Freud! Wenn meine Mädels mia jemals auf der Nase rumtanzen sollten, oba dann …«

»Tun sie das ned jetzt schon?« Mike zog die Augenbrauen anzüglich hoch, sich an einen Samstag erinnernd, an dem sie ein kleines »Abteilungs-Grillfest« in Willis Garten veranstaltet hatten. Die beiden Mädchen hatten sich als recht verzogen und eigenwillig herausgestellt, was zur Folge hatte, dass Willi den ganzen Nachmittag kaum zum Sitzen kam, sondern ausschließlich als Alleinunterhalter seiner Töchter fungierte.

Willis Gesicht rötete sich noch mehr. »Mei, manchmal probieren sie es halt. Oba so ausg'schamt und respektlos wia die Buben gestern werden meine Mädels hoffentlich nie werd'n, sonst dreh i denen den Kragen um!«

Spöttisch blinzelte Mike ihm zu. »Abwarten, Willi. Und ich kann dir eins versichern: Man wächst mit seinen Aufgaben!«

Nachdem der Polizeiobermeister gegangen war, lehnte sich Mike nachdenklich zurück. Auch wenn er über das Geplänkel mit Willi schmunzeln musste, machte es ihn nachdenklich.

Als frech, respektlos und »ausg'schamt« hatte Willi die Jungen bezeichnet. In Anbetracht dessen, dass diese Kinder einen Toten gefunden hatten, fand er die Einschätzung seines Kollegen mehr als bedenklich. Konnte man nicht eigentlich erwarten, dass sie eingeschüchtert und verängstigt reagierten? Mike erinnerte sich daran, wie sein Sohn Lukas sich verhalten hatte, als in seinem Beisein im Wald am Großen Falkenstein ein Totenkopf gefunden worden war.

Ganz cool hatte der damals Zehnjährige es gefunden, es sogar bedauert, dass es nur ein ausgebleichter Schädel war, der von einem Gesicht nichts mehr erkennen ließ. Damals hatte Mike befürchtet, Lukas könnte zumindest Alpträume davon bekommen, doch nichts dergleichen war passiert.

Allerdings musste Mike seinem Sohn zugutehalten, dass dieser ganz und gar nicht unverschämt und frech war. Im Gegenteil, er hatte in dieser Situation sehr besonnen und erwachsen reagiert. Ein Prachtjunge eben, dachte Mike nicht wenig stolz.

5

Mit schlotternden Knien saß Verena Bogenrieder am Küchentisch, vor sich eine volle Kaffeetasse, die sie bisher nicht angerührt hatte. Als ihr bewusst wurde, dass sie nervös auf den Fingernägeln kaute, riss sie sich zusammen.

Der Anruf heute am frühen Morgen aus der Kriminalinspektion Straubing hatte sie erschreckt. Mit zitternden Händen hatte sie den Hörer gehalten, bis schließlich in ihrem von Angst blockierten Gehirn die Information angekommen war, um was es eigentlich ging.

Der Anrufer, dessen Namen sie in ihrer Aufregung nicht verstanden hatte, erklärte ihr, dass es um den Toten gehe, den Roland und seine Freunde tags zuvor aufgefunden hatten, wozu sie die fünf Jungs gerne ein weiteres Mal befragen wollten.

»Alles nur Routine«, murmelte Verena vor sich hin, hob die Tasse hoch, stellte sie, ohne getrunken zu haben, wieder zurück. Sie brachte nichts hinunter, zu aufgeregt war sie bei der Aussicht, sich in einer Stunde mit den Kriminalbeamten in der Schule treffen zu müssen. Die Bitte des Beamten abzulehnen kam nicht in Frage, das war klar. Sie war Rolands Erziehungsberechtigte, infolgedessen konnte sie dem Anliegen der Polizei kaum eine Absage erteilen.

Und wenn es schon sein musste, dachte sie, dann lieber das Ganze in der Schule hinter sich bringen als hier zu Hause.

Über ihr erklangen laute, abgehackte Schreie, doch sie reagierte nicht. Im Gegenteil, Verena hörte es kaum noch. Zu lange schon lag ihr Vater dort oben, völlig dement und bettlägerig, zu lange war sie anfangs bei jedem Laut nach oben gerannt, nur um festzustellen, dass er zornig über Personen aus der Vergangenheit schimpfte, sie als seine Tochter nicht erkannte und sie gereizt aufforderte, ihn in Ruhe zu lassen.

Wieder sah sie auf die Uhr. In zehn Minuten würde eine

Nachbarin kommen, die stellvertretend für sie die Tagesschwester der Caritas empfangen musste und so lange im Haus bleiben würde, bis Verena von ihrem Termin zurückkäme. Seufzend stand sie auf. In der Diele warf sie einen kritischen Blick in den hohen Spiegel, während sie Stiefel anzog und einen Schal umlegte. Schulterlanges dunkles Haar umrahmte ein blasses Gesicht, fein gezeichnete Augenbrauen ließen ihre braunen Augen über der schmalen Nase groß erscheinen. Ihr Mund jedoch drückte mit den dünnen Falten um die Lippen ihren Missmut aus, der sie älter machte, als sie war. Energisch hob Verena die Mundwinkel nach oben und versuchte zu lächeln. Na ja, sie hatte schon mal schlechter ausgesehen, befand sie, und sobald der lange Winter zu Ende war und sie wieder mehr Sonnenlicht abbekommen würde, wäre auch ihr Gesicht nicht mehr gar so bleich.

Achselzuckend wandte sie sich ab. Es half nichts, sie musste sich langsam auf den Weg machen.

Es klingelte, Mathilde, die Nachbarin, stand vor der Tür. Mit einem resoluten »So, bin da!« kam die Mittfünfzigerin ins Haus, und Verena sah sie erleichtert an. Mechanisch, wie sie es all die Jahre getan hatte, gab sie sich heiter und sorglos, bedankte sich für die Hilfe, während sie Mathilde, schon im Gehen, noch einige Instruktionen hinterließ.

Niemand sollte ihr ansehen können, was sie tatsächlich dachte oder wie sie sich fühlte. Niemand. Niemals.

Gegen zehn Uhr machte sich Mike zusammen mit Richard auf den Weg zur Schule der Jungs, einem Gymnasium in der Nähe ihrer Dienststelle. Überrascht hatte Mike erfahren, dass alle fünf beteiligten Jugendlichen noch zur Schule gingen, sogar ins Gymnasium, was er nach Willis Ausführungen nicht erwartet hatte. Wenn schon so viel Intellekt vorhanden war, warum hatten sie sich dann gestern am Tatort dermaßen ungezogen aufgeführt?

Bisher hatte Mike die Erfahrung gemacht, dass viele seiner jugendlichen Verdächtigen oder Straftäter einer unterprivilegierten Schicht angehörten. Nicht immer, aber oft. Nun hatte er fünf Jungen als Zeugen, mit scheinbar intakten Elternhäusern, sozial abgesichert, intelligent genug, um ein Gymnasium zu besuchen, und trotzdem laut Polizeiobermeister Willi Schretzlmeier unerwartet respektlos, was sie in Mikes Augen umso verdächtiger machte.

Er beschloss, die Jungs genau unter die Lupe zu nehmen. Bisher hatten sich immerhin zwei Elternteile gefunden, die bereit waren, der Befragung in der Schule beizuwohnen. Das genügte ihm vorerst. Bei den drei anderen Jungen, die aufgrund der Vorschriften jetzt nicht vernommen werden durften, würde ihr Auftauchen vielleicht trotzdem Nachdenklichkeit und – im Falle des Falles – Reue erzeugen, was, wie Mike hoffte, in Anwesenheit ihrer Eltern später durchaus zu ehrlichen Aussagen führen würde.

Das sonnige Wetter vom Vortag hatte sich inzwischen gänzlich verabschiedet. Vorbei war es mit den Frühlingsgefühlen, der Winter schien nicht loslassen zu wollen. Dunkelgelbe Wolken jagten über den Himmel, wieder einmal trudelten dicke Schneeflocken zu Boden, machten die Straßen rutschig.

Mike musste sich gezwungenermaßen der vorsichtigen Fahrweise der Autos vor ihm anpassen, gut eine Viertelstunde später als geplant trafen Richard und er auf dem Parkplatz der Schule ein.

Der Direktor begrüßte die beiden Kommissare persönlich. »Grüß Gott, Herr Zinnari!« Direktor Pfisterhammer reichte ihm säuerlich die Hand.

Mikes Tochter Babs hatte früher diese Schule besucht, bevor er sie wegen schlechter gewordener Leistungen nach seiner Trennung von Marion auf ein anderes Gymnasium in Straubing gegeben hatte. Dort hatte sie bereits Freundinnen gehabt und sich schnell in die Gemeinschaft eingefügt, was sich bald an den besseren Noten zeigte. Der Schulleiter war damals nicht gerade erfreut gewesen, die Tochter eines Kriminalkommissars als Schülerin zu verlieren, Mike hatte das Gefühl, er trug ihm diese Entscheidung immer noch nach.

»Herr Pfisterhammer!« Mike begrüßte ihn und stellte seinen Kollegen Richard Bacher vor.

Pfisterhammer strich immer wieder über seine grau melierten Haare und rückte nervös an seiner Brille. »Im Grunde bin ich ned sehr begeistert davon, die Jungen aus dem Unterricht zu holen«, sagte er mit tiefer, brummiger Stimme. »Alles, was die Routine stört, trägt ja ned zur Förderung der Konzentration bei, ned wahr?«

Mike nickte. »Das ist uns klar, Herr Pfisterhammer. Doch nach einem solchen Erlebnis wie gestern denk ich, dass es mit der Aufmerksamkeit wohl eh ned weit her sein kann. Bestimmt reden die fünf Kinder darüber, sehen womöglich noch den grausigen Anblick von dem Toten vor sich. Wir wollen uns nur vergewissern, dass alles in Ordnung ist, oder gegebenenfalls psychologische Unterstützung anbieten. Verstehen Sie das?«

Kein Wort davon, dass die Kinder in seinen Augen ebenfalls verdächtig sein könnten. Mike vermied es bewusst, schon im Vorfeld irgendwelche Ressentiments aufzubauen. Er wollte vom Direktor, oder besser noch vom Klassenlehrer, der die Jungen wohl näher kannte, eine unvoreingenommene Meinung über die Jugendlichen einholen. Da wäre es nicht ratsam gewesen, schon jetzt über irgendwelche Verdächtigungen zu sprechen.

Rektor Pfisterhammer nickte langsam. »Ja. Da ist was dran. Es gab schon eine gewisse Unruhe heute Morgen«, gab er zu, »doch Herr Schuster, der Klassenlehrer der 10a, hat das sehr schnell unterbinden können.«

»Herr Schuster ist der Klassenlehrer welcher Jungen?«, wollte Richard wissen, wobei er gleichzeitig seinen unvermeidlichen Notizblock zückte.

»Von Walter Schieder und Peter Voss. Peters Vater, der übrigens ebenfalls Peter heißt, wartet oben vor dem Klassenzimmer.

Walters Eltern wollten oder konnten nicht kommen, tut mir leid.«

Richard nickte. »Ja, ich weiß, wir werden ihn zu Hause befragen.«

Pfisterhammer fuhr schnell fort: »Und dann ist noch die Schwester von Roland Bogenrieder gekommen. Rolands Mutter lebt nicht mehr, seine Schwester hat das Sorgerecht für ihn übernommen. Ich hab sie inzwischen ins Lehrerzimmer gesetzt.«

Das klang so überheblich, als wäre auch Rolands Schwester Schülerin bei ihm. »Roland ist in einer anderen Klasse«, fuhr er fort, »eine Jahrgangsstufe unterhalb von Peter Voss und Walter Schieder. Er geht zusammen mit den beiden anderen Jungs, die gestern wohl dabei gewesen waren, in eine Klasse.«

Wieder nickte Richard, er ließ Mike mit einem kurzen Satz wissen, dass auch diese beiden Jungen nur in ihrem Elternhaus zu befragen waren.

Mike sah Direktor Pfisterhammer an und lächelte höflich. Ihm war das abweisende Verhalten des Rektors nicht entgangen, doch darauf konnte er, vielmehr wollte er keine Rücksicht nehmen.

»Mit Herrn Schuster würden wir gerne reden, wenn das geht, und mit dem Klassenlehrer von dem Roland auch. Aber erst, nachdem wir die Jungen gesprochen haben. Wo können wir uns denn am besten in Ruhe unterhalten, Herr Pfisterhammer?«

Der Schuldirektor wirkte noch immer zweifelnd, er hob unschlüssig die Schultern. »Im Lehrerzimmer, denke ich. Da wird die nächste Stunde sicher keiner stören. Möchten Sie beide Jungs gleichzeitig haben oder lieber nacheinander?«

»Die können schon zusammen kommen, kein Problem«, gab Mike zurück. Pfisterhammer nickte ihm zu. »Gut. Kommen Sie, ich zeig Ihnen das Lehrerzimmer, dann gehe ich die beiden Kinder und Peter Voss senior holen.«

Ihre Schritte hallten hohl wider, während sie zu dritt durch die Aula stiefelten. Richard warf Mike einen schnellen Blick zu und verzog das Gesicht. Mike verstand, was er damit ausdrücken wollte. Schulgeräusche, Schulgerüche, überall gleich. Während Richard wohl nur froh war, dies alles schon seit Jahrzehnten hinter sich zu haben, wiederholten sich bei Mike diese unerfreulichen Eindrücke jedes Mal, wenn er zu einem Elternabend geladen war. Er schaute mit einem düsteren Grinsen zurück. Glücklicher kinderloser Richard …

Das Lehrerzimmer entpuppte sich als langer, schmaler Schlauch mit drei schmalen Fenstern, die nicht genügend Helligkeit einließen, um das Tageslicht als Beleuchtung ausreichen zu lassen. Neonlampen an der Decke verbreiteten ein bleiches Licht, das die junge Frau, die sich bei ihrem Eintreten unsicher vom Stuhl erhoben hatte, im höchsten Maße seekrank aussehen ließ.

Mike ging mit ausgestreckter Hand auf sie zu. »Grüß Gott, Kommissar Zinnari von der Kripo Straubing. Mein Kollege Bacher. Und Sie sind die Schwester von Roland? Frau …?«

»Bogenrieder. Verena Bogenrieder. Ja, ich bin die Erziehungsberechtigte von Roland, wie es so schön heißt. Meine Mutter lebt nicht mehr. Und Vater, na ja, er ist schon ziemlich alt …«

Sie sprach mit einer leisen, aber angenehm sonoren Stimme. Als sie Mike die Hand reichte, fühlte sich diese eiskalt an, was Mike nicht weiter verwunderte. Selbst die auf volle Kraft aufgedrehten Heizkörper konnten den Raum kaum erwärmen. Hier war es so kühl, dass Mike fast erwartete, beim Sprechen Kondenswölkchen auszuatmen.

»Danke, dass Sie sich die Zeit nehmen, mit uns zu reden, Frau Bogenrieder«, fuhr Mike fort. »Bittschön, nehmen Sie doch wieder Platz. Herr Pfisterhammer wird gleich mit Ihrem Bruder kommen und mit Peter Voss und seinem Vater. Kennen Sie die beiden?«

Verena Bogenrieder nickte, während sie zurück auf den Stuhl sank. Mike und Richard nahmen seitwärts von ihr Platz.

»Ja freilich«, erwiderte sie mit leiser Stimme. »Die anderen Buben, mit denen Roland gestern unterwegs war, kenne ich auch alle, Roland und sie sind schon seit dem Kindergarten miteinander befreundet.«

Unauffällig musterte Mike die junge Frau. Sie schien etwa Anfang, Mitte dreißig zu sein. Schwarze Haare hingen lang und glatt bis auf die Schultern, das ungeschminkte, schmale Gesicht wirkte fahl, die braunen, von dunklen Ringen unterlegten Augen guckten ihm müde entgegen. Sie sah irgendwie – Mike suchte nach dem passenden Ausdruck – verhärmt aus. Oder lag das nur an dem bleichen Licht?

Mikes Überlegungen wurden durch das Eintreten des Rektors unterbrochen. Ihm folgten ein großer, schlanker Mann und ein hochgeschossenes, schmächtiges Bürscherl, die Ähnlichkeit im Gesicht wies sie eindeutig als Vater und Sohn aus. Dahinter kam noch ein stämmiger Junge in den Raum, der sich kurz umsah und dann, etwas abseits, einen Stuhl nahm. Das musste wohl Roland Bogenrieder sein.

Pfisterhammer stellte sie einander vor. Mike fiel dabei auf, dass der schwarzhaarige Roland seine Schwester kaum angeschaut hatte. Daraufhin wartete Mike auf eine Reaktion von ihr, die jedoch nicht erfolgte. Verena Bogenrieder hatte ihrerseits nur kurz Notiz von ihrem Bruder genommen, dann beide Ellbogen auf dem Tisch abgestützt, das Kinn in die Hände gelegt und starrte regungslos auf die Tischplatte vor ihr. Sie schien geistig völlig abwesend zu sein.

Mike fand das alles sehr sonderbar. Verenas Bruder war gestern Zeuge eines Leichenfundes geworden, hier saß nun die Kriminalpolizei an diesem Tisch, und beide Bogenrieders schienen trotzdem krampfhaft bemüht, einen möglichst unbeteiligten Eindruck zu erwecken.

Von seinen Überlegungen abgelenkt, hatte Mike nicht mitbekommen, dass Richard die Befragung bereits begonnen hatte. Er hörte Richard in seiner typisch amtlichen Ausdrucksweise sagen: »… euch deshalb bitten, möglichst sachlich und genau zu schildern, wie die Sache gestern vonstattenging.«

Lieber Himmel, wo hatte Richard nur diese Wörter her?

»Vonstattenging«, so redete doch heutzutage kein Mensch mehr! Vor allem, woher sollten die Kinder wissen, was er eigentlich damit meinte? Doch die beiden Buben schienen Kommissar Bacher durchaus verstanden zu haben.

Unbeabsichtigt in die Rolle des Beobachters gedrängt, hatte Mike reichlich Gelegenheit, die Gesichter der Schüler zu studieren. Beide Jungs warfen sich einen schnellen Blick zu, sahen dann wieder weg und schwiegen eisern.

Scharf musterte Peter Voss senior, der trotz der hageren Figur einen durchtrainierten Eindruck machte, seinen Sohn. »Peter, erzähl der Polizei alles, was du mir gestern auch gesagt hast«, forderte er ihn mit herrischer Stimme auf.

Die Augen in dem schmalen Gesicht des Jungen verengten sich zu Schlitzen. »Das hab ich gestern doch schon, mein Gott. Ich hab geglaubt, Ihre Kollegin hat alles aufgeschrieben? Kann wohl nicht weit her sein mit unserer Exekutive.« Spöttisch, fast schon herablassend, sah er zu Richard hinüber.

Peters Vater wurde blass, und er hob in einem kurzen Reflex die rechte Hand, ließ sie jedoch augenblicklich wieder sinken. »Peter, reiß dich zusammen! Wir sind nicht zum Spaß hier, oder? Du sagst jetzt alles, was du weißt, oder …«

Der drohende Unterton schien den jungen Voss nicht zu beeindrucken. »Ja doch, Alter. Wenn's sein muss.«

Langsam dämmerte Mike, was sein Kollege Willi Schretzlmeier heute Morgen gemeint hatte. Zumindest dieser Peter Voss schien genau in diese Kategorie zu passen, die Willi angedeutet hatte: respektlos und frech.

Roland Bogenrieder hingegen hatte bisher kein einziges Mal den Kopf gehoben und noch keinen Piep von sich gegeben. Während Peter nun sichtlich gelangweilt wiederholte, was er gestern schon bei Jutta angegeben hatte, starrte sein dunkelhaariger Freund stur zu Boden, ohne eine Regung preiszugeben.

»Wir hatten uns zum Biken verabredet. Die Strecke hinüber bis zu dem kleinen Wald ist ideal dazu, die vereisten Feldwege machen Spaß, und vor allem die Buckel in den Äckern können so schön übersprungen werden. Wir waren in voller Fahrt, als der Walter plötzlich losbrüllte. Er hatte den Toten entdeckt. Da sind wir alle stehen geblieben und haben uns den angeschaut. Der Mann sah echt grauslig aus, deswegen hab ich meinen Vater angerufen, weil wir nicht wussten, was wir sonst tun sollten. Und dann haben wir gewartet, bis er gekommen ist. Wir haben nichts angefasst, Herr Kommissar.« Der letzte Satz klang wieder ziemlich arrogant.

All das wusste Mike bereits aus den Protokollen, Peter hatte sich mit keinem Wort widersprochen. Er wandte sich an dessen Vater. Von ihm erhoffte er sich eine umfassendere Auskunft als von dem aufsässigen Filius.

»Herr Voss, Ihr Sohn hatte Sie gestern also über das Handy verständigt, und Sie sind dann dort hingefahren, bevor Sie bei uns Meldung gemacht haben. Wo die Lei–«, er unterbrach sich schnell, denn das Wort »Leiche« gebrauchte er sehr ungern, »… ähm, dort, wo sich Ihr Sohn und seine Freunde aufgehalten hatten, ist es ja ziemlich einsam und öde. Haben Sie denn irgendjemanden unterwegs gesehen, jemanden getroffen, ein Fahrzeug bemerkt? Ist Ihnen etwas Ungewöhnliches aufgefallen?«

Voss schüttelte den Kopf. Noch immer schaute er nachdenklich auf seinen Sohn, als er langsam antwortete: »Tut mir leid, Herr Kommissar, nein. Als meine Frau und ich dort angekommen sind, haben wir niemanden zu Gesicht bekommen, uns ist nichts Außergewöhnliches aufgefallen.« Endlich drehte er den Kopf in Mikes Richtung. »Und am Leichenfundort waren nur die fünf Kinder, freilich furchtbar aufgeregt, das können Sie sich ja wohl denken.«

Er drückte sich sehr sicher und gewählt aus, was Mike veranlasste, ihn näher in Augenschein zu nehmen. Kam er ihm nicht irgendwie bekannt vor? Spontan fragte er: »Herr Voss, entschuldigen Sie, kennen wir uns von irgendwoher?«

Der blonde Mann lächelte verkniffen. »Sicher. Vor etwa zwei Jahren sind wir uns vor Gericht begegnet, als ich das Mandat eines Mordverdächtigen übernommen hatte.«

Mike unterdrückte den Impuls, sich auf die Stirn zu klatschen. Genau, das war es. Peter Voss senior hatte damals die Verteidigung eines mutmaßlich mehrfachen Mörders übernommen, bei dessen Verhandlung Mike als Zeuge aussagen musste.

Er nickte. »Stimmt, entschuldigen Sie, jetzt erinnere ich mich.« Zugleich zog sich sein Magen heftig zusammen. Himmel, der Vater dieses siebengescheiten, rotzfrechen Buben war ausgerechnet ein Anwalt! In der saloppen Aufmachung mit Jeans und Pulli hatte er ihn nicht wiedererkannt. Selbst Richard, der ebenfalls an einem der Verhandlungstage geladen gewesen war, schien dieser Mann nicht in Erinnerung geblieben zu sein.

Richard hob verlegen die Schultern. »Stimmt, jetzt, wo Sie es sagen … ja, wir kennen uns. Aber wir wollen nicht von abgeschlossenen Dingen reden, sondern interessieren uns ausschließlich für den neuen Mordfall. Herr Voss, Sie waren nach dem Anruf Ihres Sohnes am Tatort, haben Sie den Toten ebenfalls gesehen? Bisher konnten wir ihn nämlich noch nicht identifizieren. Kommt er Ihnen irgendwie bekannt vor?«

Seine Stimme klang außergewöhnlich eifrig, bemerkte Mike erstaunt. Bisher hatte Richard immer den sprichwörtlichen »Tritt in den Hintern« gebraucht, um selbstständig und tatkräftig zu agieren. Leise Hoffnung keimte in Mike auf, dass aus dem jungen Kommissar langsam vielleicht doch ein brauchbarer Kollege wurde, der nicht immer eine führende Hand benötigte.

Voss schüttelte energisch den Kopf. »Nein, da muss ich Sie leider enttäuschen. Den Toten habe ich mir schon angesehen, klar, ich musste mich schließlich erst einmal vergewissern, ob nicht ein Notarzt dringender gebraucht würde als die Kripo. Aber bekannt ist mir der Mann nicht, nein, tut mir leid.«

»Schade. Na ja, nichts zu machen. Und das war wirklich alles, was du uns zu sagen hast, Peter?«, fragte Richard den dünnen Jungen in ungewohnt strengem Tonfall.

Überrascht musterte Mike ihn erneut. Himmel, Richard hatte wohl heimlich einen Vernehmungskursus belegt, so überzeugend selbstsicher kannte er ihn gar nicht. Er durfte nicht vergessen, ihn nachher zu loben und eventuell darüber auszufragen, was diese wundersame, erfreuliche Verwandlung ausgelöst haben könnte.

»Taub sind Sie aber nicht, Herr Kommissar, oder?« Peter Voss junior lächelte so spöttisch und überheblich, dass selbst Mike der Atem stockte. »Ich habe doch gerade gesagt, dass das alles ist, was ich weiß. Was ist daran so schwer zu kapieren?«

Wieder zuckte die Rechte des Anwalts empor, wieder ließ er sie schnell sinken. »Peter, mein Gott, wie redest du denn? Reiß dich gefälligst am Riemen!«, blaffte er ihn an.

Die Miene des Jugendlichen veränderte sich kaum merklich. Hätte ihm Mike nicht so genau ins Gesicht gestarrt, wäre ihm entgangen, dass sich seine Augen für den Bruchteil einer Sekunde ängstlich verdunkelten, bevor der Junge wieder grinste.

»Ist doch wahr. Jetzt habe ich das alles schon so oft erzählt, und mehr weiß ich wirklich nicht, Herr Kommissar.« Die letzten beiden Worte sprach er so betont höflich in Richtung Richard aus, dass es schon wieder unhöflich wirkte.

Richard ging nicht darauf ein. »Vielen Dank, mein Junge«, erwiderte er nur im gleichen Tonfall, bevor er sich an den schweigsamen Roland Bogenrieder wandte. »Und du, Roland? Möchtest du noch etwas hinzufügen? Ist dir mehr aufgefallen oder in Erinnerung geblieben, als das, was Peter uns erzählt hat?«

Immer mehr war Mike über Richards selbstsicheres Auftreten verwundert. Er musste ihn unbedingt fragen, welches Müsli er am Morgen gefrühstückt hatte, vielleicht lag sein Energieschub ja daran …

Roland Bogenrieder hatte nach Richards Frage nur kurz den Kopf gehoben, dann starrte er wieder nach unten.

»Nein«, gab der Junge mürrisch zurück, »ich weiß auch ned mehr.«

Richard wandte sich an seine Schwester. »Frau Bogenrieder, stimmt das? Oder hat Roland daheim Ihnen gegenüber noch etwas erwähnt, was er jetzt, vielleicht in der Aufregung, vergessen hat?«

Die zittrigen Finger ineinander verschlungen, schaute Verena Bogenrieder ihn an. »Was der Peter grad alles gesagt hat, genau das Gleiche hat der Roland auch mir daheim erzählt. Sonst nix weiter. Das stimmt doch, Roland, gell?«

»Ja. Ich weiß sonst nix.«

Das Gespräch kam ins Stocken. Richard sah hilflos hinüber zu seinem Chef, anscheinend wusste er gerade nicht, was er als Nächstes fragen sollte.

Mike schon. Nach kurzer Überlegung taxierte er scharf Verena Bogenrieder.

»Frau Bogenrieder, Sie sind sehr schweigsam«, richtete er das Wort an die junge Frau.

Sie fuhr merklich zusammen. »Wie bitte? Entschuldigung, ich hab grad ned zug'hört …«

Ein erschreckter Blick traf ihn aus rehbraunen Augen. Als er ihr ins blasse Gesicht schaute, verspürte Mike plötzlich Mitleid mit ihr. Obwohl er eigentlich streng wirken wollte, fiel seine Frage milder aus als geplant.

»Vielleicht können Sie uns ja helfen, den Toten zu identifizieren? Richard, hast du ein Foto dabei?« Richard nickte und langte in seine Jackentasche.

Mike fuhr fort: »Es könnte uns helfen, wenn Sie es sich mal anschauen würden. Wie gesagt, noch wissen wir nicht, wer er ist. Jeder Hinweis könnte uns schon weiterbringen.«

Richard, erleichtert über Mikes Unterstützung, schob das Foto der Pathologie über den Tisch. Darauf war das von Blut und Schmutz gereinigte Gesicht des alten Mannes besser zu erkennen als auf den Tatortbildern.

Mit den Fingerspitzen drehte sie es in ihre Richtung, ehe sie den Kopf schüttelte. »Nein, der Mann ist mir unbekannt. Ich kenn den ned.«

Dennoch studierte sie weiterhin das Foto, dann sah sie auf und fuhr sich mit beiden Händen über das Gesicht, bevor sie Richard das Bild zurückreichte. »Nie gesehen.«

Genau dieser letzte Satz kam Mike seltsam vor. Hätte sie es

bei ihrer ersten Einschätzung belassen, wäre alles klar gewesen. Doch den Zusatz »Nie gesehen« brachte sie mit einer so unsicheren Stimme hervor, dass man vermuten musste, dass das nicht stimmte.

»Sicher nicht?«, fragte Mike sanft nach.

»Ich … nein, ich kenn den Mann ned. Tut mir leid.« Die schmalen Schultern zuckten hilflos.

Daraufhin wandte sich Mike an Roland. »Und du? Ich weiß, wenn du ihn kennen würdest, hättest du es bestimmt schon gesagt. Aber trotzdem – denk doch bitte noch mal nach. Hast du den Mann schon mal irgendwo gesehen, Roland?«

Die braunen Augen waren die seiner Schwester, der gleiche erschreckte Ausdruck spiegelte sich sekundenlang darin.

»Keine Ahnung. Nein.«

Forschend sah er dem Jungen ins Gesicht, doch Rolands Augen wichen ihm aus. Okay, dachte Mike, der die Anzeichen nur zu gut erkannte, schließlich hatte er selbst eine pubertierende Tochter zu Hause. Aus diesem Jungen war mit Sicherheit zumindest im Augenblick nichts mehr herauszubringen.

Er nickte in die Runde. »Danke, dass Sie sich Zeit für uns genommen haben. Ich denke, das war vorerst alles, oder möchtest du noch etwas fragen, Richard?«

Rasch winkte sein Kollege ab. »Äh, nein, so weit ist alles klar.«

»Gut, also dann …«

Zeitgleich mit Mike erhob sich Anwalt Voss, der sichtlich erleichtert war, wieder gehen zu können. Verena Bogenrieder schloss sich seiner Verabschiedung an, und die beiden verließen gemeinsam den Raum.

Rektor Pfisterhammer schickte die zwei Schüler zurück in die Klassenzimmer. Bevor er sich ebenfalls verdünnisieren konnte, hielt ihn Mike zurück. »Herr Pfisterhammer, wäre es dann möglich, uns die beiden Klassenlehrer noch hereinzuschicken? Bitte, ausnahmsweise, dann sind wir auch gleich wieder weg.«

Er hatte die ablehnende Haltung des Schulleiters nicht vergessen und legte jetzt einen besonders höflichen, freundlichen Ton in seine Stimme.

Es schien zu wirken, denn Pfisterhammer lächelte zwar nicht, sah aber kurz auf die Armbanduhr und sagte in einem verbindlichen Ton: »Sicher, wenn Sie noch zehn Minuten warten möchten, dann ist die Schulstunde eh vorbei, und ich könnte Ihnen Herrn Schuster und Herrn Mauersegler kurz vorbeischicken.«

»Danke. Das ist sehr nett.«

Der Rektor nickte noch einmal und ging.

Richard nahm glucksend wieder auf seinem Stuhl Platz. »Mauersegler, herrje, der Mann ist aber auch gestraft mit diesem Namen.«

Mike hockte sich ihm gegenüber. »Aber nur wenn er abstehende Ohren hat.«

Richard lachte. »Oder einen Schwalbenschwanz trägt.«

Dann wurde Richard schlagartig ernst, er runzelte die sommersprossige Stirn. »Du, Mike, diese Verena Bogenrieder, die ist aber komisch, was? Irgendwie fand ich es seltsam, dass die so abwesend tat. Als ob sie das Ganze gar nix anginge, als ob sie grad gar nicht wüsste, warum sie überhaupt da bei uns im Lehrerzimmer gehockt hat. Findest du nicht auch?«

Richard war ihr sonderbares Verhalten also ebenfalls aufgefallen. Mike nickte. »Stimmt, das hab ich mir auch gedacht. Jedenfalls schaut sie irgendwie – na ja, ned so jung aus, wie sie wohl ist. Ich glaub, irgendwie geht's ihr grad ned sehr gut.«

Näher wollte Mike seinen Eindruck von der jungen Frau nicht erläutern, doch für Richard war das schon ausreichend, um ihm zu widersprechen.

»Was meinst du denn? Allmächd, die war doch nicht hässlich, ganz im Gegenteil! Sehr hübsch, vielleicht ein bissel mager, aber trotzdem … die schaut doch nicht übel aus, oder?«

Richards heftige Erwiderung brachte Mike dazu, ihn interessiert zu mustern. Hoppla, hatte sich der junge Kollege da etwa verguckt? War *das* der Grund, weshalb er plötzlich so souverän aufgetreten war? Wollte er die junge Dame beeindrucken?

»Du, Richard, sag mal, was hast du denn heut eigentlich gefrühstückt?«

»He? Warum?«

Mike grinste. »Weil ich dich gar ned so kenn, so resolut und energisch. Das ist mir beim Verhör mit dem jungen Voss aufgefallen. Hast du ein besonders energiereiches Müsli gegessen? Oder lag's an der Anwesenheit der hübschen Frau Bogenrieder?«

Richard wurde tatsächlich rot. »Wie kommst du jetzt auf den Quatsch? Glaubst es«, hielt er ihm heftig entgegen, »sonst meckerst immer an mir herum, weil ich den Mund nicht aufbekomme, und sag ich dann mal was, passt es dir auch nicht!«

Abschwächend hob Mike die Hand. »So war das ned gemeint, Richard, ehrlich. Mir hat das ganz prima gefallen, wie du vorhin die Situation mit diesem erziehungsresistenten jungen Voss gedeichselt hast. Hätt ich selbst ned besser machen können. Mich hat's halt einfach nur gewundert, weil ich das gar ned von dir gewohnt bin.«

Mikes Lob ging Richard anscheinend runter wie warme Milch mit Honig. Er strahlte, aber über die Anspielung auf Verena Bogenrieder ging er einfach hinweg.

Richard zuckte die Schultern und versuchte ein schiefes Lächeln. »Danke, Mike. Tut auch mal gut, von dir gelobt zu werden.«

Dies gab Mike einen Stich. Eigentlich hatte er geglaubt, ein guter Chef zu sein, aber anscheinend gab es trotzdem Defizite in seiner Personalführung, die ihm nicht immer bewusst waren.

»Äh, Richard, wir sollten –«

Er stockte, denn die Tür ging auf, und die beiden Lehrer traten ein.

Rektor Pfisterhammer blieb im Türrahmen stehen, er stellte sie einander vor. »Fünf Minuten«, erinnerte der Schulleiter die Kommissare an ihr Versprechen, »länger kann ich den Stundenplan unmöglich unterbrechen.«

Dieses belehrende Getue begann Mike langsam auf die Nerven zu gehen. Was glaubte dieser Typ, warum sie hier waren? Sie hatten einen Mord aufzuklären, verdammt noch mal!

Entsprechend schroff war sein Tonfall. »Wir haben's ja gleich, Herr Pfisterhammer.«

Daraufhin drehte sich der Direktor abrupt um, die Tür fiel mit einem unsanften Knall hinter ihm zu. Was Mike wiederum relativ egal war.

Herr Mauersegler hatte keine abstehenden Ohren und trug auch keinen Frack. Nachdem sich Richard mit einem versteckten Grinsen davon überzeugt hatte, setzten sich alle mit dem gebotenen Ernst an den Tisch.

Entschlossen wandte sich Mike zuerst an den Klassenleiter von Peter Voss.

»Herr Schuster, die beiden Buben Peter Voss und … wie hieß der andere gleich noch?«

»Walter Schieder«, warf Richard ein, seinen Notizblock zu Hilfe nehmend.

Mike nickte kurz in seine Richtung. »… richtig, die beiden Jungen sind in Ihrer Klasse. Könnten Sie uns bitte sagen, welchen Eindruck Sie von den beiden haben, ich meine, wie sie sich Ihnen gegenüber benehmen, welches Verhältnis sie zu den Mitschülern haben und so weiter, Sie wissen schon, was ich meine.«

Lehrer Schuster war noch relativ jung, er hatte die Klasse erst zu diesem Schuljahr übernommen. Nachdenklich kratzte er sich an seinem Dreitagebart.

»Nun, Walter benimmt sich recht unauffällig, meldet sich so gut wie gar nicht, seine schulischen Leistungen liegen eher im Mittelmaß. Der Peter, das ist schon ein anderes Kaliber. Der hat was drauf, wenn ich das mal so sagen darf. Ein sehr intelligenter Kerl. Wenn er nur ein wenig fleißiger wäre, würde er ein Einser-Abi anstreben. Aber ich habe den Eindruck, er macht grad so viel, wie es sein muss. Gut, sein Benehmen wirkt manchmal ein bisschen ungehobelt, aber bisher hat er sich wirklich nichts Gröberes zuschulden kommen lassen.«

»Er ist im Unterricht also durchaus umgänglich?«, fragte Mike neugierig nach.

»Ja. Eigentlich schon. Es gab bisher nichts, was wir nicht hätten ausdiskutieren können.«

Irgendwie traf diese Beschreibung nicht auf den Burschen zu, den Mike vorhin erlebt hatte. Peter Voss und eine Diskussion führen, das passte so wenig zusammen wie Vanilleeis mit Ketchup.

Ungläubig hob Mike eine Augenbraue. »Gerade eben bei unserer Befragung gab er sich aber ziemlich aufsässig und frech. War er denn niemals bei Ihnen im Unterricht so?«

Schuster zögerte. »Neeein … aber weil Sie es jetzt sagen – war denn auch Peters Vater vorhin dabei?«

»Ja.«

Der Lehrer nickte. »Das dachte ich mir. Bei einem unserer Elternabende hatte ich ein ähnliches Erlebnis. Die beiden saßen im Klassenzimmer vor mir, und ich erkannte den Peter kaum wieder. Immerzu hat er seinem Papa widersprochen und sogar mir gegenüber – ganz ungewohnt – pampige Antworten gegeben. Am nächsten Tag hat er sich bei mir dafür aber entschuldigt.«

So, damit kam man der Sache schon näher. Anscheinend war Peter ein guter Schauspieler, der, warum auch immer, seinem Vater gegenüber den starken Mann markieren wollte. Unmittelbar fiel Mike die Geste ein, als der Anwalt die Hand drohend gegen seinen Sohn erhoben hatte. Ohne es zu wollen, entwich ihm ein lautes »Aha!«.

Als er den verständnislosen Blick des Lehrers auf sich fühlte, nickte er ihm zu. »Gut, danke, Herr Schuster, das hat uns schon mal geholfen.«

Er wandte sich an Lehrer Mauersegler und befragte ihn zu Roland Bogenrieder und den beiden anderen Jungen.

»Durchschnitt, alle drei. Allerdings«, er zögerte kurz, bevor er fortfuhr, »bei Roland könnte ich das Gleiche behaupten wie mein Kollege Herr Schuster von Peter. Der Roland ist nicht dumm, im Gegenteil, er bemüht sich sehr und macht das Beste aus dem, was ihm möglich ist. Aber er kommt mir oft so – na ja, abwesend vor, bedrückt, vielleicht von irgendwelchen Sorgen belastet. Ich glaube, er könnte weitaus bessere Noten haben, wenn er nicht so abgelenkt wäre.«

Lehrer Mauerseglers Meinung passte genau zu Mikes persönlichem Eindruck von Roland. »Haben Sie ihn einmal darauf angesprochen? Nachgefragt, was ihn bedrückt?«

»Vielleicht sollte ich das. Mein Versäumnis.« Der Lehrer schüttelte bedauernd den Kopf.

Mike hätte nachfragen können, worin sich dieses Versäumnis begründete, doch stattdessen wollte er von ihm wissen: »Rolands Schwester Verena, kommt die zu den Elternabenden, haben Sie mit ihr darüber gesprochen?«

Wieder schüttelte der Lehrer den Kopf. »Äh, nein. Sie war noch nie bei mir in der Sprechstunde.«

Mauerseglers mangelndes Interesse an seinen Schülern war bedauerlich, aber nicht zu ändern. Daher nickte Mike nur unverbindlich. »Gut, danke. Falls Ihnen noch etwas einfällt, was für uns wichtig sein könnte, rufen Sie einfach an. Sie auch, Herr Schuster.« Er gab ihnen seine Visitenkarte, und sie verabschiedeten sich.

Noch immer tat Frau Holle ihr Bestes, doch irgendwie hatte Mike das Gefühl, hier im Freien wäre es trotz des Schneefalls wärmer als im Lehrerzimmer. Mike schloss den Wagen auf. Über das schneebedeckte Autodach hinweg sagte er zu Richard: »Fast hätte ich da drin um einen Glühwein gebeten. Also wirklich, wie kann man nur so arbeiten?«

Richard öffnete die Beifahrertür. Bevor er einstieg, gab er lapidar zurück: »Äh, hast du – außer uns – da drin jemanden arbeiten sehen?«

6

Gegen Mittag waren die beiden Kommissare zurück in der Kriminalinspektion. Mike bat Richard zu veranlassen, dass die drei übrigen Jungs, die sie heute Vormittag nicht hatten befragen dürfen, von ihm oder anderen Kollegen vernommen würden, sobald ein Elternteil da wäre.

Richard nickte und verschwand in seinem Büro, um die Aussagen von Peter Voss und Roland Bogenrieder den anderen Berichten hinzuzufügen. Dass er die Gelegenheit zugleich nutzen würde, um die Personalie Verena Bogenrieder im polizeiinternen Intranet zu überprüfen, behielt er freilich für sich.

Beate Bauernfeind lächelte Mike entgegen. »Gut, dass du da bist. Der Willi wartet schon eine Ewigkeit auf dich. Ich sag ihm gleich Bescheid, dass er heraufkommen kann, okay?«

Irgendwie klang es in Mikes Ohren immer noch ungewohnt, dass Beate ihn duzte. Als Beate damals zum ersten Mal in seinem Büro gestanden hatte, sehr rundlich, sehr pausbäckig und völlig verschüchtert, hatte Mike einfach nicht anders gekonnt, als sie spontan zu fragen, ob sie damit einverstanden sei, dass er sie duzte. Beate hatte damals auf ihn gewirkt wie eine im tiefsten finsteren Wald verirrte Gretel. Gerade der Berufsschule entlassen, unsicher und gehemmt, hatte Beate auf die unerwartete Frage des fremden Kommissars nur genickt, ihren Respekt vor ihm jedoch nicht ablegen können. Sie blieb standhaft beim Sie. Jahrelang ließ Mike es so laufen, aber seit jenem Abteilungsfest in Willis Garten durfte sie ihn ebenfalls duzen. Nach einigen Bierchen intus hatte Willi – mit Richards Unterstützung – erklärt, dass, da sie alle untereinander per Du waren, er es komisch fände, dass Beate ihren Chef nach wie vor siezen sollte. Nachdem Mike einsah, dass er der Etikette halber der Erste sein musste, der ihr dieses Angebot machte, tat er es. Im Übrigen war es längst Zeit dazu, schließlich waren sie inzwischen ein eingeschworenes Team.

Mike nickte ihr zu. »Ja, mach das, Beate. Und bitte, starte einen hausinternen Rundruf, wer noch was vom Italiener haben will. Mich hungert wie ein Wolf. Wenn ich mir nicht bald eine Pizza hinter die Kiemen schieb, kannst du mich abschreiben.«

Beate grinste. »Mach ich. Speziale wie immer?«

»*Si.* Und *pronto. Molto pronto. Grazie.*«

»*Prego.* Übrigens – schnell heißt ›*veloce*‹. Was ›*molto pronto*‹ bedeutet, will ich dir gar nicht übersetzen …« Beate lachte auf.

Verdutzt blieb Mike stehen. »Wieso? Was hab ich jetzt denn Falsches g'sagt?«

»Es kommt drauf an«, kicherte sie, »was du eigentlich meintest. Es war auf jeden Fall richtig, wenn du ausdrücken wolltest –«, sie unterbrach sich und wischte Lachtränen aus den Augenwinkeln, »… dass du, äh, dass du – allzeit bereit bist!« Sie schlug die Augen nieder. Mit einer Hand vor dem Mund setzte sie hinzu: »Entschuldigung. Ich wollte nicht …«

Auch Mike musste lachen. »Lieber Himmel, da hab ich mich aber wieder mal sauber blamiert. Du musst dich ned entschuldigen, Beate, ich dank dir für die Belehrung. Wer weiß, bei wem ich mich mit meinem Fremdsprachentalent als Nächstes in die Nesseln gehockt hätte! Im Übrigen, so falsch war es gar ned. Für eine Pizza bin ich wirklich allzeit bereit!«

»Kommt sofort. *Promesso.*«

»Hä?«

»Verspochen. Ein VHS-Kurs wär vielleicht zu empfehlen. Ich mein ja nur …«

»Ja, ja, hab's schon verstanden.«

Beschwingt ging Mike in sein Büro. Er mochte Beate gern. Den ständigen Bemühungen, ihren mehr als molligen Körperumfang auf die Beschreibung »vollschlank« zu reduzieren, zollte er seit jeher Respekt. Die junge Frau war ihm und Jutta eine unentbehrliche Stütze, was sie sofort wieder bewies, als sie ihm eine Tasse Kaffee hinterhertrug.

Ihr auf dem Fuß trat Willi Schretzlmeier in Mikes Büro. »Ah – Kaffee? Hast für mich auch einen, Beatchen?«

»Freilich, bring ich gleich. Aber Kuchen hab ich keinen, damit du's weißt.«

Willi lächelte sie an. »Muss auch ned sein, i hob mir grad eine Pizza bestellt. Trotzdem sollt i vielleicht doch mal erwähnen, dass deine selbst g'machten Kuchen wirklich a Klasse für sich san, Beate. Hob i dir des scho mol g'sagt?«

Ihre Mundwinkel hoben sich ein wenig. »Ist schon recht, danke, aber es wirkt nicht.« Beate schob sich zur Tür, bevor sie schnell hinzufügte: »Deine Frau reißt mir den Kopf ab, wenn sie mitkriegt, dass du von mir was Süßes kriegst. Und das will ich gar nicht riskieren.« Damit war sie verschwunden, während Willi ihr verblüfft hinterhersah.

»Jetzt werd's hinten höher als vorn! Soll des heißen, dass sich meine Alte mit der Beate verschworen hod?«

Belustigt gab Mike zurück: »Davon weiß ich nix, Willi. Aber recht haben s' beide. Ich hab noch nie was davon g'hört, dass eine Diät mit Apfelkuchen wirksam sein soll …«

Abgrundtief seufzend ließ sich Willi auf einen Stuhl vor Mikes Schreibtisch sinken. »Fällst du mir also auch no in den Rücken.«

»Ach, Willi, ist doch nur Spaß.«

Mit einem Ruck setzte sich Mike auf. »So, was ist jetzt, hast was für mich?«

Willi nickte und zog ein zusammengefaltetes Blatt aus der Hosentasche.

»I woaß, wer der Tote is«, erklärte er mit triumphierender Miene.

»Echt? Super, Willi, das ist ja großartig!«

»I war doch bei den Riedmeiers, denen der Acker vom mutmaßlichen Tatort g'hört. Hab eahna des Foto von dem Toten zoagt. De Riedmeiers waren voll freundlich, also beide, der junge Bauer, der a Hans hoaßt, und der alte, der scho vor Jahren an den Sohn übergeben hod. Also, der alte Riedmeier sagt, er kennt den Toten. Wär ein früherer Nachbar und Stammtischbruder von ihm.« Willi schwieg und kratzte sich an der Nase.

»Ja und, weiter? Name?«

»Hä? Ach so, der Name. Hob i den no ned g'sagt? Thomas Pickerl, genannt Dammerl. So hat ihn der alte Riedmeier genannt: der Pickerl Dammerl. Des war früher so die altbayerische Bezeichnung fur Thomas, woaßt.«

»Himmel, Willi, ich bin selbst Niederbayer, ich weiß, dass der Name Thomas früher Dammer oder Dammerl g'heißen wurde. Und was hat er sonst noch g'sagt?«

»Der Pickerl war alleinstehend, a Einschichtiger, nie verheiratet, koane Kinder. Ob no andere Verwandte bekannt san, lass i grad von Kollegen überprüfen. Früher hat er mit seiner älteren Schwester und a paar Bediensteten an ziemlich großen Bauernhof in Großberghofen bewirtschaftet, oba die Schwester is scho lange tot. I hob den Riedmeier g'fragt, ob er sich denken konn, was der Pickerl an einem Sonntagmittag auf einem seiner Äcker zu suchen g'habt hod. Da hod er nur g'meint, dass des ein Zufall hätt sein können, weil die Felder daneben dem Pickerl selbst g'hören würden und seit Längerem verpachtet wären, nämlich an den jungen Hans Riedmeier, weil es so schön gepasst hod und praktisch is. Zum letzten Mal g'sehen hod er den Pickerl gestern Vormittag beim Frühschoppen in ihrer Stammwirtschaft. Gegen elf, halb zwölf hätt sich der Stammtisch aufg'löst, der Riedmeier is hoamg'fahren, wos der Pickerl anschließend g'macht hod, wusste er ned. Und des war's auch scho, mehr konnt i ned in Erfahrung bringen.«

»Thomas Pickerl.« Nachdenklich nahm Mike seine Kaffeetasse in die Hand. »Das ist doch schon was, dass wir den Namen des Toten haben. Gut g'macht, Willi! Aber wie hat er denn eigentlich seinen Hof in dem Alter noch allein betreiben können?«

»Hod er ned. Der Pickerl hod inzwischen alles aufgegeben. Er lebte seit etwa einem Jahr in einem Seniorenstift hier in Straubing – sein Hof samt allen Feldern is verpachtet. Wos mich allerdings stutzig macht, is, dass ihn von der Heimleitung bisher niemand als vermisst g'meldet hod. Schließlich is er seit gestern abgängig, des muss doch jemandem aufg'fallen sein!«

»Da geb ich dir recht. Wir fahren hin und fragen.«

»Aber ned jetzt glei, oder? Die Pizza …« Willi erinnerte Mike sanft daran, dass sie alle noch nicht zu Mittag gegessen hatten. Wie auf Befehl begann Mikes Magen vernehmlich zu knurren. Sie lachten beide.

»Nein, danach. Im Übrigen würde ich lieber den Richard mitnehmen, Willi. Ned bös sein, aber ich will da ned gleich mit Uniform auflaufen, verstehst?«

»Hob nix dagegen.« Gleichmütig hob der Polizeiobermeister die Schultern.

»Gut. Lass es dir schmecken. Und, Willi, du hast mich ned enttäuscht, ich hab g'wusst, dass du unserem Toten einen Namen geben wirst!«

Endlich erreichte Verena Bogenrieder ihr Zuhause und stellte den Golf in der Garage ab. Es war allerhöchste Eisenbahn, ihre Nachbarin Mathilde aus der freundlichen Hilfestellung zu entlassen. Eilig riss sie die Handtasche vom Beifahrersitz, sprang aus dem Wagen und stürmte ins Haus.

Schon an der Eingangstür konnte sie ihren Vater brüllen hören. Zugleich erschien Mathilde mit blassem Gesicht an der Küchentür.

»Gut, dass du da bist, Vreni. Der Sepp ist heut mal wieder völlig daneben, die Pflegerin hat sogar mich dazuholen müssen, damit sie ihn einigermaßen waschen und umziehen hat können. Ich glaub, der hat g'merkt, dass du ned da bist und eine Fremde in seinem Haus rumwurschtelt.«

Sie war sichtlich erschöpft, lächelte gequält und zuckte mit den Schultern. »Wie du das aushältst, Mädel, kann ich ned verstehen. Warum gibst du den Papa ned endlich in ein Heim? Hast doch nix von deinem Leben mit der ganzen Verantwortung für ihn und den Roland …«

Verena ließ die Tasche fallen und zog sich den Mantel aus. Das Gebrüll von oben war in leises, stoßartiges Stöhnen übergegangen. Mathildes Blick ging zur Decke, und sie schüttelte verständnislos den Kopf. »Also, ich würd verrückt werden. Dass du das Tag für Tag ertragen kannst, ist für mich ein Rätsel.«

Verena legte eine Hand auf ihren Arm. »Alles ned so schlimm, Hilde. Man g'wöhnt sich irgendwann dran. Hast noch Zeit für eine Tasse Kaffee, oder mochtest lieber heimgehen?«

»Hab mir eh grad eine Kanne Kaffee g'macht, hab ja ned gewusst, wie lang du noch ausbleibst.«

»Super. Dann geh wieder in die Küch, ich schau kurz rauf zum Papa, bin gleich wieder da.«

Schnell schlüpfte Verena aus den Stiefeln und in Birkenstocks, bevor sie leise die hölzerne Stiege nach oben erklomm. Die Schlafzimmertür stand wie immer offen, obwohl auch ein Babyfon auf dem Nachttisch die Stimme ihres Vaters ins Erdgeschoss übertragen würde. Tagsüber stellte sie das Gerät ab, denn Verena fand die offene Tür besser. So hatte sie das Gefühl, ihrem Vater körperlich näher zu sein und ihn nicht einfach abgeschottet von der Umwelt einsam und vergessen zu wissen.

Leise trat sie ein.

»Griaß di, Papa. Ich bin wieder da. Was hast g'macht heut den ganzen Tag?«

Speichelfäden zogen sich von seinen Mundwinkeln bis zum Kinn. Verena nahm den Waschlappen aus der Wasserschüssel am Tisch, setzte sich an die Bettkante und wischte ihm vorsichtig das Gesicht ab.

Sepp Bogenrieder rollte die tief liegenden dunklen Augen. Er grunzte, hob einen Arm, winkte damit, als ob er Verena verscheuchen wollte, dann ließ er ihn plötzlich fallen. Seine Hand umkrampfte ihren Unterarm.

»Hmmmm. Holz g'macht. Mit'm Albert. Aber du host uns koa Essen bracht, Maria!«

Vorwurfsvoll sah er sie aus trüben Augen an. Seine Hand auf ihrem Arm bebte, er packte plötzlich fester zu. »So vui Holz, Maria, des langt uns für die nächsten fünf Jahr!«

Verena war klar, dass er sie mit ihrer verstorbenen Mutter

verwechselte, er erkannte sie schon seit langer Zeit nicht mehr. Und seine Aussprache war inzwischen ebenfalls ziemlich undeutlich geworden. Aber noch war er einigermaßen handsam, ließ sich füttern und waschen, und nur selten kamen aggressive Ausbrüche, zu denen sie Roland hinzuholen musste, um ihn am Bett festzubinden, damit sie ihm seine Beruhigungstropfen einflößen konnte.

Noch einmal rieb sie ihm zärtlich mit dem Lappen über das Kinn. »Ja, das freut mich, Papa. Das viele Holz brauch ma auch, der Winter ist heuer so lang und so kalt.« Vorsichtig hob sie seine Hand von ihrem Arm, legte sie auf seiner Brust ab.

»Papa, ich muss dir was sagen. Der Pickerl Thomas ist tot. Hörst mich? Der Pickerl, der lebt nimmer!«

Sepp Bogenrieder riss die Augen auf, versuchte, sich im Bett aufzurichten. »Hm, hm, tot, tot. Na, ned tot, mei Madl lebt, die is ned tot!« Hektisch werkelte er mit den Händen.

Sanft drückte Verena seine Finger zurück auf die Bettdecke, hielt sie warm umklammert. »Ja, Papa, ich leb und bin da. Aber der Pickerl, der schaut jetzt die Rüben von unten an. Verstehst du mich? Jetzt hat endlich alles sei Ende g'funden, Papa!«

»A End gibt's ned!« Er sah von ihr weg, hinüber zum Fenster, hinter dem noch immer wilde Schneeflocken tanzten. »Geht immer weida, immer weida«, stieß er hervor. »Darfst nie aufhören, immer muasst arbeiten, immer, werd nie weniger.« Plötzlich riss er den Kopf herum und sah sie direkt an. »Der Pickerl? Des is ned as End, Madl, des is der Anfang!« Für Sekunden sah sie ein Aufblitzen in den dunklen Augen, hell und freudig, mit einem warmen Ausdruck, so wie er sie früher immer angesehen hatte. Doch schon war es vorbei, sein Blick wurde trüb, irrte von ihr ab, er begann zu krächzen: »Du bist vui zu weit oben mit'm Ansatz, de Säg muass tiefer nei! Tiefer nei! Herrgott na …«

Der Rest verlor sich in nicht mehr verstehbarem Gebrabbel. Sepp Bogenrieder lebte wieder in seiner eigenen Welt.

Verena erhob sich langsam und blieb vor ihrem Vater stehen. Er hatte sie angesehen und »Madl« zu ihr gesagt. War das einer der so seltenen lichten Momente gewesen? Hatte er auf die Nachricht von Pickerls Tod tatsächlich reagiert?

Sie konnte ihn nicht mehr fragen, Sepp Bogenrieder war der gegenwärtigen Welt erneut entrückt, ließ sie zurück mit all dem brennenden Kummer und all den vielen Fragen.

Seufzend überließ Verena ihren Vater seinen Holzarbeiten und ging zu Hilde nach unten in die Küche.

»Du schaust echt ned gut aus, Vreni, entschuldige schon, wenn ich das so gradaus sag.« Ihre Nachbarin Mathilde stellte eine Tasse Kaffee vor sie hin, als sie sich auf die Eckbank sinken ließ.

Verena musste lächeln. »Danke, das weiß ich schon selber, Hilde. Das Ganze ist ned leicht zum Ertragen. Aber solange der Papa noch einigermaßen zu pflegen ist, möcht ich ihn lieber daheim behalten, verstehst?«

»Nein, versteh ich ned. Warum? Vreni, du hast doch auch ein eigenes Leben! Hast du ned früher mal eine Banklehre g'macht? Warum gibst du ned den Sepp in ein Heim und gehst wieder deinem Beruf nach? Der wäre bestimmt ned so anstrengend wie die Pflege von dem Dep… demenzkranken Menschen!« Gerade noch rechtzeitig hatte sich Hilde verbessert.

Verena merkte es trotzdem, sie schüttelte resigniert den Kopf.

»Ihr könnts das ned verstehen. Weißt, Hilde, meine Mama hat sich aufgeopfert für uns. Sie hat dem Papa immer beigestanden, bis sie selbst mit dem Krebs krank g'worden ist und nimmer helfen konnte. Mein Papa seinerseits hat dann versucht, für sie da zu sein. Er hatte ja damals noch diese Tabletten g'habt gegen dieses Alzheimer, mit denen ging's einigermaßen. Man hat sie ihm nur immer jeden Tag reindrücken müssen, weil er selbst hat's immer vergessen, sie zu nehmen. Damit ließ sich sein Krankheitsverlauf ein bisserl verlangsamen, aber irgendwann half halt auch das nimmer. Und dann war die Mama tot …« Verena zog die Schultern hoch, nahm einen Schluck Kaffee, bevor sie weitersprach.

»Und weil die Mama sich so um ihn gekümmert hat und er

sich auch um sie, will ich einfach ned, dass er jetzt das G'fühl hat, ich würd ihn einfach abschieben. Kannst du das ned verstehen, Hilde?«

»Doch, kann ich schon.« Die Nachbarin starrte einen Moment beklommen zu Boden, ehe sie Verena ins Gesicht sah. »Ich versteh dich ja, wenn du das so erklärst. Aber du bist noch so jung und so allein! Wäre wahrscheinlich anders, wenn du noch andere Geschwister g'habt hättest, außer dem Roland, mein ich. Ältere Brüder oder so, die rechtzeitig den Hof hätten übernehmen können. Dass der Roland auch so spät hat kommen wollen …«, sie lächelte verschämt, »… als Hoferbe wären zehn Jahr früher schon recht g'wesen, gell?«

Verena senkte den Kopf, verbarg ihr Gesicht hinter ihrer Tasse. »Ja, stimmt schon«, murmelte sie, »aber Mama war ja immer kränklich, einfach ned so kräftig, da hat's anscheinend halt nur für mich und den Roland gereicht.«

Mathilde nickte verstehend. »Ja, schwer empfänglich, das kommt schon mal vor. Oder vielleicht lag's ja auch an deinem Papa. Ist aber jetzt eh schon wurscht, es ist, wie es ist«, philosophierte sie nachdenklich. »Aber trotzdem, meinst du, der Sepp würde es überhaupt merken, wenn er nimmer daheim wäre, sondern in einem Heim? Der kriegt doch fast nix mehr mit!«

»Du hast doch vorher, als ich heimkommen bin, selbst g'sagt, dass du meinst, er merkt, wenn ich ned da bin«, erinnerte Verena sie. »Ich will's einfach ned, Hilde. Und außerdem –« Verena stockte.

»Außerdem?«

»Ich kann's mir ned leisten.«

»Warum ned?«

Langsam ließ sich Verena bis zur Rückenlehne zurücksinken, zog die Beine hoch, nahm die Kaffeetasse wie zur Abwehr zwischen beide Hände.

»Weil ein Pflegeheim ein Schweinegeld kostet«, gab sie erschöpft zurück. »Der Papa kann noch viele Jahre leben, du kennst ihn, der ist eisern, der lässt sich ned so schnell unter-kriegen. Und wo soll ich jahrelang das Geld für einen Heimplatz hernehmen? Die Pflegeversicherung deckt grad mal ein Drittel oder höchstens die Hälfte der Kosten ab, den Rest müsste ich draufzahlen. Und das könnt ich nur, wenn ich unser Haus ver kauf!«

Mathilde sah sie erschrocken an. »Oh mei, so schlimm? Was ist denn aus euren Feldern g'worden? Entschuldige, wenn ich so neugierig frag.«

Verena senkte müde den Kopf. »Das passt schon. Die Felder hat die Mama zu ihren Lebzeiten noch verkauft, nachdem meine Eltern die Landwirtschaft ja wegen der ganzen Krankheiten aufgeben mussten. Aber du weißt es selber, Hilde, Ackerland ist nix wert. Das ganze Geld ging für den Erhalt vom Haus und für unseren Lebensunterhalt und für die ganzen Krankheitskosten meiner Eltern drauf. Und für den Roland hat sie ein eigenes kleines Polster angelegt, damit er später für die Ausbildung oder für eine eigene Familie ein bisserl Reserve hat. Recht viel ist deswegen nimmer da. Also, wenn ich den Papa in ein Heim geben würde, müsst ich über kurz oder lang auch den Rest verkaufen. Und dann, Hilde«, sie sah sie fast zornig an, »dann hätten der Roland und ich koa Dahoam mehr!«

7

Seniorenstift St. Hubertus hieß das Wohnheim, in dem der tote Thomas Pickerl seine letzten Monate verbracht hatte. Es lag am rechten Donauufer, unweit des Klinikums am Stadtrand von Straubing, inmitten eines riesigen Parks mit hohen Bäumen und ausgedehnten Rasenflächen, die von trockengelegten Brunnen mit steinernen Wasserspeierfiguren gekrönt wurden.

Von der Schönheit des Gartens war momentan nichts zu merken, doch Mike konnte sich lebhaft vorstellen, wie prunkvoll es hier im Frühling und Sommer aussehen musste. Das Gebäude selbst wirkte von außen fast wie ein kleines Schloss, weiß getüncht, mit vielen Erkern und Türmchen und runden Säulen vor der Eingangstür. Anscheinend ein Altersruhesitz der gehobenen Schicht, befand Mike. Der *sehr* gehobenen Schicht, was ihm die Protzigkeit der Autos bewies, die, von einer geschlossenen Schranke gesichert, auf dem gekiesten Parkplatz zwischen Auffahrt und Parkanlage standen. Fast ausnahmslos Luxuswägelchen, von denen sich Mike eines vielleicht gerade mal von seinem gesamten Jahresgehalt hätte leisten können.

Reger Betrieb herrschte vor dem Gebäude, viele Besucher gingen ein und aus. Vor der Eingangstreppe hatte sich etwa ein halbes Dutzend Senioren versammelt, die sich zu einem gemeinsamen Spaziergang rüsteten. Mike und Richard mussten sich hindurchschlängeln, nach allen Seiten Entschuldigungen murmelnd, ehe sie durch eine windschützende gläserne Drehtür die Empfangshalle betraten.

Hoppla, wo sind wir denn da gelandet, war Mikes erster Gedanke, als er sich umsah. Glänzender Marmorboden, deckenhohe Palmen, Kristallleuchter im Mittelteil der weitläufigen Halle verbreiteten helles Licht. Im Gegensatz dazu beleuchteten diskrete Strahler die Sitzgruppen in der Ecke, die mit dunkelgrünen Samtpolstern zum Gemütlichmachen einluden.

Einige der Bewohner hatten sich zu Gruppen zusammengefunden, die an großen Tischen lautstark Karten oder Backgammon spielten, entsprechend hoch war der Geräuschpegel. In einem der hintersten Winkel, in der Nähe eines Aufzugs, saßen fünf Damen in tiefen Sesseln, die zu einem Halbkreis zusammengestellt waren. Plötzlich fingen sie an, sich stimmlich auf einen Ton einzusingen, ehe sie ein Kirchenlied anstimmten.

Mike wollte schon die Augen verdrehen, als er plötzlich erstaunt innehielt und lauschte. Die fünf reifen Grazien sangen einen lupenreinen Gospel! Und wie! Um den Rhythmus zu unterstützen, schnippten sie dabei mit den Fingern und stampften auf den Fußboden, das ganze Ensemble klang so mitreißend, dass Mike selbst in Versuchung kam, mit dem Fuß zu wippen. Fasziniert blieben die beiden Kommissare stehen, ohne zu merken, dass sich eine dritte Person neben sie gestellt hatte. Erst als das Lied zu Ende war und sie zusammen mit allen anderen in der Halle begeistert applaudierten, wurden sie von der jungen Frau angesprochen.

»Kann ich etwas für Sie tun, meine Herren?«

»Äh, ja, Entschuldigung.« Mike drehte sich überrascht um. »Wir hätten gerne jemanden von der Heimleitung gesprochen, bitte.«

Die hübsche Frau lächelte leicht. »Das tun Sie bereits. Mein Name ist Sabine Mehltretter, ich bin die stellvertretende Geschäftsführerin. Mein Vater ist im Moment leider nicht da, aber vielleicht möchten Sie auch mit mir vorliebnehmen? Wie kann ich Ihnen helfen?«

Sie trug einen fliederfarbenen Rollkragenpullover und einen kurzen grauen Rock über kniehohen Stiefeln, hatte die blonden Haare aufgesteckt und war dezent geschminkt. Ihre ganze Ausstrahlung wirkte sehr elegant und distinguiert – und sie viel zu jung für einen Posten in der Heimleitung. Mike schätzte sie im Höchstfall auf Anfang zwanzig.

»Ah so? Ja, dann, ich bin Kriminalhauptkommissar Zinnari von der Kripo Straubing«, er wies auf Richard, »mein Kollege

Bacher. Können wir uns irgendwo in Ruhe unterhalten, Frau Mehltretter? Nicht dass ich den Auftritt Ihrer ...«, fast wäre ihm »alten Schachteln« herausgerutscht, er konnte sich gerade noch verbessern, »... Ihres Damenquintetts nicht genossen hätte, aber unser Anliegen hat einen ernsten Hintergrund, da würde ich eine ruhigere Umgebung bevorzugen.«

Die Erwähnung seines Dienstgrades schien sie leicht zu erschrecken, ihre glatte Stirn kräuselte sich, die Lippen pressten sich kurz zusammen. Sie nickte, winkte und drehte sich um.

»Wenn Sie mir bitte folgen würden.« Mit wiegenden Hüften stöckelte sie ihnen voraus, vorbei an Lift und Empfangstisch, zu einer Tür im hinteren Teil der Halle. Der Raum entpuppte sich als modernes Büro mit zwei unbesetzten Schreibtischen und einer Besucherecke, zu der die junge Frau sie nun führte.

»Bitte, nehmen Sie Platz. Sie sind von der Kriminalpolizei? Um was geht es denn?« Sie schien den ersten Schreck überwunden zu haben. Wie zuvor lächelte sie und sah Mike neugierig an.

»Frau Mehltretter, leider weiß ich nicht, inwieweit Sie als stellvertretende Geschäftsführerin in den Alltag des Heimes eingebunden sind. Kennen Sie Ihre Bewohner alle persönlich?«

Sabine Mehltretter hob das Kinn. »Selbstverständlich, Herr ... äh, Zinnari, richtig? Herr Zinnari, unser Heim wird sehr familiär geführt. Die Pflegeleitung und wir in der Geschäftsführung arbeiten eng zusammen. Unsere Gäste können jederzeit mit Anliegen zu uns kommen. Würden Sie mir jetzt bitte erklären, um was es eigentlich geht?«

Langsam verlor sich ihre zuvorkommende Haltung, mit schmalen Augen musterte sie Mike und wippte dabei ungeduldig mit dem übergeschlagenen Fuß.

»Thomas Pickerl.«

»Was ist mit ihm?«

»Er ist tot.«

Endlich schien sie ein wenig an Contenance zu verlieren. Hörbar zog sie den Atem ein. »Nein, das kann nicht sein. Über

Sterbefälle im Heim werde ich immer unverzüglich informiert. Und davon ist mir nichts bekannt.«

Mike beugte sich vor und sah ihr gerade in die Augen. »Er starb auch nicht in Ihrem Heim. Er wurde gestern Nachmittag tot aufgefunden, in der Nähe von Perasdorf.«

»Ja, aber …« Sie schluckte, sichtlich überrascht, lehnte sich zurück und verschränkte die Arme. »Woran? Ich mein, wie ist er gestorben?« Sie war um einen jovialen Tonfall bemüht, der ihre Nervosität jedoch nicht verbergen konnte.

»Dazu kann ich Ihnen leider nichts Näheres sagen, Frau Mehltretter. Nur so viel: Er starb keines natürlichen Todes.«

Ihr Gesicht versteinerte. Mit geschlossenen Augen fuhr sie sich mit den Händen über das blonde Haar. »Verstehe. Deshalb sind Sie also da. Na gut, was möchten Sie wissen?«

»Zum Beispiel, warum er bis jetzt nicht als vermisst gemeldet wurde, obwohl er seit mindestens gestern früh Ihr Haus verlassen haben musste?«

Verunsichert senkte sie für einen Moment die Augenlider, doch dann nickte sie. »Eine berechtigte Frage. Ganz ehrlich, ich weiß es nicht. Dass noch nicht einmal ich informiert worden bin, kann ich nicht verstehen. Zuständig dafür ist die Pflegedienstleitung, Herr Wegener. Wenn Sie sich etwas gedulden wollen, lasse ich ihn herholen.«

Mike nickte. »Das wäre uns sehr recht.«

Sie erhob sich, ging jedoch nicht zum Telefon, wie er erwartet hätte, sondern verließ den Raum. Die Tür ließ sie offen stehen.

Mike nutzte ihre Abwesenheit, um Richard vorwurfsvoll zu mustern. »Hast du dein ganzes Pulver schon heute Vormittag in der Schule verschossen, Richard? Warum beteiligst du dich nicht an der Befragung?«

Der junge Kommissar zuckte die Schultern. »Ich weiß nicht.« Er senkte die Stimme. »Irgendwie ist mir diese Tussi zu glatt und zu kalt, wahrscheinlich sind mir deswegen einige Gehirnzellen eingefroren. Fast wäre mir jetzt nicht mal mehr eingefallen, warum wir eigentlich da sind.«

»Na, du bist mir ja ein Spaßvogel! Konzentrier dich bitte wenigstens ab jetzt auf den Fall, ja?«

»Werd's versuchen.«

Sabine Mehltretter kam zurück, gefolgt von einem grauhaarigen Mann in der weißen Arbeitskleidung eines Krankenpflegers.

»Das ist Herr Wegener, er kann Ihnen mehr über den Sachverhalt sagen.« Sie setzte sich wieder in den Sessel, schlug die schlanken Beine übereinander und lehnte sich abwartend nach vorn.

Wegener nickte den beiden Kommissaren grüßend zu.

Bevor Mike zu reden begann, räusperte er sich, mit einem strengen Blick auf Richard. Dieser hatte sich mittlerweile auf seine Aufgaben besonnen, zückte einen Notizblock und hielt den Kugelschreiber leicht in die Höhe. Mike konnte also loslegen.

»Herr Wegener, grüß Gott. Frau Mehltretter hat Sie wohl schon über das Ableben von Thomas Pickerl informiert. Nach unseren Erkenntnissen müsste er seit mindestens gestern Vormittag aus Ihrem Heim abgängig sein. Es würde uns interessieren, warum keine Vermisstenanzeige erstattet wurde, nachdem er gestern bis zum Abend nicht zurückgekommen war?«

Der ältere Mann knetete nervös die Hände. »Mei, wir sind ja kein Gefängnis, verstehen Sie? Der Herr Pickerl hat sich gestern Morgen bei mir abgemeldet, er wollte zu seinem Schafkopf-Stammtisch. Das macht er, äh, machte er fast jeden Sonntag. Und wenn ich ganz ehrlich sein soll, ganz nüchtern ist er nicht immer zurückgekommen. Deswegen hab ich mir darüber keine Gedanken gemacht, ich hab g'meint, dass er bei einem seiner Freunde hängen geblieben ist, und – ja mei …« Er wusste nicht mehr weiter.

Richard schaltete sich ein. »Wann hatten Sie denn vor, die Vermisstenanzeige aufzugeben? Oder war es Ihnen bis jetzt noch gar nicht aufgefallen, dass Herr Pickerl fehlt?«

»Doch, freilich, äh …« Mit noch tieferer Verlegenheit, inzwischen feuerrot im Gesicht, trat der Pflegedienstleiter von einem Fuß auf den anderen. »Freilich ist uns das aufgefallen. Was denken Sie denn? Wie gesagt, ich dachte, er kommt schon wieder, wenn er seinen Rausch ausge… wenn es ihm so weit gut geht. Wir sind ja kein Gefängnis«, wiederholte er etwas lauter, »und Herr Pickerl war weder senil noch körperlich eingeschränkt, da wollt ich einfach nicht unnötig die Pferde scheu machen.«

Vielmehr wolltest du dem Ruf des Hauses nicht schaden, dachte Mike, doch er sprach es nicht aus.

Alles, was er bisher von St. Hubertus zu sehen bekommen hatte, sprach von Exklusivität und Wohlstand, es schien ein Heim für gut betuchte Altertümer zu sein, die keineswegs auf intensive Pflege angewiesen waren. Doch wie passte ein ehemaliger Landwirt hierher, der sonntags zum Karteln ging und nicht ohne alkoholische Anheiterung wieder zurückzukehren gedachte? Jemand in Jeans und Parka – Mike hatte das Bild des Toten deutlich vor Augen – passte in diese Umgebung ebenso wenig wie Models von Heidi Klum in einen Kuhstall. War Thomas Pickerl finanziell so gut gestellt gewesen, dass er sich hier quasi eingekauft hatte? Und – konnte sich ein alter niederbayerischer Bauer in dieser exklusiven Umgebung überhaupt wohlfühlen?

»Sie hatten also keine Bedenken, als Herr Pickerl weder gestern zum Abendessen noch heute Morgen zum Frühstück erschienen ist?«, nahm Mike den Pflegedienstleiter in die Zange.

»Nein. Wie gesagt, er hatte sich ja abgemeldet. Und Herr Pickerl war sehr stur, äh, ich will sagen, sehr selbstständig. Wir haben andere Gäste, die weitaus mehr Aufmerksamkeit und Fürsorge bedürfen, da sind wir selbstverständlich in der Verpflichtung, sofort etwas zu unternehmen, sobald es erforderlich wird.«

Auf diesen geschwollen klingenden Satz sichtlich stolz, entspannte sich Herr Wegener etwas. Allerdings nicht lange, denn nun meinte Richard streng: »Das beantwortet nicht unsere Frage, Herr Wegener. Wann hätten Sie denn gemeint, dass es erforderlich sein würde, Herrn Pickerl als vermisst zu melden?«

»Ähm, ja, das … äh … das hätte ich …«, stotterte der grauhaarige Mann, wurde von Sabine Mehltretter jedoch unterbrochen.

»Herr Wegener hatte gerade vorgehabt, mich darüber zu informieren, damit wir die nötigen Schritte dazu unternehmen. Aber Sie sind uns ja zuvorgekommen, Herr Zinnari.«

Sie verzog keine Miene, dennoch klang ihre Stimme dabei leicht vorwurfsvoll, sodass Mike unwillkürlich die Augenbrauen zusammenschob.

»Sie müssen schon entschuldigen, wenn wir gezwungen sind, Sie zu belästigen, weil wir einen M… ein mutmaßliches Tötungsdelikt aufzuklären haben, Frau Mehltretter!«, gab er verärgert zurück.

Was für eine eingebildete Pute! Mike konnte nicht anders, er hatte die Nase voll von höflichem Gerede, wollte endlich vorankommen. Er zog die Schultern nach hinten, änderte seine Stimmlage und gab fest bekannt: »Wir haben nicht den ganzen Tag Zeit, also … Wir brauchen sämtliche Unterlagen Thomas Pickerl betreffend, seine Aufnahmeformulare, seine Krankenblätter, alle Aufzeichnungen, die Sie über ihn haben. Und wir müssen uns in seinem Zimmer umsehen.«

Auf Sabine Mehltretters makellosem Gesicht zeigten sich leichte rote Flecken. »Selbstverständlich.« Sie bemühte sich weiterhin um ein selbstsicheres Auftreten. »Nur würde ich zuvor gern meinen Vater verständigen und ihn hinzuholen. Verstehen Sie, er ist ja eigentlich der Chef, ich möchte hier nichts tun, ohne seine Zustimmung zu haben. Herr Wegener, könnten Sie inzwischen die Unterlagen –?«

»Nein«, fuhr Mike ungeduldig dazwischen, »Herr Wegener soll uns Herrn Pickerls Zimmer zeigen, während Sie Ihren Vater verständigen und uns die Unterlagen zusammensuchen. Kommen Sie, Herr Wegener.«

Ohne eine Antwort abzuwarten, standen die beiden Kommissare auf und drängten den verdatterten Pflegedienstleiter förmlich in Richtung Tür.

»Aber bitte, so geht das doch nicht!« Entrüstet sprang ihnen

Sabine Mehltretter hinterher und verstellte ihnen den Weg. »Sie können doch nicht einfach … brauchen Sie denn dazu nicht einen Durchsuchungsbeschluss? Bitte, ich, äh, Sie müssen schon warten, bis mein Vater da ist – bitte!«

»Wir müssen gar nichts, Frau Mehltretter.« Unsanft drängte Mike sich an der jungen Frau vorbei, die bei Tuchfühlung mit Mikes Körpergröße unwillkürlich einen Schritt beiseitetrat. »Und wir brauchen auch keinen Beschluss, um uns im Zimmer von Herrn Pickerl umzusehen. Also, auf geht's!«

»Aber, aber …« Sie konnte nur noch sprachlos hinterherschauen, als nun auch Richard, den Pflegedienstleiter Wegener vor sich herschiebend, das Büro verließ. Richard glaubte, von ihr ein gemurmeltes »Verdammt!« zu hören, was ihn zu einem schadenfrohen Grinsen veranlasste.

Außer Reich- und Sichtweite seiner Chefin wurde Herr Wegener unerwartet umgänglicher. »Herr Kommissar, ich muss mir zuerst den Generalschlüssel holen. Die Zimmer unserer Gäste sind absolute Privatsphäre und selbstverständlich abgeschlossen, sobald sie das Haus verlassen. Warten Sie bitte einen Moment.«

Er marschierte hinter die Theke der Rezeption und kramte in einer Schublade, dann kam er mit einer Chipkarte in der Hand zurück.

»So, bitte.« Er führte sie zum Aufzug, drückte den Knopf und verfolgte dann stur die blinkende Stockwerksanzeige. Es war nicht zu übersehen, dass er ein Gespräch mit den Kommissaren absolut vermeiden wollte. Hinter seinem Rücken wechselten Mike und Richard einen vielsagenden Blick.

»Sag mal«, flüsterte Mike Richard zu, »hat man bei dem Pickerl eigentlich seinen Zimmerschlüssel gefunden?«

Richard wisperte zurück: »Du meinst, eine Chipkarte? Nicht dass ich wüsste. Aber ich frag später noch mal bei Pauli nach.«

Gedämpfte klassische Lautsprechermusik umschmeichelte ihre Ohren, als sie den mit einem grünen Teppich ausgelegten Aufzug betraten. Im zweiten Stock hielten sie. Wegener ging ihnen voraus zu einer Tür und öffnete sie mit der Chipkarte.

Der Ausdruck »Zimmer« war leicht untertrieben. Vielmehr handelte es sich um eine Suite, die augenscheinlich mehrere Räume umfasste. Sie betraten als Erstes ein Wohnzimmer mit einer großen dreiseitigen Couch und einem gläsernen Tisch in der Mitte. Verschiedene Zeitschriften lagen darauf durcheinander, in der Mitte stand ein Glasteller mit Keksen, daneben die Fernbedienung für einen monströsen Flachbildfernseher im offenen Wohnzimmerschrank.

Im ersten Moment wussten Mike und Richard gar nicht, wohin sie zuerst gucken sollten. Diesen Pomp hatten sie nicht erwartet.

»Ja, dann …« Etwas unsicher wandte sich Mike an Wegener. »Wir sehen uns nur etwas um, Sie können gern dabeibleiben, kein Problem.«

Bevor sie mit der Durchsuchung starteten, holte Richard sein Handy heraus und machte einige Aufnahmen aus der Frontale. Das war übliche Routine vor der Inaugenscheinnahme eines Zimmers. Vorschriftsmäßig zogen sie auch dünne Einweghandschuhe über.

Der Pflegedienstleiter war abwartend neben der Tür stehen geblieben. Mike drehte sich zu ihm um. »Sagen Sie, Herr Wegener, wie läuft das hier? Ihre Gäste erhalten anscheinend jeglichen gewünschten Komfort. Sicher wird auch regelmäßig hier geputzt, nehme ich an?«

»Jeden Morgen, sobald die Herrschaften sich beim Frühstück befinden«, gab Wegener bereitwillig Auskunft. »Wissen Sie, Sauberkeit und Ordnung erhöhen das Lebensgefühl außerordentlich, und wir möchten unseren Gästen alles bieten, was ihnen wohltut.«

Soso, Sauberkeit und Ordnung erhöhten also das Lebensgefühl. Mike hatte beim Hausputz dieses erhebende Gefühl noch nie verspürt, er betrachtete es vielmehr als notwendiges Übel.

»Ah ja, das finde ich sehr nobel«, gab er sarkastisch zurück. »Richard, ich geh dann mal ins Schlafzimmer.« Auf seinen fragenden Blick hin wies Wegener schweigend auf eine Tür zu seiner Rechten.

Vor dem Eintreten schoss Mike ebenfalls mit dem Smartphone einige Fotos, dann nochmals welche mit den beiden Fenstern im Rücken.

Auch das Schlafzimmer ließ keine Wünsche offen. Mit einer übergroßen Matratze, daunenweichen Decken und Kissen, dezent gemusterten Vorhängen, von der sichtlich teuren Einrichtung gar nicht zu reden, passte sich der Raum den bisherigen exklusiven Eindrücken nahtlos an.

Wahllos öffnete Mike Schubladen und stöberte darin herum. Bei der hier herrschenden peinlichen Ordnung hatte er jedoch wenig Hoffnung, dass sie irgendetwas Brauchbares finden würden. Beim Kleiderschrank allerdings wurde er stutzig.

»Herr Wegener?«

Der Pflegedienstleiter erschien an der Tür. »Ja?«

Mike wies in den Schrank. »Was ich mich schon die ganze Zeit frage, wie hat Herr Pickerl eigentlich in Ihre vornehme Einrichtung gepasst? Entschuldigen Sie, aber das, was ich hier sehe, deutet nicht gerade darauf hin, dass er sich so in die feudale Gesellschaft Ihrer anderen Gäste integriert hat.«

Mike spielte damit auf die Kleidersammlung Pickerls an, die ihnen aus dem Kleiderschrank entgegenstarrte: karierte Hemden, Jeanshosen, grob gestrickte Pullover, unscheinbare Anoraks. Kein feiner Anzug hing im Schrank, kein Seidenhemd lag im Regal, keine einzige Krawatte war zu sehen. Es zeigte Thomas Pickerls Lebensweise überdeutlich, aber genau diese erschien in dieser Umgebung geradezu lächerlich primitiv und anspruchslos. Die Gegensätze waren fast schmerzhaft spürbar, irgendetwas stimmte hier ganz und gar nicht.

Selbst Wegener schien angesichts dieser bescheidenen Ausstattung um Worte verlegen zu sein. »Ich weiß jetzt nicht genau, was Sie meinen, Herr Kommissar …«

Mike wurde ungeduldig. »Kommen Sie, Sie sehen doch das Gleiche wie ich. Rundum sind nur gut betuchte und entsprechend ausstaffierte Leute, und dann dieser alte Bauer mit seinen karierten Hemden? Dass Sie loyal Ihrem Arbeitgeber gegenüber sein wollen, ist mir schon klar, aber irgendeine Erklärung dafür würde ich schon haben wollen!«

»Ja, aber … ja, schauen Sie, der Herr Pickerl, der war halt eine Marke für sich, wie ich schon sagte. Freilich, seinen eigenen Kopf hat er schon gehabt. Was hier so die Gepflogenheiten sind, dem wollte er sich partout nicht beugen. Aber glauben Sie es mir, dem hat es sehr gut bei uns gefallen. Der wollte gar nicht woanders sein.«

»Das bezweifle ich ja nicht, Herr Wegener, wem würde das nicht gefallen, von vorn bis hinten bedient zu werden. Trotzdem, Ihre Chefs und die anderen Gäste, denen war so was tatsächlich egal? Ich mein, hat denn nie jemand Anstoß daran genommen, dass der Pickerl sich nicht angepasst hat?«

Inzwischen war Wegener weiß wie die Wand hinter ihm geworden. Sichtlich bemüht, sich seine Nervosität nicht anmerken zu lassen, wand er sich wie ein Aal am Haken.

»Darüber weiß ich nix. Da müssen Sie schon den Herrn Mehltretter fragen. Ich bin doch nur dafür da, für das Wohlergehen und die Gesundheit der Leute zu sorgen.«

»Soso. Dann müssen wir also den Herrn Mehltretter befragen. Auch gut. Danke, Herr Wegener, ich denke, das war's so weit.«

Mikes bissiger Unterton gab dem älteren Mann den Rest, er schluckte, nickte schweigend und wankte aus dem Schlafzimmer, wobei er sich am Türrahmen abstützen musste.

Mike folgte ihm. Was verheimlichst du uns?, dachte er. Man müsste schon ganz blöd sein, um nicht zu bemerken, dass hier irgendetwas gewaltig gegen den Himmel stank.

Richard befand sich nicht mehr im Wohnzimmer, aber Mike sah eine offen stehende Tür, dahinter erklang Geklapper. Er trat darauf zu und erkannte das Badezimmer. »Und, was gefunden, Richard?«

Der junge Kommissar schloss ein Türchen vom Spiegelschrank und drehte sich um. »Nein. Nichts Besonderes. Und du?«

»Nein. Bist du so weit? Dann gehen wir wieder zurück zu unserer Frau Mehltretter.«

Richard verzog das Gesicht. »Wenn's sein muss.«

Mike grinste. »Die ist doch ganz hübsch, oder? Freilich, nicht schwarzhaarig, und braune Augen hat sie auch nicht …«

Richard streifte gelassen die Handschuhe ab. »Pfff. Hab keine Ahnung, wovon du sprichst.«

Darauf sagte Mike nichts mehr. Er konnte es Richard nachfühlen. Nur zu gut erinnerte er sich dran, wie es war, als er sich in Isabel verliebt hatte – und es keiner wissen sollte. Einzig Willi Schretzlmeier hatte damals bemerkt, dass Mike plötzlich ein Dauergrinsen auf dem Gesicht trug.

»Du, Richard, hast du auch in den Wohnzimmerschrank geschaut? Sind da nirgends Ordner, Unterlagen oder so was?«

»Doch. Die hab ich ja schon rausgestellt. Ich war mir jetzt bloß nicht sicher, ob wir die so einfach mitnehmen können?« Mike entdeckte die grauen Aktenordner, die Richard auf dem Fußboden abgelegt hatte.

Er nickte. »Da frag ich ned lang. Nimm sie mit, Richard, mit unserer Frau Geschäftsführerin werde ich dann schon einig.«

Wegener zog die Tür ins Schloss, schaute kommentarlos zu, wie Mike ein Polizeisiegel am Türrahmen anbrachte und ein Foto davon machte, dann ging er den Kommissaren voran zum Aufzug.

Unten angekommen wandte Wegener sich sofort der Rezeption zu und legte die Chipkarte zurück in die Schublade.

Wie erwartet tauchte auch gleich darauf das Schönchen Sabine Mehltretter auf, einen schmalen Hängeordner in der Hand, den sie an Mike weiterreichte. Diesmal schien sie allerdings bei Weitem nicht mehr so selbstsicher.

»Herrn Pickerls Aufnahmeunterlagen und seine Patientenakte, bitte schön. Mein Vater lässt sich entschuldigen«, sagte sie, ein gequältes Lächeln im Gesicht, das ihr augenblicklich entglitt, als sie die Aktenordner in Richards Armbeuge entdeckte. »Äh, was wollen Sie denn damit?«

»Beweismaterial. Sie bekommen eine Quittung dafür.« Mike sah sie bei seiner knappen Antwort nicht einmal an.

»Ja, aber, dürfen Sie das denn? Das ist schließlich Privateigentum – und, und …«

»… und jetzt Beweismaterial, wie gesagt. Im Übrigen, solange wir uns inmitten der Ermittlungen befinden und solange nicht festgestellt ist, wer Thomas Pickerls Erbe ist, brauchen wir weder Ihr Einverständnis noch das von irgendjemand anderem, Frau Mehltretter. Was ist denn nun mit Ihrem Herrn Papa?«

Mit unterdrückter Wut verschränkte sie die Arme vor der Brust.

»Er muss sich entschuldigen, er sagt, er ist in einer Besprechung und kann derzeit nicht herkommen. Ich gebe Ihnen seine Visitenkarte, dann können Sie ihn jederzeit anrufen, falls Sie noch Fragen haben.«

Mike runzelte die Stirn, während er auf sie hinabsah. »Sehr nett. Die werden wir ganz sicher haben, darum richten Sie ihm bitte aus, er möge sich doch morgen gegen neun bei uns in der Kriminalinspektion einfinden. Die Adresse steht hier drauf«, er drückte ihr seine Karte in die Hand, »wie gesagt, um neun. Danke und auf Wiederschauen, Frau Mehltretter.«

Brüsk wandte er sich ab und schob Richard dabei mit dem Ellbogen sanft vor sich her.

»Wiedersehen, Frau Mehltretter«, hörte Mike Richard höflich murmeln, wobei er sich fast sicher war, dass sie ein »Hoffentlich nicht« nur mühsam unterdrückte.

»Der hast du's aber gegeben, Mike.« Mit Schwung beförderte Richard die Ordner auf die Rücksitzbank.

»Es schallt aus dem Wald, wie man hineinruft, Richard.« Mike ließ den Renault anspringen und wartete, bis sein Kollege eingestiegen war. »Ich weiß ja nicht, welchen Eindruck *du* hattest, aber wenn hier alles ganz sauber abläuft, dann fress ich einen Besen samt der Putzfrau. Was ist denn das für ein komischer Verein?«

»Wohlstandsgruftis.« Richard grinste, während er sich angurtete. »Himmel, so viele ›Möchte gern was Besonderes sein‹ auf einen Haufen hab ich ja noch nie gesehen. Ich glaub, dass ich einige der Leute sogar aus den Medien kenne, Mike. C-Schauspieler und D-Sänger im Ruhestand. Hast du niemanden bemerkt, den du kennst? Ich kam mir vor, als ob das Dschungelcamp nach Straubing verlegt worden wäre!«

»Echt? Waren da irgendwelche Promis anwesend?« Mike schaute ihn verdutzt an. »Sorry, ich kenn mich in der Yellow Press zu wenig aus, um irgendwen zu erkennen!«

»Ja, ganz bestimmt! Anscheinend haben sich im St. Hubertus zahlreiche Alt-Promis eingenistet. Aber was hatte ein urbayerischer Bauer wie unser Pickerl da zu suchen?«

»Das frag ich mich schon die ganze Zeit, Richard. Wie passt der bloß in dieses Bild? Karierte Hemden und Bluejeans unter all dem teuren Plunder. Und keinen schien es gestört zu haben. Aber mich stört das, und zwar ganz gewaltig! Bin bloß gespannt, was uns Papi Mehltretter morgen alles auftischen wird.«

»Ich auch, Mike, ich schon auch.«

8

Richard Bacher war froh, gegen fünf das Büro verlassen zu können. Einkaufen musste er auch noch, und einige Hemden, die er am Wochenende gewaschen hatte, warteten sehnlichst darauf, gebügelt zu werden. Ein Aufschieben gab es nicht, er brauchte sie diese Woche.

Als er im Wohnzimmer vor dem angeschalteten Fernseher am Bügelbrett stand, dachte er plötzlich mit einem Schmunzeln an Pickerls karierte Flanellhemden. Die waren bestimmt pflegeleicht, das Bügeln hätte er sich damit ersparen können. Nur schade, dass sie seinem modischen Stil so gar nicht entsprachen. Manchmal mangelte es Richard an Farbgefühl bei der Zusammenstellung seiner Kleidung, was verständlich war bei seinem hellen Teint, den Sommersprossen und den rotblonden Haaren, doch zu karierten Hemden hatte er sich noch nie überwinden können.

Das Bügeln störte ihn nicht weiter, da er sich nebenbei die bayerische Daily Soap »Mia san mia« ansehen konnte, ein ähnliches Format wie die früher so beliebte »Lindenstraße«. Die Tatsache, dass sich auch einige fränkische Schauspieler in dieser bayerischen Heimatserie etabliert hatten, ließ Richard jeden Abend die Fortsetzung gespannt verfolgen. Vermisste er hier in Niederbayern seinen heimischen Dialekt manchmal doch recht arg …

Eine Stunde später war er fertig, hatte die Wäsche ordentlich im Schrank gestapelt, anschließend eine Tütensuppe gegessen, geduscht und sich umgezogen. Erleichtert atmete er auf, als er mit lässiger Kleidung zurück ins Wohnzimmer kam.

Doch als Richard auf der Couch entspannen wollte, kamen seine Gedanken nicht zur Ruhe. Klar, ein neuer Mordfall beschäftigte ihn immer, doch diesmal war es nicht der Tote, um den seine Gedanken kreisten.

Immer wieder sah er das blasse Gesicht von Verena Bogenrieder im Lehrerzimmer vor sich, ihre tiefgründigen braunen Augen.

Wenn er ehrlich war, konnte sich Richard selbst nicht erklären, warum er heute Morgen unbedingt einen guten Eindruck machen wollte. Ihm war durchaus bewusst, wie unsicher er oft war, wie sehr er sich im Dienst überwinden musste, um respekteinflößend und energisch auf andere zu wirken. Aber seit Mike und er heute das Lehrerzimmer betreten hatten, in dem diese junge Frau auf sie gewartet hatte, schienen plötzlich alle Bedenken und Unsicherheiten verflogen gewesen zu sein.

Sie hatte einen so hilflosen, verwirrten Eindruck auf ihn gemacht, dass ihn das Gefühl übermannt hatte, sie beschützen zu müssen.

So etwas war ihm noch nie passiert. Warum ausgerechnet heute? Warum gerade bei ihr?

Als Mike und er mittags von der Schule ins Büro zurückgekommen waren, hatte er sie überprüft, gleich als Allererstes, noch bevor er die Protokolle der Gespräche mit den Jungen und ihren Lehrern erstellt hatte. Und er war unerwartet fündig geworden. Er hatte einen Eintrag gefunden, der darauf hinwies, dass Verena Bogenrieder im Alter von siebzehn für fast ein ganzes Jahr als vermisst gegolten hatte, dann aber unverhofft gesund und munter wieder daheim aufgetaucht war. Die Ermittlungsakten, vermutlich aufgrund ihrer damaligen Minderjährigkeit zum Großteil gesperrt, waren dürftig, daraus konnte er sich nicht viel zusammenreimen.

Was sie wohl in diesem Jahr, fern der Heimat und ohne Eltern, erlebt haben musste? War sie entführt worden? In eine Sekte geraten? Geschlagen, misshandelt worden – oder noch Schlimmeres?

Wie gern hätte Richard mit ihr darüber gesprochen, hätte wissen wollen, was sie hatte erleiden müssen.

Er holte den Zettel aus der Geldbörse, auf dem er sich ihre Adresse, Geburtsdatum und Telefonnummer notiert hatte.

Einfach mal so, man konnte ja nie wissen, hatte er sich dabei eingeredet.

Was wäre, wenn er sie kurz entschlossen anrufen würde? Könnte er irgendeinen Grund vorschieben, gab es etwas Dienstliches, was er sie unverfänglich fragen konnte? Ganz abgesehen von den privaten Dingen, die ihn so brennend interessierten? Schon wollte er zum Telefon greifen, hielt dann aber abrupt inne. Nein! Er durfte es nicht!

Es gab nämlich etwas sehr Wesentliches, was ihn davon abhielt. Eine Tatsache, die Richard in Verenas Akte gelesen hatte. Etwas immens Wichtiges, das die junge Frau in Bezug auf den Mordfall Thomas Pickerl plötzlich in einem ganz anderen Licht erscheinen ließ.

Darüber konnte sich Richard nicht einfach hinwegsetzen. Zuerst sollte, nein musste er mit Mike darüber reden. Eigenmächtig durfte er nicht handeln, das war ihm, so schwer es auch fiel, absolut klar.

Verdammt noch mal! Warum wallten seine Gefühle ausgerechnet dann empor, wenn eigentlich sachlicher und objektiver Geist gefragt war?

Mit einer zornigen, verzweifelten Geste knüllte er den Notizzettel mit Verenas Nummer zwischen den Händen zusammen. Gleich drauf zog er ihn wieder auseinander und strich ihn auf dem Tisch glatt.

Himmel noch mal, er wollte doch nur ihre Stimme hören, was war falsch daran? Wenn er einfach so tat, als ob er von nichts wüsste? Niemand konnte ahnen, dass Richard ihre Akte abgerufen hatte, dass er heute schon Informationen besaß, die morgen eventuell wichtig werden würden. Könnte er sie ganz zwanglos anrufen und fragen, wie es ihrem Bruder gehe oder ob ihm noch etwas zum Mordfall Pickerl eingefallen sei? Konnte das verfänglich wirken?

Ganz gegen seine Gewohnheiten schenkte sich Richard ein Glas Weißwein ein. Er war kein Biertrinker, war es in der ganzen Zeit seines niederbayerischen Asyls nicht geworden, und

normalerweise genehmigte er sich ein Glas Wein nur am dienst-
freien Wochenende. Doch heute erschien es ihm notwendig.

Der Abend schritt fort, er fand keine Ruhe und konnte einfach nicht zu Bett gehen. Nach dem zweiten Glas überwand er
sich, nahm erneut den Zettel und wählte entschlossen Verenas
Nummer.

Isabel Weingartner machte es sich auf ihrer Wohnzimmercouch
gemütlich, nachdem sie ihren Hund Schorschi nochmals in den
verschneiten Garten hinausgelassen hatte, damit er seine diversen Geschäfte verrichten konnte. In eine Wolldecke heimelig
eingepackt, schaute sie die neueste Folge von »Mia san mia«
im Bayerischen Fernsehen, gab sich anschließend noch die Ta-
gesschau und zappte dann unentschlossen durch das Fernseh-
programm.

Schließlich schaltete sie wieder aus und nahm ein Buch zur
Hand. Isabel schlug es zwar auf, doch sie las nicht. Tief in Gedanken versunken starrte sie durch das sprossenbesetzte Fenster
hinaus ins Dunkel.

Der freie Montag hatte ihr gutgetan. Nachdem sie am Morgen Mikes Haus verlassen hatte, hatte sie zwei Patienten in Bogen besucht, war dann mit Schorschi heimgefahren, um einige
Hausarbeiten zu verrichten. Mittags hatte sie die inzwischen
obligatorischen zwei Stunden vor dem Haus Schnee geschippt,
nachmittags mit Schorschi eine lange Runde gedreht. Weit abseits der viel befahrenen Straßen zum Skigebiet St. Englmar und
zum Waldwipfelweg war sie durch den tief verschneiten Wald
gestapft, hatte Ruhe und Einsamkeit genossen, dabei voll Freude
zaghaftes Amselgezwitscher in den Ästen wahrgenommen.
Schorschi hatte begeistert an verrotteten Baumstümpfen sein
Bein gehoben und ein nach oben verschwindendes Eichhörn-
chen verbellt. Mit einem Lächeln hatte Isabel seinen glücklichen
Gesichtsausdruck bemerkt, während er mit fliegenden Ohren,
die Nase und den buschigen Schwanz hoch aufgestellt, zwischen
den Bäumen im kniehohen Schnee herumgepflügt war.

Zurück im Haus hatte sie sich umgezogen, den Golden Retriever gefüttert und sich mit einer Tasse Glühwein an den Küchentisch gesetzt, während sich Schorschi zufrieden darunter zusammengerollt hatte, um ein Nickerchen zu halten.

Glühwein im März, das soll mal jemand glauben, dachte sie belustigt, doch das heiße Getränk war nach der kalten Luft draußen wirklich eine Wohltat.

Am Laptop rief Isabel ihre E-Mails ab, schrieb ein paar lustige Kommentare zu Social-Posts ihrer Freunde, checkte ihren Terminkalender für die kommende Woche und sichtete noch einige Patientenakten, um für die Termine in den nächsten Tagen gerüstet zu sein. Außer dem Ticken der Wanduhr in der gemütlichen Küche und Schorschis gelegentlichem Schnarchen war nichts zu hören.

Diese Ruhe war ein Traum und eigentlich genau das, was sie sich immer gewünscht hatte. Trotzdem, so ganz glücklich fühlte Isabel sich dabei nicht.

Als sie nun gedankenverloren auf der Couch lag, dachte sie an Mike, der heute den ganzen Tag unterwegs gewesen war, um den Mord an dem alten Mann aufzuklären. Mike, der sicher müde und erschöpft heimkam, zusammen mit Babs ein schnell zubereitetes Essen hinunterschluckte, vielleicht noch Wäsche in die Maschine warf und ein wenig aufräumte, um dann irgendwann allein vor dem Fernseher einzudösen.

Längst hatte Isabel seinen Wunsch erkannt, sie möge sich ganz auf ein Leben mit ihm einlassen, was hieße, sie müsste ihr kleines Häuschen aufgeben und bei ihm einziehen. Irgendwie stellte sich Isabel eine gemeinsame Zukunft mit Mike sehr schön vor. Aber … sie brauchte ihre Freiheit, genau diese Stille und Einsamkeit, die sie wie heute nur mit ihrem Hund Schorschi teilte. Isabel graute davor, jeden Tag zu dritt am Tisch sitzen zu müssen, sogar zu viert, wenn Lukas mit dabei wäre.

Ihr Hund Schorschi verhielt sich stets aufgedreht in Mikes Haus, was verständlich war bei so vielen streichelnden und Leckerlis versprechenden Händen. Klar, es war schön, sich zu unterhalten, ihr gefiel die Art, wie Mike mit seinen Kindern umging, sie manchmal neckte oder mit ihnen schimpfte, und dabei doch immer diese Zuneigung und Ruhe ausstrahlte.

Kommissar Mike Zinnari war für sie ein Glücksfall, und nie hätte Isabel geglaubt, bei einem Mann so viel Zärtlichkeit und Geborgenheit zu entdecken wie bei ihm. Ganz abgesehen davon, dass sie ihn sehr attraktiv fand und die Stunden »zu zweit« wie im Himmel waren.

Isabel sah hinab auf ihr Buch und seufzte. Irgendwann musste sie wohl eine Entscheidung treffen, schließlich war es so gar nicht ihre Art, jemanden hinzuhalten. Vor allem nicht jemanden, den sie so liebte wie Mike.

Isabel hatte gerade die zweite Seite umgeblättert, als Schorschi mit einem Knurren den Kopf hob. Gleich darauf schoss er hinaus zur Diele und bellte die verschlossene Haustür an. Erschreckt warf Isabel das Buch auf die Couch und sprang auf.

»Bitte nicht schon wieder! Schorschi, pscht! Aus!«

Sie folgte ihrem Hund und versuchte, ihn streichelnd zu beruhigen. Ohne Erfolg. Der Golden Retriever schüttelte ihre Hand ab und kratzte heftig an der Tür. Isabel wollte nicht öffnen, sie wollte nicht die warme Sicherheit ihres Hauses der eisigen, ungewissen Dunkelheit dort draußen preisgeben.

Schon oft in den letzten Tagen, Wochen, hatte Schorschi spätabends so reagiert. Die ersten Male hatte sie noch tapfer die Haustür geöffnet, sogar mit einer starken Taschenlampe die schneebedeckte Umgebung abgeleuchtet, ohne die Ursache für Schorschis Aufgeregtheit finden zu können.

Wieder versuchte Isabel, ihren Hund mit Streicheln und gutem Zureden zu beruhigen, doch Schorschi reagierte nicht. Im Gegenteil, sein Bellen und Kratzen wurde noch hektischer, bis sie sich schließlich überwand, den Schlüssel drehte und ihn hinausließ.

Sich fast überschlagend stürzte Schorschi über die Eingangstreppe hinunter, dabei knurrte und bellte er so böse, wie Isabel es selten von ihm kannte. Irgendwer oder irgendwas war da draußen, etwas, was er als Bedrohung empfand.

Wild lief er im Vorgarten auf und ab, verschwand sekundenlang im Dunkel des angrenzenden Obstgartens, tauchte wieder im Lichtbogen ihrer Außenlampe auf, um gleich darauf bellend in die andere Richtung zu entschwinden. Stocksteif blieb Isabel an der Haustür stehen, sah sich um und sah – nichts. Genauso wie bei den letzten Malen, als Schorschi sich so aufführte.

Die kalte Luft drang durch ihren dünnen Pulli, Isabel zuckte schaudernd zusammen und rief nach Schorschi. Sie hörte ihn im Garten keuchend durch den Schnee wälzen, doch nach einem weiteren Ruf kam er endlich angetrabt und drängte sich ungezogen an ihr vorbei ins warme Haus.

Erleichtert warf Isabel die Tür hinter ihm zu und sperrte eiligst ab. Verängstigt prüfte sie sämtliche Fenster und Türen im Erdgeschoss, ließ alle Rollläden hektisch hinunter, bevor sie sich wieder auf die Couch legte, fest in ihre Wolldecke eingemummelt. Schorschi hockte sich mit treuem Hundeblick neben sie und ließ sich hinter den Ohren kraulen. Ganz ruhig war er jetzt, blinzelte ihr zu, ließ sich mit einem langen Seufzer lang gestreckt auf den Teppich gleiten. Gleich darauf verriet sein tiefer Atem, dass er eingeschlafen war.

Bei Isabel dauerte es länger, bis ihre Furcht nachließ.

Wenn sie nur wüsste, *was* es war, das Schorschi so sehr aufregte. Aus Gesprächen mit ihren Nachbarn wusste sie, dass andere Hunde in Rundlberg seit Wochen ebenso reagierten. Aber niemand hatte bisher festgestellt, warum. Es war und blieb ein beängstigendes Rätsel …

»Papa?«

Babs' einschmeichelnde Stimme schlich sich in Mikes Bewusstsein, als er gerade im Begriff war, auf der Couch vor dem Fernseher wegzudämmern.

»Hmm? Was los?« Verwirrt öffnete er die Augen und warf gewohnheitsmäßig einen Blick auf die Uhr. Es war halb elf abends. Seine Tochter stand, schon im Pyjama, an der Tür, kam jetzt herüber und quetschte sich zu ihm auf die Sofakante, was ihn dazu zwang, ein Stück nach hinten zu rutschen.

»Lieber, allerliebster Papa, darf ich am Wochenende bei Jessie übernachten?«

Bettelnd hatte sie eine Hand auf seine Schulter gelegt. »Am Samstag ist das irische Festival in der Fraunhofer-Halle, und da wär es doch blöd, wenn ich mitten in der Nacht noch versuchen müsste, irgendwie nach Hause zu kommen, oder? Bitte, Papa, wir sind auch ganz brav, besaufen uns ned und gehen gleich sofort nach dem Schluss nach Hause. Versprochen. Also, darf ich?«

Mühsam versuchte Mike, einen klaren Kopf zu bekommen. Er wusste nichts von einem Musikfestival. Dieses Biest, geschickt versuchte Babs, ihn im Halbschlaf zu überrumpeln.

Langsam drehte er den Kopf und gähnte. »Am Samstag? Geht ned. Der Lukas ist da, und ich hab Bereitschaft. Also musst du bei ihm daheimbleiben, falls ich Einsatz hab.«

Ruckartig wurde die Hand von seiner Schulter zurückgezogen. »Du solltest doch eigentlich freihaben? Und es ist doch gar ned Lukas' Wochenende! Wieso ist er dann da?«

»Deine Mutter hat was vor und mich g'fragt, ob es geht, dass er ausnahmsweise außer der Reihe kommt. Ist doch sonst auch kein Problem, oder?«

Mike musste ein Lächeln unterdrücken. Babs schien kurz vor einem Panikanfall zu stehen, doch sie beherrschte sich. Nur ein leises »Scheiße« entfuhr ihr, während sie enttäuscht die Mundwinkel nach unten zog.

Sie würde meutern, verständlicherweise, aber sie würde nachgeben, das wusste Mike. Babs besaß einen ausgeprägten Familiensinn und einen anständigen Charakter, beides würde sie veranlassen, auf das Festival zu verzichten – ihm, ihrer Mutter und Lukas zuliebe.

Mit zusammengezogenen Augenbrauen finster dreinblickend, kaute sie auf der Unterlippe. »So was Blödes. Warum hat Mama mir das ned gesagt?« Ihre Stimme klang so enttäuscht, dass sich Mike erbarmte.

»Schnecke, was erwartest du denn von mir, wenn du mich mitten in der Nacht weckst und solche Wünsche vorbringst? Ich kann mir schon denken, dass du brennend gern da hingehen willst. Von mir aus darfst du das auch. Das mit Lukas war nur ein Scherz, er kommt ned.«

Seine Tochter schnaufte hörbar auf. Mit der flachen Hand hieb sie ihm auf den Brustkorb. »Mensch, Papa, manchmal bist du wirklich unmöglich! Mich so zu verarschen, also wirklich …«

»Aua! Tja, selbst schuld. Du hast dir das doch ned erst vor fünf Minuten ausgedacht, oder? Wenn du so was planst, dann red rechtzeitig mit mir, ich muss schließlich auch schauen, ob es passt.«

»Du meinst wohl, ob es Isabel passt«, stellte sie richtig. Babs wusste ganz genau, dass Mike ein kinder- und dienstloses Wochenende dazu nutzen würde, um zu Isabel nach Rundlberg zu fahren.

Mit einem Schmunzeln richtete sich Mike auf. »Oder so. Hör mal, du bist fast volljährig, du kannst deine Entscheidungen, denk ich, mittlerweile ohne mich treffen. Aber dazu gehört auch die Rücksichtnahme auf andere und deren Pläne! Dass ich mich auf dich verlassen kann, weiß ich ja, sonst würd ich dich ned allein dort hingehen lassen, sondern auf das Festival begleiten.«

»Hey, warum ned?«, nahm Babs seinen nicht ernst gemeinten Vorschlag begeistert auf. »Isabel würde das bestimmt auch gefallen, und ich hätt absolut nix dagegen, Papa! Du bist ja noch kein Opa, dessen ich mich schämen müsste!«

»Oh, danke, zu viel des Lobes!« Mike schlang einen Arm um ihre Schulter, drückte sie kurz an sich. »Musst mir ned so schöntun, Babs. Du lernst gut, hilfst viel im Haushalt, bist immer da, wenn man dich braucht. Vielleicht zeig ich es dir zu wenig, aber eigentlich bin ich schon mächtig stolz auf dich, Schnecke. Hab ich dir das schon mal g'sagt?«

Eine leichte Röte legte sich auf die Wangen seiner Tochter. »Und du musst dich ned überschlagen mit Lobeshymnen, Papa.« Ein neuerlicher Klatsch traf seine Brust, sie lächelte. »Jedenfalls bin ich froh, dass wir beide so gut miteinander auskommen. Also kann ich Jessie zusagen, ja?«

»Freilich.«

Unerwartet beugte sich Babs vor und drückte einen Schmatz auf seine Wange.

»Danke. Bist der beste Papa der Welt.«

Mit diesen Worten und einem letzten Lächeln wollte sie Mike im Wohnzimmer allein lassen.

Plötzlich fiel Mike etwas ein. »Babs, wart mal kurz. Ich will dich was fragen!«

Babs blieb stehen, kam auf sein Winken zurück auf die Couch.

»Was ist los, Papa? Brauchst du wieder mal meinen Rat, wie du Isabel zum Einziehen bewegen könntest?« Sie grinste frech.

Ja, das bräuchte ich dringend, dachte Mike, doch dieses Thema hatte er mit seiner Tochter schon mehrmals durchgekaut, ohne brauchbare Ratschläge von ihr erhalten zu haben. Ihren Vorschlag, dass sie Isabel ganz direkt darauf ansprechen könnte, hatte er rigoros abgelehnt, es war schließlich allein ein Problem zwischen Isabel und ihm, Babs vorzuschieben kam für ihn nicht in Frage.

Er gab ihr einen sanften Klaps auf den Hinterkopf.

»Nö, du Frechdachs. Das steht grad überhaupt ned zur Debatte. Eigentlich dürft ich dir gar nix erzählen, weil es eine laufende Ermittlung ist, aber … vielleicht kannst du mir trotzdem helfen. Ich musste beruflich zu deiner ehemaligen Schule –« Er unterbrach sich, als Babs die Augen verdrehte.

»Etwa zum Pfisterhammer? Mein Beileid!«

»Ja, zu dem. Red ned so, der kann nix dafür, dass du in seiner Schule nimmer lernen wolltest!«

Babs schnaubte ärgerlich und rückte deutlich von ihm ab. »Du weißt ganz genau, was der Grund dafür war, Papa! Unser

Umzug damals nach Straubing, ziemlich neu an der Schule und dann deine Probleme mit Mama, all das war wohl kaum förderlich für Einser-Noten, oder?«, verteidigte sie sich und verschränkte die Arme.

»Das weiß ich doch alles, Babs. Es soll auch kein Vorwurf sein. Ich wollt etwas ganz anderes von dir wissen. Ich hab da im Zuge von Ermittlungen ein paar Burschen kennengelernt, und da sie ungefähr in deinem Alter sind, dachte ich, du könntest sie kennen und mir ein bisserl was über sie erzählen.«

Seine Tochter beruhigte sich und kuschelte sich wieder an ihn, während Mike schilderte, um welche Schüler es sich handelte.

»Peter Voss? Ja, den kenn ich, der war ein, wie nennt man das, ein Patriarch auf unserem Schulhof. Peter war zwar in einer Parallelklasse, aber auf dem Pausenhof hab ich schon gemerkt, wie seine sogenannten Freunde nach seiner Pfeife tanzen mussten. Und wie, sagtest du, hieß der andere? Roland … ich glaub ja, an den kann ich mich auch erinnern. So ein dunkler Typ, oder? Ich mein, immer so finster dreinschauend, mit den schwarzen Haaren und so … Der steht auch im Bannkreis vom Peter, aber so herumscharwenzelt wie die anderen ist der ned, glaub ich. Ich mein eher, den Peter hat's beeindruckt, dass der Roland ned nach seiner Pfeife tanzen wollte wie all die anderen.«

»Wie meinst du das?«, fragte Mike hellhörig nach. »Sind die beiden keine dicken Freunde?«

Babs zuckte die Schultern, sie hob den Kopf von Mikes Brust und sah ihn ernst an. »So genau hab ich das ned mitbekommen, und der Roland war ja eine Klasse unter mir, mit dem hab ich mich eigentlich nie unterhalten. Aber irgendwie hab ich schon den Eindruck gehabt, dass dem Peter am Roland was liegt. Zumindest hab ich mal g'sehen, dass er ihm nachgelaufen ist, als der Roland bei einer Unterhaltung einfach wegging. Und so was ist für den Peter Voss völlig untypisch. Der King läuft doch keinem Untertanen nach!« Sie kicherte. »So haben wir Mädels das damals zumindest gesehen. Aber echt, mit diesem jungen

Kriechgemüse haben wir uns ned wirklich viel befasst. Mehr kann ich dir leider ned dazu sagen, Papa, ich kenn die beiden wirklich ned näher.«

»Das reicht mir schon, Babs. Danke dir, und sorry, dass ich dich vom Zubettgehen abgehalten hab.« Mike lächelte.

»Als bester Papa darfst du das!« Sie stand auf. »Und wie gesagt, wenn du Hilfe bei Isabel brauchst, red mit mir!« Sie grinste breit.

»Schleich dich, Göre! Gute Nacht!« Mike gab ihr lachend einen Schubs in die Seite, Babs schubste zurück.

»Gute Nacht, du Brummbär!«

Nachdem Babs gegangen war, sank Mike nachdenklich zurück in die Kissen.

Seine Tochter hatte Roland Bogenrieder als dunklen, finsteren Typ beschrieben, Peter Voss als einen Patriarchen auf dem Schulhof. Die beiden Charaktere zusammengefügt ergäben ein ideales Duo, um für den Tod von Thomas Pickerl verantwortlich zu sein, sofern der alte Mann ihnen irgendwie quergekommen war. Aber die Jungen hatten die Leiche gemeldet. Hätten sie das getan, wenn sie schuldig wären?

Oder sollte dies nur zur Ablenkung dienen?

9

Dienstag, 5. März

Isabel zeigte sich erfreut, als Mike ihr von dem unverhofft kinderlosen Wochenende berichtete. Gleich am frühen Morgen hatte er sie angerufen, ehe sie sich auf den Weg zu ihrer Praxis machte, wo sie erfahrungsgemäß am Telefon nur mehr sporadisch erreichbar war.

»Du, das passt prima, Mike, ich wollte sowieso was mit dir bereden, und das geht am besten, wenn du bei mir bist.«

Mike kannte sie inzwischen gut genug, um einen unsicheren Unterton herauszuhören. Sie wollte etwas mit ihm bereden? Sein Magen krampfte sich plötzlich zusammen, er musste den Telefonhörer härter umklammern. »Was ist denn, Isabel? Ist was passiert?«

Nur mit Mühe brachte er eine feste Stimme zustande, zugleich verspürte er einen schweren Druck im Magen. War es jetzt so weit? Wollte sie ihm mitteilen, dass sie von ihm die Nase voll hatte?

»Nein, passiert ist nix, Mike. Und, herrje, ich möchte bloß mit dir reden in deiner Eigenschaft als Kriminaler, es ist nix Schlimmes, nix was uns beide betrifft.« Sie antwortete mit sanfter Stimme, als ob sie seine Anspannung durch die Telefonleitung gespürt hatte.

Erleichtert lehnte sich Mike auf dem Küchenstuhl zurück. »Wenn du mich als Kommissar brauchst, dann ist doch etwas passiert, oder? Was ist los, mein Schatz?«

»Eigentlich wollte ich dich damit gar nicht belästigen, du hast mit dem neuen Mord und ohne Jutta genug am Hals, aber … ich weiß ned, Mike, irgendwas ist komisch. Hier bei uns in Rundlberg, mein ich. Konkret kann ich es gar ned beschreiben, aber irgendwie hab ich das Gefühl, da geht was Seltsames vor sich.

Vielleicht bin ich ja paranoid, am Ende nur so überempfind-
lich, weil ich durch dich weiß, welch krumme Sachen überall
passieren …«

Sie verlor sich in einem Gemurmel, das Mike nicht mehr verstand. Energisch richtete er sich auf. »Red doch ned so um den
heißen Brei, Isabel! Was genau ist los bei euch in Rundlberg?«

»Das weiß ich doch nicht! Im Sommer wimmelt es im Dorf
von lauter Touristen, das weißt du selbst. Schorschi und ich
haben uns inzwischen dran gewöhnt. Im Winter haben wir
eigentlich Ruhe davon, denn die paar Fremdenpensionen für
Skifahrer im Dorf bemerken wir kaum. Aber jetzt ist sogar
nachts keine Ruhe mehr, Mike! Der Schorschi steht mal nachts
um elf oder früh um drei am Gartenzaun und bellt sich die
Lunge aus dem Hals. Auch andere Hunde in der Nachbarschaft schlagen oft an. Lichter von Bewegungsmeldern gehen
an, aber bis man ans Fenster oder ins Freie kommt, ist niemand
und nix zu sehen. Mike, langsam krieg ich Angst. Ich bin bloß
froh, dass ich Schorschi bei mir hab und meine Nachbarn in
Rufweite wohnen. Denen ist das Ganze übrigens auch schon
aufgefallen und ned sehr geheuer!«

Nachdenklich beugte sich Mike vor und wechselte den Hörer
von der einen in die andere Hand. »Wie lange geht das schon
so?«

»Ich weiß ned genau. Zwei oder drei Wochen, höchstens
einen Monat, würd ich sagen. Wenn du am Wochenende bei mir
bist, werde ich mich mit Sicherheit wohler fühlen, das kannst
du mir glauben.« Sie versuchte ein klägliches Lachen.

»Und warum hast du ned schon eher mit mir drüber gesprochen? Isabel, wenn du dich fürchtest, kannst du doch auch
bei mir bleiben, wär doch eh praktischer, dann könntest du mit
dem Rad zur Arbeit fahren.«

Darüber hatten sie die letzten Monate schon so oft disku-
tiert, waren jedoch auf keinen gemeinsamen Nenner gekommen.
Beide besaßen ein Haus – okay, Isabel nur ein klitzekleines
Häuschen –, beide hatten viel Geld und Zeit darin investiert,

und keiner wollte seinen Besitz leichten Herzens aufgeben. Da konnte die Liebe noch so groß sein. Im Übrigen stand sowieso nicht zur Debatte, dass Mike zu Isabel zog, für die komplette Familie Zinnari wäre Isabels ehemaliges Austragshäuserl entschieden zu klein.

Aber das war jetzt nicht das Thema, Isabel ging darauf auch nicht weiter ein.

»Nein. Ich weiß, dass du mich jederzeit aufnimmst, Mike, aber du weißt auch, dass es für Schorschi hier besser ist, er hat den ganzen Tag Auslauf im Garten, und die Gerti füttert ihn, spielt und geht mit ihm Gassi. Bei dir wär er den ganzen Tag allein. Zumindest so lange, bis Babs von der Schule kommt.«

Gerti war Isabels Nachbarin, sie umsorgte, wenn Isabel keine Zeit hatte, den Golden Retriever schon seit Jahren, als wäre es ihr eigener.

Isabel hatte recht, gestand sich Mike ein. Leider. In anderen Patchwork-Beziehungen bereiteten vielleicht Kinder Probleme, bei ihnen war es offensichtlich der Hund.

Mike seufzte.

»Ja. Trotzdem. Warum hast du nicht schon eher was gesagt?«

»Keine Ahnung, Mike. Wahrscheinlich, weil ich dachte, es würde sich irgendwann von selbst erledigen. Hat es aber ned. Gestern Nacht war auch wieder so ein Vorfall, der Schorschi hat sich fast im Schnee überschlagen, so aufgeregt hat er sich.«

»Okay.« Mike überlegte. »Ich werde Babs dazu überreden, schon ab Freitag bei ihrer Freundin zu übernachten, dann komm ich zu dir, sobald ich aus der Dienststelle wegkann. Oder soll ich heut Abend schon nach Rundlberg fahren, damit du nachts ned allein bist?«

»Das ist lieb, dass du das sagst, aber nein, es muss ned sein. Vor allem ned bei diesem Wetter! Bleib du bei Babs zu Hause. Bisher ist ja nix Schlimmes passiert, und diese … diese Umtriebe lassen sich bestimmt irgendwie rational erklären.«

Mike hörte, wie sie tief durchatmete, stellte sich vor, wie ihre

Schultern sich entschlossen strafften, wie ihre Brüste sich dabei unter dem Pulli abzeichneten … Er gab forsch zurück: »Ganz bestimmt. Ich werd mich gleich mal ein bisserl auf der Dienststelle umhören, ob was in diese Richtung gemeldet wurde. Mach dir keine Sorgen, Schatz, da ist bestimmt nix dahinter. Ich freu mich schon so. Zwei Tage nur wir zwei, das kommt selten genug vor.«

»Ich weiß. Ich freu mich auch auf dich, Mike. Du, ich muss los, telefonieren wir heut Abend noch mal?«

»Klar.« Er verabschiedete sich, warf einen hörbaren Schmatz durch die Leitung und legte auf. Eine Weile starrte er noch grübelnd vor sich hin, die Kaffeetasse auf dem Küchentisch hin und her schiebend.

Es war eindeutig zu wenig, was er von Isabel hatte. Er wollte sie wirklich nicht bedrängen, aber langsam wurde es Zeit, eine Entscheidung zu treffen. Ihrerseits. Seine stand schon längst fest.

Energisch sprang Mike auf. Gut, er würde dieses Wochenende bei Isabel verbringen, hätte vielleicht die Gelegenheit dazu, sie endlich von seinen Wünschen zu überzeugen, doch ihre Sorgen, die sie ihm soeben geschildert hatte, standen dem wieder einmal entgegen.

Seltsame Umtriebe in Rundlberg? Das Dorf war Mike nicht gerade in bester Erinnerung. Obwohl, wäre Rundlberg nicht früher schon ein Sündenpfuhl gewesen, hätte er Isabel nie kennengelernt. Schon einmal hatte er dort ermitteln müssen, was Fluch und Segen zugleich für ihn bedeutete. Zumindest hatte er dabei glücklicherweise Isabels Bekanntschaft machen dürfen.

Seine Vorfreude auf das gemeinsame Wochenende war nun deutlich geschmälert. Mike stellte nachdenklich die leere Tasse in den Geschirrspüler. Lieber ein ganzes Dorf voller übler Gesellen, dachte er, als auf Isabel ganz verzichten zu müssen. Dennoch blieb ein leichtes Unbehagen. Seltsame Vorkommnisse in so einem kleinen Kaff konnten alles oder auch nichts bedeuten.

Somit musste sich Mike darauf einstellen, dass es nicht nur ein romantisches Wochenende bei Isabel werden würde. Warum nur kam bei ihm immer etwas dazwischen?

Mieses Karma, dachte Mike, er konnte noch so sehr mit seinem Schicksal hadern, ihm fiel keine bessere Erklärung ein.

Er beeilte sich, machte sich fertig, rief Babs einen Gruß hinauf, die erst zehn Minuten nach ihm gehen musste und noch in ihrem Zimmer war. In seine dicke Winterjacke eingepackt trat er aus dem Haus und schwang sich ins Auto.

Über Nacht hatte es erneut mehr geschneit. Mit Besorgnis dachte Mike an Isabel. Während er eine vergleichsweise kurze Strecke von Bogen nach Straubing vor sich hatte, musste sie den langen Weg von Rundlberg nach Bogen fahren. Hoffentlich war auch bei ihr zu Hause der Winterdienst schon fleißig gewesen, hatte die Straßen zumindest notdürftig geräumt. Anscheinend war Petrus verärgert über irgendetwas, denn so viel Schnee im März hätte kein Mensch mehr gebraucht.

Mike konnte nur hoffen, dass der anhaltende Schneefall Rundlberg nicht vom Rest der Welt abschnitt, denn dann sähe es für sein Wochenende bei Isabel und die Ermittlungen zu den rätselhaften Umtrieben dort schlecht aus.

»Einen wunderschönen guten Morgen wünsch i!« Willi Schretzlmeier grinste bis über beide Ohren, als Mike ins Vorzimmer seines Büros trat.

Beate hatte Kaffee gemacht und saß, ihre Tasse mit beiden Händen umfassend, hinter ihrem Schreibtisch, während Willi sein uniformiertes Hinterteil auf ihrer Tischplatte platziert hatte und mit den stämmigen Beinen schlenkerte. Er machte keinerlei Anstalten aufzustehen, was Mike dazu veranlasste, mit verschränkten Armen dicht vor ihm stehen zu bleiben.

»Schön, dass hier so fleißig gearbeitet wird, Willi. Bleib ruhig sitzen, wegen mir brauchst du deinen Luxuskörper ned anzustrengen.«

Unter Mikes anzüglichen Blicken schob sich Willi dennoch

herunter. »Du musst grad reden, Mike. Vor a paar Monaten hod dir deine Hose auch no besser gepasst!«

Mike fiel in Beates spontanes Lachen ein. »Treffer! Hast ja recht, ich hab ein wengerl zug'nommen. Vielleicht sollten wir eine Trimm-dich-Gruppe gründen und jeden Tag zehn Kilometer laufen, was meinst, Willi?«

Schretzlmeiers Grinsen wurde noch breiter. »Na, des sagt der Richtige. Wie war des? ›Der Kommissar von heute jagt mit dem Roller – andere …‹«

»›… finden's immer noch zu Fuß toller‹«, vervollständigte Beate glucksend den Satz.

Mit genau diesem Spruch hatte Mike einmal ein Foto kommentiert, das ein Kollege von ihm geschossen hatte, während Mike auf einem Segway einen Mordverdächtigen verfolgte. Der Kollege hatte geistesgegenwärtig seine Kameralinse draufgehalten, als Mike vorgebeugt und mit verkniffenem Gesicht an ihm vorbeigedüst war. Wochenlang hatte das Foto am Schwarzen Brett der Dienststelle gehangen, sehr zur Erheiterung aller.

»Ja, ja«, knurrte Mike mit gespieltem Ernst. »Machts euch nur lustig. Euch lauf ich allerweil noch davon – wenn's bergab geht!«

Damit hatte er die Lacher auf seiner Seite, er nahm sich eine Tasse Kaffee mit ins Büro und setzte sich. Willi trottete hinterdrein.

Sobald sie sich an Mikes Schreibtisch gegenübersaßen, war jede Gaudi verflogen. Mike schaltete den PC ein, Willi holte einige zusammengefaltete Blätter aus der Hosentasche.

»Während Richard und du euch gestern in dem Altersheim vergnügt habt …«, begann Willi, mit den Papieren raschelnd.

Mike hob die Augenbrauen. »Als Vergnügen würd ich es ned grade bezeichnen, Willi.«

Der Polizeiobermeister feixte. »Da hob i andere Infos. Kostenlos eine Chorvorstellung, dazu no a schöne junge Geschäftsführerin und sonst no so allerlei Luxus … War des denn koa Vergnügen, Mike?«

»Wenn du es so sehen willst. Für uns war's jedenfalls schwerste Ermittlungsarbeit. Du kannst gern eine Kostprobe haben, Willi, den Vater der schönen Geschäftsführerin hab ich für heut um neun hierherbestellt. Wenn du Zeit hast und dableiben möchtest, dann kannst du dir selber einen Eindruck verschaffen.«

»Heut stört die Uniform wohl ned, oder wie?«

»Lieber Himmel, wir sind eine polizeiliche Einrichtung, oder? Jetzt sei doch ned immer gleich so empfindlich.«

Mike hatte die ewigen Sticheleien zwischen Willi, dem Polizisten in Uniform, und Richard, dem Polizisten in Zivilkleidung, allmählich satt. Im Grunde mochten sich die beiden, das wusste Mike, sie hatten auch Respekt voreinander, doch im Wettkampf um die Lorbeeren beim Chef führten sie sich auf wie im Kindergarten.

Willi nickte. »Kann ja ned schaden, wenn i den Mehltretter kennenlern. Im Übrigen, wos i eigentlich sagen wollt, i hob mal alle bisher bekannten Namen durch den Polizeicomputer g'jagt. Weil, sonst ham wir ja auch nix, wo wir ansetzen könnten. Vom Pickerl selber gibt's koanerlei Einträge. Außerdem bin i no auf der Suche nach einem Notar oder Anwalt, der eventuell ein Testament von ihm oder so wos beurkundet hod. Über unsere fünf Jungspunds liegt ebenfalls nix vor. Oba, du kennst mi ja, Mike, wenn i grab, dann sehr tief. Und i hob auch wos g'funden. Über die Schwester von dem einen.«

»Von wem?«, fragte Mike gespannt nach, obwohl er die Antwort ahnte.

»Bogenrieder. Dem Roland Bogenrieder seine Schwester, die Verena, die stand mal in unserer Vermisstendatei.«

»Echt? Wann war das denn?«

»Vor rund siebzehn Jahren. Ihre Eltern hatten sie damals als vermisst g'meldet, sie war zu dem Zeitpunkt no koane achtzehn. Für über ein Dreivierteljahr hod man vergeblich nach ihr g'sucht, bis sie plötzlich von selber wieder dahoam aufgetaucht is. Die Verena hatte zu dieser Zeit als Wirtschaftsschülerin auf einem Bauernhof gearbeitet, dann war sie einfach von einem Tag auf den anderen verschwunden. Wia vom Erdboden verschluckt. Und du wirst es ned glauben, Mike, jetzt rat mol, *wo* sie damals gearbeitet hod?«

»Beim König Ludwig? Beim Papst? Was weiß ich, Willi, jetzt red halt schon!«

Nach einer sekundenlangen Pause sagte Willi: »Beim Thomas Pickerl!«

10

Dass das kein Scherz war, konnte Mike an Willis ernstem Gesicht ablesen. Vor Überraschung wäre Mike beinahe vom Stuhl gekippt. Ruckartig rutschte er nach vorn.

»Wie bitte? Sag das noch mal!«

»Verena Bogenrieder hatte eine Lehre als Hauswirtschafterin beim Thomas Pickerl und seiner Schwester ang'fangen. Über ein Jahr war sie dort und dann, von einem Tag auf den anderen, weg. Auf Nimmerwiedersehen. Wenn du's schwarz auf weiß haben willst, bittschön.« Willi hielt ihm seine Infos unter die Nase.

Unwirsch schob Mike seine Hand beiseite. »Meinst du, ich kann mit der Nase lesen? Leg's halt einfach hin, Willi! Ich glaub's dir schon! Bloß, ich kann's eigentlich ned glauben! Also, ich mein, diese Verena hat so vehement abgestritten, den Toten zu kennen, und jetzt das. Ich hatte gleich schon das Gefühl, dass sie ned die Wahrheit sagt. Aber warum hat sie geleugnet, dass sie ihn kennt?«

»Koa Ahnung. Is ja scho eine Zeit lang her, vielleicht hatte sich der Pickerl so verändert, dass sie ihn wirklich ned erkannt hod? Du weißt es doch selber, Mike, das Gesicht eines Toten wirkt oft ganz anders, als man den Menschen zu seinen Lebzeiten gekannt hod. Und es ist immerhin schon siebzehn Jahr her.«

»Mag sein, Willi. Trotzdem. Diese Verena Bogenrieder werden wir auf jeden Fall noch mal zum Gespräch bitten. Die ist mir eh ein bisserl komisch vorgekommen. Übrigens, weil wir grad dabei sind, was treibt denn unser Sonnenschein Richard grade?«

»Weiß ned.« Willi zuckte die Schultern. »I war no ned in seinem Büro, und getroffen hob i eahm auch no ned. Soll i mal noch eahm schaun?«

»Nein. Er weiß, dass wir um neun den Termin mit dem Mehltretter haben, da wird er schon auftauchen. Du, Willi, ich hab noch eine andere Sache, um die du dich kümmern könntest.«

»Du fährst jetzt oba ned scho wieder zweigleisig, oder, Mike?« Obwohl seine Stimme vorwurfsvoll klang, trat ein interessiertes Glitzern in Willis Augen. »Host du etwa wieder einen Cold Case in petto?«

Die Anspielung auf einen seiner letzten Fälle brachte Mike zum Schmunzeln. »Das würde dir gefallen, wie? Nein, so wichtig ist es eigentlich auch wieder ned. Ich wollt nur von dir wissen, ob du irgendwas davon g'hört hast, dass sich in, äh, so in der Gegend rund um St. Englmar irgendwas Besonders tut. Gehäufte Einbrüche oder so was.«

Willis Augen wurden schmal. »Rund um St. Englmar? Geht's no a bisserl genauer? Du redest vielleicht ned im Speziellen von Rundlberg?«

Seufzend nickte Mike. Dem Willi konnte er einfach nichts vormachen. »Ja, ich red von Rundlberg. Isabel hat was angedeutet. Irgendwas beunruhigt die Bewohner da, sie hat g'sagt, dass die Hunde vermehrt nachts anschlagen, dass Bewegungsmelder an den Haustüren angehen, ohne dass man jemanden zu Gesicht kriegt. Was ich davon halten soll, weiß ich noch ned. Ich dachte, du könntest dich mal umhören, Willi, du hast doch normalerweise an guten Draht zu den Kollegen. Bestimmt kennst du auch einige von der Dienststelle in Viechtach, vielleicht ist da ja irgendwas bekannt.«

St. Englmar, Rundlberg mit eingeschlossen, gehörte polizeilich nicht in ihren Bereich, weder zu Bogen noch zu Straubing, sondern zum Gebiet der Polizeiinspektion Viechtach. Für Mike ein Problem, da er normalerweise sehr wenig Kontakt zu den Kollegen der angrenzenden Dienststellen hatte. Er war sich sicher, dass Willi in dieser Beziehung weitaus weniger Schwierigkeiten haben würde als er, auf dem »kleinen Dienstweg« etwas zu erfahren.

Das war eine Aufgabe ganz nach Willis Geschmack. Vergnügt

grunzte er vor sich hin. »Freilich, überhaupt koa Problem. Wenn i wui, hob i meine Augen und Ohren überall.«

»Ja, leider, das weiß ich nur zu gut, Willi. Du würdest sogar noch im Eisstadion der Straubing Tigers das Gras wachsen hören, wenn's denn da eins geben würde.«

»Exakt. Wie guad, dass du meine breit gefächerten Fähigkeiten endlich mol erkennst.«

»Das hab ich schon längst, Herr Polizeiobermeister Schretzlmeier. Warum, denkst du, spann ich nur dich für meine Sonderaufgaben ein?«

»Weil du keinen anderen Dummen findest?«, kam es prompt zurück.

»Genau. Du hast es erfasst. Was ist jetzt, willst du dabei sein, wenn der Mehltretter uns beehrt?«

Willi stand auf. »Freilich. I hol mir nur meine Jacke, damit i ja schön dienstlich ausschau. Den Richard bring i dann gleich mit, falls er ned vorher scho bei dir aufkreuzt.«

»Danke, du Spinner.« Mit einem Lächeln sah Mike dem untersetzten Beamten hinterher, der eiligst aus dem Büro stapfte.

Wieder einmal erkannte Mike, dass Willi ihm von allen Kollegen am nächsten stand. Vielleicht machte es ihre gemeinsame niederbayerische Herkunft, vielleicht schwammen sie auch nur so auf einer gemeinsamen Welle. Weder mit Jutta noch mit Richard konnte Mike sich so unbeschwert unterhalten oder herumblödeln.

Nachdem Willi sein Büro verlassen hatte, tauchte Mike am PC in das Archiv der Vermisstendatenbank ab. Zwar lag Willis Ausdruck vor ihm auf dem Tisch, doch Mike wollte einfach selbst alle Einträge prüfen. Mit gerunzelter Stirn fuhr er mit dem Cursor über den Bildschirm.

Verena Bogenrieder. Sein Gefühl hatte ihn also nicht getrogen, offensichtlich hatte sie ihm gestern nicht die Wahrheit gesagt. Nur – warum? Weshalb wollte sie nicht zugeben, dass sie Thomas Pickerl gekannt hatte? Dass sie ihn auf dem Foto der Pathologie nicht hätte identifizieren können, wie Willi vermutete, konnte Mike nicht glauben. Ihr verräterisch zittriges »Nie gesehen« klang ihm noch zu deutlich in den Ohren.

In der linken Hand hielt er Willis Papiere, mit der rechten scrollte Mike am Bildschirm die Einträge hinunter, mit flinken Blicken verglich er beides miteinander. Eine großflächige Suche nach dem verschwundenen Mädchen war damals vergeblich gewesen, Verhöre von Thomas Pickerl und dessen Schwester ebenso.

Mike konnte nachlesen, dass sich nach Verenas Verschwinden nicht nur die Polizei, sondern gleichfalls das Jugendamt eingeschaltet hatte. Nachdem Verena Bogenrieder wieder zu Hause und der Fall von der Staatsanwaltschaft eingestellt worden war, war die Akte ungewöhnlich schnell geschlossen worden. Zudem fiel ihm auf, dass nicht einmal ein abschließendes Ergebnis der amtlichen Untersuchung angegeben war, sprich der Grund ihres Verschwindens. Vermutlich war die Hauptakte, in der mehr Einzelheiten zu finden gewesen wären, versiegelt, da Verena Bogenrieder zu diesem Zeitpunkt noch minderjährig gewesen war. Für Mike wäre es eine einleuchtende Erklärung für den spärlichen Informationsgehalt der ihm zugänglichen Einträge.

Allerdings, um die staatsanwaltlichen Aufzeichnungen einsehen zu können, hätte es eines Gerichtsbeschlusses bedurft, was voraussetzen würde, er könnte einen glaubhaften Grund vorbringen oder Verena Bogenrieder würde irgendeines Vergehens angeklagt. Eine Bedingung, die Mike, zumindest im Augenblick, nicht erfüllen konnte. Vielleicht wäre es sinnvoller, zu versuchen, ihre Akte beim Jugendamt anzufordern. Vielversprechender wäre es sogar noch, mit dem damaligen Sachbearbeiter zu reden. Nach längerem Suchen fand Mike dessen Namen in den Akten. Weiter kam er nicht, denn Richard betrat sein Büro.

»Guten Morgen, Mike.«

»Morgen, Richard. Ich sag's dir gleich, ich hab Willi gebeten, bei unserem Gespräch mit dem Mehltretter dabei zu sein.«

Richard verzog keine Miene. »Auch gut. Sechs Ohren und sechs Augen sind immer noch besser als vier.«

Mike glaubte sich verhört zu haben. Was war denn da passiert? Wo blieb Richards Argwohn, seine Eifersucht?

»Ah ja? Geht's dir gut, Richard?«

Richard stand vor seinem Schreibtisch, sah mit kühlen Augen auf Mike hinunter. »Warum soll's mir nicht gut gehen? Allmächd, langsam kenn ich mich bei dir gar nimmer aus, Mike. Red ich zu viel, passt es dir nicht, red ich zu wenig, auch nicht. Und hab ich mal nix gegen Willis Anwesenheit, musst du auch wieder herummeckern. Sollte ich nicht lieber *dich* fragen, ob's dir gut geht?«

Diese humorlose Antwort war so ungewohnt für ihn, dass Mike ihn dafür nicht einmal rüffeln wollte. Richards blasses Gesicht und deutliche Rötungen in und um die Augen zeigten Mike, dass Richard eine ziemlich schlaflose Nacht hinter sich haben musste. Da er wusste, dass sein jüngerer Kollege so gut wie nie ausging, musste er sich folglich zu Hause die Nachtstunden um die Ohren geschlagen haben, warum und wie auch immer. Richards männliche Bedürfnisse und deren Befriedigung waren sicherlich nicht der Grund dafür, das konnte Mike deutlich an seinem unentspannten Gesichtsausdruck erkennen.

»Reg dich doch nicht so auf. War ja nur gut gemeint, Richard. Du wirst mir schon sagen, wenn du irgendwelche Probleme hast, oder?«

»Eben.«

Ohne ein weiteres Wort hockte sich Richard in die Besucherecke, verschränkte die Arme vor der Brust und wartete.

Mike seufzte. Bevor er etwas erwidern konnte, klopfte es, und Beate steckte den Kopf herein.

»Der Herr Mehltretter wär jetzt da.«

»Sehr schön. Nur herein mit ihm.« Mike erhob sich und ging seinem Gast entgegen.

Michael Mehltretter wirkte ebenso wie aus dem Ei gepellt wie seine Tochter. Tadelloser Anzug, blitzende Schuhe, gepflegt rasiert, ohne einen Schnitt im Gesicht, wie es Mike so gern passierte. Die kurz geschnittenen dunkelblonden Haare lagen dicht wie ein Hasenpelz um seinen schmalen Kopf. Beneidenswert. Unwillkürlich fuhr sich Mike mit einer schnellen Geste über seinen eigenen ausgedünnten Stoppelschnitt.

Gleich hinter dem blonden Mann erschien Willi im kompletten Hofstaat. Sogar die Dienstmütze hatte er aufgesetzt, was Mike nun doch sehr übertrieben vorkam. Er hob bei Willis Anblick missbilligend die Augenbrauen, bevor er Michael Mehltretter die Hand reichte und sich vorstellte.

»Kommissar Zinnari, grüß Gott, Herr Mehltretter. Bitte, nehmen Sie Platz.« Mike lotste den Geschäftsführer von St. Hubertus höflicherweise zur Besucherecke. Richard hatte sich ebenfalls erhoben, begrüßte Mehltretter mit einem Kopfnicken.

Willi zog es vor, mit ausdruckslosem Gesicht neben der geschlossenen Tür stehen zu bleiben, breitbeinig und mit hinter dem Rücken verschränkten Händen, als wären sie beim Verhör eines Schwerverbrechers. Mike hätte ihn erwürgen können.

Den Richard aber genauso, der sich mit teilnahmslosem Gesicht wieder gesetzt hatte und abwesend vor sich hin starrte.

Ja, Himmelherrschaftszeiten, was war nur mit seinen Kollegen los? War er inzwischen als Vorgesetzter im Ansehen so weit gesunken, dass jeder tat, was ihm passte?

Meine Freunde, so geht das nun wirklich nicht! Gleich nach diesem Gespräch würde Mike seine beiden Untergebenen gehörig in die Mangel nehmen. Bevor er Gefahr lief, in eine weitere Sinnkrise zu verfallen. Es reichte schon, dass er sich um seine Zukunft mit Isabel so einen Kopf machte, da konnte er aufmüpfige Kollegen gebrauchen wie Hagelschlag am Vatertag.

Mike riss sich zusammen. Zuerst einmal galt es, mehr über dieses seltsame Seniorenheim herauszufinden, seine anderen Sorgen mussten warten.

»Schön, dass Sie die Zeit gefunden haben, uns aufzusuchen, Herr Mehltretter«, begann Mike vorsichtig.

»Meine Tochter sagte, dass Sie wohl noch einige Fragen haben, Herr Kommissar. Für gestern Nachmittag möchte ich mich entschuldigen, aber es ging beim besten Willen nicht, meine Besprechung abzubrechen. Ich hoffe, Sie verstehen das. Dafür steh ich Ihnen jetzt gern Rede und Antwort.«

Jovial, mit einem breiten Lächeln, saß der Geschäftsführer dieses feudalen Altenheimes vor ihm. Er wirkte nicht wirklich unsympathisch, doch Mike fiel sein intensiver, fast stechender Blick aus dunkelblauen Augen auf. Es kam ihm beinahe vor, als würde ihn Mehltretter wie ein zu hypnotisierendes Kaninchen anstarren, was ihm ein leicht verschlagenes Aussehen verlieh. Dabei lag es einfach daran, dass Mehltretter ein wenig schielte, weshalb Mike ihm zugutehalten musste, dass er dafür nichts konnte.

»Uns würde in erster Linie interessieren, warum sich der verstorbene Herr Pickerl ausgerechnet für Ihre Seniorenresidenz entschieden hat. Oder besser gesagt, warum er bei Ihnen einziehen durfte. Seien Sie mir nicht böse, Herr Mehltretter, aber nach unseren Eindrücken gestern passte er überall besser hin als zu Ihren … ähm, Ihren sichtlich gut betuchten anderen Bewohnern.«

Das Lächeln des blonden Mittvierzigers wurde zusehends schmäler.

»Der Eindruck täuscht, Herr Kommissar. Bei uns ist jeder gern gesehen. Ich kann jetzt nicht ganz nachvollziehen, was Sie meinen? Warum sollte Herr Pickerl eine Ausnahme darin bilden?«

Mike schnaufte. »Ich bitte Sie! Jeans und karierte Hemden sind doch nicht wirklich Ihr Aushängeschild, oder?«

Mehltretter schluckte. »Äh, ja, sicher, da geb ich Ihnen recht. Aber wissen Sie, wir sind eine für jedermann offene Einrichtung, privat geführt, und bei uns ist jeder willkommen, der sich bei uns wohlfühlt. Und das hat der Herr Pickerl ganz sicher, darauf geb ich Ihnen Brief und Siegel.«

»Das erklärt aber nicht, wie er zu allen anderen Bewohnern stand oder sie zu ihm.« Um seiner Frage Nachdruck zu verleihen, sprang Mike unvermittelt auf, stellte sich hinter seinen Stuhl und spannte beide Hände um die Lehne. »Es ist ja alles gut und schön, was Sie sagen, trotzdem kann ich es nicht begreifen! Sie müssen mir nicht Auskunft darüber geben, was so ein Platz in Ihrer Einrichtung kostet, aber ich hab gestern genug gesehen, um mir denken zu können, dass es nicht über die Fürsorge geht! Gehe ich recht in der Annahme, dass der Pickerl Ihnen für sein Wohnrecht entsprechend viel Geld hingeblättert hat?«

»Er hat genau das bezahlt, was wir auch von allen anderen verlangen, Herr Kommissar. Bitte, ich versteh noch immer nicht, worauf Sie eigentlich hinauswollen?«

Anscheinend kapierte dieser Schnösel tatsächlich nicht, welche Antwort sich Mike von ihm erwartete. Die Diskrepanz zwischen Pickerls Auftreten und den Gepflogenheiten von St. Hubertus war doch nicht nur ihm aufgefallen, sogar Richard hatte sich seine Gedanken dazu gemacht. Und das Verhalten des Pflegedienstleiters Wegener sprach ebenfalls für sich. Genau da hakte Mike nun ein.

»Ihr Herr Wegener hat mich an Sie verwiesen, um genau diese Frage zu klären. Seiner Aussage nach hat sich Pickerl nicht wirklich angepasst, aber er durfte trotzdem in diesem erlauchten Kreis von ehemaligen Schauspielern, Showgrößen und ausgedienten Sängern seinen Lebensabend verbringen. Haben sich wirklich nie andere Gäste darüber gewundert, dass er sich als eingesessener bayerischer Landwirt mit entsprechenden, nun, vielleicht ungehobelten Manieren zu ihnen gesellte? Ich kann mir das beim besten Willen nicht vorstellen, das müssen Sie mir schon erklären.«

Mehltretter rückte die Krawatte gerade, nachdem er sie mit zwei Fingern am Kragen gelockert hatte. »Leider kann ich Ihre Frage noch immer nicht ganz verstehen, Herr Kommissar …«, erwiderte er zögernd.

Mike konnte sich einen leicht höhnischen Unterton nicht verkneifen. »Herr Wegener hatte damit keine Probleme, er hat mich komischerweise gleich verstanden.«

Mehltretter verzog den Mund. »Der Herr Wegener, soso. Ja, der ist wirklich eine große Stütze unseres Hauses, aber, bitte nicht falsch verstehen, von der geschäftlichen beziehungsweise wirtschaftlichen Seite unseres Stifts hat er keine Ahnung. Das kann man auch nicht erwarten. Freilich, manchmal hatte Herr Pickerl so die eine oder andere Konfrontation, aber die haben andere untereinander auch. Im Großen und Ganzen verstand er sich gut mit den Mitbewohnern. Sie fanden ihn, nun, erfrischend natürlich. Auch wenn Sie das anscheinend nicht verstehen wollen oder können.«

Mike setzte sich wieder. »Nein, ehrlich gesagt kann ich das nicht. Sie werden sicher nichts dagegen haben, wenn wir uns mit den Personen unterhalten, mit denen er sich am besten verstand oder am häufigsten zu tun hatte, nicht wahr?«

Diese Aussicht schien Mehltretter nicht wirklich zu gefallen. Das Lächeln hatte sich inzwischen gänzlich verflüchtigt, er nickte mit zusammengepressten Lippen.

»Tun Sie, was Sie tun müssen, Herr Kommissar. Solange Sie die Privatsphäre meiner prominenten Gäste beachten, die Presse nichts von Ihren Ermittlungen erfährt und wir keine negative Publicity bekommen!«

»Was mich gleich zu meiner nächsten Frage führt. Ihre Tochter – und auch Herr Wegener – konnte uns nicht hinreichend erklären, weshalb eine Vermisstenanzeige unterblieben ist. Wird denn die Sorgfalts- und Fürsorgepflicht in Ihrem Haus nicht sonderlich beachtet?«

Das war ein Schlag unter die Gürtellinie, Mike war sich dessen durchaus bewusst, doch irgendwie wollte er diesen aalglatten Geschäftsmann aus der Fassung bringen.

»Natürlich steht das bei uns an erster Stelle!« Mehltretters entrüstete Antwort erschien Mike nicht ganz echt. »Woher Sie Ihren schlechten Eindruck von unserem Haus nehmen, ist mir schleierhaft, Herr Kommissar! Ich bin mir sicher, meine Tochter hat Ihnen hinreichend erklärt, dass sich unsere Bewohner, sofern es ihr geistiger und körperlicher Zustand erlaubt, frei bewegen können. Wir sind eine Wohneinrichtung mit medizinischer Betreuung, aber um Himmels willen keine geschlossene Anstalt! Thomas Pickerl war für sein Alter sehr fit, von unserer Seite gab es keinerlei Bedenken, wenn er sich manchmal aus der Einrichtung entfernte oder sogar über Nacht wegblieb. Bisher war er immer zurückgekommen, hat gut gelaunt von seinen Stammtischen und den Gewinnen beim Kartenspielen erzählt, wir sahen also keinen Anlass, dass es diesmal anders hätte sein sollen!«

Unerwartet äußerte sich Richard. »Sie sagen, es sei schon öfters vorgekommen, dass er nicht in Ihrem Haus übernachtete? Wo aber dann?«

Damit war er Mike zuvorgekommen, den genau das Gleiche interessierte.

Mehltretter schien aus dem Tritt zu kommen. Unbehaglich schickte er einen Blick im Zimmer umher, streifte kurz den schweigsamen Willi an der Tür, dann sah er zurück auf Richard.

»Ich muss zugeben, dass ich Ihnen das nicht sagen kann«, murmelte er. »Herr Pickerl war schließlich mündig, vollkommen zurechnungsfähig und uns in dieser Hinsicht keine Rechenschaft schuldig.«

Als darauf von den Kommissaren keine Antwort kam, zuckte er die Schultern. »Vielleicht kann Ihnen ja einer seiner Stammtischfreunde mehr dazu sagen. Da kenn ich aber leider nur einen Namen: Johann Riedmeier.«

Damit erfuhren sie nichts Neues, diesen Herrn kannten sie bereits. Mike sah kurz hinüber zu Willi. Dass Willi diesen Hans Riedmeier anschließend nochmals aufsuchen würde, bedurfte keiner separaten Anordnung.

Schließlich wollte Mike wissen: »Erhielt Herr Pickerl Besuch? Wissen Sie etwas von Verwandten? Wir hatten leider noch keine Gelegenheit dazu, seine Unterlagen zu prüfen. Haben Sie Kenntnis davon, wer als Erbe in Frage kommt?«

Inzwischen schien Mehltretter wieder selbstsicherer zu werden. Huldvoll nickte er Mike zu. »Dass Sie das fragen würden, habe ich mir schon gedacht. Deswegen habe ich mich bei unserem Personal erkundigt, aber von Besuchern wusste niemand etwas. Er war doch ein ziemlicher Einzelgänger, na, Sie wissen schon, eigenbrötlerisch halt. Wenn er jemanden getroffen hat, dann nur außerhalb unseres Stifts. Zum Thema Erbschaft oder weitere Verfügungen kann Ihnen sicher sein Anwalt mehr sagen. Seine Adresse habe ich Ihnen aufgeschrieben.« Er zog ein kleines Blatt aus der Hemdtasche.

Mike beugte sich zu ihm vor. »Danke, Herr Mehltretter. Willi, kommst du mal bitte?« Mike reichte den Zettel über die Schulter nach hinten weiter an den herangetretenen Polizeiobermeister. »Du kümmerst dich bitte gleich darum, ja?«

»Wird gemacht, Chef.« Willi brachte es fertig, Mikes Büro zu verlassen, ohne mit der Tür zu knallen.

»Gut.« Mike erhob sich. »Wir haben Pickerls private Räume versiegelt und bitten Sie eindringlich, sich daran zu halten und alles bis auf Weiteres so zu belassen. Wir geben Ihnen Bescheid, wenn Sie räumen und die Zimmer neu vergeben können.«

»Selbstverständlich. Ich hoffe nur, dass es nicht zu lange dauert, ich meine, wir verdienen schließlich unser Geld damit, nicht wahr?« Mehltretter wirkte keinesfalls verlegen, als er das sagte.

Mit einem säuerlichen Lächeln erwiderte Mike: »Die restlichen drei Wochen bis Monatsende sind bestimmt im Voraus von Herrn Pickerl bezahlt, Sie werden einen möglichen finanziellen Verlust schon verkraften.«

Diesmal war es Mike gelungen, den Schnösel tatsächlich zu verunsichern.

»So war das nicht gemeint, Herr Kommissar.« Mehltretter musste den Kopf heben, um Mike in die Augen zu sehen, und versuchte ein gewinnendes Lächeln. »Wenn es sich nur um die nächsten Tage handelt, ist das wirklich kein Problem.«

»Dann sind wir uns ja einig. Danke, dass Sie sich die Zeit genommen haben. Falls wir noch etwas brauchen, melden wir uns bei Ihnen.«

Eifrig reichte Mehltretter zuerst Mike, dann Richard die Hand. »Sehr gern, tun Sie das, Herr Kommissar. Jederzeit.«

Mike begleitete Mehltretter bis zur Bürotür. »Ich werde Sie beim Wort nehmen. Auf Wiedersehen.«

11

Als Mike mit Richard allein war, schickte er ihn energisch zurück zur Besucherecke. »Du bleibst da, Richard, mit dir will ich noch reden.«

Richards erschreckter Gesichtsausdruck hätte ihm zu denken geben müssen, aber Mike bemerkte ihn nicht einmal. Zu sehr war er mit Mehltretter beschäftigt und mit seinem Vorsatz, Richard erneut streng darauf hinzuweisen, dass er nicht nur zur Dekoration in Mikes Büro gehockt hatte, sondern sich genauso intensiv mit dem Zeugen und dem Fall hätte befassen müssen wie er.

Er setzte gerade zu einem entsprechenden Rüffel an, als ihm erneut Richards blasses, müdes Gesicht ins Auge sprang. *Herrje, dem geht's wirklich ned gut, einen Einlauf kann Richard im Augenblick sicher nicht vertragen.*

Kurz entschlossen drehte sich Mike um, ging zur Tür, wies Beate an, für die nächste Viertelstunde keine Telefonate durchzustellen und niemanden in sein Büro zu lassen. Falls sie darüber verwundert war, zeigte sie es nicht, sie nickte ihm nur wortlos zu.

Gleich darauf hockte sich Mike Richard gegenüber, musterte ihn mit strenger Miene.

»So, jetzt will ich wissen, was los ist. Sag jetzt nicht ›nix‹, denn das nehme ich dir nicht ab! Richard, wir hatten mal was ausgemacht, weißt du noch? Keine Geheimnisse mehr. Ich muss für dich im Dienst geradestehen und mich auf dich verlassen können, aber im Moment hab ich einen ganz anderen Eindruck von dir! Red gefälligst mit mir, Herrschaftszeiten! Was ist los? Hast du … ist deine Höhenangst etwa wieder zurückgekommen?«

Wie ein ertappter Schulbub senkte Richard den Kopf.

»Ich hätte wissen müssen, dass ich dir nix vormachen kann.

Es lässt sich sowieso nicht vermeiden, mit dir zu reden, ich hätte mir nur gewünscht, dass es nicht so bald hätte sein müssen. Nein, Mike, keine Sorge, die Höhenangst bin ich, hoff ich, ein für alle Mal los. Nein, das ist es nicht.«

»Was dann?«

Richard antwortete nicht gleich, malte stattdessen mit dem Zeigefinger Kringel auf die Tischplatte. Himmel, dachte Mike, musste es seinem Kollegen schwerfallen, darüber zu reden. Plötzlich keimte ein Verdacht in Mike auf. Prüfend sah er den Jüngeren an.

»Es hat was mit Verena Bogenrieder zu tun, hab ich recht?«, schoss er einen Pfeil ins Blaue ab.

Richards Zusammenzucken bestätigte seine Vermutung.

Oh nein, das durfte doch jetzt nicht wahr sein. Mike fuhr sich mit beiden Händen über das Gesicht, bevor er Richard ernst ansah.

»Okay. Erzähl es mir.«

Richard brauchte einige Minuten, doch dann sprudelte es geradezu aus ihm heraus.

Er erzählte Mike, dass er herausgefunden hatte, wo Verena in ihrer Jugendzeit gearbeitet hatte. Dass sie als vermisst gegolten hatte. Dass er sie gestern Abend angerufen und bis fast vier Uhr früh mit ihr gesprochen hatte.

In diesen sechs Stunden Telefonierens hatten sie über vieles geredet, Allgemeines und Privates, waren sich dabei immer nähergekommen.

So nah, dass sie ihm irgendwann *alles* erzählt hatte, alles, was er wissen wollte, und manches, was er lieber nicht hätte wissen wollen. Am Ende des Gespräches hatte er ihr gestanden, sich in sie verliebt zu haben, was vielleicht auch seinem inzwischen vierten Glas Weißwein zugesprochen werden konnte. Aber Richard stand dazu, auch jetzt Mike gegenüber.

Dann schwieg er.

Mike ebenfalls.

Nach einer gefühlten Ewigkeit meinte Mike ruhig: »Danke,

dass du so ehrlich bist, Richard. Weißt du, dass Verena beim Thomas Pickerl gearbeitet hat und ihn folglich durchaus gekannt haben muss, davon weiß ich schon. Aber, so wie ich dich verstanden hab, gibt es noch etwas anderes. Was hat sie dir noch erzählt? Hat sie dir den Grund ihres damaligen Verschwindens genannt?« Einer Eingebung folgend setzte er hinzu: »Hatte es etwas mit dem Pickerl zu tun?«

Wieder verstrichen einige Minuten, bevor sich Richard überwinden konnte zu antworten. Er schickte einen verzweifelten Seufzer voraus.

»Ja. Das hatte es. Er hat sie vergewaltigt, und sie ist schwanger geworden. Stell dir das mal vor, Mike, mit siebzehn! Nicht nur, dass das eine Schreckliche schon gereicht hätte, sie wurde zudem auch noch schwanger!«

Richards Empörung konnte Mike nur zu gut nachvollziehen. Trotzdem hatte er Zweifel, ob das der Wahrheit entsprach. Immerhin hatte sie schon einmal gelogen.

»Das hat sie dir gesagt? Dass der Pickerl sie vergewaltigt hat? Es gibt aber keine Strafakte über den Pickerl! Soll das heißen, dass sie ihn nicht angezeigt hat?«

»Das heißt es, ja. Lieber ist sie davongelaufen.«

»Du lieber Himmel. Und das Kind? Das müsste, warte mal, jetzt ungefähr sechzehn sein, oder?«

»Stimmt.« Richards Stimme klang heiser, regungslos stierte er zu Boden.

Mike runzelte die Stirn. »Der Roland ist sechzehn …«

»Ja …«

»Also ist Roland nicht ihr Bruder, sondern Verenas Sohn?«, mutmaßte Mike. Richard nickte.

»Weiß er das?«

Richard schüttelte den Kopf. »Nein. Sagt Verena. Ihre Eltern und sie haben ihn immer in dem Glauben gelassen, dass sie seine Schwester wäre. Folglich kann er keinen Bezug zum Mord am Pickerl haben, weil er ja nicht weiß, dass er sein Vater war!«

Damit konnte Richard recht haben. Andererseits, plötzlich

erinnerte sich Mike an ihre Vernehmung gestern im Lehrerzimmer. Da war diese bemühte Distanz *beider* Bogenrieders ihnen gegenüber gewesen.

Im Nachhinein konnte er verstehen, dass sich Verena in Anwesenheit der Polizei unwohl gefühlt hatte, schließlich hatte sie vor siebzehn Jahren unangenehme Fragen zu beantworten gehabt. Doch warum hatte sich auch Roland so abweisend, geradezu verstockt verhalten? Wusste er mehr, als er zugab? Hatte er Pickerl gekannt und wusste um seine Beziehung zu ihm, hatte er nun Rache für das genommen, was Verena, seiner Mutter, angetan worden war?

Ein schwerer Verdacht. Richards gequälter Blick ließ darauf schließen, dass er diese Möglichkeit ebenfalls in Betracht zog. In Betracht ziehen *musste*, auch wenn er sich innerlich noch so sehr dagegen sträubte.

Langsam sagte Mike: »Ich muss mit Verena reden. Allein.«

Richard nickte schweigend.

Mike räusperte sich. »Ich muss dich das fragen, Richard, auch wenn es mich im Grunde nichts angeht. Nur, in diesem Fall *muss* ich es wissen. Du sagst, du hast dich in sie verliebt. Wie steht es denn bei ihr? Geht es ihr genauso?«

»Das hat sie nicht gesagt. Also, zumindest nicht so deutlich. Aber sie hat gesagt, sie hätte gespürt, dass zwischen uns etwas sei, etwas Besonderes. Das reicht mir schon, vorerst.« Erschöpft lehnte sich Richard zurück, legte den Kopf mit geschlossenen Augen gegen die Wand hinter sich.

Okay. Mit so etwas konnte man nicht rechnen. Gefühle wie Sympathie oder Abneigung kamen meist schon bei der ersten Begegnung unbewusst zustande, und wenn man die Gegenseite näher kennenlernte, konnte es durchaus passieren, dass sich diese Eindrücke schlagartig vertieften. Bei Isabel war es Mike damals genauso ergangen, die gegenseitige Anziehung hatte von der ersten Sekunde ihres Kennenlernens an bestanden, es war direkt unvermeidlich gewesen, dass sie sich ineinander verliebten.

Und nun war es also bei Richard so weit.

Was Mike in eine prekäre Lage versetzte. Verena Bogenrieder konnte eine Verdächtige sein, daher sollte Mike Richard von den weiteren Ermittlungen ausschließen, das war klar. Nur, Jutta war ebenfalls nicht da, sie hatte sich seit ihrem Aufbruch nach Bielefeld nicht gemeldet, und Mike hatte keine Ahnung, wann seine Kollegin ihren Dienst wieder antreten würde.

Und es gab noch etwas anderes: diesen vermaledeiten Brief in seiner Schreibtischschublade, den er bisher zurückbehalten hatte. Er betraf Richards baldige Abberufung in die fränkische Heimat. Er sollte zurückversetzt werden in seine alte Dienststelle Ansbach. Ausgerechnet jetzt.

Mieses Karma. Wenn etwas schieflief, dann kam es aber wirklich jedes Mal knüppeldick. Es half nichts, er konnte es nicht länger hinausschieben, Richard hatte das Recht zu erfahren, was los war.

Mit einem Seufzen stand Mike auf. »Was dein Geständnis für Konsequenzen hat, muss ich dir wohl nicht lang erklären, oder? Ich kann dich im Fall Pickerl jedenfalls nicht weiter ermitteln lassen, zumindest nicht direkt, das verstehst du, ja?«

»Verstehen kann ich es nicht, aber ich hab schon befürchtet, dass du das sagst.«

»Ist ja nur vorerst«, beruhigte Mike ihn, »wir reden später noch mal darüber. So leid es mir tut, Richard, ich hab noch eine schlechte Nachricht für dich. Oder wurdest du schon informiert?«

Fragend hob Richard die Augenbrauen. Mike holte das Schreiben heraus und reichte es seinem jüngeren Kollegen, der das Kuvert neugierig öffnete. Als er allerdings gelesen hatte, worum es sich handelte, wurde er noch käsiger als zuvor.

Ohne ein Wort zu äußern, legte er den Brief auf den Tisch, beugte sich vor und vergrub sein Gesicht in beide Hände.

Hilflos stand Mike dabei, wünschte brennend, ihm würde etwas einfallen, um Richard zu trösten. Sein Hirn war wie ausgedörrt, keine Silbe kam über Mikes Lippen, er legte ihm lediglich eine Hand auf die Schulter.

»Ich will jetzt nix von dir hören!« Scharf sah Mike auf Willi hinunter.

»I hätt auch gar nix g'sagt, Himmelherrschaftszeiten.« Beleidigt zog Willi die Nase hoch und warf Mike einen ärgerlichen Blick zu. »Schließlich bist du der Chef, und wenn du moanst, der Richard sollt sich lieber um Recherchen und so wos kümmern, dann wird des wohl scho seinen Grund hom. Ehrlich g'sagt is mir scho aufg'fallen, dass er ned so besonders g'sund ausschaut. Soll er sich also im geheizten Büro schön die Füß wärmen, olles andere machen mia dann scho!«

Der letzte Satz klang ziemlich schnippisch. Diese Spitze konnte sich Willi nicht verkneifen. Vor allem, wenn man es darauf bezog, dass es immer noch heftig schneite und ein bitterkalter Wind über den Theresienplatz und durch die angrenzende Fußgängerzone fegte.

Es war früher Nachmittag, aber trotzdem beinahe schon dunkel.

»Bei dem Wetter jagt man koan Hund vor die Tür, den Willi freilich scho, während andere …« Willi zog die Schultern hoch, einen weiteren Kommentar sparte er sich.

Mike seufzte. Auf eine Diskussion mit Willi wollte er sich keinesfalls einlassen, dazu fehlten ihm die nötigen Nerven. Lieber nahm er in Kauf, dass Willi sauer reagierte, der würde sich schon wieder beruhigen. Wichtiger erschien ihm, Richard vorerst unauffällig von der Front zu holen.

»Hilft uns ja nix, Willi. Also, was hat der Freund vom Pickerl, dieser Hans Riedmeier, g'sagt, und hast schon was von Pickerls Anwalt erfahren?«

Willi zog wieder einige Papiere aus der Tasche hervor. »Den Riedmeier hob i g'fragt, wo der Pickerl genächtigt hod, wenn er ned im Heim war. Der alte Bauer moant, dass der Pickerl zwar oft lang beim Stammtisch in der Wirtschaft hockte und danach ned immer stocknüchtern g'wesen sei, oba über Nacht wäre er nirgends geblieben, also ned bei ihm, und soweit er wusste, auch bei koam anderen seiner Stammtischbrüder.«

»Wo dann?«

»Koa Ahnung. Laut Riedmeier hod der Pickerl immer bei jemanden ang'rufen, sobald sie das Gasthaus verlassen hatten, und dann wurde er abg'holt. Der Riedmeier hod nie drauf aufgepasst, wer da kam, er war immer der Meinung, jemand vom Heim würd ihn abholen.«

»Der Pickerl hat telefoniert? Von dem Apparat beim Wirt?«

»Äh, nein, mit seinem Handy, sogt der Riedmeier.«

»Der Pickerl hatte ein Handy? Das ist ja ganz was Neues. Bei ihm wurde jedenfalls keines g'funden, und in seiner Suite im Seniorenstift lag auch keines. Dem soll der Richard nachgehen, sag ihm das bitte. Und was gibt's von Pickerls Anwalt?«

Bedauernd schüttelte Willi den Kopf. »Du kennst des ja, der sträubt sich. Wegen Schweigepflicht und dem ganzen Schmarren. Soll ich Richard wegen dem Beschluss zu Dr. Ganserl schicken … oder machst du des selber?«

Staatsanwalt Dr. Erich Ganserl war Mikes bester Freund, solange sie sich weder sehen noch hören mussten.

Mike verzog den Mund. »Wenn du das an Richard weitergeben würdest, Willi, wär ich ned bös drüber.«

»Dacht i mir scho.« Willi feixte. »I ruf eahm glei o. Hod sich der Ganserl überhaupt bei dir scho g'meldet?«

»Nein. Was willst du denn, wir haben diesen Fall doch erst seit zwei Tagen, und dass wir ned zaubern können, weiß der Dr. Ganserl auch. Solang er regelmäßig über den Fortgang der Ermittlungen informiert wird, hält er sich hoffentlich zurück. Was du jetzt dann gleich erledigen wirst, gell, Willi?«

»Is scho recht. Sonst noch was?«

»Ja. Hast du schon mit den Kollegen in Viechtach g'sprochen? Wegen der Vorfälle in Rundlberg?«

»Ah so, klar, hob i. Da is nix bekannt, also koane Einbrüche oder sonst irgendwas. Seit dem Mord an der Moosberger-Tochter damals is des Dorf Rundlberg anscheinend erzkatholisch g'worden.«

»Dein Wort in Gottes Ohr. Ich fahr am Wochenende zu Isabel, mal schauen, ob ich rausfinde, was da los ist.«

»Schau du erst mal, ob du überhaupt no hinkommst. Wenn's weiter so schneit, dann brauchst eher a Snowmobil als a Auto, um irgendwohin zu fahren.«

Willi sprach das Wort wie »Schnaub-Mobil« aus, worauf Mike ihn verdutzt anstarrte. »Was soll denn das bittschön sein?«

»Mei, ein Motorschlitten halt. Bist du ungebildet, glaubst es!«

Mike schluckte ein Lachen hinunter und erwiderte ernsthaft: »Das darfst jetzt auch ned sagen, Willi. Ich hab's nur ned so mit Fremdsprachen.«

Willi grinste. »Kann man nix machen, gell? Also, wos is jetzt, liegt no wos an?«

»Bei mir ned. Geh zum Richard und hilf ihm dabei, die Ordner von dem Pickerl durchzuschauen. Und vergiss den Dr. Ganserl ned.«

»Wie könnt i«, murmelte Willi noch, bevor die Tür hinter ihm zuknallte.

12

Mike trat ans Fenster und sah in den dämmrigen Nachmittag hinaus. Alles war dick mit Schnee bedeckt, die Autos, die Straßen, selbst die Dreifaltigkeitssäule vor dem Stadtturm, die er von seinem Bürofenster aus gerade noch sehen konnte, hatte eine weiße Zipfelmütze auf. Von den Räumfahrzeugen zusammengeschoben, hatten sich an den Fahrbahnrändern inzwischen hohe Schneeberge aufgetürmt. Und es schneite immer noch. Willi konnte recht behalten, wenn es die nächsten Tage so weiterging, und der Wetterbericht prophezeite es, dann konnten die Schneemassen tatsächlich zum Problem werden.

Vorerst war es noch einigermaßen im Rahmen, zumindest bei ihnen im Kreis Straubing-Bogen. Dagegen hörte man aus den Regionen Regen, Freyung und rund um den Arber viel schlimmere Dinge, da schien es tatsächlich noch mal allertiefster Winter geworden zu sein. Gestern hatte Mike im Fernseher einen Bericht gesehen, dass aus Sicherheitsgründen wegen der Schneelasten die Flachdächer von Schulen und Sporthallen bereits mehrmals geräumt worden waren. Das konnte noch heiter werden.

So zuwider es ihm auch war, er musste trotz des schlechten Wetters die Dienststelle verlassen. Beate hatte ihm einen Termin mit dem Mitarbeiter des Jugendamtes gemacht, der vor siebzehn Jahren mit dem Fall Verena Bogenrieder betraut gewesen war. Mittlerweile war Manfred Schmitt in Pension gegangen, hatte sich aber trotzdem bereit erklärt, mit Mike zu reden.

Den Kopf tief zwischen die Schultern gezogen, trat Mike hinaus in den unwirtlichen Nachmittag.

Er brauchte gute fünf Minuten, bis er seinen Renault so weit vom Schnee befreit hatte, dass er einsteigen und losfahren konnte. Bei nächster Gelegenheit würde er sich einen Stellplatz in der hausinternen Tiefgarage reservieren lassen, nahm er sich vor, als er mit feuchtklammen Fingern vom Parkplatz hinaus auf die Straße lenkte, rechts abbog und Richtung Kagers kroch. Die Hauptverkehrsstraße durch Straubing, vorbei am Eisstadion der Straubing Tigers, war zwar gestreut worden, doch noch immer matschig, entsprechend langsam bewegte sich der Verkehr.

Muss das denn sein, grübelte Mike vor sich hin. Es war Anfang März, jedermann freute sich auf die ersten Krokusse, Tulpen und Schlüsselblumen im erwachenden Grün, stattdessen kam diese nordische Kaltfront, die ihnen mehr Schnee und Kälte angedeihen ließ als erwünscht.

Allmählich wurden Befürchtungen laut, dass sich die Katastrophenlage von 2006/2007 wiederholen könnte. Auch damals waren Straßen im hinteren Bayerischen Wald unpassierbar geworden, Häuser teilweise bis in Höhe ihrer im Erdgeschoss liegenden Fensterscheiben eingeschneit gewesen. Aus ganz Deutschland waren Heerscharen von Hilfskräften aus Bundeswehr, Feuerwehr, THW und Freiwilligen angerückt, um den Menschen zu helfen und schlimmere Schäden zu vermeiden. Das brauchte niemand ein zweites Mal.

Zwanzig Minuten später, für eine Fahrstrecke von nicht mal fünf Kilometern, bog Mike in die Hofeinfahrt von Manfred Schmitt ein. Dieser erwartete ihn schon an der Haustür und führte Mike umgehend in eine gemütliche, warme Küche.

Am Esstisch, mit einer Tasse Kaffee versorgt, hatte Mike Gelegenheit, sein Gegenüber genauer zu mustern. Manfred Schmitt sah aus, wie man sich Polizeiobermeister Willi Schretzlmeier in etwa dreißig Jahren vorstellen könnte. Er war zu klein und zu dick geraten, doch die blauen Augen unter dem inzwischen ergrauten Haar blitzten humorvoll aus einem runden Gesicht.

»Herr Zinnari, Sie kommen mit einem Anliegen zu mir, das mich eigentlich all die Jahre nicht zur Ruhe kommen ließ. Der Fall Verena Bogenrieder, ich kann mich an all das noch erinnern, als ob's gestern gewesen wär.«

Aufgewärmt lehnte sich Mike zurück. »Bitte, dann erzählen S' doch mal.«

Der Mittsiebziger zündete sich eine Zigarette an, beugte sich Mike entgegen und musterte ihn neugierig. »Vorher würde mich vielmehr interessieren, warum Sie nach der Verena fragen. Im Grunde müsste ich Ihnen gar nix erzählen, es sei denn, Sie hätten eine richterliche Aufhebung des Sperrvermerks ihrer Akte.« Er hob die Hand, um einer Antwort Mikes zuvorzukommen. »Aber weil alles schon so lang her ist und ich die Verena gut genug kenn, um ihr zu vertrauen, kann ich Ihnen vielleicht trotzdem darüber Auskunft geben, was Sie wissen wollen, Herr Zinnari.«

Auch wenn dieser Manfred Schmitt einen sehr behäbigen Eindruck machte, registrierte Mike dessen wachen Verstand und sein persönliches Interesse. Er würde sicherlich offen über Verena reden, sofern auch Mike ihm gegenüber zugab, weshalb er sich gerade über sie informieren wollte.

»Verstehe. Aber nein, einen richterlichen Beschluss hab ich ned. Noch ned. Vielmehr habe ich drauf gehofft, dass Sie mir einfach erzählen würden, was damals Sache war, was Sie als eingesetzter Betreuer vom Jugendamt alles erfahren haben. Verstehen Sie, ich habe die Verena kennengelernt …«

Schonungslos erzählte Mike ihm alles, was bisher vorgefallen war. Er ließ lediglich unerwähnt, dass er von Roland als ihrem Sohn wusste, alles andere erklärte er, so gut es ihm möglich war, ohne Ermittlungsgeheimnisse zu offenbaren. Unschlüssig war er sich nur, ob er von Richards Dilemma berichten sollte. Dass sein Kollege in Verena verliebt war, ging niemanden etwas an. Andererseits konnte er sich vielleicht zu Recht erhoffen, dass Schmitt gerade diesem Aspekt der Angelegenheit eine tiefere Bedeutung zukommen ließe und deshalb mehr aus sich herausginge. Doch Mike hielt sich zurück, es erschien ihm übergriffig, solche intimen Details zu offenbaren.

Manfred Schmitt seufzte. »Oh mei, dass sie jetzt auch noch in diesen Schlamassel geraten musste, tut mir leid für sie. Die Verena ist so ein liebes Mädel, ich mein, na ja, selbst als erwachsene Frau ist sie so – großmütig, schaut immer, dass es jedem gut geht. Sie wundern sich sicher, Herr Zinnari, woher ich das weiß.«

Mike nickte.

»Weil ich versuche, sie mindestens einmal im Jahr zu sehen. Seit damals habe ich sie nicht aus den Augen gelassen, hab mich bemüht, ihr in allen Belangen Unterstützung anzubieten. Sie hat es bei Gott ned einfach …« Er machte eine Pause und zog nachdenklich an seiner Zigarette.

Langsam wurde Mike ungeduldig, doch er gab ruhig zurück: »Mich würde pfeilgrade das interessieren, warum sie es ned einfach hat. Ohne Sie in Bedrängnis bringen zu wollen, erzählen S' halt einfach, was Sie mir sagen können!«

Vor sich hin nickend drückte Manfred Schmitt umständlich die Zigarette aus, kratzte sich dann hinter dem Ohr.

»Tja, wenn das so einfach wäre. Als die Verena damals spurlos verschwunden war, hab ich mich überall umgehört, mit vielen Leuten unterhalten. Mit ihren Eltern vor allem und mit ihren damaligen Arbeitgebern, dem Thomas Pickerl und seiner Schwester Renate. Es hat mir keiner von den beiden glaubhaft erklären können, warum die Verena ohne Ankündigung einfach verschwunden ist. Und weil sie sich offenbar ned mal bei ihren Eltern gemeldet hatte, wurde das Ganze der Polizei übergeben. Ich war damals dabei, als Ihre Kollegen Pickerls ganzen Hof auf den Kopf gestellt haben, vielleicht in der Hoffnung, irgendwo einen Beweis dafür zu finden, dass ihr dort was passiert war oder dass der Pickerl ihr was angetan hatte. Aber da war nix, ich mein, gefunden haben sie gar nix, keine Blutlache oder irgendwelche anderen Anzeichen für ein Gewaltverbrechen. Verenas Mutter, ja, die wusste etwas, hat es aber damals ned zugegeben. Erst viel später, als die Verena wieder daheim war, da haben sich die beiden mir anvertraut.«

Erneut fummelte er eine Zigarette hervor. Ruhig wartete Mike darauf, dass Schmitt endlich weitersprach. »Ja und, was haben die beiden Ihnen erzählt? Herr Schmitt, bitte …«

»Nur langsam mit den jungen Pferden, Herr Zinnari. Ich will es Ihnen ja erklären, aber zuerst muss ich mir überlegen, wie ich es am besten rüberbring. Also, als die Verena wieder da war, ja, da hab ich mich mit ihr und ihren Eltern ausführlich unterhalten. Für uns, ich meine das Jugendamt, wäre der Fall eigentlich erledigt gewesen, da sie wieder in die Obhut ihrer Familie kam. Aber ganz so einfach war's dann doch ned. Die Verena – sie kam nämlich mit einem Kind zurück nach Hause. Sie hat mir nie g'sagt, wer der Vater ist. Ich hab die Geburtsurkunde g'sehen, auch da ist als Vater ›UNBEKANNT‹ eingetragen. Weil sie damals noch unmündig gewesen war, hätte ich eigentlich rechtliche Schritte einleiten müssen, hab das aber nie gemacht. Sie und ihre Eltern waren absolut dagegen.«

Schmitt zögerte, maß Mike mit einem prüfenden Blick, bevor er sagte: »Die drei hatten sich was sehr Feines ausgedacht.«

Wieder zog er an seiner Zigarette, blies den Rauch nachdenklich gegen die Zimmerdecke. Mike spürte, wie sehr sich Manfred Schmitt zu den nächsten Worten durchringen musste.

»Maria Bogenrieder, Verenas Mutter, hat von Anfang an von der Schwangerschaft ihrer Tochter g'wusst«, fuhr er nun fort, »und hat der ganzen Nachbarschaft weisg'macht, *sie* sei schwanger. Unglaublich, aber anscheinend hat es funktioniert. In dem kleinen Dorf Hinterwies hat damals niemand den Verdacht g'habt, dass der Roland, als er als Säugling plötzlich bei den Bogenrieders in Erscheinung trat, nicht Marias Sohn sein sollte. Niemand hat g'wusst, dass der Bub eigentlich von Verena war, und weil es, so schlimm es klingt, bei uns aufm Land immer noch leichter ist, ein eheliches als ein lediges Kind aufzuziehen, hab ich die Bogenrieders in ihrem Täuschungsmanöver unterstützt. Alle drei Bogenrieders, also Verena, die Maria und der Sepp, haben mir ihre Vorstellungen von dieser Verschleierungstaktik so harmlos und einfach dargestellt, dass ich einfach mitg'macht hab.«

Manfred Schmitt schien viel Pflichtbewusstsein zu besitzen, aber noch viel mehr Menschlichkeit und Mitgefühl.

Damals hatte sich Schmitt bewusst über seine Vorschriften hinweggesetzt, um einer in Not geratenen Jugendlichen zu helfen. Welche Dienstparagrafen er dabei alle außer Acht lassen musste, wollte Mike gar nicht wissen, es ging ihn nichts an. Das Ganze war siebzehn Jahre her, und Manfred Schmitt hatte lange genug daran zu knabbern gehabt, ob er richtig oder falsch gehandelt hatte.

Für Mike war wichtiger, dass im Augenblick jemand vor ihm saß, der sowohl das Mordopfer Thomas Pickerl zu dessen Lebzeiten kennengelernt hatte als auch Verena Bogenrieder von früher her kannte, und das musste Mike ausnutzen.

Um nichts zu überstürzen oder seine Neugier allzu offen zu zeigen, setzte Mike das Gespräch vorerst mit gleichmütiger Miene fort. »Ich nehme an, bei diesem Kind handelt es sich um Roland. Im rechtlichen Sinne ist er also tatsächlich der Sohn von Verena? Immerhin erwähnten Sie eben, dass es eine amtliche Geburtsurkunde gibt.«

»Ja. Daran konnte nicht gemauschelt werden, weder die Ärzte von dem Krankenhaus, in dem Verena entbunden hat, noch irgendein anderer Arzt hätte bescheinigt, dass Maria Bogenrieder die Mutter gewesen ist. Vor vierzig, fünfzig Jahren wäre das mit Bestechungsgeld vielleicht noch möglich g'wesen, aber heutzutage mit all den gespeicherten Computerdaten ganz sicher ned.«

»Okay, das hab ich so weit verstanden, Herr Schmitt. Der Roland wuchs also in Hinterwies als Sohn von der Maria auf, er kennt die Verena als seine Schwester, so weit ist mir das klar. Solange er klein war, war das sicher auch kein Problem. Aber wie schaut es denn jetzt aus? Der Roland ist sechzehn, es gibt oder gab doch sicher Situationen, in denen er seine Geburtsurkunde gebraucht hätte, zum Beantragen eines Personalausweises zum Beispiel, oder vielleicht hätte er auch anderweitig misstrauisch werden können. Können Sie wirklich vollkommen ausschließen, dass der Roland weiß oder ahnt, wer wirklich seine Mutter ist?«

Nachdenklich zog Schmitt an seiner Zigarette. »Nein«, erwiderte er zögernd, »wenn ich ehrlich bin, kann ich das ned. Aber wenn dem so wär und der Roland hätte was davon angedeutet, hätt mir die Verena das g'sagt. Da bin ich mir sicher.«

»Aber wenn er nix zu ihr gesagt hat? Und sie deshalb selbst ned weiß, was er vermutet?«, gab Mike zu bedenken.

»Ja, möglich wär es schon. Aber warum fragen Sie das? Hoffentlich denken Sie ned, der Roland oder die Verena hätten was mit dem Tod von dem Pickerl zu tun? Ganz bestimmt ned, Herr Zinnari, zu so was wären die beiden nie im Leben fähig!«

Auf diese persönliche Einschätzung Schmitts ging Mike nicht näher ein. Doch fast wäre ihm herausgerutscht, dass Roland vermutlich Pickerls Sohn war, dass ein Zusammenhang deshalb nicht auszuschließen sei, doch er beherrschte sich. Von einer Vergewaltigung Verenas durch ihren früheren Arbeitgeber schien Manfred Schmitt trotz seines persönlichen Engagements in der Sache keine Ahnung zu haben. Oder er wollte nicht darüber reden.

Ein Grund mehr für Mike, an Verenas Aussage zu zweifeln.

Langsam nahm Mike einen Schluck Kaffee. »Kennt der Roland Sie, Herr Schmitt? Hat er sich eigentlich nie drüber gewundert, dass jemand vom Jugendamt sich um seine und Verenas Angelegenheiten kümmert?«

Lächelnd lehnte sich Manfred Schmitt zurück. »Freilich kennt er mich. Aber er denkt, ich bin ein alter Bekannter seiner Eltern, also ich mein, von der Maria und dem Sepp.«

»Was hat eigentlich Verenas Vater zu dem ganzen Plan damals gesagt, als seine beiden Frauen der ganzen Welt dieses Theater vorgespielt haben?«

»Mitg'macht hat er, ihm blieb ja gar nix anderes übrig. Er hat ja nur die Verena gehabt, zu einem weiteren Kind ist es irgendwie nimmer gekommen. Als dann der Roland da war ... ja mei ...«, Schmitt zuckte die Achseln, »mit Sepps stolzem Gerede, dass er doch noch an Hoferben z'sammbracht hat auf seine alten Tage, hat tatsächlich niemand an der ganzen Geschichte gezweifelt. Mittlerweile ist es sowieso wurscht, der Sepp ist dement und ein ziemlicher Pflegefall. Auch so eine Belastung, die die Verena mitschleppen muss. Sie will ihn aber partout ned in ein Heim geben. Außerdem glaub ich, dass sie bezweifelt, das nötige Kleingeld dafür aufzubringen.«

»Kleingeld ist gut g'sagt. Ich kann mir schon vorstellen, dass es ned billig ist, heutzutage jemanden im Pflegeheim zu haben. Vor allem für absehbar längere Zeit, weil der Sepp ist wohl noch ned so alt, oder?«

»Genau weiß ich des ned, ich denk, so Anfang, Mitte siebzig. Jedenfalls, die Verena tut mir schon leid, dass sie das alles mitmachen muss. Die Lehre zur Hauswirtschafterin hat sie nie mehr fertig gemacht, aber durch ihre guten Schulnoten, vielleicht auch durch persönliche Beziehungen ihres Vaters, konnte sie doch noch eine Banklehre machen. Und bei der Genossenschaftsbank hat sie so lange gearbeitet, bis ihre Mutter krank g'worden ist. Die Maria ist vor fünf Jahren an Krebs gestorben, seitdem trägt eigentlich Verena die ganze Verantwortung für die Familie.«

»Hm.« Kein Wunder, dachte Mike, dass die junge Frau so vernachlässigt aussieht. Wahrscheinlich hat sie nie Zeit dazu, sich mal tüchtig auszuschlafen, geschweige denn sich hin und wieder ausgiebig für eine Stunde mit Gurkenmaske in die Badewanne zu legen.

Jetzt verstand Mike auch das plötzlich aufkeimende Mitleid mit ihr, das er am Montag verspürt hatte. So schlecht schien seine Menschenkenntnis nicht zu sein, stellte er fest. Und die von Richard ebenfalls nicht. Sein junger Kollege hatte gleich Verenas innere Werte erkannt, was ihn – zusammen mit der vernachlässigten Schönheit – wohl dazu gebracht hatte, sich in sie zu verlieben.

Das Gespräch stockte, und nun sah Mike eine Gelegenheit, von Verena abzuschwenken und mehr über das Mordopfer Thomas Pickerl zu erfahren. Bedächtig nahm er einen Schluck aus der inzwischen nachgefüllten Kaffeetasse.

»Dass Sie so ehrlich zu mir waren, rechne ich Ihnen hoch

an. Was damals für Sie Fakt war, als Verena verschwunden und wiederaufgetaucht ist, interessiert mich ned, da können Sie ganz beruhigt sein. Der Mord an Thomas Pickerl ist es, den ich aufzuklären hab. Herr Schmitt, Sie haben ihn doch kennengelernt, damals, als die Verena überall gesucht wurde. Welchen Eindruck hat er da auf Sie g'macht?«

»Angsteinflößend«, kam es spontan zurück. »Entschuldigung, aber so war es wirklich. Der Pickerl war ein Baum von einem Mann, mindestens Ihre Größe, Arme wie meine Oberschenkel und Hände so groß wie Schalungstafeln. Und sein G'schau! So was von finster, da hätt's einem wirklich gruseln können. Seine Schwester war übrigens ein ähnliches Kaliber, kein Wunder, dass die nie einen Mann g'funden hat.«

Mike musste lachen. Der Humor Schmitts gefiel ihm. Gleich darauf wollte er seine nächste Frage stellen, doch er kam nicht weit. »Herr Schmitt –«

»Manfred heiß ich. Das ganze Gesieze ist mir schon immer aufn Geist gegangen.« Bevor Mike lange zögern konnte, hatte er spontan Manfreds ausgestreckte Rechte gepackt und geschüttelt. Sonderlich verwundert war er nicht über das Angebot des älteren Mannes, es war halt so üblich in Bayern.

»Sehr gern, Manfred. Ich bin der Mike.«

Nachdem das geregelt war, schien sich die Atmosphäre in Schmitts Küche zu lockern. Das machte es Mike leichter, seine Befragung fortzuführen.

»Du, Manfred, als damals meine Kollegen auf dem Pickerl-Hof Verenas Verschwinden untersucht haben, ist da nie ein Verdacht aufgekommen, dass der Pickerl was damit zu tun haben könnte? Ich mein, was hat er denn zu der Durchsuchung von seinem Hof gesagt?«

Schmitt lehnte sich langsam zurück, dabei blickten seine Augen Mike unstet an, als ob er die Situation damals erneut durchleben würde.

»Gar nix hat er gesagt. Seelenruhig ist er dabeigestanden, hat über alles Auskunft gegeben, alle Zimmer und sonstige

Räume und Hallen aufgesperrt und auch sämtliche Unterlagen unaufgefordert vorgelegt. Seine Schwester hat ja damals die Ausbildung von der Verena geleitet. Da gab es einwandfreie Stundenbücher, Berichtshefte, Schulunterlagen, Ausbildungsverzeichnisse. Dass ich mir des alles ganz besonders genau ang'schaut hab, kannst gern glauben, Mike, aber da gab es wirklich nix zu meckern.«

Mike war hin- und hergerissen. Sollte er dem ehemaligen Jugendamtsmitarbeiter anvertrauen, dass Thomas Pickerl vielleicht Rolands Vater war? Dass er mutmaßlich Verena vergewaltigt hatte?

Nein, von Verenas Aussage war bisher nichts bewiesen. Andererseits, Manfred Schmitt wäre vielleicht jemand, der eine objektive Meinung dazu äußern könnte, ob Pickerl dazu imstande gewesen wäre. Oder der Verena, sollte von ihr doch alles erfunden sein, zur Wahrheit bewegen könnte.

Mit Verena Bogenrieder musste Mike sehr bald ein ernstes Gespräch führen, entschied er im Stillen. Allein. Ohne Richard. Und auch ohne Willi. Dazu war die Sache zu heikel, vor allem, weil es Richard persönlich betraf. Dem Kollegen zuliebe musste Mike sehr behutsam vorgehen.

Er brauchte Klarheit zu diesem Vorwurf, der im Fall Pickerl eine entscheidende Wende bringen konnte, denn sollten Verenas Vorwürfe stimmen, würde es den Kreis der Verdächtigen ziemlich eng ziehen. Heutzutage wäre ein Vaterschaftsnachweis mit Hilfe der DNA kein Problem, Mike könnte sich dazu einen richterlichen Beschluss besorgen. Sofern er den Verdacht, Verena oder Roland Bogenrieder kämen als Täter im Mordfall Pickerl in Frage, begründen könnte. Nur, dazu fehlten bis dato jegliche Anhaltspunkte, diese würden sich erst mit dem Vaterschaftstest ergeben. Hier biss sich die Katze in den Schwanz.

In Gedanken versunken hatte Mike nicht mitbekommen, dass Manfred Schmitt inzwischen zwei mit einer goldfarbenen Flüssigkeit gefüllte Schnapsgläser auf den Tisch gestellt hatte.

»Hab gemeint, auf unser Kennenlernen könnten wir miteinander anstoßen, oder, Mike?«, schmunzelte der pensionierte Jungendamtsmitarbeiter.

»Du bist gut! Hast schon mal aus dem Fenster geschaut? Ich muss doch noch fahren!«

»Freilich. Aber du bist doch ein g'standenes Mannsbild, Mike, da kannst ein kleines Stamperl schon vertragen. Das ist ein Hopfenschnaps, kennst den?«

Mike wurde schwach. »Ich stamm ja aus der Holledau, da kennt jeder den Hopfenschnaps. Wundert mich, den bei dir zu finden, ich dachte allerweil, ihr Waidler trinkts nur Bärwurz.«

Schaudernd winkte Schmitt ab. »Geh mir weg mit dem Suppenkrautzeugs! Hab nie verstanden, warum der bei uns so beliebt ist. Den Hopfenschnaps gibt's inzwischen auch in einigen Bärwurzereien im Bayerwald, ich hab die Flasche da als Geschenk gekriegt, und teilen tu ich den nur mit ganz besonderen Gästen.« Er lächelte Mike aufmunternd zu.

»Also gut«, gab dieser nach, »aber nur den einen und bitte nur halb voll. Ich muss dann sowieso bald los, um vier haben wir eine Besprechung in der Dienststelle.«

Sie stießen an und tranken ex.

»Willst sonst noch was wissen?«, fragte Manfred hilfsbereit.

Jede Menge, dachte Mike, doch er schüttelte den Kopf. »Vielleicht komm ich noch mal auf dich zu, Manfred, wenn sich was ergeben sollte, wo du helfen kannst. Ich dank dir für deine Zeit. Was du mir alles erzählt hast, hilft mir bestimmt. Und keine Sorge, dein Geheimnis ist bei mir sicher!«

Er drückte dem untersetzten Mann an der Tür kräftig die Hand. »Jetzt muss ich aber wirklich fahren. Und, eine Bitte noch.« Mike sah Manfred ernst an. »Kein Wort zu Verena Bogenrieder über unser Gespräch. Kann ich mich da auf dich verlassen, Manfred?«

Ein entrüsteter Blick kam zurück. »Freilich, eh klar. Ich bin zwar nimmer der Jüngste, aber ned blöd! Wir Beamte müssen doch z'sammhalten, oder?«

13

In letzter Minute kam Mike angehetzt. Gemeinsam mit Willi und Beate saßen er und Richard nun um den grauen Resopaltisch des Besprechungszimmers.

»Die Verbindungsdaten von Pickerls Handy hab ich angefordert.« Richard Bacher schien der Tag im Büro gutgetan zu haben, er wirkte nicht mehr so aufgelöst wie am Morgen, seine Gesichtsfarbe hatte sich normalisiert, seine Stimme klang ruhiger und motivierter.

»Was die Ordnung seiner Unterlagen angeht, war der Pickerl vorbildlich«, fuhr Richard fort. »Gott sei Dank hatte er seine Handyabrechnungen abgeheftet, sodass wir den Anbieter und die Vertragsdaten schnell feststellen konnten. Ich hoff jetzt bloß, dass die Firma nicht zu lange dafür braucht.«

»Und sonst?« Mike musterte ihn aufmerksam, erleichtert darüber, dass Richard sich anscheinend gefangen hatte. »Habt ihr versucht, das Handy orten zu lassen?«

»Es ist seit Sonntagvormittag abgeschaltet. Leider. Der Antrag für die Kommunikationsdaten läuft. Die richterliche Verfügung ist unterwegs. Aber wenn unsere Spezialisten mit der Bearbeitung fertig sind, können wir sowohl auf seine SMS als auch auf die Standortbestimmung zugreifen. Das würde uns ganz enorm helfen.«

»Testament wird er wohl keines in seinen Ordnern gehabt haben, vermute ich mal?«, fragte Mike nach. »Irgendwelche anderen Dinge? Lebensversicherung oder so?«

Bedauernd gab Richard zurück: »Nein, so was war nicht zu finden. Nur ein paar unwichtige Sachen, Policen zu landwirtschaftlichen Versicherungen und so was. Aber seine Pachtverträge habe ich gefunden, was sehr aufschlussreich ist. Pickerl hatte seinen Hof in Großberghofen ja nimmer selbst bewirtschaftet, das Wohngebäude wurde zu Ferienwohnungen umgebaut, deren

Mieterträge auf sein Konto gingen. Die Nebenstellen, also Stall und Scheune, waren an einen gewissen Horst Kritschke verpachtet, seine Äcker aber wieder an jemand anderen beziehungsweise an zwei andere. Da stehen verschiedene Namen in den Verträgen. Ich bin noch dabei, diese zu überprüfen.«

»Okay.« Mike nickte und drehte den Kopf. »Und wie schaut's bei dir aus, Willi?«

»Staatsanwalt Dr. Ganserl hat bei Gericht den Antrag eingereicht, dass Pickerls Anwalt seine Unterlagen herausrücken muss. Mehr weiß ich im Moment noch ned.«

Beate Bauernfeind, die eifrig das Protokoll der Sitzung mitgeschrieben hatte, hob den Kopf. »Wie war der Name von dem Hofpächter, Richard? Horst Kritschke?«

»Ja, genau.«

»Den kenn ich.«

Drei Augenpaare starrten sie überrascht an.

Mit einem überheblichen Lächeln erklärte sie mit einem Seitenblick auf Mike: »Tja, wenn man sich fortbildet, lernt man so einiges – nicht nur Fremdsprachen. Der Kritschke hält an der Volkshochschule Kurse ab, für Kreatives Schreiben zum Beispiel, Deutsch für Immigranten und auch manchmal Kurse für vegetarisches Kochen. Das Letztere hab ich mal mitgemacht, um etwas über bewusste Ernährung zu lernen.«

Ihr anzüglicher Augenaufschlag galt nun Willi Schretzlmeier, der daraufhin mit dem einfältigen Ausdruck einer wiederkäuenden Kuh vor sich hin starrte, als hätte er die Anspielung nicht verstanden.

Mike fragte erstaunt: »Deutsch für Immigranten und Kreatives Schreiben? Ist der Kritschke Germanistik-Lehrer oder so was?«

»Das weiß ich ned, aber dafür weiß ich was anderes, nämlich dass er einer der Drehbuchautoren für die Fernsehserie ›Mia san mia‹ ist. Habt ihr davon noch nix in der Zeitung gelesen? Da erschien in den letzten Jahren immer wieder mal ein Artikel über den Kritschke.«

»Echt jetzt, der schreibt für ›Mia san mia‹? Ich schau mir die Sendung jeden Tag an!« Ungläubig musterte Richard sie mit offenem Mund.

Willi ebenso. »Wir dahoam auch!«, gab er spontan zu, dann sah er abwartend zu Mike.

Dieser gab verärgert zurück: »Ich kenn die Serie zwar, aber nein, ich schau es mir ned jeden Tag an! Hab auch gar keine Zeit dazu! Ist das ein Verbrechen?«

»Ja!«, kam es dreistimmig zurück.

Entgeistert starrte Mike seine Mitarbeiter an. »Waaas? Warum?«

»Weil es einfach genial ist …«, sagte Richard.

»Du verpasst die aktuellen Gesprächsthemen unserer Heimat!«, so Willi.

»Und du weißt deswegen gar ned, was uns in Bayern so bewegt!«, ergänzte Beate.

Demonstrativ hielt sich Mike die Ohren zu. »Okay, okay, ja, ich hab wohl eine Bildungslücke. Mir reicht schon, was unsere Dienststelle bewegt, was brauch ich da die Probleme von ganz Bayern, verpackt in eine Heimatserie!«

»So is des ned«, erklärte Willi nun onkelhaft. »Bei der Serie geht's scho vui um heile Welt, des stimmt scho, aber die Konflikte der Personen san echt voll aus dem Leben gegriffen, do muass man einfach mitfühlen, hob i recht?«

Beate und Richard nickten. »Ja, genau, Willi.«

Und Richard setzte hinzu: »Ich hätt sowieso gern mal hinter die Kulissen geschaut, wie so eine Daily Soap produziert wird. Im Filmdorf gibt es Führungen, das würde mich interessieren. Dass einige Schauspieler aus Franken, Niederbayern und der Oberpfalz stammen, wusste ich ja, aber nicht, dass ein Drehbuchautor hier ganz in der Nähe wohnt!«

Über so viel Enthusiasmus konnte Mike nur verwundert die Augen verdrehen.

»Herrje, als ob unser Alltag ned genügend Konflikte hervorbringen würde, Leute, also ehrlich, ich brauch da keine Serie, die mir das vorführt! Eure Begeisterung in Ehren, aber hat das was mit unserem Mord am Pickerl zu tun?«

Betreten wechselten die drei andern einen Blick.

»Anscheinend nicht«, musste Richard zugeben.

»Na also. Dann lasst uns mal beim Thema bleiben. Wie war das, Beate? Der Kritschke macht außer seinem Schreibkram auch Kurse für bewusste Ernährung? Sehr löblich. Willi, nimm dir morgen diesen Knaben mal vor, kann auf keinen Fall schaden.«

Die Zweideutigkeit seiner Worte wurde ihm erst bewusst, als Beate und Richard lachten. Willi hingegen fand es nicht erheiternd, schon wieder, wenn auch indirekt, auf seine füllige Figur hingewiesen zu werden.

»Wenn du meinst.«

»Ja, mein ich.« Mike bemühte sich, wieder Disziplin in den albernen Haufen zu bekommen. »Beate sucht uns morgen die Kontaktdaten der zwei Feldpächter vom Pickerl heraus. Und du, Richard, nervst bitte die Pathologie in Erlangen, damit sie ihren Bericht schnellstmöglich herüberschicken. Mit einem schönen Gruß von mir an Dr. Grünert.« Er stand auf. »Wir sehen uns morgen früh um neun, dann können wir entscheiden, wie wir weiter vorgehen, okay?«

Mike nahm sich vor, gleich noch ein anderes Vorhaben in die Tat umzusetzen.

Sein Gespräch mit Verena Bogenrieder war mehr als überfällig, aber instinktiv hatte er weder Willi noch Richard über seinen Plan informiert, heute noch mit ihr reden zu wollen. Richard sowieso nicht, denn er sollte keine Gelegenheit haben, Verena vorzuwarnen. Irgendwie kam es Mike sehr komisch vor, etwas vor seinem Kollegen geheim zu halten, aber es half nichts. In der jetzigen Situation konnte ihm kein anderer diesen Weg abnehmen.

Wieder einmal vermisste er seine Kollegin Jutta, denn er konnte sich vorstellen, dass eine Aussprache »von Frau zu

Frau« mehr brauchbare Informationen zutage bringen würde. Zumal auch Juttas Mutter an Alzheimer erkrankt war und sich dadurch sicher Berührungspunkte ergeben würden. Da Mike nicht wusste, wann Kommissarin Heinze gedachte, ihren Dienst wieder anzutreten, er den Besuch bei den Bogenrieders aber nicht länger hinausschieben wollte, musste er wohl oder übel allein zu diesem Unternehmen starten.

Bevor er losfuhr, ging Mike zurück ins Büro, um die aufgelaufenen E-Mails und Nachrichten abzurufen und noch eine kurze Gesprächsnotiz zum Besuch bei Manfred Schmitt anzufertigen.

Zwischendurch rief Isabel auf seinem Handy an.

»Ich fahr heut nicht mehr heim, Mike. Ist es in Ordnung, wenn ich bei dir übernachte?«

Wieder einmal klopfte sein Herz unverhältnismäßig schnell, diesmal vor Freude. Diese Frau machte aus ihm wieder einen frisch verliebten Pennäler, nicht zu fassen.

»Klar, warum sollte es das nicht?«, gab er bemüht gelassen zurück. »Isabel, du weißt doch, dass du jederzeit bei mir bleiben kannst, da musst du doch nicht fragen!«

Isabel seufzte. »Geplant hab ich das nicht. Die Gerti holt sich den Schorschi ins Haus, das hab ich schon mit ihr ausgemacht. Bei diesem Wetter … ich hab ehrlich keine Lust drauf, mir mit der Straße eine stundenlange Rutschpartie zu liefern. Hoffentlich wird's bald besser, der viele Schnee geht mir voll auf die Nerven!«

»Mir auch«, erwiderte Mike, war aber dabei nicht ganz ehrlich. Wenn es nach ihm gegangen wäre, hätte es unter diesem positiven Aspekt noch monatelang weiterschneien können.

Das Haus der Bogenrieders war nicht leicht zu finden. Tatsächlich gab es immer noch kleine Ortschaften, die nicht über Straßennamen verfügten, sondern nur über Hausnummern. Mikes Navi versagte ihm ausnahmsweise den Dienst, lotste ihn zwar in das richtige Dorf, doch die Hausnummer 16 schien es nicht zu geben, er konnte dem Zielpfeil auf dem Display kein Haus zuordnen.

Ratlos parkte er am Straßenrand und stellte den Motor ab. Hinterwies bestand aus vielleicht grad mal vierzig Häusern, da konnte es doch nicht so schwer sein, jemanden zu finden, dachte er. Seufzend zog Mike den Reißverschluss seiner Jacke nach oben, klappte den Kragen hoch und stieg aus. Kalter Wind und eisige Flocken wehten ihm ins Gesicht.

Der Frühling ließ grüßen! Langsam hatte Mike dieses Wetter gründlich satt. Während er die Straße entlangmarschierte und nach an Briefkästen oder Hauswänden befestigten Hausnummern suchte, die im schwindenden Licht und nur dürftig von Straßenlampen erhellt schwer erkennbar waren, fluchte er leise vor sich hin. Verdammt, Petrus, es war März, längst Zeit dazu, die Sonne anzuknipsen! Schnee und Eis hatten wir ausreichend, also bitte, endlich mal Licht und Wärme! Vor sich hin grummelnd stapfte Mike den Bürgersteig entlang.

Hausnummer 12 konnte er an einer Fassade entziffern, aha, dann konnte die Nummer 16 nicht weit weg sein. Ermutigt stiefelte er weiter und hatte tatsächlich gleich darauf das Haus der Bogenrieders erreicht.

Er läutete. Es dauerte geraume Zeit, bis innen im Hausflur Licht gemacht wurde. Roland Bogenrieder öffnete. Unwillig hob er das Gesicht dem unerwarteten Besucher entgegen, stutzte, als er Mike erkannte.

»Herr Kommissar, was … was tun Sie denn hier?«, entfuhr es ihm unwillkürlich, wobei er einen Schritt zurücktrat und sich dabei an der Klinke der Haustür schutzsuchend festzuhalten schien.

»Servus, Roland.« Mike lächelte ihm beruhigend zu. »Ich wollte zu deiner – Schwester, ist die Verena daheim?«

Fast hätte sich Mike verplappert, doch Roland schien das kurze Zögern nicht bemerkt zu haben.

»Ja«, gab er mürrisch zurück, ließ den Türknauf los und drehte sich um. »Vreni, da is Besuch für di!«, brüllte er durch den Flur. Von oben erklang Geklapper, die junge Frau eilte die Treppe herunter und stand gleich darauf atemlos vor Mike. Im selben Moment, als sie ihn erkannte, erlosch das freudige Strahlen ihrer Augen.

»Herr Zinnari, so was … Sie, um diese Zeit?«

»Ja, entschuldigen Sie die späte Störung, Frau Bogenrieder. Ich müsste Sie ein paar Dinge fragen, wenn Sie Zeit haben? Ansonsten verschieben wir's, gar kein Problem.«

Unsicher sah Verena zu Roland, der abwartend hinter ihr stehen geblieben war. »Ja, eigentlich, ähm, passt es grad ned so gut. Aber, doch, ja, ein paar Minuten werden schon gehen. Roland, ich komm gleich wieder, okay? Wenn der Papa schreien sollt, dann lass ihn und kümmer dich ned drum, ich bin gleich wieder da.«

Roland brummte etwas Unverständliches, während Verena blitzschnell in Stiefel und eine Winterjacke schlüpfte, einen Schlüssel vom Haken nahm und zu Mike nach draußen trat. Ehe Mike sich versah, hatte sie die Haustür hinter sich zugezogen und war ihm einige Schritte vorausgesprungen. Unterhalb der Eingangstreppe drehte sie sich zu ihm um.

»Wir können nur ungestört reden, solange der Papa ned hört, dass jemand zu Besuch ist. Würde er mitbekommen, dass Sie im Haus sind, würde er nur ständig herumbrüllen. Tut mir leid, dass ich Sie, grad bei diesem Wetter, ned hereinbitten kann, aber glauben S' mir, reden können wir hier draußen besser als drinnen.«

Einigermaßen verblüfft sah Mike auf ihre schlanke Gestalt hinunter, dann erinnerte er sich wieder daran, dass Manfred Schmitt ihm erzählt hatte, der alte Sepp Bogenrieder sei dement. Somit konnte er Verenas Argumentation durchaus folgen.

Im Licht der Peitschenlampe vor der Hofeinfahrt nickte er ihr zu. »Wenn Ihnen das so lieber ist, kein Problem, Frau Bogenrieder. Allerdings, hier in der Einfahrt will ich auch ned unbedingt stehen bleiben. Gehen wir ein paar Schritte?«

Verena stülpte die pelzbesetzte Kapuze ihrer Jacke über, die fast ihr ganzes Gesicht verdeckte. »Können wir machen. Aber bitte ned auf die Straße. Hier gibt's mehr neugierige Augen und mehr lange Ohren, als Sie sich vorstellen können. Wir können hinten in unseren Garten gehen, wenn's Ihnen nix ausmacht.«

»Bitte.« Mit einer Handbewegung forderte Mike sie auf, ihm voranzugehen.

Sie führte ihn unter dem Mauerbogen zwischen Haus und Garage hindurch, links um die Gebäudeecke herum, ging noch ein paar Schritte und blieb am Gartenzaun zum Nachbargrundstück stehen. Hier war es fast vollkommen finster, doch das schien ihr gerade recht zu sein. Immerhin war es zwischen der Garagenmauer und den mannshohen immergrünen Büschen am Zaun beinahe windstill, und durch ein aus Plexiglas vorgezogenes Dach, das sich an die Garage anschloss, war von dem Schneefall kaum etwas zu bemerken. Drei Gartenstühle aus Plastik waren hier aufgestellt, in der Mitte ein niedriger Baumstumpf, auf dem ein überquellender Aschenbecher stand.

Mit einem tiefen Seufzer plumpste Verena in einen der Stühle, holte eine Zigarettenschachtel aus der Jackentasche, hielt sie Mike höflich entgegen, zündete sich, als dieser dankend ablehnte, mit zitternden Händen eine an. Mike hob einen der anderen Stühle hoch, schüttelte den Schnee ab und stellte ihn neben Verena, so nahe an die schützende Garagenmauer wie möglich. Die Winterjacke weit heruntergezogen, ließ er sich nieder und streckte lässig seine langen Beine aus.

Verena atmete auf. »So, endlich mal für ein paar Minuten Ruhe. Wahrscheinlich wundern Sie sich, Herr Zinnari, aber im Haus hab ich keine fünf Minuten, um einfach mal dazusitzen und nix zu tun.« Sie inhalierte tief und blies den Rauch genussvoll aus.

Im Dämmerlicht musterte Mike ihr schmales Gesicht, das nicht nur von der Kapuze ihrer Jacke verdeckt wurde, sondern auch durch einzelne Strähnen ihrer schwarzen Haare, die ihr in die Stirn fielen.

»Frau Bogenrieder, ich muss ehrlich gestehen, dass ich keine

Ahnung davon hab, was Sie alles durchmachen müssen. Ich weiß, dass Ihr Vater dement ist und Sie sich ganz allein um ihn kümmern. Was das für Sie bedeutet, kann ich mir vielleicht annähernd vorstellen, aber ich kann nicht aus eigener Erfahrung mitreden.«

Wieder zog sie an der Zigarette. »Alzheimer. Das ist schlimmer, als ein Kleinkind im Haus zu haben. Keine halbe Stunde kann ich ihn allein lassen. Aber immerhin, bisher ist er ned besonders aggressiv oder bösartig g'worden, was ja in dem fortgeschrittenen Stadium auch oft vorkommen kann. Im Allgemeinen lässt er sich recht gut pflegen, es ist halt alles sehr anstrengend und zeitintensiv.«

»Verstehe.«

»Woher – woher wissen Sie es eigentlich? Hat, äh, hat Richard es Ihnen erzählt?«

Ihre Stimme klang unsicher, doch Mike registrierte durchaus, dass sie seinen Kollegen beim Vornamen nannte. Wenn er sich an ihr enttäuschtes Gesicht erinnerte, mit dem sie ihm im Hausflur entgegengetreten war, hatte sie vermutlich vielmehr mit Kommissar Bachers Besuch gerechnet als mit seinem. Die romantischen Gefühle schienen tatsächlich nicht nur auf Richards Seite zu liegen …

»Frau Bogenrieder, es ist zwar ein völlig unpassender Ort, um darüber zu reden, aber ich hoff, Sie verstehen, dass ich mich in Ihre privaten Angelegenheiten einmischen muss. Wegen Richard – und auch wegen Ihnen und Roland, weil ich, weil ich …«

Verenas große dunkle Augen, unverwandt und ohne Blinzeln auf ihn gerichtet, ließen ihn verstummen. Selten hatte sich Mike so unsicher gefühlt. Diese junge Frau konnte durchaus verdächtig sein, streng genommen hätte er nicht einmal bei ihr zu Hause auftauchen dürfen, sondern sie zu einem Verhör in die Dienststelle beordern müssen.

Trotzdem saß er hier, im verschwiegenen Dunkel, unter Wind und Schnee, weil sie ihm leidtat, weil Richard in sie verliebt war und weil er den Kriminalkommissar und Vorgesetzten in sich einfach ignorierte und auf sein Herz hörte.

»Ja.« Verenas Stimme klang dünn. »Ist mir schon klar, dass irgendwann mal alles aufkommen musste. Aber, ganz ehrlich, Herr Zinnari, inzwischen ist mir eigentlich alles wurscht. Die Zeiten haben sich geändert, vor siebzehn Jahren war alles noch ganz anders, aber jetzt … Sie wissen schon, von was ich red?«

»Ja.« Mike fand eine strategische Pause angebracht, erst dann sprach er weiter. »Richard hat mir alles über Ihr Telefongespräch erzählt. Schließlich ermittelt er im Fall Thomas Pickerl und muss mich als seinen Vorgesetzten informieren. Außerdem hatte ich ein interessantes Gespräch mit Ihrem guten Freund Manfred Schmitt. Ich glaub, es gibt nimmer viel, was ich ned über Sie weiß.«

Mike war versucht, ihr beruhigend die Hand auf die Schulter zu legen, doch er tat es nicht, stattdessen vergrub er sie tief in seinen Jackentaschen. Vielleicht hätte sie es als eine zu große Vertraulichkeit ausgelegt, und instinktiv wollte Mike ihre Offenheit nicht zerstören.

Verena seufzte, beugte sich vor, steckte die Kippe in den überfüllten Ascher auf dem Baumstumpf und drehte sie gedankenverloren hin und her.

»Ich kann nicht mehr, wissen Sie.« Ihre leise Stimme kam verschwommen aus dem Wulst aus Pelzkragen und Haaren. »Das ganze Versteckspiel all die Jahre, die Belastung mit Papa, die Verantwortung für Roland, und immer nur ich allein – es geht nimmer.«

Mike nickte. »Das versteh ich nur zu gut. Normalerweise liegt es mir fern, Frau Bogenrieder, mich einzumischen, aber in diesem Fall muss ich Sie das leider fragen. Falls Sie für meinen Kollegen Richard Bacher tiefere Gefühle hegen, muss ich es wissen und meine Konsequenzen ziehen. Schließlich geht es um einen Mordfall, ich kann ned zulassen, dass Ermittlungsergebnisse wegen Befangenheit vor Gericht keine Gültigkeit haben.«

Verena zupfte erneut eine Zigarette aus der Schachtel. Diesmal zitterte ihre Hand nicht, als sie sie anzündete.

Während sie sprach, schob sie die Kapuze und ihre Haare nach hinten, sah Mike offen im Dämmerlicht an.

»Ich hab mit dem Tod vom Pickerl nix zu tun. Richard ist der erste Mann, der sich trotz all meiner Scheiße für mich interessiert. Der Richard ist – er ist halt so lieb, er versteht mich, und … ja, die hab ich, diese tieferen Gefühle, wie Sie es ausdrücken!«

Damit war für Mike alles gesagt. In einfachen, klaren Worten, ohne großen Schmalz in der Stimme, hatte Verena dargelegt, wie es um sie stand.

Und Mike verstand sie, genauso, wie er Richard verstehen konnte. Diese junge Frau versuchte kämpferisch, sich zu behaupten, was unbedingt Bewunderung und Respekt hervorrufen musste.

Aber, was für Mike – und wohl auch für Richard – das Wichtigere war, sie schien aufrichtig und ehrlich zu sein. Bis auf das familiäre Täuschungsmanöver wegen ihres Sohnes sah es so aus, als ob Verena von Lügen die Nase voll hätte. Was Mike sofort auf die Probe stellte, indem er sie fragte, ob sie am Montagvormittag in der Schule das Mordopfer auf dem Foto tatsächlich nicht erkannt hatte.

Sie schüttelte den Kopf. »Nein. Nicht sofort. Aber irgendwann ist mir bewusst g'worden, dass ich ihn doch kenn, aber da … da wollt ich es nimmer zugeben. Ganz ehrlich, ich hab alles, was diese Zeit damals betrifft, so lang und so gut verdrängt, dass ich einfach ned wahrhaben wollt, dass mich das alles wieder einholen sollte.«

»Das versteh ich. Frau Bogenrieder, wenn es stimmt, was der Pickerl Ihnen damals angetan hat, warum sind Sie nicht zur Polizei gegangen und haben ihn angezeigt?«

Ein bitteres Auflachen war die Antwort. »Freiwillig hätt ich mit dem überhaupt nix gemacht, das dürfen Sie mir glauben! Warum ich ihn ned angezeigt hab? Ich weiß ned. Ich hab mich geschämt. Ich hab gemeint, dass mir sowieso niemand glauben würde. Erst als ich gemerkt hab, dass ich ein Kind krieg, da wusst ich, dass ich was tun musste. Und abhauen erschien mir damals die beste Lösung.«

»Hm. Der Roland – weiß er es? Hat er Thomas Pickerl gekannt? Weiß er, dass … äh, weiß er, was damals passiert ist?«

»Sie meinen, ob er weiß, dass der Pickerl sein Vater war? Nein. Roland ist mein Bruder und wird es auch immer bleiben.«

»Sind Sie sich dessen so sicher? Schauen Sie, es gibt doch eine Geburtsurkunde. Was wäre, wenn er sie mal durch Zufall in die Finger gekriegt hat? Oder er mal einen Personalausweis beantragen musste und Sie als Mutter in den Unterlagen angegeben sind. Roland ist doch ned dumm, bestimmt kann er dann siebzehn Jahre zurückrechnen und eins und eins zusammenzählen!«

»Nein!« Heftig richtete sich die schmale Gestalt auf. »Dass ich seine Mutter bin, kann er nicht wissen, und es kann nur bei dem Standesamt nachgeschaut werden, wo er eingetragen wurde«, gab sie zurück. »Ich hab alle Unterlagen von damals verbrannt, bei uns daheim kann er gar nix finden.«

Sie klang sehr sicher und überzeugend. Mike hob fragend die Hände. »Und wie lange wollen Sie ihn im Unklaren lassen? Irgendwann *muss* er es erfahren, ich meine, je länger Sie damit warten, umso schwerer wird es sein, ihm alles zu erklären.«

»Mag schon sein.« Achselzuckend sah sie von ihm weg ins Treiben der Schneeschauer. »Sobald er volljährig ist. Dann kann er selbst über alles entscheiden, sich sein eigenes Bild machen, und ich bin mir völlig sicher, dass er mich verstehen wird.«

Darauf erwiderte Mike nichts. Jugendliche konnten manchmal unberechenbar sein, überlegte er. Auch wenn Roland bisher einen recht vernünftigen Eindruck auf ihn gemacht hatte, schloss das eine spontane Reaktion, eine Tat im Affekt, nicht aus, sobald Roland unerwartet aus seiner sozialen Sicherheit gerissen würde.

»Tja, es ist Ihre Entscheidung.«

»Ich weiß. Und wie geht's jetzt weiter? Muss ich … ich mein, der Richard, darf er mich überhaupt sehen?« Ihre Stimme zitterte leicht, was Mike zeigte, wie wichtig ihr seine Antwort war.

Das war eine gute Frage. In seiner ganzen Laufbahn als Kommissar und Abteilungsleiter war Mike noch nie mit einer ähnlichen Situation konfrontiert gewesen. Ein verliebter Kollege, dessen Auserwählte als potenzielle Verdächtige galt? Was durfte er erlauben – was nicht?

Überfordert gab er zu: »Das weiß ich nicht. Sie stehen zu dem Mordopfer in so enger Beziehung, dass ich nicht darüber entscheiden kann und will, was für unsere Ermittlungen relevant ist und was nicht. Morgen werde ich mit unserem Staatsanwalt reden, danach sehen wir weiter.«

Sie zuckte die Schultern. »Okay. Solange Sie mich ned in Handschellen abführen, ist alles gut.« Aus ihrer Stimme war ein schwaches Lächeln zu hören, trotz allem war sie anscheinend bemüht, ihren Humor nicht zu verlieren.

Mike musste ebenfalls lächeln. »Nein, das hab ich ned vor. Ich ruf Sie morgen an, okay?« Er stand auf, Verena ebenso. »Eines muss ich noch fragen, Frau Bogenrieder.« Mike sah im schwachen Licht auf ihr blasses Gesicht. »Wo waren Sie am Sonntagmittag? In der Zeit, als Roland mit seinen Freunden auf den Rädern unterwegs war?«

Große Augen starrten ihn unverwandt an. »Wo schon? Hier natürlich, daheim beim Papa. Und wenn Sie jetzt wie im Film fragen wollen, ob das jemand bezeugen kann, dann geb ich Ihnen die Adresse vom Sozialdienst, denn die Helferin war von zehn bis Mittag da, um mich zu unterstützen, beim Waschen und Anziehen und Umdrehen, damit er sich ned wund liegt.«

Ganz leise hatte sie gesprochen, ohne merkliche Aufregung, so, als hätte sie Mikes Frage schon lange erwartet.

»Das dachte ich mir schon. Ich melde mich morgen bei Ihnen, versprochen.«

»Gut. Ich muss jetzt wieder rein, der Vater … Roland hat zwar viel Geduld mit ihm, aber ich will ihm ned zu viel Verantwortung aufhalsen. Seine Schule und das Lernen gehen vor, es reicht schon, wenn er mir bei Sachen hilft, die für mich allein zu schwer werden.«

Energisch strebte sie der Haustür zu, drehte sich nochmals zu Mike um und reichte ihm die Hand. »Vielen Dank, Herr Zinnari. Bis morgen dann, gute Nacht.«

Schon war sie im Haus verschwunden.

Langsam ging Mike zurück zum Auto. Während er einstieg, sich angurtete und losfuhr, dachte er nochmals über das Gespräch nach. Er mochte Verena, sie war eine sehr nette Frau, kein Zweifel. Und doch … Irgendetwas konnte nicht stimmen. Vielleicht lag Mikes Unbehagen nicht an ihr, sondern an Roland. Der mürrische, schweigsame Roland. Der Junge, der ihn aus erschreckten Augen angesehen hatte, als er ihm vorhin an der Haustür gegenübergestanden hatte.

Mikes Gefühl sagte ihm, dass Roland tiefer in der ganzen Geschichte steckte, als Verena ahnen konnte. Oder zugeben wollte.

14

Mittwoch, 6. März

Mit Isabel an einem Wochentag aufzustehen war, weil relativ selten, ein erfreuliches Erlebnis für Mike. Und nicht nur für ihn, sie alle verschwatzten sich am Frühstückstisch, sodass erst mit Verspätung der allgemeine Aufbruch erfolgte. Babs hetzte zum Schulbus, Isabel fuhr zu ihrer Bogener Praxis und Mike nach Straubing ins Büro. Wohlgemerkt alles verlangsamt, denn über Nacht hatte es noch mehr geschneit, und sowohl Gehsteige als auch die Straßen boten ein an Nordalaska erinnerndes Bild.

Mike war trotz seiner Unpünktlichkeit der Erste um kurz nach acht, noch nicht einmal Beate war da. Gut gelaunt setzte Mike die Kaffeemaschine in Gang, bevor er sein Büro aufsperrte und den PC hochfuhr.

Noch ehe er seine E-Mails abrufen konnte, rief Paul Heise vom Erkennungsdienst an.

»Guten Morgen, Pauli! Was verschafft mir denn schon so früh die Ehre?«

»Wirst du gleich hören, Mike. Dir auch einen guten Morgen. Du hast Dr. Grünerts Bericht wohl noch ned g'sehen? Kam heute Morgen per Mail.«

»Bin grad erst ins Büro gekommen, Pauli. Wenn du deswegen extra anrufst, muss was Besonderes drinstehen, vermut ich mal. Also, klär mich auf!«

»Ned so voreilig.« Pauli machte eine Kaffeeschluckpause, ehe er fortfuhr. »Mich wundert eh, dass du mich mit unserem Bericht noch ned gelöchert hast, Mike. Sonst kannst es ja auch kaum abwarten.«

»Ich kenn doch deine penible Art, Pauli«, schmunzelte Mike, »und akribische Arbeit braucht halt ihre Zeit. Im Übrigen war ich inzwischen anderweitig ziemlich beschäftigt, das kannst mir glauben.«

Paul Heise lachte. »Doch ned etwa mit Schneeschaufeln? Ich hab mir jetzt eine benzinbetriebene Fräse ang'schafft, du, die rumpelt wie die Sau. Da kannst du jede hölzerne Schneeschippe auf den Misthaufen werfen. Anders wird man ja nimmer fertig!«

»Furchtbar, gell? Und so was im März! Aber wegen der Schneefräse wirst ned bei mir angerufen haben, oder?«

Beate trat mit einer großen Kaffeetasse durch die offen stehende Bürotür ein. Mike winkte sie zu sich, sie stellte mit einem stillen Lächeln das Haferl ab und verschwand wieder nach draußen.

»Nein, stimmt. Unseren Bericht hab ich dir ebenfalls grad gemailt, aber mit dem wirst du wohl ned sehr glücklich werden. Auf dem Granitstein haben wir keine ganzen Fingerabdrücke gefunden, nur ein paar Teilabdrücke, leider kaum bis gar ned verwertbar. Fuß- und Reifenspuren am Tatort kannst du auch vergessen. Die fünf Jungspunds samt dem g'schaftigen Anwalt Voss haben mit ihrer Herumtramplerei sauber dafür gesorgt, dass für uns ned viel übrig bleibt. Und leider hat das Wetter momentan die saudumme Angewohnheit, die Leute in Mützen, Handschuhe und Anoraks zu verpacken, was heißt, dass wir am Toten und seiner Kleidung nix an Kontakt- oder Übertragungsspuren gefunden haben. Ned einmal ein fremdes Haar ist bei dem irgendwo hängen geblieben.«

»Schade. Dabei hätt ich so gehofft, dass ihr was finden würdet. War mir aber schon fast klar, bei den vielen Personen am Tatort.«

»So, und jetzt kannst mich auslachen, Mike, oder auch ned. Ich hab aber doch was g'funden.«

Der zufriedene Ton in Paulis Stimme ließ Mike wieder hoffen. »Und das wäre?«

»Normalerweise wär uns das entgangen, aber ich hab da ein bestimmtes Verfahren, wie man Spuren in Eis oder Schnee haltbar machen kann. Spraydosen mit flüssigem Stickstoff können nach dem Versprühen auf so sensiblen Spuren wie im Schnee befindlichen Abdrücken diese so festigen, dass eine Abdruckabnahme möglich ist, bevor die steigende Temperatur die Konturen kaputt macht. Hab am Sonntag von dem Spray einen ganzen Karton verschossen, hat sich aber gelohnt. Wir haben etwa zehn Meter abseits vom Leichenfundort einen ziemlich deutlichen Schuhabdruck gesichert, und der passt nach den bisherigen Überprüfungen zu keiner der bis jetzt bekannten anwesenden Personen am Tatort. Alles Nähere, also Schuhmarke und Größe und so, kannst in meinem Bericht lesen.« Pauli klang bei diesen Worten so selbstgefällig, als ob er sich gerade selbst auf die Schulter klopfen würde. Und sollte Mike dieser Abdruck tatsächlich weiterhelfen, hätte Pauli einen Lorbeerkranz durchaus verdient.

»Saubere Arbeit, Pauli«, lobte Mike spontan. »Du siehst mich echt beeindruckt. Davon, dass ihr die Vergleichsproben der Schuhabdrücke noch am Leichenfundort aufg'nommen habt, und noch mehr, weil ihr sie gleich so schnell ausgewertet habt. Wollen wir hoffen, dass sich der Aufwand auszahlt. Und jetzt zum Obduktionsbericht. Was steht da drin?«

Es war kein Geheimnis, dass Mike mit den meist lateinischen Fachausdrücken in Dr. Grünerts Berichten Probleme hatte. Regelmäßig, wenn auch unter fadenscheinigen Vorwänden, ließ er sich von Pauli die Ergebnisse der Pathologie in verständliches Deutsch übersetzen.

Pauli kicherte. »Nachtigall, ick hör dir trapsen. Eigentlich sollt ich dich den Bericht erst mal lesen lassen, damit du mich wie üblich noch mal anrufen kannst, um nachzufragen. Aber ich will mal ned so sein und erspar dir die Zeit.«

»Zu gütig von dir.« Mit einem Grinsen nahm Mike einen Schluck Kaffee.

»Kostet dich mindestens einen Glühwein, Mike. Kommst eh billig davon. Also, willst zuerst das Allgemeine oder das Besondere hören?«

Klar wollte Pauli Mike auf die Folter spannen, aber dieser ging nicht darauf ein, in weiteres Geplänkel wollte er sich nicht verstricken lassen.

Schnell sagte Mike: »Kriegst zwei Glühwein – und ich fahr dich anschließend sogar heim. Also, was gibt's so Besonderes?«

»T-H-C.«

Mike war die Bezeichnung für Cannabis durchaus geläufig, doch in Zusammenhang mit Pickerls Autopsiebericht glaubte er sich verhört zu haben. Verwirrt kam nur ein »Hä?« von ihm zurück.

»Tetrahydrocannabinol.«

Pauli sprach extrem deutlich und betonte langsam jedes Wort. Hatte Mike ihn also doch richtig verstanden? Abrupt richtete er sich auf. »Sag das noch mal! THC – beim Pickerl? Ist das hundertprozentig?«

»Zumindest steht's so in Dr. Grünerts Bericht. Der aktive THC-Wert, also der sogenannte Delta-9, lag bei dem Pickerl über eins, was besagt, dass er vor Kurzem etwas konsumiert hatte. Aaaaber …«, Pauli atmete hörbar ein, »… der Wert für den Langzeitkonsum, die Konzentration der Cannabinolsäure im Blut, lag bei gut zweihundert Nanogramm, und das sagt uns, dass dein toter Landwirt ein Junkie war, Mike, und das nicht zu wenig!«

Sekundenlang konnte Mike darauf nichts erwidern. Zu groß war seine Überraschung über das eben Gehörte. »Und ich hab g'meint, der Pickerl würd sich nur gelegentlich einen ansaufen …«, stöhnte er und raufte sich seinen kurzen Stoppelschnitt.

Aus Paulis Stimme war ein Schmunzeln zu hören. »Das kannst du auch noch haben. Zum Todeszeitpunkt hatte er eins Komma zwei Promille im Blut. Die Frühschoppen-Weißbiere müssen gut gelaufen sein.«

»Ich fass es ned.« Mike wechselte den Hörer in die andere Hand und setzte sich kerzengerade auf. Mit strenger Stimme fragte er: »Du verarschst mich jetzt ned, oder, Pauli?«

»Les es doch selber nach, wenn du mir ned glaubst. Es stimmt schon. Der Pickerl hat über einen ziemlich langen Zeitraum irgendwie Hasch zu sich g'nommen, ob über einen Joint oder anders, das lässt sich ned feststellen. Aber er war mit Cannabis voll bis zur Unterlippe, und wenn ich den Promillepegel mit hinzurechne, war er zugedröhnt bis über die Augenbrauen. Was uns auch gleich zum nächsten Punkt bringt. Wir konnten bei ihm keinerlei Abwehrspuren feststellen, und bis auf das eindeutige Loch im Schädel hatte er keine weiteren Verletzungen. Ned mal ein Hämatom irgendwo, was bei seinem Vollrausch an ein Wunder grenzt. Jeder andere hätte sich in seinem Zustand jeden Oberschenkel und jeden Oberarm mindestens zehnmal irgendwo angehauen, aber der Pickerl anscheinend ned. Der muss es gewohnt gewesen sein, so angeturnt herumzusteuern.«

»Du meinst, dass er in diesem Zustand auch gar ned fähig gewesen wär, sich großartig zu wehren?«

»Ich weiß ned, Mike. Einerseits war er wirklich haubitzenvoll, andererseits könnte er aufgrund der Gewohnheit schon noch einigermaßen klar funktioniert haben. Dass er sich ned gewehrt hat, kann auch andere Gründe haben.«

»Ja. Dass er seinen Mörder gekannt hat und von dem Anschlag völlig überrascht wurde«, schlussfolgerte Mike. »Habt ihr feststellen können, wie er erschlagen wurde? Im Stehen oder im Liegen?«

»Er muss gestanden haben. Wahrscheinlich ziemlich unsicher auf den Beinen, aber den Spuren nach zu urteilen, fiel er nach dem Hieb mit dem Begrenzungsstein stangengrad um. Danach hat er sich anscheinend nimmer g'rührt und wurde auch durch Fremdeinwirkung nicht mehr bewegt. Durch den großen Blutverlust und die Kälte trat der Tod vermutlich innerhalb weniger Minuten ein. Groß gelitten hat er wahrscheinlich ned, der Pickerl.«

Mike räusperte sich. »Dank dir, Pauli, das war sehr ausführlich erklärt von dir. Steht noch was in Grünerts Bericht, was ich wissen sollte?«

»Ich denk ned. Im Grunde war der Pickerl ein kerng'sunder Mann, nix am Herz, nix an der Leber, kein Diabetes und kein zu hohes Cholesterin. Pumperlg'sund.«

Eventuell zu gesund für seinen Mörder, dachte Mike, sonst wäre dieses brachiale Nachhelfen bei Pickerls Ableben nicht erforderlich gewesen.

»THC«, wiederholte Mike seufzend. »Das eröffnet uns ganz neue Blickwinkel auf die Sache. Der Fall wär auch ohne Drogen schon kompliziert genug g'wesen.«

»Das glaub ich dir gern. Ich schick meine Leute in Pickerls Zimmer im Seniorenstift, die sollen mal genau schauen, ob sich dort irgendwo Cannabis findet. Und wir arbeiten weiter an den Fingerabdruck-Fragmenten vom Granitstein. Wenn sich was ergibt, meld ich mich gleich bei dir. Baldige Vergleichsproben wären hilfreich, nur mal so angemerkt.«

»Ja, danke. Wir hören uns, Pauli, servus.« Mike legte auf.

Umgehend öffnete er die E-Mails und druckte den Bericht der Pathologie von Dr. Grünert und Paulis Ergebnisse der Spurensicherung aus. Am meisten interessierte ihn der gesicherte Schuhabdruck. Der Erkennungsdienst war fleißig gewesen, hatte sämtliche verfügbare Datenbanken durchforstet und durch das Sohlenprofil die Art und die Herstellermarke feststellen können. Es handelte sich um Winterstiefel einer Billigmarke, die es in einem – fast in jedem größeren Ort vorhandenen – Discount-Schuhladen zu kaufen gab. Schuhgröße zweiundvierzig. Mike stöhnte. Damit konnten weder Frau noch Mann noch Jugendlicher ausgeschlossen werden. Zwar war diese Größe bei Damen etwas ungewöhnlich, doch Mike fiel ein, dass seine Tochter mit beinahe achtzehn Größe vierzig trug. Okay, sie geriet nach ihm, hatte im letzten Jahr mit einer Körpergröße von knapp einem Meter achtzig zu Modelmaßen aufgeschlossen. Manche Dame lebte auf großem Fuß und stiefelte mit Schuhgröße zweiundvierzig durch die Welt. Nicht zu vergessen, es war noch immer Winter, mit dicken Socken bestückt trug man/frau sicher gern eine Schuhgröße größer als üblich.

Mit einem letzten Schluck leerte Mike seine Tasse, raffte die Unterlagen zusammen und ging hinüber ins Besprechungszimmer, Beate im Windschatten, die ihren Schreibblock unter den Arm geklemmt hatte und zwei volle Kaffeebecher in den Händen balancierte.

Seine Kollegen erwiderten den Morgengruß einsilbig, doch dann sahen sie beide Mike mit Verwunderung neugierig an.

»Host du im Lotto g'wonnen, Mike?«, wollte Willi wissen und setzte unverblümt hinzu: »Deinem Strahlen nach zu urteilen sitzt unser Mörder wohl scho in U-Haft, hob i recht?«

»Schön wär's, Willi, nein, leider ned – weder das eine noch das andere.«

Mike setzte sich, nahm Beate die beiden Kaffeebecher ab, die er auf den Tisch stellte.

»Freunde«, gab er gut gelaunt zurück, »endlich gibt es Neuigkeiten, und ich hab das Gefühl, dass was vorwärtsgeht. Wenn ihr mir jetzt noch weitere brauchbare Auskünfte vorlegen könnt, dann wäre ich vollends zufrieden.«

Dabei hob Mike die Tasse und ließ seinen Blick fragend auf Willi ruhen. Dieser fühlte sich sogleich angesprochen und räusperte sich vernehmlich.

»Die Staatsanwaltschaft hod uns den Gerichtsbeschluss für Pickerls Anwalt g'schickt. Die Unterlagen sind freigegeben, i hob dort schon ang'rufen und mich angekündigt, damit sie mir die Akten heraussuchen können, bis i hernach dort aufschlage. Außerdem hob i mir dieses Seniorenstift mol näher ang'schaut, Mike. St. Hubertus läuft als GmbH, außer dem Mehltretter gibt's da noch einen weiteren Gesellschafter, du wirst es ned glauben, nämlich genau diesen Horst Kritschke, der ›Mia san mia‹-Autor und allwissende Ernährungsexperte. Wos sagst jetzt?«

Ebenso überrascht von dieser Neuigkeit wie Mike starrten Beate und Richard ihn an.

Dann sagte Mike: »Himmel, langsam verlier ich die Übersicht. So viele Zusammenhänge in einem einzigen Mordfall kann es doch gar ned geben, oder? Zuerst das mit den Bogenrieders und dem toten Pickerl«, er streifte Richard mit einem schnellen Seitenblick, »und jetzt der Kritschke, der sowohl Pächter vom Pickerl war als auch mit dem Mehltretter geschäftlich verbandelt ist. Was sagt uns das?«

Einen Moment herrschte Schweigen, bevor Beate sich einmischte.

»Ich kann auch noch was beitragen zu den ganzen Zufällen. Die anderen eingetragenen Pächter von Pickerls Liegenschaften, also die zwei, die seine Felder übernommen haben, haben beide die gleiche Wohnadresse. Sie wohnen in Rundlberg, genauer g'sagt auf dem ehemaligen Moosberger-Hof. Der wurde doch damals nach dem Tod der Tochter verkauft, falls ihr euch noch erinnern könnt. Anscheinend betreiben die beiden da zusammen so eine Art Landkommune.«

Beate lehnte sich vor und blies die Backen auf. »Und jetzt kommt der Hammer: Einer davon ist ziemlich bekannt, es ist der Schauspieler Christian Waldmann, der den Henning Wagner in ›Mia san mia‹ spielt!«

Wieder herrschte verblüfftes Schweigen, fassungslos sahen die Beamten einander an. »Himmelherrschaftszeiten«, das kam schnaufend von Willi, »und wos kommt noch?«

»Das übersteigt eindeutig mein Denkvermögen.« Richard wandte sich verwirrt von einem zum anderen.

Mike nickte entschlossen. »Meines auch. Wir müssen uns endlich eine konkrete Zusammenfassung erstellen! Beate, sei so gut, schreib mal mit, was wir dir jetzt aufzählen, ja? So«, er deutete auf Richard, »du fängst an. Sag spontan alles, was dir zum Mordfall Pickerl einfällt.«

»Zuerst mal freilich die fünf Buben, die den Toten gefunden haben. Äh – Moment mal, ich komm gleich wieder.« Die Tür klappte hinter Richard zu, bevor jemand etwas erwidern konnte. Gleich darauf war er wieder zurück, schob eine große weiße Memotafel auf einem Rollgestell vor sich her.

Er platzierte die Tafel ans Tischende gegenüber von Mike und schraubte von einem dicken Stift die Kappe ab.

»So, jetzt schauen wir uns die Sache mal genauer an. Hier haben wir also unser Mordopfer.« Richard schrieb »PICKERL« in die Mitte des Boards und machte einen Kreis darum. »Von ihm ausgehend fangen wir mit den fünf Jungen an. Davon sind für uns aber wohl nur zwei von besonderem Interesse, und zwar Roland Bogenrieder und eventuell sein frecher Freund Peter Voss. Ist jemand anderer Meinung?« Fragend sah er in die Runde.

Mike war überrascht von Richards plötzlicher Initiative und Sachlichkeit, mit der er an das Thema heranging. Ernst nickte er in seine Richtung. »Denke nicht. Deine Befragung der anderen drei Jungs hat ja auch ned mehr ergeben, als wir eh schon wissen. Und anscheinend sind diese Kinder sowieso nur Mitläufer von Peter Voss, der immer und überall den Ton angeben will. Mach weiter, Richard.«

Erwartungsvoll schob Mike die Tasse und seine Unterlagen beiseite und verschränkte die Unterarme auf der Tischplatte. Was sich Richard mit seiner Darstellung auf dem Board vorgestellt hatte, könnte durchaus interessant werden.

Richard schrieb also »P. VOSS« und »R. BOGENRIEDER« oben über den Namen des Toten und zog einen Pfeil von Pickerl in Richtung der Jungen. Mit schmalen Augen drehte er sich wieder um. »Dann müssen wir natürlich auch Verena Bogenrieder berücksichtigen. Schließlich hat sie den Toten von früher gekannt.«

Ausgehend von Roland zog er einen weiteren Strich zu »VERENA B.«, die er, etwa auf drei Uhr, auf der Tafel platzierte. Überraschenderweise machte er bei ihr jedoch einen Pfeil zur Mitte mit der Spitze auf Pickerl deutend.

»Warum jetzt des?«, erkundigte sich Willi. »Warum ned den Pfeil auch nach außen wie bei den beiden anderen?«

Ohne sich eine persönliche Gefühlsregung anmerken zu lassen, zuckte Richard die Schultern. »Weiß nicht. Nur so aus dem Gefühl. Vielleicht, weil die Jungs den Pickerl nicht gekannt haben, die Verena ihn aber schon. Soll ich den Pfeil umdrehen?«

»Nein.« Mike hob die Hand. »Lass das mal, darüber können wir später immer noch diskutieren. Mach weiter mit den anderen Personen. Es fehlen noch die Pächter vom Pickerl, also der Schreiberling Kritschke als Pächter der Hofstelle und dann die

Pächter der Felder, dieser Schauspieler und – wie heißt eigentlich der andere, Beate?«

»Moment … hier steht's, Karel Boszanski heißt der.«

»Muss man den auch kennen? Hat der auch etwas mit dem Fernsehen zu tun?«, wollte Mike wissen.

»Nein, davon ist mir nix bekannt.«

Richard notierte die Namen der Pächter links und rechts unterhalb des Mordopfers.

Gleich darauf setzte er als Letztes Geschäftsführer Michael Mehltretter hinzu. Der Pfeil zwischen Kritschke und dem Leiter des Seniorenstifts fiel besonders dick aus und hatte zwei Spitzen sowie jeweils einen Strich zur eingekreisten Mitte. Ebenso zog er einen Strich von Kritschke zu Waldmann.

»Die beiden müssen sich ja auch kennen, schließlich arbeiten beide für die gleiche Serie im Fernsehen, oder?«, meinte er. »So. Jetzt haben wir zumindest alles im Überblick. Hab ich noch jemanden vergessen?«

»Nein«, kam es zweistimmig von Beate und Willi zurück.

»Ich hab noch was.« Mike richtete sich auf und schlug die kartonierte Mappe auf, in die er vorhin eiligst seine ausgedruckten Berichte gesteckt hatte. »Die Ergebnisse aus Erlangen und von der Spusi. Habt ihr euch die schon angeschaut?«

Allgemeines Kopfschütteln. Schließlich hatte Mike selbst am Vortag die Aufgaben verteilt, da hatte sich bisher keiner seiner Mitarbeiter Zeit genommen, um die Berichte zu lesen. Nicht einmal Richard, der eigentlich bei Dr. Grünert in Erlangen hätte nachfragen sollen, hatte einen Blick darauf geworfen, da er erleichtert gesehen hatte, dass der pathologische Bericht bereits eingelaufen war. Stattdessen hatte er sich der Rufnummernliste von Pickerls Handy gewidmet, die ihm der Mobilfunkanbieter am Morgen zugemailt hatte. Allerdings waren seine Recherchen dazu noch nicht weit gediehen.

Mike sah auf die Papiere, ohne sie in die Hand zu nehmen. In kurzen Sätzen gab er sein Telefonat mit Pauli wieder, stellte die Wichtigkeit des THC-Wertes bei Pickerl hervor und erwähnte den noch nicht zugeordneten Schuhabdruck der Größe zweiundvierzig.

»Der Pickerl hat sich demnach regelmäßig berauscht, und nicht nur mit Alkohol. Kann man sich kaum vorstellen, aber die Beweise sind eindeutig. Die Spurensicherung schaut sich noch mal in seinem Zimmer um, vielleicht finden die was, was Richard und mir entgangen ist. Die große Frage lautet jetzt: Wie und woher hat er sich das Zeug besorgt? Wir müssen unbedingt herausfinden, wo er sonntags die Zeit nach seinem Stammtisch verbracht hat, wenn er ned gleich ins Heim zurückgekommen ist. Wo er gelegentlich sogar übernachtet hat. Richard, diese Anrufe von seinem Handy hast du wohl noch ned prüfen können?«

»Nein«, gab Richard zurück, wollte noch etwas sagen, doch Mike hatte sich bereits umgewandt. »Willi, hast du mit dem Kritschke schon was ausgemacht, wann wir mit ihm reden können?«

»Nein, den hob i noch ned erreicht.« Willi schien Probleme damit zu haben, Mikes Gedankensprüngen zu folgen, er runzelte die Stirn. »Warum pressiert dir des so?«

Mike lehnte sich vor. Vielleicht etwas zu heftig gab er zurück: »Weil wir außer Pickerls Seniorenheim und dem Stammtisch-Wirtshaus nicht wissen, wo sich der Pickerl sonst aufgehalten oder mit wem er sich getroffen hat. Und beides können wir als Quelle seines Cannabisbezugs wohl ausschließen …«

»Warum?«, fragte Willi mit naivem Tonfall nach, was Mike verunsicherte.

»Was, warum?«

»Warum schließen wir die Stammtischrunde und des Altersheim aus?«

»Geh, Willi, mach mal halblang. Du warst doch persönlich bei dem Wirtshausbruder Riedmeier, ist der dir irgendwie auffällig oder bekifft vorgekommen? Und der Mehltretter und seine Tochter, mehr Seriosität kann man wohl kaum an den Tag legen als die beiden, oder? Da kann ich mir beim besten Willen ned vorstellen, dass die was mit Cannabis zu tun haben!«

»Jetzt hörst du dich scho an wie der Dr. Ganserl!« Nur Willi erlaubte es sich, so respektlos mit Mike zu reden. »Was du dir ned vorstellen konnst, konn ned den Tatsachen entsprechen, oder wie?«

»Da geb ich dem Willi schon recht!« Richard wies Mike darauf hin, dass er selbst nach ihrem Besuch am Montag das Seniorenheim als nicht ganz sauber eingestuft hatte.

Mike schob Richards Einwand mit einer ärgerlichen Handbewegung beiseite, ohne näher darauf einzugehen. »Das hatte aber damit zu tun, wie der Bauer Pickerl in das mondäne Altersheim passt, Richard! Von Cannabis war damals noch nicht die Rede, folglich muss der Pickerl das Zeug von irgendwo anders herbekommen haben, was wir noch nicht wissen«, fuhr er unbeirrt fort. »Und in meinen Augen könnten das vorrangig seine Pächter sein. Willi, du redest mit Pickerls Anwalt, und wir beide, Richard, wir nehmen uns die anderen Parteien vor. Beate gibt uns die Adresse von dem Drehbuchautor Kritschke, dann sehen wir weiter.«

Richards Gesicht hellte sich auf. Anscheinend hatte Mike vollkommen vergessen, dass er ihn von den direkten Ermittlungen hatte abziehen wollen. Bevor sein Chef es sich noch anders überlegte, sprang er eifrig auf. »Ich hol schon mal das Auto.«

Mike warf ihm die Schlüsselkarte vom Renault zu. Richards letzter Satz erinnerte ihn an den Running Gag der alten Krimiserie »Derrick«, worin Assistent Harry Klein unterstellt wurde, ständig zu sagen »Ich hol schon mal den Wagen«.

Er grinste. »Mach das, Harry. Viel Spaß beim Freischaufeln.«

Während Richard den zugeschneiten Renault freikehrte, telefonierte Mike mit Staatsanwalt Dr. Ganserl. Zwar mit Widerwillen, da er so überhaupt keinen Draht zu ihm finden konnte, doch er hatte es Verena versprochen, und für sich selbst musste er eine Absicherung schaffen.

In sachlichen, kurzen Sätzen setzte er Dr. Ganserl ins aktuelle Bild ihrer Ermittlungen.

Mike hatte auf die Unterstützung des Staatsanwaltes gehofft, die möglichen Beteiligungen der Bogenrieders an Thomas Pickerls Tod näher verfolgen zu dürfen, sprich einen Vaterschaftstest in Auftrag geben zu können, doch Dr. Ganserl lehnte ab. Er sah keineswegs einen Zusammenhang zwischen Verena oder Roland Bogenrieder und Pickerls Ermordung. Vielmehr hielt er Mike dazu an, sich näher mit dem Drogenkonsum des Opfers zu befassen. »Kiffende Senioren sind das Letzte, was wir hier bei uns gebrauchen können«, knurrte er, »also kriegen Sie gefälligst raus, wo er das Zeug herhatte!«

»Wir sind dabei, Dr. Ganserl.« Mike bemühte sich, nicht zu verärgert über den herrischen Ton des Staatsanwalts zu klingen.

Abermals versuchte er einen vorsichtigen Vorstoß. »Trotzdem werde ich irgendwie das Gefühl nicht los, dass einer der beiden Bogenrieders doch mehr mit dem Tod von Pickerl zu tun hat. Wenn wir irgendwie Verenas Behauptung über diese Vergewaltigung entweder bestätigen oder entkräften könnten, wären wir schon ein Stück weiter!«

»Zinnari, hier haben wir nur das Wort einer Frau, die den Toten vor langer Zeit gekannt hat. Wer sagt denn, dass ihre Anschuldigungen nicht nur der Phantasie einer damals Siebzehnjährigen entspringen? Vielleicht hatte sie sich wegen irgendwas über ihren damaligen Chef geärgert und wollte es ihm auf diese Weise heimzahlen! Nein, bringen Sie mir zuerst eindeutige Verdachtsmomente, und Sie bekommen den Beschluss für eine Speichelprobe des jungen Bogenrieder für eine DNA-Analyse«, war sein letztes Wort. Wie immer war Dr. Ganserl schwer von irgendwelchen Bauchgefühlen zu überzeugen, selbst wenn die Vergangenheit Mike schon mehrmals recht gegeben hatte. Ein Gutes hatte die Sache zumindest: Mike brauchte Richard wegen seiner Beziehung zu Verena in keiner Weise einzuschränken. Dr. Ganserl sah Verena oder Roland Bogenrieder momentan nicht als verdächtig an, also gab es keinen Grund, weshalb sich Mike in die aufkeimende Liebesgeschichte seines Kollegen einmischen sollte …

15

Als Mike und Richard sich auf gut Glück, da ohne vorherige Anmeldung, auf den Weg zur Adresse von Horst Kritschke machten, rieselten nur noch spärliche Flocken zu Boden. Die Bundesstraße B 20 war inzwischen sogar komplett freigeräumt, ebenso wie die B 8, auf die Mike in Richtung Plattling abbog. Zügig kamen sie voran. Nach der Ortsmitte von Straßkirchen bog Mike links in eine Neubausiedlung ein. Sein Navi lotste ihn zu einem zweigeschossigen blassgelben Haus mit hohen Dachgauben und Erkern auf sämtlichen Seiten, einem mit Holzpaneelen abgedeckten Pool, einem Saunahäuschen und einem verschneiten Tennisplatz im großen dahinterliegenden Garten.

»Feudal«, meinte Richard, als Mike das Auto an der Bürgersteigkante abstellte.

Nickend stieg Mike aus. »Langsam hab ich das Gefühl, dass wir als Beamte zur Unterschicht der Gesellschaft gehören. Vielleicht sollte ich auch zu schreiben anfangen und Kurse an der VHS geben, wenn man dabei so viel verdient.«

Richard lachte. »Entschuldige, über was bitte willst du denn Kurse geben?«

Unwillig schnaubte Mike zurück: »Vielleicht, wie man aufmüpfige Kollegen erzieht? Da kannst du nix dagegen sagen, mit dir und Willi hab ich Erfahrung genug, um andere davon profitieren zu lassen!«

»Da gäbe ich dir recht, wenn du mit deiner Erziehung Erfolg vorweisen könntest …«, nuschelte Richard und machte sich schleunigst auf dem salzgestreuten Weg durch das Gartentor von dannen.

Mürrisch folgte ihm Mike, kam aber zu keiner passenden Antwort mehr, denn die Eingangstür wurde bereits geöffnet.

»Herr Kritschke?« Richard Bacher sah den untersetzten,

halbglatzigen Mann um die sechzig fragend an und hielt ihm zugleich seinen Dienstausweis unter die Nase.

»Ja …?« Misstrauisch warf Horst Kritschke einen Blick auf die beiden Kriminaler.

»Ich bin Kommissar Bacher, mein Kollege Zinnari, wir sind von der Kripo Straubing«, stellte Richard sie vor. »Wir kommen wegen des Todesfalles Thomas Pickerl. Sie sind doch einer seiner Pächter – können wir kurz mit Ihnen reden? Wir hätten ein paar Fragen an Sie, dürfen wir reinkommen?«

Richard brachte ihr Anliegen vor, was Mike insgeheim freute. Noch vor einem Jahr war Richard ihm lediglich als hinterherlaufendes Anhängsel bei seinen Ermittlungsarbeiten erschienen, doch inzwischen hatte er sich entschieden gemausert.

»Äh, ja, sicher. Bitte …« Kritschke ließ sie ein und trat zur Seite, wies zugleich auf eine Tür im Hintergrund der geräumigen Diele. »Wenn Sie bitte so freundlich wären, hier hinein bitte, da sind wir ungestört. Die Putzfrau ist da, Sie wissen schon …« Er grinste verschwörerisch.

Na sicher, dachte Mike, die Putzfrau mit den langen Lauschern, vor der man sich bestimmt nicht von der Polizei verhören lassen will. Versteht doch jeder.

Die beiden Kommissare traten in ein mit schnörkeligen Möbeln eingerichtetes Zimmer, das wohl als eine Art gediegener Salon fungierte, dicht gefolgt von Kritschke, der schnell die Tür hinter ihnen schloss.

»Bitte, meine Herren, möchten Sie Platz nehmen? Darf ich Ihnen Kaffee anbieten oder etwas anderes?«

Zugleich schüttelten Richard und Mike die Köpfe. Vorsichtig ließen sie sich auf vornehmen Stühlen nieder, Kritschke sank ihnen gegenüber auf das Sofa.

Mike antwortete: »Nein, Herr Kritschke, danke. Sie wissen über Thomas Pickerls Tod Bescheid?«

Das Doppelkinn schwabbelte leicht, als er nickte. »Sein Anwalt hat mich angerufen. Aber nicht, um den Pachtvertrag zu lösen, wie ich anfangs dachte, der würde bis zur Klärung des

Erbfalles weiterhin bestehen bleiben, meinte er. Was kann ich für Sie tun, meine Herren?«

Fasziniert starrte Mike auf die Fettpolster unter Kritschkes Kinn, die er vergeblich mit einem dunkelblauen Halstuch zu kaschieren versuchte. So viel also zum Thema bewusste Ernährung und vegetarisches Kochen, nur gut, dass ich den Willi ned dabeihab, sein Gespött will ich mir gar ned ausmalen …

»Herr Kritschke, Sie sind der Pächter von Pickerls Hofstelle. Darf ich fragen, was Sie damit machen? Als Wohnhaus werden Sie es wohl kaum gebrauchen, und die ganzen Nebengebäude – wofür nutzen Sie die?«

Sein Gegenüber war wachsam. Vorsichtig fragte Kritschke zurück: »Warum interessiert Sie das?«

»Wollen Sie nicht darauf antworten?« Mike war nicht gewillt, auf Gegenfragen einzugehen. Grundsätzlich konnte er so etwas nicht leiden, und bei diesem Gartenzwerg schon gleich gar nicht.

»Äh, freilich, schon, aber was hat mein Verwendungszweck denn mit dem Pickerl zu tun?« Noch ließ sich Kritschke nicht aus der Ruhe bringen.

»Wir ermitteln in seinem Fall, alles, was ihn betrifft, interessiert uns. Also?«

»Sie ermitteln, soso. Na dann … Das Wohnhaus schließt mein Pachtvertrag übrigens nicht mit ein, das war immer noch im Eigenbesitz von Thomas Pickerl. Ich hab es lediglich in Pickerls Auftrag zu vier Ferienwohnungen umbauen lassen, die sind fast das ganze Jahr über ausgebucht. Die Nebengebäude habe ich gepachtet, das stimmt schon, diese nutze ich zum Teil als Architektenbüro, zum anderen als Atelier, ich habe mir ein großzügiges naturverbundenes Ambiente dort geschaffen, in dem ich die Ruhe und Muße finde, meinen künstlerischen Tätigkeiten nachzugehen. Ich schreibe nebenbei, wissen Sie.«

»Ja, das ist uns bekannt«, fuhr Mike schnell dazwischen, ehe Richard in erneute Lobeshymnen über die bayerische Daily Soap ausbrechen konnte.

Doch dieser ließ sich nicht bremsen. »Sie schreiben Drehbücher für ›Mia san mia‹, nicht wahr? Ich bin ein großer Fan dieser Serie, vor allem, weil Sie alles so lebensecht erscheinen lassen!«

Kritschke lachte. »Ja, finden Sie? Sie werden es kaum glauben, es gibt begeisterte Zuschauer, die dem Bayerischen Fernsehen Trostbriefe und sogar Geld schicken, wenn es einer unserer Filmfiguren schlecht geht! Sie denken, damit könnten sie den Menschen helfen, ohne zu beachten, dass es sich nur um erdachte Charaktere handelt!«

»Sie machen Witze!« Sowohl Richard als auch Mike hörten ihm verwundert zu.

»Durchaus nicht. Unsere eigentliche Zielgruppe war mal sechzig plus, gerade solche Leute haben oft nichts anderes mehr im Leben, als sich Tag für Tag auf den Fortgang unserer Geschichten zu freuen. Für sie verschwimmt irgendwann Realität und Fiktion, dadurch kommen solche Sachen zustande.«

»Sechzig plus«, wiederholte Mike laut und vermied es dabei, Richard spöttisch anzugrinsen, »aber sicher haben Sie auch jüngere Zuschauer?«

»Klar, vor allem, seit die Produktionsfirma Schauspieler wie Christian Waldmann gewinnen konnte, einen jungen, gut aussehenden Mann, der auch die romantischen Erwartungen der jüngeren Generation erfüllt.«

Mike flüchtete sich in einen Hustenanfall, um einen neuerlichen spöttischen Kommentar zu unterdrücken.

»Wie dem auch sei, Herr Kritschke, wir sind wegen wichtigeren Dingen da. Wie gut kannten Sie Herrn Pickerl eigentlich?«

»Wie gut? Ach Gott, nicht so besonders. Hab schon lange nichts mehr von ihm gehört. Der Pachtvertrag lief ja schon eine Zeit lang, da gab's nix mehr zu besprechen, und sonst hatte ich keinerlei Kontakt zu ihm.«

»Aber er wohnte doch in Ihrem Seniorenheim, oder nicht?«, warf Richard ein.

Kleine Schweißperlen erschienen auf Kritschkes Stirn, nervös befeuchtete er die Lippen mit der Zunge. »Was heißt denn ›mein Seniorenheim‹? Es gehört Michael Mehltretter und seiner Tochter, ich hab damit rein gar nix zu tun.«

»Ach wirklich?« Richard hob die Augenbrauen. »Weshalb sind Sie dann als Gesellschafter eingetragen?«

»Stiller Teilhaber trifft es besser. Schauen Sie, Herr Kommissar, es erschien mir eine gute Geldanlage, der Michael brauchte zum Aufbau ein paar Zuschüsse, und darum haben wir uns anstelle eines Kredits auf einen Gesellschaftervertrag geeinigt. Ich sag es Ihnen ehrlich, durch die GmbH bin ich haftungsmäßig besser abgesichert, als wenn ich ihm das Geld geliehen hätte. Bin ja ned ganz blöd. Wenn's nicht läuft und Michael die Sache in den Sand setzt, hab ich wenigstens nicht das ganze Geld umsonst verbraten.«

»Aber es läuft? Wie lange gibt es denn dieses Seniorenheim schon?«

Horst Kritschke nickte. »Ja, es läuft, sogar unerwartet gut. Vor fünf Jahren wurde es eröffnet, nach anfänglichen Problemen war der Zulauf plötzlich so groß, dass wir hätten anbauen können. Darauf hab ich mich aber nicht eingelassen. Mir reicht, was ich hab.«

»Das glaub ich gern«, konnte sich Mike nicht verkneifen. »Und sonst haben Sie mit dem Heim nichts zu tun? Außer Geld geben, mein ich.«

»Na ja, durch meine vielen Beziehungen zur deutschen Theaterprominenz konnte ich Michael den einen oder anderen Gast vermitteln.« Kritschke zog ein Taschentuch aus der Strickjacke und wischte sich über Gesicht und Hals. »Aber mehr habe ich nicht damit zu tun. Ich war sogar nach der Einweihung kein einziges Mal mehr dort. Ich bin zufrieden, wenn ich die Bilanzen zur Einsicht bekomme.«

Mike wollte noch wissen: »Dass der Thomas Pickerl sich ausgerechnet dort einquartiert hat, ist das Ihrem Einsatz anzurechnen?«

Kritschke schüttelte vehement den Kopf. »Nein, ganz sicher

nicht! Die Vorstellung, ein nobles Seniorenheim mit Bewohnern seiner Klasse zu bevölkern … entschuldigen Sie, das sollte beileibe nicht abwertend klingen, aber so ganz hab ich es nie verstanden, warum der Michael ihn aufgenommen hat. Geht mich aber nix an, ist seine Entscheidung.«

Zumindest in diesem Punkt schienen sie einer Meinung zu sein. »Sagen Sie, Herr Kritschke, kennen Sie die anderen Pächter von Thomas Pickerl, ich meine diejenigen, die seine Felder gepachtet haben? Einer davon scheint der von Ihnen erwähnte Schauspieler Waldmann zu sein.«

Wieder musste sich Kritschke den Schweiß von der Stirn wischen, ehe er antwortete. »Äh, ja, das kam damals durch meine Vermittlung zustande. Waldmann und Karel Boszanski sind gute Bekannte von mir, sie wollten ein wenig in Immobilien investieren, und so habe ich ihnen die Agrarflächen vermittelt.«

»Das versteh ich nicht ganz, Herr Kritschke.« Mike beugte sich vor. »Sind Waldmann und der andere denn Landwirte? Oder wofür brauchen die beiden die Felder?«

Kritschke lachte. »Nein, das sind gewiss keine Bauern. Soweit ich informiert bin, haben sie lediglich die Ackerflächen von Pickerl gepachtet und dann unterverpachtet. So was geht ganz einfach, man verdient Geld und hat damit keine Arbeit.«

»Unterverpachtet? An wen?«

»Ich glaube, ein Landwirt hat die Bewirtschaftung übernommen, der seine eigenen Äcker danebenliegen hat. Riedmeier heißt der, glaub ich.«

Für Mike klang das überzeugend. Auch schien dieser Zwerg nicht sonderlich aufgeregt über ihre Fragen zu sein, und alles, was er ihnen berichtet hatte, ließ sich leicht nachprüfen.

»Gut, Herr Kritschke, danke für Ihre Zeit.«

»Gern.«

Kritschke schien froh zu sein, die Befragung hinter sich zu haben. Mit wenigen Worten der Höflichkeit begleitete er Mike und Richard zur Haustür. Hinter Kritschke tauchte im Flur eine Gestalt in geblümter Schürze auf, woraufhin ein Händeschütteln entfiel, denn nach einem schnellen »Auf Wiederschauen« wurde die Tür schon hinter ihnen geschlossen.

»Ja, ja, immer diese Putzfrauen …« Auf dem Weg zum Auto sah Mike feixend zu seinem Kollegen hinüber. »Wie gut, dass wir diese Probleme nicht haben, oder, Richard?«

»Hm.« Richard war stehen geblieben und schaute zurück. »Schau mal, der Kritschke macht die Schotten dicht!«

Mike drehte sich um. Das aus zwei Flügeln bestehende Stahlrahmentor zur Einfahrt schob sich lautlos auf Rollen laufend zu. An der Seitenpforte blinkte warnend ein rotes Rundumlicht, bis die beiden Flügel sich mit einem dumpfen Schlag verschlossen hatten.

»Der hat wohl Schiss vor einem weiteren unerwünschten Besuch«, vermutete Richard. »Unser Glück, dass wir uns vorher nicht angemeldet hatten!«

Mikes Renault war schon wieder von einer dünnen Schneeschicht bedeckt, es hatte in der kurzen Zeit ihres Besuches bei Kritschke wieder stärker zu schneien begonnen.

»Wenn das so weitergeht, leg ich mir eine Schneefräse zu wie der Pauli«, murrte Mike, wischte mit Richards Hilfe die Scheiben frei und stieg ein.

»Was jetzt? Fahren wir nach Rundlberg zur Landkommune der anderen Pächter?«, wollte Richard wissen.

Mike stellte den Scheibenwischer auf eine langsamere Gangart zurück. »Du willst wohl den Schauspieler Waldmann um ein Autogramm bitten? Reizen würd's mich schon, wegen der Ermittlungen, nicht wegen der Serie, klar?«

Richard gluckste. »Völlig klar, Mike.«

»Aber bei diesem Wetter? Ganz ehrlich, die ganze Strecke hin und zurück, dazu hab ich keine Lust. Auch wenn einer davon ein von dir so heiß geliebter Schauspieler ist! Außerdem, wer weiß, ob wir dort überhaupt jemanden antreffen würden. Am Freitag fahr ich sowieso zu Isabel, denkst du, das reicht, wenn ich dann dort vorbeischau?«

Mike bemerkte Richards erstaunten Blick aus den Augenwinkeln.

»Das fragst du *mich*?« Richards Stimme klang rau, er räusperte sich und holte Luft, ehe er fortfuhr: »Was soll ich denn dazu sagen? Je länger wir an dem Fall herumfieseln, umso länger haben Verena und ich unsere Ruh. Somit werd ich dir darauf keine Antwort geben, Mike, du musst schon selbst wissen, was du tust. Du bist der Chef!«

Richard hatte recht. Wie konnte Mike erwarten, Richard könnte sich objektiv mit den Ermittlungen beschäftigen? Selbst wenn Staatsanwalt Dr. Ganserl – vorerst – die Bogenrieders aus dem Kreis der Verdächtigen ausschloss, hieß das für die ermittelnden Beamten noch lange nicht, dass dem tatsächlich so war.

Oberkommissar Bacher war genauso bewusst wie Mike, dass die Untersuchungsergebnisse zu wichtig waren, um sie durch irgendeinen Formfehler zu gefährden. Trotz aller Liebesblindheit war Richard immer noch Kripobeamter. Sollten Roland oder Verena tatsächlich eine Rolle im Mordfall Pickerl spielen, sähe es Richard selbstverständlich lieber, dies erst zu einem späteren Zeitpunkt – am liebsten wohl in etwa hundert Jahren – zu den Protokollen nehmen zu müssen.

Mike seufzte unbewusst auf. »Himmelherrschaftszeiten, du machst es mir wirklich ned leicht, Richard!«

»Das weiß ich. Frag mich halt einfach nicht.«

Diese diplomatische Antwort kam so spontan, dass Mike lächeln musste. »Okay, gewonnen. Ich nehm die Frage zurück. Wir fahren jetzt wieder ins Büro, und du machst an der Telefonliste vom Pickerl weiter, Ende der Debatte.«

Mit einem erlösten Aufatmen wandte Richard den Kopf so schnell nach rechts, als ob die vorbeifliegende Landschaft von absoluter Wichtigkeit wäre. »Dein Wort ist mir Befehl, Chef.«

»Schneeflöckchen, Weißröckchen, wann kommst du geschneit?«, sang Willi unmusikalisch vor sich hin, als er zu Mike ins Büro trat. Ungefragt ließ er sich auf den Stuhl vor Mikes Schreibtisch fallen, lehnte sich zurück und faltete die Hände gemütlich über dem Bauch.

»Fällt dir nix Besseres ein, Willi?«, fragte Mike gequält.

»Schon. Ich könnt auch sagen: Ja, ist denn heut schon Weihnachten? Würd dir des besser g'fallen?«

»Ned wirklich. Jetzt red schon, wie war's beim Anwalt?«

»Die Unterlagen vom Pickerl hob i mitbracht, aber soweit i flüchtig g'sehn hob, steht da nix drin, was wir ned scho wissen. Der Anwalt verwaltet Pickerls Konten, darum hat ihn das Amtsgericht als Nachlasspfleger ernannt. Er hod einen Erbschaftsaufruf deutschlandweit gestartet, sogt er, ansonsten hält er sich ziemlich bedeckt. Den Pickerl hätt er nur zwei- oder dreimal troffen, um den Umfang der Mandantschaft abzuklären, näher gekannt hätt er ihn oba ned, sogt er. I glaub's ihm, weil, der Anwalt war so im Stress und geistig abwesend, dass der wahrscheinlich ned einmal eine Personenbeschreibung vom Pickerl würd abgeben können. Geschweige denn von mir«, fügte er ironisch hinzu, »der grad mal vor einer halben Stund sein Büro verlassen hod.« Voller Unverständnis schüttelte er den Kopf.

»Also wissen wir noch immer ned, wer Thomas Pickerls ganzen Krempel erbt?«

»Na. Er war ja kinderlos, genauso wie seine Schwester. Es erfolgt jetzt in sämtlichen großen Zeitungen a Aufruf betreffend irgendwelche anderen Verwandten. Große Hoffnung schien der Anwalt aber ned zu hom, dass dabei wos rauskommt.«

»Und was passiert dann mit dem ganzen Geld und seinen Ländereien?«

»Des hob i den Anwalt auch g'fragt. Wenn sich koa Erbe findet, geht alles an den Staat. Sprich an die Bayerische Finanzkasse. Der Freistaat werd jubeln, nach Schätzung des Anwalts beläuft sich Pickerls Vermögen zum Zeitpunkt seines Todes auf mehr als zehn Millionen Euro. Davon freilich mehr als Immobilien als flüssige Mittel. Je länger die Suche dauert, umso

mehr wird's, weil die Pachten, die Mieteinnahmen der Ferienwohnungen und Zinsen noch dazukommen.«

»Himmel, so ein Haufen Geld! Zehn Millionen!« Mike konnte
es nicht glauben. »So ein Haufen Geld, und trotzdem – samt dem
ganzen Geld hat sich der Pickerl keine Familie und keine Heimat
erkaufen können. Oder glaubst du, Willi, dass er im Hubertusstift
einen glücklichen Lebensabend verbracht hat?«

Achselzuckend erwiderte der untersetzte Beamte Mikes
Blick.

»Koa Ahnung, Mike. I persönlich würd da scho wos anderes
bevorzugen. Zumindest hod er auf des Karteln am Stammtisch
ned verzichten mögen, i denk, weil de Möchtegern-Prominenz
dort von am ordentlichen Schafkopf g'wiss koan blassen Schimmer hod. Oba jetzt hod es sich für eahm sowieso ausg'spuit«,
fügte er sarkastisch hinzu.

Nachdenklich runzelte Mike die Stirn. »Wenn der Pickerl so
wohlhabend war, kann ich vielleicht sogar begreifen, warum er
dem Mehltretter trotz seines allzu ländlichen Erscheinungsbil-
des willkommen war. Zwar hat der Mehltretter behauptet, dass
er vom Pickerl ned mehr verlangt habe als von allen anderen,
aber es könnt doch möglich sein, dass er sich von dessen Erbschaft was erhofft hat?«

Zweifelnd sah Willi ihn an. »Wenn ihm der Pickerl so wos
vorgegaukelt hod, dann war des gelogen. Falls do wos geschrieben worden wär, würde der Anwalt davon wissen. Do gibt's
aber nix, Mike. Der Mehltretter sieht keinen Pfennig mehr vom
Pickerl, so vui steht fest.«

»Tja, das ist blöd. Hätt so schön gepasst.«

»Ja. Hätt es.« Willi stand auf, schob die Hände in die Hosen-
taschen und starrte grübelnd vor sich hin. »I seh des Ganze genauso wie du, Mike. Irgendwos hod den Mehltretter veranlasst,
den Pickerl bei sich wohnen zu lassen. Wenn der ihm nur die
übliche Monatsmiete gezahlt hod, dann muass der Mehltretter
irgendwie anders vom Pickerl profitiert ham. Die Frage is nur,
wie.«

Sekundenlang blickten sich die beiden stumm in die Augen, dann nickte Mike langsam. »Da hast du völlig recht, Willi. Wir übersehen was. Nur was?«

»Des is die Preisfrage. Mei G'fühl sogt mir, wenn wir des wissen, wissen wir ah, warum und durch wen der Pickerl sterben hod müssen!«

Mike kratzte sich den Kopf. »Und vor allem, wer das viele Geld erbt! Zehn Millionen, Willi! Wie kam der Pickerl bloß dazu?«

Bis auf Verenas regelmäßige Atemzüge war es still im Haus.

Richard lag mit einem Arm unter ihrem Nacken neben ihr, nahm ihre Wärme und den Duft ihrer Haare in sich auf.

Nie hätte er erwartet, dass ihm so was passieren könnte: eine Frau, die ihn anstandslos in ihr Leben einließ, ihn mit all ihren Stärken und Schwächen konfrontierte, mehr jedoch, dass er damit zurechtkam, ohne überfordert zu sein, ohne lange überlegen zu müssen.

Denn genau das war es, was Richard so beeindruckt hatte: Verenas Stärken und Schwächen. Ihre Stärke bestand darin, dass er miterlebt hatte, wie sie ihrem dementen Vater seine Abendmahlzeit verabreichte, geduldig Löffel für Löffel aus einem Babyglas und mit zahlreichen liebevollen Worten. Den fremden rothaarigen Mann, der etwas abseitsstand und zusah, hatte der alte Mann nicht mal zur Kenntnis genommen.

Und dann der entscheidende Augenblick, als sie nach dem gemeinsamen Abendessen mit Roland endlich in ihr Zimmer gehen konnten. Da hatte Verena sich geöffnet, sich eng an ihn geschmiegt und gesagt, dass sie ihn liebte. Noch wollte sie nicht mit ihm schlafen, doch sie hatte es genossen, von ihm in die Arme genommen und gestreichelt zu werden, seine Nähe zu spüren.

Er hätte glücklich sein müssen, sogar mehr als das, er hätte jubelnd und jauchzend bis zu den Wolken springen müssen, und bis vor wenigen Tagen hätte er bestimmt so gefühlt, weil er endlich eine Frau gefunden hatte, die seine Gefühle wohl erwiderte.

Genau dies machte ihm Kummer. Anscheinend war Verena Bogenrieder verliebt und froh darüber, dass sie sich gefunden hatten. Aber … was, wenn alles nur geheuchelt war, weil sie sich Vorteile durch ihre Bekanntschaft erhoffte, falls sie vielleicht doch mit Pickerls Tod zu tun hatte? Er wollte kein Misstrauen gegen sie aufbauen, er wollte sich am liebsten ganz und gar diesem neuen Gefühl hingeben, aber er konnte es nicht.

Richard konnte nicht vorbehaltlos glücklich sein. Er war dankbar, ja, aber nicht glücklich. Verena, die erste Frau in seinem Leben, die ihm wirklich viel bedeutete, war zu sehr verstrickt in seinen aktuellen Mordfall, als dass er es so einfach hätte ausblenden können.

Während sie erschöpft vom Tagesalltag in seinen Armen eingeschlafen war, lag Richard hellwach, betrachtete ihr von der Straßenlampe erhelltes Gesicht. Zu gern wollte er ihr glauben, dass sie Thomas Pickerl seit damals nicht mehr gesehen hatte, dass sie keinesfalls etwas mit seinem Tod zu tun hatte. Wenn er in ihre tiefgründigen Augen sah, war er überzeugt davon, dass sie ihn nicht belog.

Anders sah es dagegen bei Roland aus. Verenas Sohn besaß die gleichen braunen Augen, doch im Gegensatz zu ihr erschienen sie Richard dunkel und schwarz wie Kohlenstücke, sofern der Junge es überhaupt einmal zuließ, ihm in die Augen zu sehen. Während des gemeinsamen Abendessens hatte er geschwiegen, den Blick gesenkt gehalten, war gleich danach auf sein Zimmer verschwunden.

Verena hatte ihn mit einem Schulterzucken entschuldigt.

»So sind halt die Kinder heutzutage, Richard, nur noch Computer, Handy und Fernseher, damit hab ich mich längst abgefunden. Für den Roland sind wir beide steinalt, verstehst? Da wüsst er gar ned, über was er mit uns reden könnt.«

Sie lächelte ihn an, Richard schmolz dahin.

Nachdem der Junge auf sein Zimmer gegangen, Verenas Vater für die Nacht versorgt war, blieben ihnen wenige kostbare Stunden, die sie leidlich auszunutzen wussten.

Nun plagte Richard ein furchtbar trockener Mund, doch er wollte Verena deswegen nicht wecken. Sanft zog er seinen Arm unter ihr hervor, leise stahl er sich aus ihrem Bett, schlüpfte in Jeans und T-Shirt, schlich barfuß die Treppe hinunter zur Küche, um sich ein Glas Wasser zu holen.

Als er die Tür aufstieß, fand er Roland am Tisch sitzend vor. Der Bub hatte ein Glas Orangensaft vor sich, sein Handy, auf dem er herumtippte, lag daneben.

Verenas Sohn fuhr überrascht auf, doch schon nach wenigen Sekunden nickte er ihm zu. »Herr Bacher, brauchen Sie was?« Seine Höflichkeit war vorbildlich.

Richard hatte sich erschrocken über Rolands Anwesenheit in der Küche, aber er ließ es sich nicht anmerken. Mit wenigen Schritten trat er ein und deutete auf Rolands Getränk.

»Geht's mir wohl nicht allein so. Hattest du auch so Durst? Eigentlich wollt ich mir nur Wasser holen, aber zu O-Saft sag ich auch nicht Nein.«

Er hatte richtig gerechnet, Verenas gute Erziehung ließ den Buben aufstehen, ein neues Glas und den Saft auf den Tisch stellen. »Bitte.«

»Danke.«

Sie standen sich gegenüber, maßen sich mit stummen Blicken, wussten nicht recht, was sie voneinander zu halten hatten.

Roland hätte gehen können, doch er tat es nicht. Nach ewig erscheinenden Momenten setzte er sich wieder an den Tisch und nahm sein Handy zur Hand.

Ruhig nahm Richard ihm gegenüber Platz, schenkte sich ein und trank.

Nein, er würde nicht sagen, dass es schon nach zwölf war und Roland ins Bett gehörte, weil er am nächsten Tag zur Schule musste. Er würde auch nicht fragen, was er um die Uhrzeit mit seinem Handy machte. Er würde Roland die Entscheidung überlassen, mit ihm zu reden.

Es dauerte lange Minuten, für Richard inzwischen das zweite Glas Orangensaft und ein nochmals mit Leitungswasser nachgefülltes, bis Roland den Mund aufmachte.

»Spielen Sie auch?«

»Was spielen?«

Roland hob ihm das Smartphone entgegen. »Handyspiele.«

Richard nickte. »Ja, gelegentlich. Aber vermutlich was anderes als du.«

»Was spielen Sie denn?«

»Candy Crush, falls du das kennst.«

»Ja, das spiel ich unter anderem auch. Bei welchem Level sind Sie?«

»Keine Ahnung. Ich spiel halt einfach, wenn ich grad mal Zeit hab, auf die Nummer pass ich da nicht auf. Wie weit bist du?«

Zum ersten Mal sah Richard den Jungen lächeln, offen und ohne Hintergedanken. »Ich steh an, muss auf die nächste Freischaltung warten.«

Richard lächelte anerkennend zurück. »Alle Achtung. So weit bin ich noch lange nicht.«

Damit war der Bann gebrochen. Roland schob sein Handy in Richards Richtung, damit er auf das Display schauen konnte. Er zeigte ihm einige Tricks, auch andere Spiele, mit denen er sich beschäftigte, wurde dabei immer gesprächiger. Richard konnte sein Glück kaum fassen, doch eine warnende Stimme sagte ihm, dass damit nicht alles zum Guten gewendet sein konnte.

Als Roland sich entspannt zurücklehnte, fand Richard es eine günstige Gelegenheit, um Näheres aus dem sonst so verstockten Jungen herauszubekommen.

»Wie war das eigentlich für dich, Roland, als ihr am Sonntag den toten Mann gefunden habt? Hat dich das sehr erschreckt? Hattest du vorher schon mal einen Toten gesehen?« Richard bemühte sich um den gleichen lockeren Tonfall, in dem sie über die Handyspiele gesprochen hatten.

Augenblicklich versteifte sich der Junge, dann erhob er sich abrupt.

»Nein, hatte ich ned. Das war mein erster Toter, und ich hab ihn g'wiss ned umgebracht, Herr Kommissar!«

Damit stapfte er zur Tür.

»Roland, das sagt doch niemand! Jetzt warte doch mal!« Richard war ebenfalls aufgestanden. »Warum läufst denn jetzt weg?«

Roland drehte sich kurz in seine Richtung. Seine Augen funkelten dunkel, geheimnisvoll und gefährlich.

»Wenn Sie denken, nur weil die Vreni Sie so anhimmelt, könnten Sie mich ausspionieren, ham Sie sich sauber g'schnitten! Weder meine Schwester noch ich haben mit dem Tod von dem blöden Bauern was zu tun! Und wehe, Sie wollen der Vreni was Bös, ich sag's Eahna, dann werden S' mich kennenlernen!«

Damit war Roland zur Tür hinaus, die laut ins Schloss geknallt wurde. Richard blieb verdattert und enttäuscht zurück.

16

Donnerstag, 7. März

Der Vortag war vergangen mit vergleichsweise wenig Schneefall, die Straßen waren auch abends noch einigermaßen gut be-
fahrbar gewesen. Sogar die Sonne hatte sich am Nachmittag
durch milchige Schleier hindurch gezeigt und einen Hauch von
Hoffnung auf Frühling erweckt, was von Petrus nur ein Täuschungsmanöver gewesen zu sein schien.

Über Nacht hatte sich das Bild erneut gewandelt. Wiederum
trudelten dicke Flocken zu Boden, dunkel und trüb zeigte sich
der Himmel. Der Wind hatte an Stärke zugelegt, schob schwarz-
gelbe Wolken im Eiltempo vor sich her.

Weltuntergangsstimmung. Unlustig machte sich Mike auf
den Weg ins Büro. Überhaupt, seine Stimmung hatte sich dem
Wetter angepasst. Die Euphorie vom Vortag hatte sich gänzlich
verflüchtigt, er hatte das Gefühl, als ob sich rein gar nichts mehr
vorwärtsbewegen würde.

Im Mordfall Pickerl hatten sie noch immer keinen brauch-
baren Ansatz, sein Bezug und Konsum von Hasch blieb nach
wie vor rätselhaft. Und Mike steckte eine unruhige Nacht ohne
Isabels Nähe in den Knochen. Wenn sie nur endlich bei ihm
einziehen würde … Auch hier trat er auf der Stelle, es gab wohl
keine Möglichkeit für ihn, an seinem gegenwärtig einsamen
Zustand etwas zu ändern, ohne weitere Diskussionen – sprich
Streitereien – mit Isabel heraufzubeschwören. Und das wollte
er nicht. Sosehr ihn das dauernde Getrenntsein auch belastete,
Mike brachte es einfach nicht übers Herz, immer wieder dieses
Thema anzusprechen und jedes Mal wieder bei Isabel damit
abzublitzen.

Sie wollte nicht bei ihm wohnen, das war Fakt, vielleicht erschien ihr die Zeit, die sie sich nun kannten, noch zu kurz, um

eine solch tiefgreifende Entscheidung zu treffen, was er sogar ein bisschen verstehen konnte. Andererseits – Isabel war kinderlos und mit nichts durch eine frühere Beziehung belastet, er begriff daher nicht wirklich ihre ablehnenden Gründe, die sie ihm immer wieder aufzählte. Zum Beispiel, dass es Schorschi in Rundlberg besser hatte, denn dort konnte er sowohl im eigenen Garten als auch im Obstgarten der Nachbarn frei laufen, während Isabel sich in ihrer Praxis befand. Nicht zu vergessen die viele Arbeit und das Geld, das Isabel in den letzten Jahren in ihr Häuschen investiert hatte. Und nicht zuletzt ihr schwächstes Argument: das kleine bisschen persönliche Freiheit, das sie nur allein in Rundlberg zu finden glaubte.

Genauso wie seine Gedanken tanzten die dicken Schneeflocken einen wilden Reigen im Licht der Scheinwerfer. Während er in die Ittlinger Straße Richtung Zentrum Straubing abbog, grübelte er weiter. Heute war Donnerstag, morgen Nachmittag würde er nach Dienstschluss zu Isabel fahren und das Wochenende bei ihr und Schorschi verbringen. Der Gedanke an ihr gemütliches kleines Häuschen, an gemeinsame Stunden mit Kuscheln, Essen, Glühwein und Kerzenschein stimmte ihn ein kleines bisschen fröhlicher.

Vielleicht ergab sich trotz seiner ermittlungstechnischen Planungen die Gelegenheit, noch mal in Ruhe über alles zu reden. Er hatte sich ja vorgenommen, Christian Waldmann auf dem Moosberger-Hof aufzusuchen, zudem sollte er sich mit den rätselhaften Vorkommnissen, die Schorschi so erregten, befassen. Unsicher dachte Mike daran, wie er Isabel erklären sollte, dass er tatsächlich kein absolut dienstfreies Wochenende hatte. Aber noch wichtiger erschien ihm, Isabel endlich zu einer klaren Aussage bewegen zu können.

Wenn Mike aus seinen Erfahrungen der letzten Jahre etwas gelernt hatte, dann war es, mit seinen Gefühlen nicht mehr hinter dem Berg halten zu dürfen. Verdrängen war gut, aber keine Lösung. Zumindest nicht auf Dauer.

Kaum hatte Mike im Büro den Computer hochgefahren, als

auch schon Richard Bacher auftauchte. Seine Wangen waren rosig angehaucht, die sonst ordentlich gestylten Haare strubblig, ein dunkler Schimmer im Gesicht zeigte, dass er sich nicht rasiert hatte. Das war noch nie vorgekommen.

»Guten Morgen, Kollege.« Mike schmunzelte. »Geh ich recht in der Annahme, dass du die Nacht nicht daheim verbracht hast?«

Richard wurde noch röter, nickte und setzte sich auf Mikes Besucherstuhl.

»War klar, dass du das sofort erkennst. Hatte keine Zeit mehr, erst heimzufahren. Du, Mike, ich glaub, wir müssen uns doch mehr um den Kritschke kümmern. Die Anrufliste von Pickerls Handy zeigt, dass die beiden in den letzten Monaten mehrmals telefoniert haben. Zumindest von Kritschkes Festnetz aus wurde der Pickerl mehrmals angerufen. Also hat uns Kritschke eindeutig angelogen, als er sagte, dass er nix mehr mit ihm zu tun hatte!«

»Echt? Das hätt ich jetzt nicht erwartet. Dann sollten wir –«

Richard ließ ihn nicht ausreden. Schnell schob er nach: »Wart mal, es kommt noch besser. Pickerls Anrufe an den Sonntagen nach dem Stammtisch hab ich auch verfolgen können. Seine Anrufe gingen an das Handy eines gewissen Karel Boszanski, der, wie wir wissen, als einer der Feldpächter vom Pickerl eingetragen ist. Wohnort: Moosberger-Hof, Rundlberg. So, und jetzt kommst du!«

»Langsam, Richard, das muss ich jetzt erst mal verdauen!«

Nichts hielt Mike mehr auf seinem Stuhl, er sprang auf, rannte um seinen Schreibtisch herum. Mit in den Hüften aufgestützten Händen blieb er vor Richard stehen.

»Noch mal von vorn, bitte! Sowohl der Kritschke als auch dieser Karel Boszanski, der eine sein Hofpächter, der andere einer der Feldpächter, haben in letzter Zeit mit dem Pickerl telefoniert? Und der Boszanski hat ihn sonntags dann wohl immer vom Wirtshaus abgeholt – und wohin gefahren? Nach Rundlberg, zum Moosberger-Hof? Mensch, da stinkt aber was ganz gewaltig, Richard! Warum machte der Thomas Pickerl so ein großes Geheimnis draus, wo er sonntags hinfuhr oder übernachtete? Zumindest seinen Stammtischfreunden wie dem Riedmeier hätte er davon doch erzählen können!«

Mikes Stimme war vor Erregung immer lauter geworden. »Seine Freunde wissen nix davon – und der Mehltretter als sein Heimleiter hat ebenfalls keine Ahnung. Warum? Was ist so besonders an dem Moosberger-Hof? Beziehungsweise an seinen Bewohnern, dem Schauspieler Schieß-mich-tot und dem Boszanski?«

Von Mikes Ausbruch überfordert, hob Richard mit aufgerissenen Augen ruckartig den Kopf.

»Christian Waldmann heißt dein Schieß-mich-tot, und … Allmächd, woher soll ich das wissen? Du bist doch morgen sowieso in Rundlberg, dann frag doch die Leute selber, Herrgodd nomool!« Mit seinen letzten Worten hatte Richard beinahe die Lautstärke seines Chefs erreicht.

Seine rot umränderten Augen stachen so deutlich aus dem blassen Gesicht hervor, dass Mike augenblicklich ein schlechtes Gewissen bekam und tief durchschnaufte.

»Entschuldige, Richard. Jetzt hol dir erst mal einen Kaffee. Ist eh längst fällig, dass wir mal ein Zwischenfazit ziehen, oder? Ich hab Willi gebeten, nach Mittag in mein Büro zu kommen. Bis dahin hast du Zeit genug, dich ein bisserl zu erholen und zu verschönern.«

Mike grinste, mehr verständnisvoll als spöttisch, erntete einen dankbaren Blick und war gleich darauf allein im Büro.

Er trat ans Fenster und sah in den dämmrigen Vormittag hinaus. Die Neuigkeiten überschlugen sich förmlich, Mike schwirrte der Kopf. Was ihn am allermeisten bei den ganzen Zufällen verwunderte, war der Zusammenhang mit dem Moosberger-Hof in Rundlberg. Ein Mord hatte ihn damals dorthin geführt, ihn Isabels Bekanntschaft machen lassen, und nun spielte eben genau jener Hof erneut eine noch unbekannte, aber eventuell bedeutsame Rolle in ihrem derzeitigen Fall.

Und es gab da noch Isabels furchtsame Andeutungen über diese Umtriebe in Rundlberg. Was hatte all das zu bedeuten? Gab es auch hier einen Zusammenhang? Wundern würde es Mike nicht mehr, zu viel war in den letzten Tagen auf ihn eingedonnert, hatte ihn im Mordfall Pickerl von einem Zufall zum anderen geschossen, ohne dass wirklich eine erkennbare, klare Spur daraus geworden wäre.

Ruckartig wandte sich Mike vom Fenster ab und setzte sich wieder an den Schreibtisch. Es hatte keinen Sinn, sich weiterhin den Kopf zu zerbrechen, solange er nicht die Möglichkeit hatte, sich von den Dingen in Rundlberg ein eigenes Bild zu machen.

Freilich hätte er versuchen können, entweder den Schauspieler Waldmann oder diesen Boszanski telefonisch zu erreichen, um sie zu einem Verhör in die Dienststelle zu beordern. Doch das wollte Mike nicht. In Rundlberg lief irgendetwas Seltsames ab, ob die Bewohner des ehemaligen Moosberger-Hofes damit zu tun hatten, dem musste er vor Ort auf den Grund gehen, das war ihm vollkommen klar.

Immer deutlicher hatte er das Gefühl, dass Rundlberg einmal mehr zum Dreh- und Angelpunkt seiner Ermittlungen wurde. Ein idyllisch zwischen dicht bewaldeten Berghängen gelegenes Dorf, ganz in der Nähe der inzwischen zu einem kompletten Freizeitpark ausgebauten Sommerrodelbahn, im Sommer von Wandertouristen bevölkert, im Winter – weil etwas abseits der Skipisten gelegen – ein beschauliches ruhiges Bauerndorf. Und trotzdem geschah dort etwas, was die Bewohner und deren Hunde in Angst und Schrecken versetzte.

Schnell lud sich Mike alle Neuigkeiten auf den Rechner, überflog die E-Mails und die aufgelaufenen Delikte der letzten Stunden. Nichts Dringendes, aber einiges, was er mit Kollegen anderer Abteilungen besprechen musste, manches, was er mit einigen Anweisungen an andere Kollegen delegieren konnte.

Aus einem Impuls heraus gab Mike den Namen des Anwalts Peter Voss in die Suchfunktion des polizeilichen Intranets ein.

Seit Montag, als er dem Anwalt in der Schule begegnet war,

ging ihm auch dieser Zufall nicht aus dem Kopf. Obwohl es den Anschein machte, dass der Advokat keinerlei Beziehung zum Mordopfer Pickerl hatte, so hatte immerhin sein Sohn den Toten gefunden.

Der junge Peter Voss war ein undurchschaubares, intelligentes Bürscherl, dem Mike bisher viel zu wenig Aufmerksamkeit gewidmet hatte.

Nach Mikes Eindruck vom Vater unter strenger Knute gehalten, gab er sich frech und überheblich seinem Vater gegenüber, seinen Willen den Freunden aufzwingend, aber gut erzogen und lernwillig in der Schule. Was verbarg sich hinter diesem widersprüchlichen Charakter? Wozu war dieser Junge fähig? Und was nicht zu vernachlässigen war – er war gut befreundet mit dem finster wirkenden Roland Bogenrieder.

Der geheimnisvolle Roland und der aufmüpfige Peter. Wie tief ging deren Freundschaft, wie tief hingen diese beiden im Mordfall Pickerl mit drin? Und Peters Vater, Anwalt Voss? Welche Rolle spielte er in dem ganzen Drama?

Der Computer lieferte keine relevanten Daten. Wäre auch des Glückes zu viel gewesen, wenn sich hier noch weitere Neuigkeiten aufgetan hätten.

Trotzdem. Irgendwo ganz in seinem Innern spürte Mike, dass sie noch viel zu sehr an der Oberfläche dieses vertrackten Falles kratzten. Die Lösung musste tiefer liegen, viel tiefer, in einem unterirdischen Geflecht verborgen wie Myzelien im Waldboden, die als Früchte dicke Pilze hervorschießen ließen. Das Grundgeflecht hatte Richard bereits auf seinem Memoboard dargestellt, nun mussten sie die einzelnen Sporen filtern, sehen, welcher Pilz sich aus den vielen Verknüpfungen entwickelte, genießbar und wohlschmeckend wie ein Steinpilz – oder giftig und tödlich wie ein Fliegenpilz.

Roland Bogenrieder saß am Donnerstagnachmittag im Zimmer seines Freundes Peter auf dem Fußboden, den Rücken gegen den Kleiderschrank gelehnt, die Beine angewinkelt. Er hätte sich auch auf den Schreibtischstuhl setzen können, denn Peter hatte es sich auf dem breiten Bett bequem gemacht, aber der Teppichboden war ihm anscheinend lieber.

Schweigend musterte Peter seinen Freund, als ihn plötzlich die Erinnerung an den Tag überkam, als er Roland flüsternd ein verhängnisvolles Geheimnis anvertraut hatte. Genau an der gleichen Stelle hier hatte Roland gekauert, ihm ungläubig zugehört, seine Augen hatten sich dabei gerötet, obwohl er es Peter nicht zeigen wollte. Ja, er hatte geheult, nachdem ihn Peter darüber ins Vertrauen gezogen hatte, was er im Arbeitszimmer seines Vaters entdeckt hatte.

Aber Peter hatte nicht zu ihm gesagt, Roland sei eine Memme, denn Peter war vollkommen klar, wie erschütternd seine Worte auf den Freund wirken mussten. Und er selbst war ebenfalls erschüttert gewesen, allerdings aus einem ganz anderen Grund.

Roland hatte keinen Zweifel gehabt am Wahrheitsgehalt von Peters Erzählungen, seine eigenen Gedanken und Gefühle wurden wohl so endlich zu einer Gewissheit.

Peter hatte seinen Freund in Ruhe ausschniefen lassen, war stumm geblieben, bis sich Roland wieder gefasst hatte.

»Und was soll ich jetzt deiner Meinung nach machen, Peter?«, hatte Roland schließlich gemurmelt.

»Ja, nix, was willst denn schon machen?« Peter hatte die Schultern gezuckt. »Ich wollte, dass du die Wahrheit kennst, nicht mehr. Und jetzt musst heimgehen, mein Vater kommt gleich, und wir essen. Aber sag bloß um Himmels willen keinem was davon, was ich dir grad erzählt hab, ist das klar? Sonst ist's vorbei mit unserer Freundschaft, Kamerad!« Unwillkürlich hatte Peters Stimme scharf geklungen.

Roland hatte nur genickt. »Wem soll ich schon was sagen, ich hab doch niemanden.« Dann war er müde hinausgegangen.

Jetzt hockte Roland wieder in Peters Zimmer, wie so oft.

»Wie würd's denn dir gehen«, murrte er, trommelte dabei nervös mit den Handflächen auf seinen Oberschenkeln herum, »wenn du daheim ständig einen Polizisten vor der Nase hättest?

Der Kommissar Bacher geht mir verdammt noch mal gewaltig auf die Nerven, des kannst mir glauben!«

Der schlaksige blonde Peter lag auf dem Bett, warf sich auf den Bauch und blickte zu Roland hinüber.

»Was soll ich da sagen, hm? Ich hab jeden Tag einen Anwalt an der Backe, und den kann ich auch ned einfach wegschicken oder genervt anpflaumen. Du kennst meinen Vater gut genug und weißt, da ist jedes Wort, was ich sag, schon zu viel … Aber du, Roland, hat denn der Bacher noch mal was wegen dem Pickerl gefragt? Du hast doch hoffentlich dichtgehalten, wie wir's ausgemacht haben?«

»Klar!«, entrüstete sich Roland und sprang auf. »Bin ja ned blöd. Freilich hätt er mich aushorchen wollen, aber da bin ich einfach aus der Küche gegangen. Mensch, Peter, mir wär's tausendmal lieber, wenn du mir nix davon g'sagt hättest, was du in den Akten deines Vaters g'funden hast! Es war für mich viel einfacher, einen Vater zu haben, der alt und verkalkt ist, als einen, der meine Mutter vergewaltigt hat und sich gar ned dafür interessiert, dass es mich gibt!«

Peter schwang energisch die Füße herum und setzte sich auf.

»Du Jammerlappen! Mensch, sei doch froh, dass dir wenigstens ein Mensch die Augen geöffnet hat! Dafür hat man Freunde, oder nicht? Die Verena hat dich angelogen, stimmt, aber sie ist doch immer für dich da, egal, was kommt. Und an deiner Stelle wäre es mir völlig wurscht, ob sie nun meine Schwester oder meine Mutter ist! Der Pickerl ist tot, und in meinen Augen hast du jetzt alle Zeit der Welt zu entscheiden, wann du was zugibst. Das ist Macht, verstehst? Du hast Macht – über die Vreni und damit auch über Kommissar Bacher, sogar über meinen Vater!«

Rolands Augen wurden zu schmalen Schlitzen. »Die hättest du auch, Peter. Diese Macht, mein ich. Wenn du mit unserem Wissen zur Polizei gehen würdest, dann wärst du deinen Vater ein für alle Mal los!«

Peter starrte sprachlos zurück. Lange.

Dann nickte er. »Ja, könnt schon sein, falls er tatsächlich illegale Dinge tut. Nur, so blöd wird er nicht sein, daheim nochmals seine Akten offen herumliegen zu lassen. Und leider hab ich davon weder etwas kopiert noch fotografiert, das weißt du genau! Im Übrigen würde es mein Leben nicht wirklich zum Besseren verändern, wenn's so wäre. Oder hättest du gern einen Vater im Gefängnis?«

Roland musste grinsen. »Das hab ich doch schon. Meiner liegt in einer Zelle von einhundertachtzig auf sechzig Zentimeter, so was nennt sich Sarg. Aber Peter, sei ehrlich, du magst deinen Vater doch ned? Du hasst ihn sogar, hast du zumindest immer behauptet, weil er dich ned versteht und dich sogar schlägt, oder?«

Peter sank zurück in die Kissen, um sein Gesicht nicht offen zeigen zu müssen. »Na ja, hassen, ich weiß nicht. Ist nicht lieb haben gleich hassen? Und geschlagen, na ja, da hab ich vielleicht mal übertrieben. Mensch, Roland, hat dir deine Mutter oder die Vreni, entschuldige, deine Großmutter oder deine Mutter ned auch mal eine geschmiert, wennst was aufgefressen hast? Manche Leute sind halt so, manchmal unbeherrscht und ungerecht, aber glaub nicht, dass mich mein Vater misshandelt hat! Wenn du das jemandem gegenüber behauptest, dann kannst was erleben!« Plötzlich saß Peter wieder aufrecht und schoss einen wütenden Blick zu Roland hinüber.

»Beruhig dich doch, ich hab halt nur gemeint, dass –«

»Deine Meinung kannst behalten, interessiert mich nicht!«

»Jetzt hör doch einfach mal zu, du Depp!« Roland stand auf. »Wir sind anscheinend beide gestraft mit unseren Vätern, aber vielleicht können wir ja aus unserem Wissen Vorteile ziehen! Ich hab da einen Vorschlag, Peter. Wir übernehmen einfach Pickerls Geschäfte, schließlich steht mir sein Geld als Sohn zu, wenn's stimmt, was du gelesen hast. Gesetzlich gehören doch jetzt mir alle seine Felder und der Hof! Wenn wir da weitermachen, wo der Alte aufg'hört hat, dann hätten wir beide was davon. Was hältst denn davon?«

»Du spinnst doch komplett!« Nun sprang Peter auf beide Füße, starrte Roland entsetzt an. »Gesetzlich gehört dir ein Scheißdreck, Roland, vergiss das nicht! Du kannst nicht beweisen, dass du Pickerls Sohn bist, also steht dir auch nix zu!«

»Könnt ich schon«, widersprach Roland langsam, »wenn ich nämlich zur Polizei geh, alles sag, was ich weiß, und einen Vaterschaftstest verlangen würde.« Rolands gefährlich ruhige Stimme brachte Peter ins Schwitzen.

»Du meinst das nicht ernst, oder?«

»Nein, freilich ned«, beruhigte ihn Roland. »Aber mit unserem Wissen sollten wir doch irgendwas anfangen, meinst ned? Wenn wir dahinterkommen, was der Pickerl mit den Leuten in Rundlberg zu schaffen hatte und warum die ihm immer so an Haufen Geld gezahlt haben, dann könnten wir doch vielleicht eine saftige Belohnung einstreichen. Und wären dabei grundehrlich!«

»Und mein Vater geht dann vielleicht ins Kittchen. Hast du da dran auch gedacht?« Peter stand vor Roland, beide Hände zu Fäusten geballt, bereit, jederzeit loszuschlagen.

Ruhig trat Roland einen Schritt auf ihn zu, gelassen sah er seinem besten Freund fest in die Augen.

»Ja, freilich. Und weißt, was ich glaub? Für dich wär's das Beste, was dir passieren könnt!« Dann trat er sicherheitshalber einen kleinen Schritt zurück. »Beruhig dich, Peter, ich hab wirklich ned vor, zur Polizei zu gehen. Pickerls Geld interessiert mich ned, aber ich würd was dafür geben, den Kommissar Bacher auf den Mond zu schicken, des darfst mir glauben!«

17

Am späten Donnerstagnachmittag erschienen Willi und Richard hintereinander in Mikes Büro.

»Servus, die Herren«, begrüßte Mike die beiden. »Richard, sei so gut, hol die Memotafel aus dem Besprechungsraum zu uns rüber. Dein Ansatz war so gut, dass ich unbedingt darauf aufbauen will. Neue Anhaltspunkte haben wir wohl genug, damit wir weitermachen können.«

Strahlend marschierte Richard ab, während Willi neugierig zu Mike hinübersah. »Was host denn mit dem g'macht? Der geht ja ab wia a Silvesterrakete, und so leuchten duat er a! Kriegt er sei Beförderung, oder wos?«

Langsam drehte sich Mike auf dem Bürostuhl ihm entgegen. Mit einem spöttischen Unterton sagte er: »Ich kann's ja gar ned glauben! Es gibt was, was du noch ned weißt, Willi? Jetzt enttäuschst du mich aber. Nein, an einer Beförderung liegt's ned. Er freut sich wahrscheinlich über die Fortschritte, die wir im Fall Pickerl machen.«

»Welche Fortschritte?«

»Die möglichen, die wir drei jetzt besprechen wollen. Hock dich endlich hin und hör die ewige Fragerei auf.«

Gehorsam ging Willi hinüber zur Besucherecke, ließ sich mit einem übertriebenen Stöhnen auf der Sitzbank nieder. »Alles klar. Mir konn koaner wos vormachen, des Maikäfer-G'schau kenn i zur Genüge. Bei dir, Mike, ist's a noch ned so arg lang her ...«

Womit Willi wieder einmal den Nagel auf den Kopf getroffen hatte, stellte Mike ohne Verwunderung fest. Willi war mit seinem feinen Gespür für zwischenmenschliche Gefühle unglaublich. Bei seinem resoluten Auftreten und dem biederen Aussehen würde ihm dies keiner zutrauen, oft übersah man seine Gegenwart, rechnete nicht damit, dass Willi jede Geste, jede Mimik oder jedes geäußerte Wort in sich aufsaugte wie ein trockener Schwamm. Gerade diese Eigenschaft zeichnete für Willis Erfolge in puncto Zeugenbefragung und Recherchen, mehr als einmal hatte er Mike damit wertvolle Hilfe geleistet bei der Einschätzung potenzieller Zeugen oder Verdächtiger. Wäre es sogar hilfreich, Willi mit Verena und Roland Bogenrieder reden zu lassen? Aber nein, dazu bestand kein Anlass, laut Staatsanwalt Dr. Ganserl waren diese beiden nicht verdächtig …

Mike würde jedoch den Teufel tun und Willis Verdacht zu Bachers Verliebtheit bestätigen. Von ihm würde er jedenfalls keine Einzelheiten erfahren, sollte er gefälligst Richard selbst darüber ausfragen.

»Schon recht. Gibt's was Neues bei dir?« Mike kam um den Schreibtisch herum und nahm Willi gegenüber auf einem der Stühle Platz.

»Scho.« Obwohl gemütlich zurückgelehnt, nahm Willis Stimme eine gewisse Härte an. Jetzt war er wieder ganz Polizist, er hatte erkannt, dass weitere Blödeleien fehl am Platz waren.

»Also, i hob da mal a bisserl nachg'forscht. I wollt einfach genauer wissen, wie sich Pickerls Leben gestaltet hod. Bis auf die beiden Pächter, die aufm Moosberger-Hof wohnen, ham wir ja scho jeden, der ihn gekannt hod, befragt. Aber recht weitergeholfen hod uns das ned, wennst ehrlich bist. Deshalb bin i gestern nomol zu dem Riedmeier g'fahren, du woaßt scho, der Stammtischbruder vom Pickerl. A bisserl blöd g'schaut hod er scho, wie i zum dritten Mol innerhalb weniger Dog bei ihm aufg'schlagen bin, aber dann is er recht freundlich g'worden. Na ja, sein Verbrüderungsschnapserl hab i freilich ned abgelehnt, und beim dritten wurde der Riedmeier richtig gesprächig.«

Spontan kam Mike sein Besuch bei Manfred Schmitt und dessen Hopfenschnaps in den Kopf, er konnte sich daher Willis feuchte Unterhaltung mit dem Riedmeier lebhaft vorstellen. Er nickte und ließ ihn weitererzählen.

»Beim Thema Drogen und Hasch is er aus allen Wolken g'fallen«, fuhr Willi fort, »der wollt mir überhaupt ned glauben, dass beim Pickerl da wos g'funden worden sein soll, und hod sogar was von Laborfehler geschwafelt. Also, Mike, i entschuldig mi, du hattest recht, vom Stammtisch konn des Zeugs ned kommen. Dann hob i mi einfach dumm g'stellt und g'fragt, was der Pickerl als Landwirt so angebaut hod und womit er früher sein Geld verdient hod. Weil, die Millionen müssen ja von irgendwoher kommen sein.«

Er wurde von Richard unterbrochen, der das Memoboard hereinschob, dicht gefolgt von Beate, die ein Tablett mit Kaffee und Tassen balancierte. Ein bereits in Scheiben geschnittener Gugelhupf folgte.

»Rotweinkuchen – mit wenig Fett gebacken, den darfst sogar du essen, Willi«, zwitscherte sie, bevor sie mit einem zufriedenen Lächeln die drei Herren sich selbst überließ.

Etwas Unverständliches brummend nahm Willi die Einladung an und legte drei Stück auf den Teller vor sich. Ehe er dazu kam, sich den ersten Bissen zwischen die Zähne zu schieben, bremste ihn Mike mit einer energischen Handbewegung.

»Stopp! Zuerst erzählst du weiter, bevor du hinterher nur noch undeutlich herummampfst! Ich kenn dich doch, Willi. Was hat der Riedmeier daraufhin g'sagt? Wie kam jetzt der Pickerl zu den ganzen Millionen?«

Sichtlich widerwillig stellte Willi den Kuchenteller zurück auf den Tisch. Wie so oft zog er ein loses Stück Papier aus der Hosentasche, faltete es auseinander.

»Mei, er hod g'sagt, dass der Dammerl vui Geld aus einer Erbschaft bekommen hod. Anscheinend ham er und seine Schwester früher a größeres Stückerl Bergwald geerbt, irgendwo am Geisskopf, das eahna zu einem mehr als rentablen Preis von einer Gesellschaft abgekauft worden is, damals, als der Bikepark gebaut wurde. Als Bergwald wär es fast nix wert g'wesen, als Sportanlage aber scho.«

Begierig schielte Willi zwischendurch auf den Teller, bevor er erneut seine Stichpunkte auf dem Zettel betrachtete und weitersprach.

»Gut angelegt hätt er es, festverzinslich, hod er dem Riedmeier erzählt. Hätt sich an dem Geld dumm und dämlich verdient. Pickerls damaliger Hof war wohl ned so rentabel, solange er und die Schwester die Landwirtschaft betrieben ham, vor allem nimmer in den letzten Jahren. Die EG-Verordnungen und der allgemeine Preisverfall ham einfach koane wirtschaftlichen Erträge mehr zug'lassen. Groß investiert hätt der Dammerl dann auch nimmer, meint der Riedmeier, schließlich standen ja koane Erben in Aussicht, die den Hof weiterführen sollten. Dann erzählte er, der Pickerl hätt früher alles angebaut, wos der Boden so hergibt, also Rüben, Gerste, aber vor allem Mais. Des hod den Riedmeier am meisten g'wundert. Dass der Pickerl die letzten Jahre immer wieder auf Mais bestanden hod, obwohl der doch in der Gegend mit dem durchsandeten Boden gor ned so ertragreich g'wesen wär. Und nach der Übernahme der Felder hod sich sein Bub, also der junge Riedmeier, auch drauf versteift, er hod dem Alten erklärt, dass der genveränderte Mais grade auf diesem Boden guad gedeiht.«

»Mais …«, murmelte Mike. Er stellte sich ein Maisfeld kurz vor der Ernte vor. Über zwei Meter hohe Pflanzen, dicht an dicht, mit den astdicken Stielen und breiten, langen Blättern undurchdringlich wie ein Amazonasdschungel.

»Mais?«, wiederholte er laut. »Das sind oft die besten Felder, um darin irgendwas zu verstecken. Hoch und dicht, von keiner Seite einsehbar. Ich hab schon g'hört, dass Maisfelder als Deckung für Hanfplantagen missbraucht werden. Und wir sind doch noch immer auf der Suche nach unserer Cannabis-Quelle! Am Ende hat der Pickerl sich sein Zeug selbst angebaut?«

In dem Moment, als Richard sich mit dem Satz »Da könnt was dran sein« einschaltete und ehe sie diese Gedankengänge weiterverfolgen konnten, sah Willi seinen Part als beendet an und schob sich umgehend ein großes Kuchenstück in den Mund. Zu schnell, wie sich herausstellte, ein Hustenanfall war das Ergebnis.

Nicht ohne Spott warteten Mike und Richard so lange, bis

Willi wieder Luft bekam, sich die Tränen aus den Augen gewischt hatte und seine Gesichtsfarbe von tomatenrot auf nahezu normal gewechselt war.

»Schon mal was von Futterneid gehört?«, frotzelte Mike. »Herrschaft, Willi, jetzt reiß dich doch mal z'samm!«

Da der Aufnahmeweg nicht mehr blockiert schien, hatte sich Willi postwendend probeweise das nächste Stück einverleibt.

»Masch i dosch.«

»Ich merk's.« Strafend sah Mike ihn an, allerdings nicht ganz ernst, denn er kannte Willis Appetit nur zu gut. Solange der dickliche Beamte ihm mit seinen Recherchen so gut unter die Arme griff, konnte Willi von ihm aus futtern, bis er platzte.

Mike schmunzelte. »Also, wir waren beim Mais stehen geblieben.«

»Nein, bei der Memotafel«, widersprach Richard. Er wollte keinesfalls, dass seine Ermittlungshilfe in Vergessenheit geriet, sprang auf, nahm den Stift zur Hand und schrieb unter den Namen »PICKERL« in der Mitte »Hanfanbau?« und fügte den Namen Riedmeier hinzu, wohlbedacht zwischen den anderen Pächtern Kritschke und Waldmann.

Mike sah zu ihm hinüber. »Okay. So weit, so gut. Mal angenommen, der Pickerl hätte die letzten Jahre tatsächlich zwischen seinen Maisstauden Hanf angebaut, was hätte er damit gemacht?«

»Verkauft?«, mümmelte Willi hervor.

»Ja, das ist wohl klar, aber wie?« Mike sah fragend in die Runde. »Verkauft, sicher, aber wie? Als Grünpflanze? Getrocknet? Oder aufbereitet? Und vor allem, an wen? Wie käme der Pickerl an Abnehmer?«

Richard studierte die Tafel. »Abnehmer fürs konsumfertige Zeug gibt's bestimmt genügend, darum kommt jetzt in meinen Augen der Kritschke ins Spiel. Der hängt auf jeden Fall mehr mit drin, als er zugibt. Zumindest hat er uns belogen, was seine Kontakte zum Pickerl angeht. Und vom Kritschke auf den Mehltretter zu schließen ist nur ein kleiner Schritt. Diese beiden Herren sollten wir uns jedenfalls genauer anschauen, genauso wie Mehltretters Tochter, die schöne Sabine. Wär jetzt mein Vorschlag.«

Langsam legte Richard den Stift zur Seite und griff nach der Kaffeetasse.

Mike nickte. Sein junger Kollege hatte sich weit mehr Gedanken gemacht als erwartet, stellte seine Überlegungen überzeugend dar, nahm sich der Sache trotz innerem Gefühlschaos pragmatisch mit nüchterner Gelassenheit an. Er erschien Mike langsam fast als gleichwertiger Ersatz für Jutta, mit der er bisher ziemlich erfolgreich seine Fälle geklärt hatte. Wie schade, dass Richard nach Franken zurückkehren musste.

Längere Zeit herrschte Schweigen, dann beugte sich Mike mit einem Räuspern nach vorn.

»Meine lieben Herrn Kollegen, es wird Zeit, dass ich euch mal ein Kompliment ausspreche. Wie ihr euch da in den Fall reinhängt, ehrlich, das haut mich glatt vom Hocker. So viel Eigeninitiative bin ich ja gar ned gewöhnt, und vor allem, ihr beide denkt und ermittelt in die gleiche Richtung, ohne euch dabei in die Haare zu kriegen. Was ist denn mit euch beiden passiert? Hab ich was verpasst?«

»Macht wohl deine Erziehung, Mike«, grunzte Richard, und Willi lachte auf, wobei ihm einige Kuchenbrösel aus dem geöffneten Mund schossen.

»He, hast du einen Waffenschein, du Ferkel?«, maulte Richard, der Getroffene.

»Verzeihung.« Sofort klappte Willi seinen Mund zu und tat beleidigt, was Mike einen leisen Seufzer entlockte.

»Ich muss mich wohl berichtigen, anscheinend ist alles beim Alten zwischen euch.«

Seine Kollegen wechselten einen Blick. »Scheint so«, sagte Richard, und Willi fügte hinzu: »Macht auch vui mehr Spaß so.«

»Diese Einigkeit erfreut mein Herz ungemein. Jetzt aber weiter im Text, meine Herren.« Nachdrücklich klopfte Mike auf die Tischplatte.

»Also, der Kritschke wird nochmals zum Gespräch vorgeladen. Du kümmerst dich bitte darum, Richard. Und du, Willi, fährst mal deine Spionage-Lauscher in Richtung Mehltretter aus. Ich will alles wissen, was über den zu finden ist, inklusive seiner Tochter natürlich. Bei der hast du vielleicht Chancen, sie in einem der sozialen Netzwerke aufzugabeln, schließlich ist sie noch so jung. Ich will alles wissen, und wenn's noch so unwichtig erscheint. Klar?«

»Hob's scho kapiert.«

»Sehr gut. Also, Richard, wir sehen jetzt auf deiner Tafel den Pickerl in der Mitte – im Zusammenhang mit Cannabis. Dann lasst uns mal alle anderen Beteiligten unter diesem Aspekt betrachten. Wer könnte da noch mit drinhängen?«

Andächtig vor sich hin kauend studierten Mike, Richard und Willi die Memotafel. Irgendwie hatte Mike das Gefühl, er müsste nur ganz genau hinschauen, und die Lösung müsste ihm förmlich mit Karacho ins Gesicht springen.

Doch sosehr er sich auch konzentrierte, alle Namen nacheinander betrachtete, ein den Fall mit einem Schlag lösender Geistesblitz blieb aus. Es half alles nichts, allein schon die beiden untereinanderstehenden Begriffe »Pickerl« und »Hanfanbau« schienen einander so sehr auszuschließen, dass alle weiteren Spekulationen sinnlos wie Bleigießen an Silvester wirkten.

Es passten weder die beiden Jungspunds Peter und Roland noch Verena Bogenrieder, die Mehltretters oder Kritschke in dieses schräge Bild.

»Wie ist es«, grübelte Mike laut vor sich hin, »könnte es ned sein, dass dieser Schauspieler aus ›Mia san mia‹ was damit zu tun hat? Ich hab ja keine Ahnung davon, aber vielleicht stehen solche Leute so sehr unter Erfolgsdruck, dass sie ohne Muntermacher ned weiterkommen? Und der Schieß-mich-tot steht doch immerhin als Feldpächter in Beziehung zum Pickerl!«

Mike hätte den Namen des Schauspielers leicht von der Memotafel ablesen können, doch irgendwie war er gerad zu bockig dazu.

Seine Kollegen ließen diesen Boykott nicht gelten.

»Du meinst Christian Waldmann«, warf Richard schnell ein, bevor Willi den Mund öffnen und weitere Brösel verteilen konnte. »Das werden wir den Kritschke fragen, sobald wir ihn zum Verhör dahaben. Der hat doch als Fernsehautor bestimmt Erfahrung in dem Metier und kann uns sagen, wie so was abläuft.«

»Wisst ihr wos«, Willi schluckte hastig, »mia ham den Mehltretter ja no gar ned zu der Drogensache befragt!« Er richtete sich auf und legte dabei sogar das Kuchenstück aus der Hand. »Den Sonntagsstammtisch ham wir als Bezugsquelle ausg'schlossen, oba des Seniorenstift no ned!«

Ein herausfordernder Blick traf Mike, schließlich hatte dieser Willis Meinung dazu schon einmal rigoros abgeschmettert.

Plötzlich erkannte Mike, was ihm bisher auf der Memotafel gefehlt hatte. Es gab zwischen mindestens zwei dieser Personen ein weiteres Bindeglied – nämlich die Serie »Mia san mia«. Eifrig beugte er sich nach vorn.

»Hört mal, da fällt mir grad was ein. Der Schieß-mich-tot und der Kritschke standen wohl in Verbindung über diese Schnulzenserie ›Mia san mia‹«, empörtes Gemurmel seiner Kollegen klang auf, doch Mike kümmerte sich nicht darum, »und viele von den Heimbewohnern im St. Hubertus sind ehemalige Showgrößen oder alternde Schauspieler. Die kennen sich doch bestimmt untereinander, und das würde uns einen neuen Kreis von Verdächtigen erschließen, wenn sich bestätigen sollte, dass hier mit Drogen hantiert wird! Wenn ich es mir genau überlege, hat der Pickerl seit seiner Hofaufgabe die meiste Zeit im Seniorenheim verbracht. Bei seinem Langzeitkonsum würde es daher schon naheliegen, dass er sein Zeugs dort bekommen hat.«

Willi nickte zustimmend. »Eben. Sog i doch. Den Mehltretter müssen mia auf jeden Fall dazu befragen.« Zufrieden verleibte er sich ein weiteres Kuchenstück ein.

»Wie schaut's eigentlich mit Pickerls Finanzen aus?« Mike

hob die Hand in Richtung Willi. »Ja, ich weiß schon, du hast mir das mit seinen Vermögensverhältnissen schon erklärt, aber, Richard, habt ihr euch auch alle seine Kontobewegungen angeschaut? Auch wenn der Mehltretter behauptet, der Pickerl hätte nur die übliche Monatsmiete bezahlt, vielleicht lief trotzdem nebenher noch irgendwas? Schmiergeld in Cash oder so …«

Richard schüttelte den Kopf. »Bisher ist mir da nichts aufgefallen, aber besonders weit bin ich bei der Sichtung seiner Unterlagen auch noch nicht gekommen, Mike. Ich mach mich später wieder dran.«

»Ist gut. Dann steht als nächster Punkt also die Befragung von Mehltretter auf der Tagesordnung.«

Mike hätte dies am liebsten gleich erledigen wollen, doch dann fiel ihm ein, dass Paulis Truppe sowieso Pickerls Zimmer durchforsten wollte. Vielleicht war es besser, auf die Ergebnisse zu warten. Mit eventuell neuen Erkenntnissen konnte Mike dem Geschäftsführer vom Seniorenstift jedenfalls energischer gegenübertreten.

Morgen war auch noch ein Tag. Zwar würde er am frühen Nachmittag Babs bei ihrer Freundin abliefern und anschließend zu Isabel aufbrechen, doch vormittags sollte er genügend Zeit finden, um sich seiner Arbeit zu widmen. Er rang mit sich, ob die Vernehmung Mehltretters heute unbedingt sein musste, doch er hatte eigentlich keine Energie mehr dafür. Einiges an Schriftkram lag ebenfalls an, dem Mike sich widerwillig aussetzen musste. Und dann wollte er nur noch heim.

»Gut, den Mehltretter kaufen wir uns morgen Vormittag«, entschied er. »Und die Feldpächter vom Pickerl, diesen Karel Boszanski und euren Oscar-Anwärter Christian Waldmann, nehm ich mir vor, wenn ich am Wochenende bei Isabel in Rundlberg bin.«

Die enttäuschten Gesichter von Richard und Willi ignorierend, die bei einer Vernehmung des Schauspielers gern dabei gewesen wären, stand er entschlossen auf.

Insgeheim mit einem schlechten Gewissen kämpfend, warf Mike einen Blick aus dem Fenster. Es schneite noch immer, ein guter Grund, weshalb er Fahrten zu weiteren Vernehmungen um einen Tag verschob …

Willi stellte die Kuchenteller zusammen. »Mike hod recht, i bin a dafür, dass wir morgen weitermachen. Bevor i heimgeh, werd i oba no wie ausg'macht die Mehltretters durchleuchten, vielleicht bringt's ja wos«, sprach's, langte nochmals in die Kuchenplatte nach dem letzten Stück und stapfte aus dem Büro.

»Wir reden morgen früh!«, rief ihm Mike noch nach, bevor die Tür hinter Willi zuknallte.

»Ja, dann …« Auch Richard stand auf. »Morgen früh bestell ich den Kritschke zu uns ein. Wenn du sonst nix mehr für mich hast, dann setz ich mich wieder an Pickerls Akten. Und dann ist es sicher auch in deinem Interesse, wenn ich für Dr. Ganserl einen Zwischenbericht verfasse und rüberschicke?«

»Sehr gute Idee, Richard. Das wird unserem ungeduldigen Staatsanwalt hoffentlich so weit Befriedigung verschaffen, dass er uns bis nächste Woche in Ruhe lässt.«

Richard grinste. »Dachte ich mir auch. Servus, Mike, bis morgen.«

»Servus, Richard. Äh, Moment. Mach doch bitte heute noch eine Personenabfrage von diesem Karel Boszanski. Von dem wissen wir ja bisher gar nix. Bevor ich ihn und den Schauspieler Christian Waldmann in Rundlberg aufsuch, möchte ich schon wissen, mit wem ich es da zu tun hab.«

»Geht klar. Servus.«

»Danke.«

Mike sah dem rothaarigen Kollegen mit gemischten Gefühlen hinterher. Einerseits freute er sich für ihn, dass er anscheinend mit Verena Bogenrieder jemanden kennengelernt hatte, der ihm Aufmerksamkeit und Zuneigung schenkte. Andererseits wäre es ihm bedeutend lieber gewesen, wenn Richard mehr auf Abstand bedacht gewesen wäre. Schließlich gab es immer noch die eine oder andere Ungereimtheit in ihrem Leben, die sie als Verdächtige nicht ausschloss. Aber solange Staatsanwalt Dr. Ganserl sich nicht einmischte, würde Mike es auch nicht tun.

»Ist dir wieder etwas aufgefallen, Isabel? War irgendwas?«

Mike saß mit einem Glas Weißbier im Wohnzimmer, hatte den Fernseher auf lautlos gestellt und wollte unbedingt noch mit seiner Freundin telefonieren, bevor er, wie meistens, auf der Couch einschlief.

»Nein, nix, alles ruhig.«

Isabels Stimme zu hören erfüllte ihn mit Glück. Dass sie keine weiteren Vorkommnisse zu vermelden hatte, beruhigte ihn zusätzlich.

»Sehr gut. Ich freu mich schon so auf das Wochenende, mein Schatz. Hast du irgendwas geplant?«

Mike wusste, dass Isabel gern wandern ging und vermutete, sie würde sich eine gemütliche Bergtour ausgesucht haben. Was er dabei nicht bedachte, waren die Schneemengen, die diesem Vorhaben einen Riegel vorschoben.

Isabels Antwort kam prompt. »Wenn du einen Hubschrauber besitzt, könnten wir auf den Großen Falkenstein oder auf den Lusen, mein Schatz. Ansonsten würde ich vorschlagen, wir begnügen uns mit einem Spaziergang um Rundlberg, recht viel weiter wirst du nicht kommen, fürchte ich.«

»So schlimm bei euch?« In Bogen und Straubing war die Lage auch nicht sehr rosig, Mike wurde jedoch bei ihren Worten bewusst, dass es bei Isabel schlimmer aussehen musste. Immerhin lagen zwanzig Kilometer zwischen Bogen und Isabels Wohnort, die Differenz von knapp fünfhundert Höhenmetern nicht zu vergessen.

»Katastrophe«, gab sie zurück. »Skilifte in St. Englmar und am Pröller haben vorsorglich dichtgemacht, der Waldwipfelweg in Maibrunn wurde aus Sicherheitsgründen gesperrt. So wie jetzt hab ich es noch nie erlebt, seit ich hier wohne. Jeder spricht von Klimaerwärmung, aber langsam glaub ich eher an eine kommende Eiszeit, Mike! Das THW und die Bergwacht haben gestern Stellung bezogen auf dem Englmarer Kirchplatz. Feuerwehrleute aus sämtlichen umliegenden Ortschaften laufen einem ständig über den Weg, mit Funkgeräten und furchtbar wichtiger Miene. Ich komm mir vor wie bei einem Belagerungszustand im Krieg.«

Mike schluckte. Also doch eine Wiederholung der Schneekatastrophe von 2007? Abgezeichnet hatte es sich deutlich genug die letzten Tage.

»Lieber Himmel, das bräuchten wir wirklich nimmer. Wie bist du eigentlich heut zur Arbeit und wieder heimgekommen?«

»Mit Schneeketten. Echt jetzt, ohne Schmarren. Von uns aus über Perasdorf runter nach Bogen brauchst du ohne Ketten gar nimmer anfangen. Wenn ich heut ned noch so viele Termine eingetragen hätte, wär ich gar nicht mehr in die Praxis gefahren. Für morgen hab ich alles abgesagt. Da bleib ich daheim und freu mich auf dich. Wenn du dir die Strecke ned antun willst, dann versteh ich das auch. Du musst ned kommen, Mike.«

»Spinnst du?« Seine ganzen Pläne wegen des schlechten Wetters jetzt umschmeißen? Kam nicht in die Tüte! »Kommt ja ned in Frage, ich komm zu dir, und wenn ich fliegen muss!«

Isabel kicherte erleichtert. »Das hoffentlich doch nicht. Lieber wär es mir freilich schon, aber bei dem Wetter und diesen Straßenverhältnissen – ganz ehrlich, wenn du daheimbleiben möchtest, dann versteh ich das. Wirklich, Mike.«

»Nein, ich kann ned, weil ich …« Mike zögerte. Isabel musste nicht unbedingt wissen, dass er seinen Besuch bei ihr mit einer dienstlichen Handlung verbinden wollte. Von Isabels Häuschen bis zum Moosberger-Hof waren es nur wenige hundert Meter, die konnte Mike sicher im Laufe des Wochenendes einmal ohne großes Aufhebens gehen und seine Befragung von Boszanski und Waldmann erledigen.

Hätte er ihr es erklärt, hätte sie es bestimmt verstanden und akzeptiert, doch Mike hatte ein unsicheres Gefühl dabei. Schließlich hatte er ihr ein gemeinsames *freies* Wochenende versprochen. Sie würde es noch früh genug erfahren, dass er etwas Zusätzliches eingeplant hatte.

»… weil ich mir Sorgen um dich mach«, vervollständigte er endlich den Satz.

»Du bist echt lieb. Der Schorschi und ich freuen uns schon so auf dich! Hast du zum Essen einen besonderen Wunsch?«

»Essen? Brauchen wir ned. Wir leben das ganze Wochenende von Luft und Liebe.«

Isabel lachte. »Bekommst du beides, mein Schatz. Und was als Beilage?«

In Gedanken malte sich Mike gerade die schönsten erotischen Menüs aus, sodass er beinahe mit ziemlich sehnsüchtigen Wünschen herausgeplatzt wäre, doch stattdessen sagte er: »Hm, solang ich nur bei dir sein kann, teil ich mir gern mit Schorschi das Hundefutter. Dann musst du nix kochen, und wir haben mehr Zeit für uns.«

Isabels Stimme wurde einen Ton dunkler. »Du bist mir einer …«

»Ja, ein ganz Schlimmer, ich weiß.«

»Mike, das mit dem Hundefutter wird hoffentlich ned zum schlechten Omen! Wenn es so weitergeht, wird die Versorgung hier bei uns wirklich ein Problem. Würde es dir was ausmachen, morgen noch einkaufen zu gehen und mir einige Sachen mitzubringen? Solange es so weiterschneit, will ich nimmer wegfahren, wenn's ned unbedingt sein muss.«

»Kein Problem. Wart mal, ich hol was zu schreiben.«

Eine ziemlich lange Liste wurde daraus, doch es machte Mike nichts aus. Morgen hatte er in Straubing gut Möglichkeit, alles ohne große Umstände zu besorgen. Während er die vielen von Isabel diktierten Dinge notierte, fiel ihm wieder ihr »Belagerungszustand« ein.

Unwillkürlich schweiften seine Gedanken erneut zu den seltsamen Umtrieben in Rundlberg ab. Zu gern wüsste er, was dahintersteckte.

Als Isabel schließlich meinte: »Ich denk, das war alles«, fragte er sie spontan: »Du, sag mal, bei diesen komischen Dingen, wenn sich die Hunde bei euch nachts so aufführen, hast du da am nächsten Tag überhaupt keine Spuren sehen können? Bei dem vielen frischen Schnee müssten doch Schuhabdrücke oder Reifenspuren oder sonst was zu finden sein!«

»Nein, da ist nix. Danach haben wir alle schon geschaut, die Gerti und ihr Mann genauso wie alle anderen in Rundlberg.«

»Könnte sich irgendein Tier da herumtreiben? Es gibt doch die Berichte über frei lebende Luchse, die außerhalb des Nationalparks unterwegs sind. Oder einer der entlaufenen Wölfe vom Nationalpark? Könnte so was der Grund sein?«

»Ich weiß es nicht, Mike. Wenn es ein Luchs oder Wolf wäre, dann würden die Hunde doch auch am Tag ihre Fährte verfolgen, oder ned? Erstens gibt es keine Spuren, zum anderen ist der Schorschi untertags brav und lieb wie immer. Wir räumen und streuen die Hauseingänge und Hofeinfahrten jeden Tag, so gut wie's eben geht, aber auch wenn's in der Nacht frisch geschneit hat, haben wir bisher nix finden können. Das ist ja das Unheimliche, Mike. Irgendwas *ist* da draußen, was den Schorschi aufregt.« Sekundenlang schwieg sie bedrückt, ehe sie langsam hinzufügte: »Vielleicht geht ja bei uns in Rundlberg der Geist der ermordeten Corinna Moosberger um?«

»Jetzt hör aber auf!«, gab Mike ärgerlich zurück. »Den Quatsch glaubst du doch wohl selbst ned, oder?«

»Freilich ned. Aber es wird schon so was gemunkelt. Vielleicht mit Galgenhumor, weil alles so unerklärlich ist. Mike, wir alle haben einfach Angst, auch wenn's keiner so recht zugeben will. Wenn du morgen da bist und es passiert die nächsten Nächte wieder was, vielleicht findest *du* endlich heraus, was los ist.«

Isabels Vertrauen in seine Fähigkeiten ehrte ihn, doch Mike zweifelte stark daran, dass ausgerechnet er innerhalb zweier Nächte die Hintergründe der Umtriebe herausfinden würde, die die Rundlberger nun schon seit Wochen in Atem hielten.

»Auf jeden Fall werd ich's versuchen, Isabel. Du musst dich

ned fürchten, du hast ja den Schorschi bei dir. Und bisher ist ja nix passiert. Die Kollegen in Viechtach haben ebenfalls keine Meldungen bekommen. Keine Einbrüche, keine Gewalttaten, nix Außergewöhnliches. Warum sollte sich daran was ändern? Was bei euch vorgeht, lässt sich bestimmt irgendwie ganz einfach erklären. Wahrscheinlich lachen wir später drüber.«

»Ja. Wahrscheinlich.« Ihre Stimme klang zweifelnd. »Zum Lachen wird mir erst sein, wenn du endlich bei mir bist, Mike.«

»Ein paar Stunden müssen wir noch durchhalten. Ich ruf dich an, sobald ich mich morgen auf den Weg mach, okay?«

»Mach das. Pass auf dich auf. Ich liebe dich.«

»Ich liebe dich auch, mein Schatz. Bis morgen, schlaf gut.«

Lange noch blieb Mike sitzen, hin- und hergerissen zwischen seiner Sehnsucht nach Isabel und düsteren Gedanken, die sich unablässig um den Mordfall Pickerl drehten.

Bevor er einschlief, kamen ihm die Worte mieses Karma erneut in den Sinn. Mieses Karma, grübelte er, gab es da nicht ein Buch, das so hieß? Aber ja, er hatte es vor Jahren mal gelesen. Wegen schlechtem Karma als Ameise wiedergeboren, das war's.

Er träumte in dieser Nacht wirres Zeug von einer Ameise, die seltsamerweise sehr viel Ähnlichkeit mit ihm besaß und sich, unter tiefen Schneemassen begraben, hart einen Weg zu Licht und Freiheit erkämpfen musste.

18

Freitag, 8. März

Das Gedudel seines Handys riss Mike aus einem unruhigen Schlaf. Stockfinster war es um ihn herum, benommen tastete er nach dem Schalter der Nachttischlampe.

»Verdammt, Jutta, doch nicht mitten in der Nacht!«, fluchte er schlaftrunken, während er das Telefon an sich riss. Aber seine Kollegin Jutta konnte es gar nicht sein. Sie war ja außer Dienst und würde ihn mit Sicherheit nicht um vier Uhr früh anrufen.

»Zinnari!«, bellte er heiser ins Telefon.

»Schretzlmeier«, kam es ebenso heftig zurück.

Mike fuhr senkrecht im Bett hoch. »Willi, hast du 'ne Ahnung, wie früh es ist? Ich schlaf noch!«

Der Polizeiobermeister erwiderte trocken: »Glei nimmer, Mike. Guten Morgen.«

Willis ernster Ton ermunterte Mike schneller als eine Eiswasserdusche im Hochsommer. »Jetzt red schon!«

»Bist wirklich wach, Mike? Halt dich am besten irgendwo fest, sonst haut's di um! Der Kritschke is tot!«

Der Kritschke war tot? Entgeistert hockte sich Mike auf die Bettkante. »Was sagst du da? Träumst du, Willi?«

»Koa bisserl, es stimmt scho. Ein Kollege hod mi verständigt, der KDD und die Spusi san scho unterwegs. Zieh dir wos an, Mike, und komm her, inzwischen schmeiß i den Richard aus'm Bett.«

»Nein!« Alarmiert kam Mike hoch. Es fehlte noch, dass es Willi spitzbekam, falls Richard nicht bei sich zu Hause nächtigte.

»Nicht den Richard, äh, den brauchen wir doch ned, mein ich. Sag mir lieber, was du vom Kritschke weißt! Wo wurde er gefunden?«

»Bei ihm dahoam. Eventuell ein Unfall, sogt der KDD. Mehr woaß i ah ned. Okay, dann mach, hol mi bei der Inspektion ab, i fahr bei dir mit, du woasst ja scho, wo der Kritschke wohnt.«

Oh, Mist, Mist, Mist! Hektisch fuhr Mike in Jeans und Pullover, streifte Strümpfe und Schuhe über, kritzelte für Babs eine schnelle Nachricht, die er auf dem Küchentisch liegen ließ. Dann stürzte er, die Winterjacke dabei überziehend, aus dem Haus.

Zwanzig Minuten nach Willis Anruf hatte er die Dienststelle erreicht, wobei er einige Male wegen zu viel Gasgebens beinahe im Graben gelandet wäre. *Dieses scheißverdammte Hundsdrecks-Winterwetter!*

Willis blonder Haarschopf und die breiten Schultern waren schneebedeckt, als Mike ihn an der Einmündung zum Theresienplatz auflas und sofort weiterdüste.

Gott sei Dank waren um diese frühe Uhrzeit die Straßen weitgehend menschen- und fahrzeugleer. Schlingernd gab Mike Gas, während Willi seine Körperbeschneiung auf den Vordersitzen und im Fußraum verteilte. Dabei erstattete er Mike Bericht.

»Ein Nachbar hod ihn g'funden. Anscheinend liegt er von der Straße aus guad sichtbar in seiner Hofeinfahrt, jedenfalls hod der Nachbar ihn beim Vorbeifahren entdeckt, wollte zu Hilfe eilen, wos aber nimmer notwendig war. Der Notarzt hod Kritschkes Tod scho festg'stellt, gab der KDD durch. Der Pauli hod sich bisher no ned g'meldet, i hob koa Ahnung, ob die Spusi scho vor Ort is.«

»Du hast was von einem Unfall g'sagt, Willi, was hast du damit g'meint?«

Wärmend knetete sich Willi die Finger. »Des war die Aussage von dem Kollegen, der mi verständigt hod. I woaß leider a nix Genaueres. Lass ma uns überraschen.«

Angestrengt stierte Mike durch die Windschutzscheibe in das dunkle Schneegestöber. Die inzwischen gut einen Meter hohen Schneewände am Straßenrand gaben ihm das Gefühl, durch einen Tunnel zu fahren.

»Mich überrascht eigentlich gar nix mehr, Willi. Wir haben einen erschlagenen Landwirt und dazu hunderttausend Anhaltspunkte, viel mehr Zufälle, als jede noch so geneigte Waldfee uns bescheren könnte. Und trotzdem rauschen wir blind wie Fledermäuse durch diesen Fall. Und jetzt kommt der Kritschke dazu. Es ist schon wieder einer dieser Zufälle, die mich langsam ankotzen. Hätte der mit seinem Ableben ned warten können bis zum Montag, Himmelherrschaftszeiten?«

»Du nimmst mir die Worte aus'm Mund, Mike.« Gleichmütig rieb sich Willi weiterhin die klammen Hände. »Des wär eigentlich mein Spruch g'wesen. Ganz ehrlich, Mike, im Moment woaß ich nimmer weiter.«

Willis offenkundige Ratlosigkeit tröstete Mike ein wenig über seine eigene Wut hinweg. Eine weitere Leiche schien so überflüssig wie dieses Schneetreiben, das Mikes Blickfeld im Moment stark einschränkte.

»Wir sollten uns ned verrückt machen, Willi. Kein Mensch erwartet von uns, dass wir einen Mörder binnen fünf Tagen dingfest machen. Noch ned mal unser Dr. Ganserl hat sich bisher g'meldet, und wenn der sich in Geduld übt, sollten wir das auch.«

»Recht host. Oba trotzdem … i konn's einfach aufn Tod ned leiden, wenn nix vorwärtsgeht. Den Kritschke hob i doch unter die Lupe g'nommen, aber do gab's überhaupt nix Auffälliges. Der hod anscheinend eine persilweiße Weste g'habt. Er hod a Gewerbe als selbstständiger Architekt ang'meldet, schreibt nebenbei Drehbücher fürs Fernsehen, und dass er Kurse an der Volkshochschul abhält, wissen wir ja eh scho. Sollt jetzt sein spontanes Dahinscheiden wirklich koa Unfall g'wesen sei, müssen mia wieder ganz von vorn anfangen.«

»Müssen wir ned«, widersprach Mike. »Immerhin gibt es den Bezug zum Mordfall Pickerl. Aber jetzt wart erst mal ab, was rauskommt!«

Als Mike seinen Renault wegen der Ansammlung von Krankenwagen, Streifen- und zivilen Dienstfahrzeugen weit hinter

Kritschkes Haus am Straßenrand ausrollen ließ, schlossen sich ihm ein Audi und ein Kombi an. Die Spurensicherung war zeitgleich mit ihnen eingetroffen, allerdings parkten sie in zweiter Reihe mitten auf der Straße, neben den Funkwagen der Kollegen vom KDD.

Falls Mike darauf gehofft hatte, Pauli zu treffen, sah er sich getäuscht.

Florian Diermeier, Paulis rechte Hand, hüpfte aus dem Audi, nickte Mike und Willi im Licht der Straßenlampe flüchtig zu, ließ sich ein Päckchen reichen, das er geschwind aufriss und dessen Inhalt hervorzog. Dann sprang er in Ganzkörperoverall samt Handschuhen und Mundschutz, war schon unterwegs zur Leiche, noch ehe Mike den Mund aufmachen konnte. Zwei seiner Kollegen folgten mit einer ähnlichen Geschwindigkeit.

»Gut erzogen, die Jungs«, murmelte Mike. »Na dann, Willi, auf geht's.«

Je näher sie Kritschkes Grundstück kamen, umso mulmiger wurde es Mike. Das eiserne Rolltor schien geschlossen, und doch standen die Kollegen vom Einsatzkommando direkt davor und verhinderten seine Sicht. Florian Diermeier drängte sich vor und sprach leise mit ihnen. Warum gingen sie nicht weiter? Das danebenliegende schmale Gartentürchen stand doch sperrangelweit offen, um auf den Innenhof zu gelangen.

Dann sah er ihn, vielmehr ein Paar Hosenbeine und Schuhsohlen, der Rest von Kritschke wurde durch die Umstehenden verdeckt. Diermeier ging in die Hocke, während zugleich ein starker Strahler aufflammte. Mike trat langsam näher, riskierte einen Blick um den Kollegen herum und drehte sich augenblicklich wieder weg. »So eine Scheiße!«, entfuhr es ihm halblaut.

Willi drückte sich neugierig an ihm vorbei, um besser sehen zu können.

»Himmelherrschaft–« Der Rest des Wortes blieb ihm im Hals stecken.

Kritschkes Kopf war nicht zu sehen, er befand sich jenseits des geschlossenen Einfahrtstores, während seine Leiche mit den Schuhsohlen voraus auf der straßenzugewandten Seite lag. Dazwischen war … das geschlossene Rolltor.

Mike drehte sich der Magen um.

Hauptkommissar Obermüller, der diensthabende Einsatzleiter des KDD, entfernte sich von der Gruppe um Kritschke und nahm Mike beiseite.

»Guten Morgen, Kollegen.« An die tiefe, grollende Stimme, die klang, als wäre Obermüller vor vierzig Jahren doppelt in Stimmbruch gefallen, hatte sich Mike längst gewöhnt.

»Servus.« Mike nickte ihm zu. »Das schaut ja gar ned gut aus. Lieber Himmel, ist der Kritschke geköpft worden?«

»Ned ganz. Ein bisserl was hängt schon noch z'samm. Wir haben euch verständigt, weil wir ja wissen, dass der Kritschke im Fall Pickerl vernommen worden ist. Und wie der Willi mir sagte, ist dabei ned alles ganz klar gewesen, und er muss eventuell zum Kreis der Verdächtigen gezählt werden. Also, meiner Meinung nach hat sich hier jegliche Strafverfolgung erledigt.« Er grinste.

Deinen Humor will ich haben, dachte Mike. »So kann man's auch sehen.« Langsam schob er sich wieder in Richtung Leiche, was blieb ihm auch anderes übrig.

Inzwischen war eine Zeltplane auf einem zusammengesteckten Alurohrgestell über die Einfahrt gespannt worden, um den Toten und die Spuren vor dem noch immer heftigen Schneefall zu schützen.

»Was wisst ihr sonst noch? Ein Nachbar hat ihn gefunden, oder?«

»Ja. Den haben wir aber schon gehen lassen, der musste zur Frühschicht. Die Personalien haben wir aufgenommen. Die Frau Kritschke sitzt drin im Wohnzimmer, ich hab eine Kollegin bei ihr gelassen. Der Notarzt hat ihr eine Beruhigungsspritze gegeben, aber ob's was geholfen hat … ich weiß ned. Die war ziemlich durch den Wind, als wir sie ausm Bett geholt haben. Anscheinend hat sie rein gar nix mitbekommen und kann sich auch ned erklären, wie es passieren kann, dass der da …«, Obermüller wies mit dem Daumen auf die Leiche, »… ausgepresst wie eine Zitrone in der Hofeinfahrt liegt.«

Wahrlich ein Gemütsmensch, dieser Obermüller. Während Mike noch immer gegen den Brechreiz kämpfte, war der Kollege trotz der frühen Stunde anscheinend bestens aufgelegt. So kannte Mike ihn gar nicht, im Dienst erschien ihm Hauptkommissar Obermüller sonst wesentlich humorloser und grantiger.

Mike streifte sich mit beiden Händen Schnee aus dem Gesicht. »Ich werd mich später mit ihr unterhalten. Sonst noch was?«

»Nein. Wir räumen das Feld. Jetzt seids ihr dran, Freunde. Mein Part ist erledigt, wir fahren heim und gehen schlafen. Habe die Ehre allerseits.«

Aha, das erklärte seine beschwingte Stimmung. Während sich Mike und Willi erst am Anfang ihrer Tagesarbeit befanden, durfte Obermüller sich auf sein heimisches warmes Bett freuen.

Mit einem verabschiedenden Rundumwinker begab sich der Polizeikommissar hinüber zu seinen Kollegen auf der Straße. Ein rot-weißes Absperrband war großzügig um Kritschkes Hofeinfahrt gezogen worden, leider hatten die Kollegen dabei auch Obermüllers Einsatzfahrzeug eingesperrt, seine brummige Stimme, die den Verantwortlichen dafür anschnauzte, klang bis zu Mike hinüber.

Willi stand noch immer unbeweglich neben ihm. Im Gegensatz zu Mike schien ihm jedoch Kritschkes ungewöhnlicher Tod nicht auf den Magen zu schlagen.

Nachdenklich starrte er auf Kritschkes Schuhsohlen. »So wos is mir a no ned untergekommen. Hob scho viele Tote g'sehen, oba sowos, na, wirklich ned. Des is wohl einzigartig.«

»Dann freu dich doch«, empfahl Mike und setzte sich in Richtung Florian Diermeier in Bewegung.

Dieser erhob sich, als Mike näher kam. »Stopp. Nicht weiter, wir sind hier noch lang nicht fertig. Zuerst muss ich mal die Seite wechseln.«

Er packte seinen Koffer und marschierte an Mike vorbei

durch das offene Gartentürchen, um Kritschkes Kopf von der anderen Seite des Rolltores in Augenschein zu nehmen. Grelle Blitzlichter flammten auf, Florians Kollegen hatten die forensische Fotodokumentation begonnen.

Den Blick auf Kritschkes Leiche vermeidend folgte Mike ihm in gebührendem Abstand. »Ist gut, ich red inzwischen mal mit der Frau. Bin im Haus, falls ihr mich sucht.«

Mike sah sich nach Willi um. Dieser hatte sich zum schimpfenden Obermüller gesellt, sprach kurz mit ihm und kam zurück zu Mike, während der Einsatzleiter des KDD sein Auto bestieg und abfuhr.

Gemeinsam betraten sie das Haus.

Ein Uniformierter winkte die beiden Beamten durch die Diele hinein in den Fernsehraum.

Marianne Kritschke saß in einem grauen Ledersessel, eine Wolldecke um die Schultern, ein Glas mit brauner Flüssigkeit in der Hand. Sie schien mindestens zwei Jahrzehnte jünger zu sein als ihr verblichener Ehemann, Mike schätzte sie auf Anfang vierzig. Rotbraune schulterlange Locken umrahmten ein schmales Gesicht mit großen grauen Augen. Ihr gegenüber hatte eine junge Polizistin Platz genommen, die sie nicht aus den Augen gelassen hatte, jetzt aber hochsah und bei ihrem Eintreten aufstand.

»Guten Morgen, Herr Hauptkommissar, Willi.« Sie wich einige Schritte zur Seite und bedeutete den beiden, näher zu kommen.

»Frau Kritschke hat eine Sedativ-Injektion bekommen«, flüsterte sie. »Als der Doktor weg war, hat sie sich ein Glas und die Flasche geholt und inzwischen den vierten Sherry eingeschenkt. Ich hab ihr davon abgeraten, aber sie hat sich ned aufhalten lassen. Also, wenn Sie Fragen an die Dame haben, wär es sicher besser, damit zu warten. Ich kann ned sagen, wie aufnahme- oder korrespondierfähig sie im Moment ist.«

»Danke für den Hinweis, Daniela.« Willi klopfte ihr gönnerhaft auf die Schulter, wobei er sich beinahe strecken musste, denn die blonde Beamtin war einen knappen Kopf größer als er.

Dagegen hatte Mike kein Problem, in ihr Gesicht zu schauen. »Hat sie überhaupt schon irgendwas gesagt? Hat Kollege Obermüller mit ihr gesprochen? Oder hat sie Ihnen irgendwas erzählt?«

Daniela schüttelte den Kopf, ihr Pferdeschwanz lockerte sich ein wenig, wurde energisch von ihr wieder am Hinterkopf festgezogen.

»Leider nein. Kommissar Obermüller hat es versucht, aber sie hat immer nur herumgejammert und gemeint, sie habe ja nix mitbekommen. Also, von dem Unfall ihres Mannes. Und von den Dingen, mit denen sich ihr Mann beschäftig habe, und warum er um diese Zeit nicht im Bett gewesen war, wisse sie überhaupt nix. Sagt sie.«

»Okay. Ich probier mal mein Glück. Bleiben Sie ruhig dabei, Kollegin.« Er lächelte ihr zu, bevor er sich umwandte und zu der zusammengesunkenen Frau im Ledersessel trat.

»Frau Kritschke?« Er ging vor ihr in die Hocke. »Mein Name ist Zinnari, wir kommen von der Kripo Straubing. Kann ich irgendwas für Sie tun?«

Sie sah auf. »Zinnari? Und …«, sie wandte sich um, undeutlich äußerte sie: »… Ihr Kollege Bacher?«

»Nein. Kollege Schretzlmeier. Herr Bacher ist nicht im Dienst. Dann wissen Sie also, dass wir schon einmal hier waren und mit Ihrem Mann gesprochen haben?«

»Ja. Olga … also, unsere Putzfrau erwähnte so was. Gestern war das, oder?«

»Vorgestern. Ist aber auch egal. Mein Beileid, Frau Kritschke. Kann ich Ihnen irgendwie behilflich sein?«

Sie hob das Glas. »Nein, ich hab, was ich brauch, danke.« Und nahm einen Schluck.

Missbilligend hob Mike die Augenbrauen. »Frau Kritschke, ich will mich ja nicht einmischen, aber ich glaube, ein Glas Wasser würde sich besser mit der Spritze vom Arzt vertragen als das da.«

»Ist doch jetzt eh schon wurscht. Mein, armer, armer Horsti, mein armer Mann …« Sie wischte sich über die Augen und Wangen, dann starrte sie stumm vor sich hin. Mike erhob sich und zog sich den Sessel ihr gegenüber näher heran. Langsam ließ er sich darauf nieder und beugte sich zu ihr vor.

»Frau Kritschke, möchten Sie, dass wir jemanden anrufen? Oder soll die nette Kollegin noch eine Weile bei Ihnen bleiben? Sicher wäre es das Beste, Sie würden sich ein wenig hinlegen und schlafen. Bestimmt geht es Ihnen dann ein bisserl besser.«

»Ja, aber ich geh ned ins Bett. Hier, da«, sie wies auf die Couch, »ich leg mich dahin. Bis die Olga kommt. Dann bin ich nimmer so allein.«

»Kinder haben Sie keine? Oder Freunde, die wir für Sie verständigen können, die sich um Sie kümmern?«

»Nein. Machen Sie sich keine Umstände, ich bin's schon gewohnt, allein zu sein.«

Ein leichtes Lallen war aus ihrer Stimme zu hören. Kollegin Daniela hatte die Situation wohl richtig eingeschätzt, es ergab keinen Sinn, Frau Kritschke im Augenblick nach näheren Informationen zu befragen.

»Gut, dann … dann lassen wir Sie jetzt schlafen. Daniela, Sie sind bestimmt so lieb und helfen Frau Kritschke auf die Couch.«

»Klar. Kommen Sie.« Hilfsbereit beugte sich die junge Polizistin über sie, half ihr hoch, deckte sie, als sie zusammengerollt dalag, zu.

»Ich bleib noch ein wenig, Frau Kritschke. Schlafen Sie jetzt, alles ist gut.« Sanft zog sie ihr die Decke bis ans Kinn und strich leicht über ihren Arm. »Schauen Sie, ich setz mich jetzt dahin und warte, bis Sie eingeschlafen sind.«

Das ruhige, freundliche Auftreten der jungen Polizistin gefiel Mike. »Gut. Wir gehen jetzt. Auf Wiederschauen, Frau Kritschke.«

Ohne den Kopf zu drehen, gab sie undeutlich zurück: »Wiedersehen, die Herren. Sie kommen doch wieder vorbei, morgen oder heute? Gell, Sie kommen wieder?«

»Ja. Ich komm wieder und schau nach, wie es Ihnen geht. Gute Nacht, Frau Kritschke. Daniela?« Er nickte ihr noch einmal zu, dann schob er Willi aus dem Wohnzimmer.

Vor der Haustür raunte Mike ihm zu: »Du kennst wirklich Gott und die Welt! Seit wann haben wir denn diese Daniela in unseren Reihen? Ich kenn die noch gar ned, und ihr seid schon per Du miteinander …«

Willi grinste. »Merk i do eine Spur von Eifersucht?«

»Blödmann.«

»Der Obermüller hod sie rüberg'holt zu uns, von den Wittelsbachern, irgendwie is sie wohl verwandt mit eahm. Ist erst seit zwei Wochen bei uns in der Kriminalinspektion. Hob sie im Aufenthaltsraum zufällig kenneng'lernt.«

Mit dieser Kurzfassung konnte Mike durchaus etwas anfangen. Mit den »Wittelsbachern« war das niederbayerische Polizeipräsidium gemeint, das sich in Straubing an der Wittelsbacherhöhe befand.

Mikes Augenbrauen schoben sich zu einem spitzen Winkel nach oben. »Seit zwei Wochen? Bloß keine Zeit verlieren, hm, Willi? Backt die Daniela etwa auch gern Kuchen?«

»Hob sie no ned g'fragt. So guad kenn i sie jetzt auch wieder ned.« Er hatte Mikes Andeutung nicht verstanden, oder er tat zumindest so.

Florian Diermeier kam zu ihnen herüber. »Vermutlich wollen Sie die Leiche nicht noch mal anschauen? Also, wir sind fast so weit, dass wir ihn mitnehmen können. Das wird allerdings noch ein bisserl schwierig, dazu müssen wir das Tor ganz vorsichtig öffnen. Nicht dass uns Teile vom Kritschke am Torflügel pappen bleiben. Wir wollen den Kerl schließlich im ganzen Stück einsargen.«

Bei der Vorstellung, was mit dem Körper des Toten passieren könnte, begann Mikes Magen wieder zu rebellieren. Speichel sammelte sich in seinem Mund, er schluckte und räusperte sich. »Klar, das wär blöd. Wie geht das Tor überhaupt auf?« Seine Stimme klang fester, als ihm zumute war.

Florian hob ein kleines schwarzes Kästchen. »Hiermit. Das ist die Fernbedienung. Der Kritschke hatte sie in der hinteren Hosentasche. Wir haben seine Gurgel, also, was davon noch da ist, vorsichtig eingepackt. Normalerweise müsste es so funktionieren, aber jeden Millimeter konnten wir mit der Folie nicht erreichen, kann sein, dass ein bisserl was mit dem Stahlgeländer rausgezogen wird, wenn ich jetzt einschalt. Wenn Sie das nicht sehen wollen, bleiben S' besser da stehen. Wird bestimmt kein schöner Anblick.«

»Okay, ihr macht das schon. Können Sie bereits irgendwas sagen? War das ein Unfall? Und vor allem, wann ist es passiert?«

Florian Diermeier zuckte mit den Schultern. »Der liegt noch nicht lange hier. Maximal zwei, drei Stunden. Ob es ein Unfall war? Wenn, dann ein saublöder. Freilich könnt es sein, dass er ausgerutscht ist und beim Hinfallen versehentlich die Fernbedienung ausgelöst hat, wie gesagt, sie steckte in seiner hinteren Hosentasche. Möglich, dass er bewusstlos geworden war, eine entsprechend große Beule am Hinterkopf hätte er dazu. Also, ein Unfall ist nicht auszuschließen. Genaueres kann aber erst nach der Obduktion gesagt werden. So, gehen wir's an.«

Er kehrte zurück zu seinen Kollegen. Inzwischen hatten sich die Fahrer des Leichenwagens dazugesellt, einen grauen Kunststoffsarg auf Rollen in Reichweite abgestellt.

Hinter der Absperrung auf der Straße hatten sich Leute versammelt, Mike konnte ihr gedämpftes, aufgeregtes Geschnatter hören.

»Willi, nimm die Personalien dieser Leute auf und frag, ob sie irgendwas gesehen oder bemerkt haben. Wie spät haben wir's eigentlich? Halb sechs, wer um diese Zeit wach ist und schon draußen herumlaufen kann, könnte auch mitten in der Nacht was bemerkt haben.«

»Des ham die Kollegen vom KDD scho erledigt. I hob g'sehen, dass die mit den Leuten g'redet und wos aufg'schrieben ham.«

»Auch gut. Hol dir die Aussagen, sobald es geht.«

Aus sicherer Entfernung beobachtete Mike die Bemühungen, Kritschkes Leiche zu bergen. Florian Diermeier hatte sich neben Kritschkes Kopf gekniet, eine starke Taschenlampe auf dessen zusammengequetschten Hals gerichtet. Mike erinnerte sich an Kritschkes schwabbelndes Doppelkinn und schauderte.

Das rote Rundumlicht begann zu blinken, als Diermeier mit Hilfe der Fernbedienung das Tor millimeterweise zurückrollen ließ, immer wieder stoppte, die Lage prüfte, bevor er den nächsten Zentimeter freilegte.

Nach einigen Minuten richtete er sich auf, drehte sich zu Mike um und hob einen Daumen. Gleich darauf öffneten sich die beiden Flügel komplett ohne einen weiteren Halt, das Blinklicht erlosch.

Erleichtert seufzte Mike auf. »So, ich glaub, jetzt können wir fahren, Willi.« Das Verpacken und Einsargen der Leiche musste er nicht unbedingt miterleben.

Bevor sie ihren sicheren Hafen vor der Haustür verlassen konnten, kamen auch Daniela und der andere uniformierte Polizist aus dem Haus. Sie sah Mike fragend an. »Müssen Sie noch mal hinein?«

»Nein. Wir fahren. Schläft sie?«

»Ja.« Mit einem leisen Plopp schloss sich die Haustür. »Der Alk-Sedativum-Cocktail hat endlich gewirkt. Die arme Frau.«

19

Auf dem Weg zurück zur Inspektion brüteten Mike und Willi einige Zeit stumm vor sich hin. Vor ihnen zuckelte ein Räumdienstfahrzeug, was Mike bei Schrittgeschwindigkeit Gelegenheit gab, seine Aufmerksamkeit von der Straße auf den Fall zu lenken.

»Mal ganz blöd g'fragt, Willi. Die Frau vom Kritschke war ja nimmer so klar, als dass sie genaue Auskünfte hätte geben können. Das heißt, dass wir keine Ahnung haben, was der Kritschke zu so später Nachtstunde oder besser g'sagt zu so früher Morgenstunde überhaupt dort draußen gemacht hat. Wollte er wegfahren – oder ist er heimgekommen? Wo war sein Auto?«

Erstaunlicherweise wusste Willi dazu mehr. »In der Garage. I hob den Obermüller g'fragt, die ham des bereits nachgeprüft. Die Motorhaube war no warm, also war der Kritschke eindeutig damit unterwegs. Warum er dann allerdings ned per Fernbedienung des Tor schloss und glei ins Haus ging, is mia schleierhaft. Normal hätt er gar nimmer bis zum Tor gehen brauchen.«

»Richtig. Außer es kam jemand auf der Straße daher, den er kannte. Ich kann mir ned helfen, Willi, nach Unfall schaut mir das Ganze wirklich ned aus.«

»I bin do scho a ziemlich skeptisch. Egal, welche Rolle der Kritschke im Mordfall Pickerl spuit, dass er jetzt tot is, werd mit Sicherheit dem einen oder anderen ned z'wider sei. Aber wem? Seinem Geschäftspartner Mehltretter vielleicht? Oder jemand ganz anderem, von dem mia no gar nix wissen?«

Es gelang Mike immer noch nicht, den Räum- und Streuwagen zu überholen. Gelassen gab er zurück: »Zumindest haben wir den Mehltretter als festes Bindeglied zwischen den beiden Toten. Als Pickerls Zimmerwirt und Kritschkes Geschäftspartner muss er uns jetzt schon ein bisserl genauer Auskunft geben. Warum uns der Kritschke ned die Wahrheit g'sagt hat, als er behauptete, in letzter Zeit mit dem Pickerl keinen Kontakt gehabt zu haben, können wir ihn leider nimmer fragen. Aber vielleicht weiß ja der andere Schnösel was darüber. Wir sollten uns auf jeden Fall auch mal die Telefonlisten vom Mehltretter kommen lassen. Und seine Computer daheim und im Seniorenstift müssten wir auch prüfen. Nachdem der Kritschke Teilhaber war, kann ein entsprechender Beschluss kein Problem sein.«

»I kümmere mi drum. Übrigens, nach dem Mehltretter und seiner Tochter, der Sabine, hob i nachg'forscht, wia du's vorg'schlagen host. Von ihm fand i nur Zeitungsartikel über die Eröffnung von St. Hubertus, sonst nix. Von der Sabine leider auch ned. Wenn sie irgendwo bei Twitter, Instagram, Facebook oder sonst wo ang'meldet is, dann ned unter ihrem vollen oder richtigen Namen. Kein Fitzelchen von der hob i im Netz finden können. Bei der heutigen Jugend find i des a bisserl ungewöhnlich. In dem Alter ham doch alle irgendwo a Profil, oder?«

»Keine Ahnung, Willi. Da müsst ich die Babs fragen, wie das so allgemein gehandhabt wird. Eigentlich interessieren mich solche Sachen gar ned. Dazu bin ich wohl zu altmodisch.«

»Ned nur du.« Willi schob den Beifahrersitz weiter nach hinten, streckte die kurzen Beine aus und verschränkte gemütlich die Arme vor der Brust.

»Immer wenn i mit den Kollegen der Computer-Forensik wos zu tun bekomm, frog i mi, wozu mia dieses Graffel überhaupt brauchen. Früher konnten sie a ohne dem elektronischen Zeugs ermitteln, oder, Mike? Und wos ham wir damals g'macht, ohne Handy? Entweder in der Schule scho wos ausg'macht oder uns später zusammentelefoniert. Vom Festnetz dahoam, moan i, wos anderes gab's ja ned. Und dann ging's ab, mit dem Bonanza-Radl, und getroffen ham wir damals unsere Freunde immer, a ohne Internet und WhatsApp!«

In Mike blitzten längst vergangene Bilder seiner Jugend auf. Oh ja, diese Bonanza-Fahrräder, die waren damals der Hit, ohne dieses modische Accessoire war man von den Mitschülern und Freunden nur mitleidig belächelt worden.

»Bei mir war's ned anders. Wirklich, wie haben wir unsere Jugend nur ohne dem technischen Schnickschnack überleben können, Willi?«

Ein Grunzen erfolgte, das sich verdächtig nach Schnarchen anhörte, aber Willi war wach. »Du wirst mi auslachen, Mike, wenn i dir jetzt wos erzähl. Aber genau da drüber mach i mir scho die ganze Zeit Gedanken. Seit meine Mädels geboren wurden. Vielleicht bin i einfach zu konservativ eing'stellt, aber … irgendwie würd i mir wünschen, dass der technische Fortschritt no ned so weit wär, wie er heut is. Klar, für uns als Polizisten is es scho guad, manche Täter könnten ohne diese moderne Forensik gor ned überführt werden. Aber meine Mädels, ob die jemals dazu kommen, Phantasie-Rollenspiele zu machen? Mama-Papa-Kind? Oder einen Detektivclub gründen à la Kalle Blomquist wie mia als Kinder? Mit handgemalten Ausweisen und aus Pappe g'machten Pistolen?«

Mike lachte auf. »Du hast als Kind Pistolen gebastelt, Willi? Echt? Wir haben damals immer eine Zwistel mit uns rumgetragen.«

»Pfff, so was hatte ja jeder. Bei uns hat des scho echt nach Detektiv ausschauen müssen, a Steinschleuder ging da gar ned.«

Ja, so war es früher, lebhaft standen Mike diese glücklichen, unbeschwerten Kindertage vor Augen. Und heute? Babs und Lukas hatten sicher eine schöne Kindheit erlebt, aber ob sie sich, während sie sich gemeinsam mit Freunden stundenlang mit den Fahrrädern am Bogenberg oder an den Donauauen herumtrieben, mit fiktiven Detektivclubs oder sonst etwas beschäftigt hatten, konnte er nicht sagen. Was er sicher wusste, war, dass sie damals weder Fernseher noch Handy oder Computer benötigt hatten, um glücklich zu sein. Das Verlangen nach diesen Dingen war erst vor ein paar Jahren aufgekommen, unter dem Druck der Zeit hatten Mike und Marion schließlich nachgegeben, um ihre Kinder nicht ihren Freunden gegenüber zurückzusetzen.

Und so junge Burschen wie Roland Bogenrieder und Peter Voss? Was trieben sie in ihrer Freizeit? Außer mit Mountainbikes über Felder zu donnern?

Mit hochgezogenen Schultern warf Mike einen schnellen Blick auf seinen Beifahrer. »Keine Ahnung, Willi, wie sich deine Mädels mal entwickeln werden. Vielleicht kommt's einfach darauf an, welche Werte wir selbst unseren Kindern vermitteln. Hoppla!«

Unversehens hatte der Unimog vor ihm den Blinker gesetzt und war auf die Bremse getreten. Nach einigen Metern querer Rutschpartie, wobei sie einem Abhang auf der rechten Seite gefährlich nahe kamen, hatte Mike den Renault wieder unter Kontrolle und konnte die Fahrt mit etwas erhöhter Geschwindigkeit fortsetzen, da der Störenfried abgebogen war.

»Pfff …«, keuchte Willi.

»Was denn? Ist doch nix passiert.« Dass Mikes Herz nach diesem Schreck ebenfalls bis zum Hals klopfte, hätte er nie zugegeben.

Schweigend kamen sie in Straubing an, Mike parkte im Hinterhof, und gemeinsam betraten sie das Dienstgebäude.

Als Erstes entledigten sie sich der nassen Jacken, dann wandte sich Willi an Mike. »I schau mol, wie weit die Berichte von den Kollegen des KDD san. I komm hernach zu dir ins Büro.«

Mike bemächtigte sich Beates Kaffeemaschine, bevor er sein Büro aufschloss, Licht machte und die Heizung auf volle Kanne aufdrehte.

Den PC hochzufahren hatte er noch keine Lust, er holte sich eine Flasche Mineralwasser aus dem Vorratsschrank in Beates Reich, dann lümmelte er sich mit hochgelegten Beinen auf die Couch seiner Besucherecke.

Mit geschlossenen Augen grübelte Mike vor sich hin, während er zugleich mit halbem Ohr auf das Gurgeln und Gluckern der Kaffeemaschine lauschte.

Innerhalb einer Woche zwei Tote. Bei seinem miesen Karma

war Kritschkes Reise mit dem Sensenmann mit Sicherheit kein Unfall. Wenn es Mord gewesen war, dann musste Kritschkes Tod mit dem Mord an Thomas Pickerl zusammenhängen. Eine andere Erklärung erschien zu unglaubwürdig.

Nur wie? Warum? War Horst Kritschke irgendwie an Pickerls Drogengeschäften beteiligt, falls es diese tatsächlich gab? Immerhin hatte er gelogen, was die letzten Kontakte zu Pickerl anging, das bewies Pickerls Anrufliste. Aber weshalb hatten die beiden telefoniert? Da beide nun tot waren und nicht mehr dazu befragt werden konnten, mussten sie sich wohl auf das jeweilige Umfeld konzentrieren. Den Anfang würde er bei Witwe Kritschke machen, nahm Mike sich vor.

Um mit gutem Beispiel voranzugehen, sprich beruflichen Eifer vorzuzeigen, überwand er sich, holte sich eine Tasse Kaffee und schaltete den Computer ein. Während er auf die Betriebsbereitschaft seines PCs wartete, rief er bei Babs zu Hause an.

Es war kurz nach sieben, Mike musste feststellen, dass sie nicht begeistert davon war, von ihm kontrolliert zu werden.

»Falls ich verpennt hätte, Papa, wär's auch ned dein Problem. Du musst ned immer auf Glucke machen!«

Ihre übliche Morgenstimmung. »Schon recht. Ich wollt dir auch bloß sagen, dass ich noch ned genau weiß, wann ich heimkomm, um dich abzuholen und zu Jessie zu fahren.«

»Ich kann auch mit dem Bus, Papa. Gib mir halt einfach Bescheid. Ich muss los, tschüss!«

Jetzt klang sie eindeutig genervt. Aber lieber eine genervte Tochter und wissen, dass alles okay war, als sich gar nicht um sie zu sorgen. Mike nahm es mit Humor.

Was nun? Wo sollte er ansetzen? Diese weitere Leiche brachte seine komplette Wochenendplanung durcheinander. Den Besuch bei Isabel zu verschieben kam nicht in Frage. Das würde ihn seinem mutmaßlichen Mörder um keinen Deut näher bringen, ganz im Gegenteil. Es half aber nichts – er musste zuerst seine neu entstandenen Aufgaben abarbeiten, auch wenn das seine Abfahrt verzögern würde.

Michael Mehltretter, der Geschäftsführer des Seniorenstifts, erschien ihm am wichtigsten. Erstens wollte er ihm wegen des Cannabis auf den Zahn fühlen, zweitens musste er ihn wohl oder übel über das Ableben Horst Kritschkes informieren. Und dann weiter zu Marianne Kritschke, die ihren Kummer vorzugsweise mit Alkohol und Putzfrau teilte.

Mike klaubte Mehltretters Visitenkarte aus dem Ordner, der alle von ihm bisher gesammelten Fakten zum Mordfall Pickerl enthielt. Tatsächlich stand eine Handynummer mit darauf. Welch ein Glück.

Eine recht verschlafen wirkende Stimme meldete sich. »Mehltretter …«

»Kriminalhauptkommissar Zinnari, guten Morgen.«

»Äh … Guten Morgen, Herr Kommissar.« Mehltretters Überraschung war deutlich zu hören.

»Ich müsste dringend mit Ihnen reden. Sind Sie noch zu Hause oder bereits im St. Hubertus? Ich komme gleich bei Ihnen vorbei.«

Angriff galt als die beste Verteidigung, deshalb ließ Mike keine andere Alternative zu. Mehltretter blieb nichts anderes übrig, als sich mit ihm zu verabreden. Nach einigen stotternden »Ja, äh, wieso« gab er sich geschlagen. »In einer halben Stunde in meinem Büro. Bis dann.«

Zufrieden legte Mike den Hörer auf. Na also, geht doch.

Gleich darauf vernahm er Geräusche und Stimmen aus dem Vorzimmer, seine Mannschaft war angetreten. Und wie. Fünf Minuten später standen sie in Reih und Glied vor seinem Schreibtisch.

Beate und Richard waren von der Neuigkeit, dass Kritschke sich ins Jenseits verabschiedet hatte, ziemlich aufgewühlt, laut schnatterten sie durcheinander.

»Der hatte so gute Tipps auf Lager, mit seinem bewussten Ernähren und so … und seine Gemüselasagne, der Hammer, sag ich euch!«, kam von Beate.

»Wie dumm, hätt ich den Termin mit dem Kritschke nur

schon für gestern noch gemacht … Wer weiß, was wir jetzt nimmer in Erfahrung bringen können? Ich Idiot, wenn ich nur …«, von Richard.

»Und wer schreibt jetzt weiter für ›Mia san mia‹? Hoffentlich muss die Serie deswegen ned a no sterben …«, nahm Willi den beiden anderen den Wind aus den Segeln.

Das betroffene Schweigen ermöglichte es Mike, sich Gehör zu verschaffen.

Er beugte sich vor. »Wie ergreifend, dass euch Kritschkes Ableben so sehr erschüttert. Darf ich auch mal was dazu sagen? Sehr verbunden, danke.«

Ernst musterte er nacheinander die Gesichter seiner Kollegen. »Wir müssen die Berichte der KTU, der Pathologie und der Spusi abwarten, bevor wir wissen, ob Kritschkes Tod ein Unfall oder Mord war. Vorher ins Blaue zu vermuten wär meines Erachtens völliger Schmarren. Und Beate, sei mir ned bös, vielleicht hat der Kritschke bei deiner VHS-Schulung noch anders ausgesehen, aber mit seiner bewussten Ernährung kann es ned weit her gewesen sein. Solche Fettringe bekomm ja ned mal ich, wenn ich vier Wochen mit nix als Schokolade auf der Couch verbring!«

Willi Schretzlmeier lachte auf, Beate verschränkte gekränkt und wortlos die Arme vor der Brust.

»Was euer Problem mit der Serie angeht«, ergänzte Mike, »dazu kann ich nix sagen, aber vermutlich gibt es dafür mehr als nur einen Autor. Unser Schauspieler Christian Waldmann wird mir bestimmt Näheres dazu erzählen, sobald ich mit ihm sprechen kann.«

Mit dieser energischen Ansage hatte Mike seine Mitarbeiter wieder bei der Sache. »Richard, wir beide fahren jetzt gleich zum Mehltretter«, fuhr Mike fort. »Willi, deine Infomappe über den Kritschke nehm ich mit. Wir sehen uns später, wenn Richard und ich wieder da sind. Also Leute, Abmarsch, auf ins Geschehen!«

Alle setzten sich gehorsam in Trab, lediglich Beate konnte

sich beim Hinausgehen ein bedauerndes Seufzen nicht verkneifen. »So schad, ja wirklich, so schad um den Mann.«

Mike drückte Richard den Hefter in die Hand. »Nimm den mit, du kannst mich während der Fahrt daraus informieren. Und du, Willi, besorgst dir bitte noch Namen und Wohnort dieser ominösen Olga, der Putzfrau vom Kritschke. Wenn jemand so lange Ohren hat wie sie, dann kann sie uns vielleicht auch das eine oder andere erzählen, was seine Frau eventuell ned weiß.«

»Okay, Chef.« Ohne Murren machte sich Willi an die Arbeit.

Insgeheim schluckte er daran, dass er der Putzfrau keinerlei Beachtung geschenkt hätte, während Mike sie sich als Fundgrube diverser Informationen auserwählt hatte. Dass ihn die Erkenntnis wurmte, nicht von selbst darauf gekommen zu sein, konnte Mike an seinem Gesicht ablesen und quittierte es mit einem Schmunzeln. Manchmal hatte auch er Lichtblicke, die das Verhältnis zu seinen Untergebenen wieder ins rechte Licht rückten.

20

»Der Kritschke war unter anderem freiberuflicher Architekt, aber hauptsächlich als Immobilienmakler tätig. Er hat mit einem Baugeschäft hier in Straubing zusammengearbeitet und für vermittelte Aufträge von denen Provision kassiert. Seine Vorträge an der VHS und seine Drehbuch-Schreiberei waren anscheinend nur eine Spinnerei, ich mein, ein Hobby von ihm, ein kleiner Nebenverdienst. Obwohl, so klein auch wieder nicht. Die Einkünfte als Autor waren nicht unerheblich, den letzten Steuerbescheiden nach zu urteilen. Damit ist wohl ganz gut zu verdienen!« Richard warf einen Blick zu Mike und wedelte mit dem Hefter. »Jedenfalls hatte er sein Hauptgeschäft als Architekt und Immobilienmakler beim Gewerbeamt Straubing angemeldet. Hier drin sind alle Steuerbescheide der letzten Jahre aufgelistet, der Willi war ganz schön gründlich, Respekt.« Richard blätterte weiter durch Willis Aufzeichnungen, um für Mike den kurzen Abriss über Kritschkes Lebensverhältnisse zu vervollständigen. »Anscheinend gab's nie irgendwelche steuerlichen Ungenauigkeiten, zumindest ist der Kritschke nie unangenehm aufgefallen. Er hat sogar seine Verdienste aus der Lehrtätigkeit an der VHS angegeben und auch die Honorare als Autor. Jeden Cent hat er versteuert, ein Muster deutscher Staatsbürgerlichkeit.«

Mit einem »Pfff« blies Mike Luft durch die Backen. »Wie erfreulich. Dann bin ich mal gespannt, was uns der gute Mehltretter dazu erzählen wird. Dass wir deswegen zu ihm fahren, weil Kritschke tot ist, hab ich ihm noch nicht gesagt. Mal schauen, wie er auf diese Nachricht reagiert.«

Der Seniorenstift St. Hubertus lag im Vergleich zu ihrem letzten Besuch sehr ruhig im düsteren Grau des beginnenden Tages. Einzig einige kohlschwarze Krähen zogen laut kreischend Kreise über den kahlen Bäumen im Park.

»Heut schaut's aus wie Draculas Schloss«, bemerkte Mike nachdenklich.

Kein Mensch kam ihnen entgegen, als sie durch die Windschleuse in die Eingangshalle traten, die ebenfalls wie ausgestorben wirkte. Logisch, Alter braucht Schönheitsschlaf, und die bereits munteren Senioren ließen sich um diese Zeit sicher ihr Frühstück schmecken.

Hinter dem Informationstresen stand eine adrette ältere Dame, die ihnen entgegenlächelte.

»Guten Morgen. Sie sind bestimmt die Herren von der Polizei? Herr Mehltretter wartet in seinem Büro auf Sie. Bitte …« Sie machte Anstalten, ihnen vorauszugehen, doch Mike winkte ab.

»Danke, wir kennen den Weg. Hier rechts den Gang entlang, dann links die Tür, richtig?«

»Stimmt genau.« Freundlich nickte sie ihm zu. Mike lächelte zurück. Die erste nette und normal wirkende Person in diesem Haus, das gab dem Tag doch schon mal eine hoffnungsvolle Note.

»Ja, bitte!«, erklang eine Stimme nach Richards Klopfen.

Michael Mehltretter erhob sich bei ihrem Eintreten, kam jedoch nicht um den Schreibtisch herum. Trotz der frühen Morgenstunde wirkte er ebenso geschniegelt wie gewohnt, der einzige Unterschied war, dass er heute eine Brille trug. Dadurch wurden die eng zusammenstehenden Augen kaschiert, was stark dazu beitrug, dass Mike einen durchaus positiveren Eindruck von dem Schnösel gewann.

Sehr ernst, aber nicht unfreundlich, reichte er den beiden über den Schreibtisch hinweg die Hand und bat sie, auf den Stühlen davor Platz zu nehmen.

»Was haben Sie auf dem Herzen? Was kann ich für Sie tun?«

Ohne dass sie sich abgesprochen hatten, überließ Richard Mike den Vortritt. Dieser sah Mehltretter aufmerksam ins Gesicht, als er sagte: »Leider haben wir keine gute Nachricht, Herr

Mehltretter. Wir sind hier, um Sie über den Tod Ihres Teilhabers zu informieren. Horst Kritschke ist heute Nacht verstorben.«

Sprachlos starrte Michael Mehltretter ihn an. Seine Augen weiteten sich, die frische Gesichtsfarbe wechselte schlagartig in Richtung kalkweiß.

»Was sagen Sie da? Der Horst ist tot? Ja, aber wie denn, so plötzlich, das kann doch gar nicht sein …«

Zweifellos war seine Bestürzung nicht gespielt. Er sprang auf, ging zum Fenster, kam zurück und trat hinter seinen Stuhl. Mit verschränkten Armen richtete er seinen Blick ungläubig auf Mike.

»Verstorben? Entschuldigung, was, äh, warum kommen *Sie* mit dieser traurigen Meldung zu mir? Ich meine, Sie von der Polizei?«

»Herr Mehltretter«, Mike sprach betont ruhig und sachlich, »Sie vergessen, dass wir immer noch in den Ermittlungen zu Thomas Pickerls Tod stecken. Herr Kritschke hatte von Pickerl einen Teil der Hofstelle gepachtet. Und er war Teilhaber Ihres Seniorenheimes, in dem Herr Pickerl seinen Alterssitz genommen hatte. Was ist daran so verwunderlich, dass wir diese Zusammenhänge als Erstes aufgreifen und uns mit Ihnen unterhalten wollen?«

Mehltretter blieb sekundenlang steif stehen, dann nickte er und setzte sich wieder.

»Sicher. Ja, Sie haben recht. Nur, dass der Horst … so schnell … war es denn ein Herzinfarkt oder was?«

»Wir haben die Pathologie eingeschaltet. Eine eindeutige Todesursache konnte bislang nicht festgestellt werden, da ist es üblich, den Toten in die Gerichtsmedizin zu überstellen. Ergebnisse liegen uns noch nicht vor.«

Mikes trockene Schilderung schien Mehltretter zu beruhigen. Etwas entspannter lehnte er sich zurück und strich sich mit der rechten Hand über das Kinn.

»Verstehe. Trotzdem, vielleicht können Sie mir wenigstens sagen, wo er gestorben ist? Äh, ich mein, bei ihm daheim oder vielleicht in seinem Schreibatelier? Oder wo sonst?«

»Was bringt Sie zu der Annahme, dass Herr Kritschke heute Nacht woanders hätte sein können als bei sich daheim? Wissen Sie etwas darüber, was er vorhatte oder wo er sich gestern Abend aufgehalten hat?«

Diese gezielten Fragen schienen Mehltretter zu verunsichern, denn zuerst nickte er andeutungsweise, dann schüttelte er den Kopf.

»Wir haben gestern Nachmittag noch telefoniert, bevor ich hier das Büro verlassen habe. So gegen fünf. Da befand er sich grad im Auto, kam wohl von einer geschäftlichen Besprechung und wollte noch zu seinem Atelier. Das machte er oft. Nach Feierabend den Anzug gegen lockere Klamotten zu tauschen, sich in die Ruhe seines Schreibzimmers auf dem abgelegenen Bauernhof zurückzuziehen und nichts anderes mehr hören oder sehen zu müssen hielt ihn im seelischen Gleichgewicht. Zumindest hat er mir das mal so geschildert. Obwohl Horst in seinem Beruf als Immobilienmakler oft ziemlich hart sein konnte, war er innerlich ein sehr sensibler Mensch.« Mehltretter lächelte leicht. »Kann man sich kaum vorstellen, gell? Sie müssten sein Atelier sehen, alles voller Blumen und Topfsträucher, zwei große Fenster hat er zusätzlich einbauen lassen, alles ist so hell und berauschend bunt! Der Horst hatte ein Faible für die Natur, für die Heimat, aber auch für Menschen und wie sie ticken. Sonst wäre er als Autor nicht so erfolgreich geworden. Sobald er sich in eine fiktive Welt flüchten konnte, würde er quasi dem hektischen Alltag entfliehen und zur Ruhe kommen, sagte er. Ja, so war er, der Horst.«

Für Mike und Richard war diese Beschreibung tatsächlich etwas unglaubwürdig, deckte sich aber mit Kritschkes eigenen Aussagen und mit dem, was sie bisher über ihn in Erfahrung gebracht hatten.

Mike nickte langsam. »Das klingt, als hätten Sie Horst Kritschke recht gut gekannt. Worum ging es bei Ihrem Telefonat gestern, wenn ich fragen darf?«

»Ich habe vor, zum fünfjährigen Jubiläum unseres Hauses

eine kleine Feier zu veranstalten. Dazu wollte ich Horst einladen und seine Meinung über die Organisation einholen. Aber er blockte ab, er sagte, es sei mein Heim, und ich solle feiern, wie ich es für richtig halte. Nicht einmal seine Anwesenheit dazu wollte er mir zusagen.« Seine Stimme klang enttäuscht.

»Sie waren wohl schon längere Zeit befreundet?«, wollte Mike wissen.

Mehltretters Grinsen kam etwas schief. »Wie man's nimmt. Wir haben uns vor etwa zwanzig Jahren kennengelernt. Ich habe damals mein erstes Bauvorhaben umgesetzt, ein altes Stadthaus in Straubing zu günstigen Studentenwohnungen umzubauen. Der Horst hat mir die Immobilie gebracht, hat Umbaupläne dafür gezeichnet und mich mit einem Bauunternehmer bekannt gemacht. Es schien für mich eine sehr rentable Investition zu sein. Dass sich Straubing als akademischer Standort entwickeln würde, hatte sich damals schon abgezeichnet. Trotzdem lief es dann doch nicht so, wie wir es geplant hatten. Wir hatten nicht bedacht, dass beim Aufbau des Wissenschaftszentrums zuerst die bereits ausgebildeten Leute kamen, die sich nicht für die kleinen Studentenbuden interessierten. Die wollten Häuser, verkehrsberuhigt gelegen und mit Garten. Für den Horst ein gefundenes Fressen, für meine Studentenbuden leider ein Fiasko. Nach Jahren konnte ich das Objekt schließlich trotzdem abstoßen, Gewinn war daraus nicht entstanden. Eher das Gegenteil.«

»Er hatte also dabei verdient und Sie nicht«, stellte Mike fest. »Trotzdem blieben Sie beide Freunde? Gab es eigentlich bei der Geschäftsführung von St. Hubertus keine Unstimmigkeiten zwischen Ihnen?«

Mehltretter gab gelassen zurück: »Nein, der Horst ließ mir völlig freie Hand. Und – ja, sicher blieben wir Freunde. Wie sich die Sache damals entwickelte, konnten weder der Horst noch ich voraussehen. Ich mach ihm keinen Vorwurf. War halt einfach Pech, eine gute Planung zum falschen Zeitpunkt. Und ich mag ihn – äh – mochte ihn, er war nett. Horst und seine Frau waren früher oft bei uns zu Gast. Sabine, meine Tochter, war jedes Mal kaum von seiner Seite zu bekommen. Zu Kindern hatte er einen besonderen Draht, obwohl er keine eigenen hatte. Vielleicht grade deshalb. Mit unserer Sabine konnte er besonders gut, hat sich viel mit ihr beschäftigt und gespielt, als sie noch klein war. Sie war ganz vernarrt in ihren Onkel Horst.«

Michael Mehltretter schwieg und starrte nachdenklich vor sich hin. Mike hatte den Eindruck, als würde er Kritschkes Dahinscheiden tatsächlich bedauern.

Nach einer Weile räusperte sich Richard. »Herr Mehltretter, wenn Herr Kritschke so ein netter Mensch gewesen ist, wie Sie sagten, kann es da sein, dass er Sie dazu überredet hat, Thomas Pickerl in Ihrem Seniorenheim aufzunehmen? Hat ihm der alleinstehende alte Mann leidgetan, und wollte er, dass er bei Ihnen einen gepflegten Lebensabend verbringen konnte?«

Stirnrunzelnd wandte Mehltretter Richard sein Gesicht zu. »Nein ... das hat er nicht, ganz im Gegenteil. Als er erfuhr, dass Thomas Pickerl bei uns einziehen würde, hat er sogar versucht, es mir auszureden. Seine Gründe erschienen mir allerdings ziemlich an den Haaren herbeigezogen.« Jetzt warf er einen Blick auf Mike. »Er sprach ähnlich wie Sie, Herr Kommissar. Der Pickerl würde hier nicht reinpassen, hat er gesagt, er hat befürchtet, wegen ihm andere zahlungskräftige Bewohner zu verlieren. War alles Quatsch. Sabine hat eigentlich noch mehr als ich darauf gepocht, dass wir keine Unterschiede bei der sozialen Herkunft eines Gastes machen dürfen. Und recht hat sie behalten. Thomas Pickerl war ein Einzelgänger, hat sich bei keinem angebiedert und sich niemandem aufgedrängt. Wenn ihm allerdings mal was nicht gepasst hat, konnte er das ziemlich laut und, ja, auch etwas unflätig zum Ausdruck bringen. Kam Gott sei Dank nicht oft vor. Meine anderen Gäste nahmen ihn so hin, wie er war. Fertig.«

Das entsprach den Tatsachen, wie Mike mittlerweile wusste. Dass Pickerl tatsächlich keine größeren Reibereien oder Streitigkeiten verursacht hatte, war das Ergebnis von Danielas Befragungen, der jungen Kollegin, die er beauftragt hatte, Paulis Spurensicherungsteam zu begleiten, um sich mit den Bewohnern zu unterhalten, während Paulis Leute sich in Pickerls Wohnung umsahen. Der Tenor war allgemein ziemlich einheitlich: Pickerl war nicht sonderlich beliebt gewesen, aber auch nicht angefeindet geworden. Für ein Mordmotiv seitens der Heimbewohner gab es zumindest in dieser Hinsicht keine Anhaltspunkte.

Nun wurde es Zeit, Mehltretter mit dem nächsten gravierenden Ermittlungspunkt zu konfrontieren.

»Herr Mehltretter«, Mike blickte ihm scharf ins Gesicht, »haben Sie gewusst, dass Thomas Pickerl regelmäßig Drogen zu sich genommen hat? Dass er, so seltsam es klingt, ein Junkie war?«

»Wie bitte? Das meinen Sie doch nicht ernst!« Mehltretter lachte auf. »So ein Blödsinn. Er trank gern, ja, aber – der Pickerl und Drogen? Was soll denn das gewesen sein? Crystal Meth oder Heroin etwa?«

»Das ist kein Witz. Er war zum Zeitpunkt seines Todes mit Cannabis zugedröhnt, und den pathologischen Ergebnissen zufolge hat er über einen längeren Zeitraum regelmäßig gehascht. Jetzt frage ich Sie, wo er wohl seinen Stoff herbekommen hat? Gibt es hier im Heim noch mehr Leute, die sich regelmäßig bekiffen?« Jetzt beugte sich Mike dem Heimleiter entgegen und fragte ihn direkt: »Hat Pickerl das Zeug von Ihnen bekommen?«

Wieder lachte Mehltretter auf, diesmal jedoch ziemlich entrüstet. »Sie sind ja verrückt! Ich weiß davon rein gar nichts! Wie können Sie nur behaupten, hier würde es Drogen geben? Wenn ich wüsste, dass einer unserer Gäste nicht integer wäre, würde er auf der Stelle mein Haus verlassen müssen, das garantier ich Ihnen!« Seine Stimme war ziemlich laut geworden, die Augen hinter der Brille blitzten Mike ärgerlich an.

Noch war Mike nicht bereit, sein Gegenüber so leicht vom Haken zu lassen.

»Okay, wir werden sehen, was die Spurensicherung in Pickerls Räumen zutage gefördert hat, Herr Mehltretter.«

»Ja, genau, das werden wir sehen, Herr Zinnari! Nichts werden Sie finden, nicht hier in meinem Heim! Wenn der Pickerl tatsächlich etwas mit Drogen zu tun hatte, dann weiß ich jedenfalls nicht, wie und woher, ist das jetzt bei Ihnen angekommen?« Noch immer schnaufte Mehltretter empört vor sich hin.

Gelassen erwiderte Mike seinen Blick. »Wie gesagt, wir werden sehen.«

Er machte eine Pause, in der sich Mehltretter beruhigen konnte.

Richard hatte sich bisher Notizen gemacht, nun hob er den Kopf und führte das erhitzte Gespräch mit ruhiger Stimme in eine andere Richtung.

»Kommen wir noch mal auf Horst Kritschke zurück. Haben Sie eine Vorstellung davon, wie gut sich Horst Kritschke und Thomas Pickerl kannten? Standen sie in engerem Kontakt? Hat Herr Kritschke Ihnen diesbezüglich Näheres erzählt?«

Mehltretter schüttelte den Kopf. »Nein. Darüber weiß ich nichts. Nachdem ich mich ihm widersetzte und Thomas Pickerl trotz seiner Bedenken bei mir aufgenommen hatte, haben wir nicht mehr darüber gesprochen. Allerdings, seit dieser Zeit hat sich Horst merklich zurückgezogen. Manchmal haben wir noch telefoniert, aber komischerweise, jedes Mal wenn ich ihn eingeladen habe, hat er abgelehnt. Ich schob es auf seinen beruflichen Stress und hab mir weiter keine Gedanken darüber gemacht.«

»Und wie kam Herr Kritschke dazu, Pickerls Hof zu pachten? Kannten sich die beiden von früher?«

Mehltretter lehnte sich müde zurück. Er nahm die Brille ab und rieb sich die Augen.

»Horst hat schon länger etwas gesucht, wo er sich abseits der Stadt und seines Hauses gemütlich einrichten kann. Genau sagen kann ich es nicht, aber ich glaube, dass der Pickerl in einer Landwirtschaftszeitung inseriert hatte und sein Angebot genau dem entsprach, was Horst sich vorstellte. Ja, und dann kann ich mich noch erinnern, dass er sogar den Umbau von Pickerls Wohnhaus zu Ferienwohnungen betreute. Muss den

Pickerl durch Horsts Beziehungen ein gutes Stück günstiger gekommen sein.«

Rasch hakte Mike nach. »Wenn Sie sagen, er wollte sich abseits seines Hauses gemütlich einrichten, klingt das für mich wie ein verstecktes Liebesnest. Hatte Horst Kritschke eine Affäre?«

Unerwartet lachte Mehltretter auf. »Ja, sicher, mit seinem Computer! Herr Kommissar, ich habe keinen Menschen kennengelernt, der weniger von körperlichen Beziehungen hielt als Horst. Der war glücklich mit seiner Schreiberei, mit all den Blumen, mit seinen Kürbissen und Tomaten, die sogar im Winter in seinem Atelier gediehen. Und es gab niemals eine andere Frau als Marianne … nein, ganz sicher nicht, die hätte ihn nur in seiner stillen Naturverbundenheit gestört, das dürfen Sie mir glauben!«

Die Mitteilsamkeit Mehltretters überraschte Mike. Trotzdem war er enttäuscht. Er hatte sich erhofft, von ihm mehr zu erfahren oder ihn zumindest mit einem der beiden Toten in einen negativen Zusammenhang zu bringen. In keiner Weise schien Mehltretter durch ihre Fragen irritiert, abgesehen von der Drogensache, seine Antworten klangen glaubhaft und wurden ohne Anzeichen von Nervosität vorgebracht. Trotzdem, eine Sache blieb noch.

»Wir müssen Sie noch etwas fragen. Am Sonntagmittag, wo waren Sie da?«

»Mein Alibi?« Er grinste. »Teambesprechung im Stift. Mit Sabine und Herrn Wegener und noch zwei weiteren Personen, die ich Ihnen gern benennen kann.«

»Und letzte Nacht?«

»Im Bett.« Mehltretter stand auf. »Meine Frau wird es bestätigen können, falls das was bringt. Ganz ehrlich, Herr Kommissar, diese Frage hätten Sie sich sparen können. Horst war mein Freund und Geschäftspartner, ich mochte ihn sehr, und nie im Leben hätte ich ihm etwas antun können!«

»Ich wäre ein schlechter Ermittler, wenn ich Ihnen diese Frage nicht gestellt hätte. Ich kenne weder Sie noch Kritschke, richtig? Aber gut, vielen Dank für Ihre Auskünfte, wir müssen diese Sache einfach nachprüfen. Mein Beileid zum Tod Ihres Freundes. Wäre vielleicht gut, wenn Sie sich ein wenig um die Witwe kümmern würden. Sie scheint mir mit der Situation überfordert zu sein, bestimmt könnte sie Beistand gebrauchen.«

Mehltretter nickte ernst. »Mein Gott, ja, die Marianne. Für die muss es ganz besonders schlimm sein. Sicher, ich fahr später zu ihr hinüber.«

Als Mike und Richard um die Ecke zur Empfangshalle bogen, verschwand der grauhaarige Kopf des Pflegedienstleiters Wegener soeben hinter einer Tür neben dem Aufzug. Er musste sie bemerkt haben, doch weder hatte er einen Blick in ihre Richtung geworfen, noch hatte er gegrüßt. Stattdessen zog er es vor, eiligst ihrem Sichtfeld zu entschwinden.

Die beiden Beamten verabschiedeten sich von der freundlichen Rezeptionistin und traten hinaus in das winterliche Grau.

Während Mike den Wagen startete, sagte er zu Richard: »Wir fahren jetzt gleich noch zu Kritschkes Witwe. Ruf doch in der Zwischenzeit bei Pauli an, ob sie von der Durchsuchung von Pickerls Räumen schon irgendwelche Ergebnisse vorliegen haben. Ich kann mir ned helfen, irgendwas ist hier oberfaul. Auch wenn der Mehltretter uns so hilfsbereit Auskunft gegeben hat, ich spür, dass was ned stimmt.«

Richard wippte mit seinem Smartphone. »Glaubst du ihm nicht? Also, ich für meinen Teil fand ihn heut sympathischer als da, wo er bei uns im Kommissariat war. Zumindest hat er diesmal nicht so übermäßig geschäftig gewirkt, er hat uns nicht einmal danach gefragt, ob er die Zimmer wieder neu vergeben darf.«

»Das stimmt. Trotzdem. Dass der Wegener uns direkt vor der Nase davongelaufen ist, kommt mir auch komisch vor. Hoffentlich kriegen wir bald den Beschluss für die Telefonlisten und die Computer vom Hubertusstift. Richard, du kennst mich, wenn ich ned recht hab mit meinem Gefühl, fress ich …«

»… einen Besen samt der Putzfrau, ja, ich weiß.« Richard

lachte. »Du und dein Bauchgefühl. Aber meistens hast ja recht, das muss man dir lassen.«

Er drückte ein paar Tasten und hob das Handy ans Ohr.

Gleich darauf wandte er sich an Mike. »Sie sind noch nicht so weit. Die Analyse von Pickerls diversen Medikamenten im Badschrank dauert noch. Wundert mich eh, wofür er die gebraucht hat, wo er doch angeblich so gesund war. Die Spusi hat auch sämtliche Getränkeflaschen und Lebensmittel mitgenommen, die sie in Pickerls Wohnraum gefunden haben. Unter anderem einige Kekse, unverpackt, anscheinend aus der hauseigenen Küche. Pauli schickt uns die Ergebnisse, sobald er sie hat.«

»Okay. Dann also weiter zum Haus von Kritschke.« Mike gab Gas.

21

Der junge Peter Voss stand vor dem Haupteingang der Schule und wartete auf seinen Freund Roland. Es war kurz vor Mittag, und eine Lautsprecherdurchsage hatte den verfrühten Schulschluss aufgrund der anhaltend schlechten Witterung angekündigt.

Freudestrahlend zogen die Schüler ab ins Wochenende, nur Peter war wenig begeistert davon. Er hatte durchaus keine Lust, jetzt schon nach Hause zu fahren, wo ihn nur eine nörgelnde Mutter und später ein noch nervigerer Vater erwarten würden.

Stattdessen hatte er einen Plan geschmiedet. Die Unterhaltung mit Roland am Vortag hatte ihm keine Ruhe gelassen. Eigentlich hatte sein Freund recht, warum sollten sie nicht versuchen, den ganzen undurchsichtigen Machenschaften, die Peter in den Unterlagen seines Vaters entdeckt hatte, auf den Grund zu gehen?

Es war irgendwie Schicksal gewesen, denn normalerweise interessierten ihn Papas Papiere überhaupt nicht. Als ihm durch Zufall der Name Christian Waldmann auf einem der Zettel auf dem Schreibtisch ins Auge gesprungen war, hatte er blitzschnell überflogen, was er in die Finger bekommen konnte, ehe sein Vater von der Toilette zurück ins Büro kam. Seine Mutter war großer Fan der Serie »Mia san mia«, sie plauderte oft und gern davon, da blieb es nicht aus, dass sogar Peter einige Namen von Schauspielern im Gedächtnis geblieben waren.

Und nun dieser Name auf Papieren seines Vaters.

Die weiteren Aufzeichnungen, handschriftliche Notizen auf losen darunterliegenden Blättern, waren ihm jedoch verwirrend erschienen, vollgestopft mit fremden Namen und Orten, mit Stichwörtern wie Cannabis und Drogenhandel, außerdem gab es eine Tabelle, die Geldzahlungen an einen gewissen Thomas Pickerl bescheinigte.

Plötzlich stach ihm Rolands Name ins Auge, wie elektrisiert hatte er überflogen, was da noch stand. Von Thomas Pickerl war die Rede gewesen und von Verena Bogenrieder. Und von einer Vergewaltigung.

Verstört und verunsichert hatte Peter das Weite gesucht. Später, als seine Eltern zu Bett gegangen waren, war er nochmals heimlich ins Arbeitszimmer geschlichen, doch alle Unterlagen waren verschwunden.

Zurück in seinem Zimmer hatte er aufgeschrieben, was ihm im Gedächtnis geblieben war. Dann hatte er versucht, alles in eine sinnvolle Reihenfolge zu sortieren, und am Ende stand da:

Verena von Pickerl vergewaltigt, Sohn Roland Bogen-
rieder
Pickerl Hanfanbau – Moosberger-Hof, Rundlberg – Dro-
genhandel
Pickerl erpresst Waldmann – Geld in bar?
Pickerl drohen – Vaterschaftstest – Geld bekommen?

Und dann gab es noch diese Tabelle, auf die er einen schnellen Blick werfen konnte, Zahlungen von »Moosberger-Hof« an »Pickerl«. Die Zeiträume hatte er nicht erfassen können, aber die Beträge; da standen mehrmals fünftausend Euro, die anscheinend an den ermordeten Bauern gezahlt worden waren.

Wie vor den Kopf geschlagen hatte Peter diese paar Wörter immer wieder gelesen, sie waren wie eingebrannt in seinem Gehirn.

Am meisten beschäftigte ihn der erste Satz: Verena vergewaltigt – Sohn Roland Bogenrieder. Wenn das hieß, dass Roland nicht ihr Bruder, sondern ihr Sohn war, dann konnte doch von Pickerl einiges zu holen sein. Sollte er es Roland sagen? Aber was hatte eigentlich sein Vater mit der ganzen Angelegenheit zu tun? Weshalb lagen diese Papiere im Arbeitszimmer, die hinterher wieder verschwunden waren? War sein Vater in irgendwelche Drogengeschichten oder Erpressungen verwickelt?

Für Peter war nicht der Beweggrund, etwas von Pickerls Geld abzubekommen, wie Roland leichtsinnig vorgeschlagen hatte, denn daran mangelte es ihm wahrlich nicht. Aber der Gedanke daran, dass sein Vater in illegale Geschäfte verwickelt sein könnte, ließ ihm keine Ruhe mehr. Er musste es wissen, koste es, was es wolle.

Endlich tauchte Roland auf, schlenderte lässig auf ihn zu. »Was stehst denn so blöd rum? Komm schon, der Bus wartet ned!«

Peter hielt ihn fest. »Wart schnell, Roland. Was hältst denn davon, wenn wir den freien Nachmittag ausnutzen und nach Rundlberg fahren? Uns mal auf diesem Moosberger-Hof umschauen, einfach mal überprüfen, was da abläuft und welche Leute dort hausen?«

Roland tippte sich an die Stirn. »Du spinnst. Ich hab dir gestern g'sagt, dass mich das alles ned interessiert! Der Pickerl und sein Geld ned, und Rundlberg schon gleich gar ned!«

»Ja, schon klar. Aber umschauen können wir uns doch trotzdem mal dort, oder? Und wenn es nur«, er grinste, »unsere Neugier als Fans ist, wie der Schauspieler Waldmann dort wohnt. Vielleicht kriegen wir sogar ein Autogramm?«

Mit einem Schnauben schüttelte Roland den Kopf. »Das nimmt dir kein Mensch ab. Wenn ich ned zum Mittagessen heimkomm, springt die Vreni im Viereck. Außerdem, wie willst denn dort hinkommen bei dem Wetter?«

»Mit der Waldbahn können wir bis St. Englmar fahren, die fährt trotz dem vielen Schnee immer noch, da hab ich schon nachgeschaut. Und von dort geht entweder ein Bus, oder wir laufen die paar Kilometer nach Rundlberg zu Fuß. Irgendwie geht's schon. Was ist jetzt, bist dabei?« Drängend schob Peter ihn weiter Richtung Busparkplatz.

»Warum ist dir das jetzt auf einmal so wichtig?« Roland blieb bockig stehen.

»Darum halt! Wennst nicht willst, dann sag's, ich fahr auch allein!« Peter drehte sich weg.

»So weit kommt's noch. Von mir aus, ich bin dabei. Aber ich muss trotzdem vorher heim, das hilft nix. Aber bis um zwei so was könnt ich bei dir sein, langt uns das zeitlich noch?«

Peter nickte erfreut. »Klar doch. Und zieh dich warm an, Bubi, könnte kalt werden.«

»Depp!«, war alles, was Roland dazu sagte.

Zum dritten Mal innerhalb von ein paar Tagen parkte Mike vor Kritschkes pompösem Eigentum. Das Rolltor war geschlossen, doch das schmale Türchen daneben stand offen. Noch niemand hatte sich die Mühe gemacht, zu räumen oder zu streuen, so war die komplette Hofeinfahrt inzwischen zugeschneit, von dem schrecklichen Ereignis und in dessen Folge dem Großaufgebot der Polizei war fast nichts mehr zu erkennen. Lediglich frische Abdrücke kleiner Schuhe führten von der Straße bis zur Haustür, das war das Einzige, was zu sehen war.

Es hätte Mike interessiert, ob Horst Kritschke bisher selbst die Schneeschippe und den Salzeimer in die Hand genommen hatte, um bis gestern alles frei zu halten, oder ob sich eventuell ein Gärtner oder Hausmeister für diese Arbeiten im Haushalt Kritschke finden ließ.

Richard klingelte. Eine Frau um die sechzig öffnete. Graues, kurzes Haar, eine Kassengestell-Brille auf der Nase, biedere Kleidung unter einem gemusterten Arbeitskittel. Zweifellos Olga, die Putzfrau mit den großen Lauschern.

»Kommissar Bacher, Kripo Straubing, und das ist mein Kollege Zinnari«, stellte Richard sie beide vor. »Wir hätten gern Frau Kritschke gesprochen, wär das möglich, bitte?«

Mit Damen ihrer Altersstufe kam Richard gut zurecht. Olga lauschte seinem höflichen Ton und erwiderte sein freundliches Lächeln mit einem breiten, goldblinkenden Mundverziehen.

»Ja, ja. Kommen Sie, kommen Sie herein, bitte.«

Sie führte die beiden Kommissare in die Küche, an dessen frei im Raum stehendem Tresen – einen Esstisch und Stühle gab es nicht – Marianne Kritschke auf einem Barhocker saß, eine Kaffeetasse und ein Glas trübes Wasser vor sich. Entweder aufgelöstes Aspirin oder Alka-Seltzer, vermutete Mike, beides konnte ihr nach der Alkohol-Sedativum-Mischung der letzten Nacht nur Linderung verschaffen.

Ihre schlanken Beine steckten in schwarzen Jeans, ein grauer Wollpullover mit dickem Rollkragen schmiegte sich figurbetont an ihren Oberkörper. Trotz der blassen Gesichtsfarbe wirkte sie mit den halblangen Locken und den ausdrucksvollen grauen Augen attraktiv.

»Guten Morgen, Frau Kritschke. Bleiben Sie bitte sitzen.« Mike gab ihr die Hand, Richard tat es ihm nach.

Marianne Kritschke wirkte wesentlich klarer und entspannter als vergangene Nacht. Sie konnte den beiden Beamten sogar zulächeln.

»Herr Zinnari, Sie haben Wort gehalten. Und der Kollege? Bacher, ja?« Sie wandte sich an Richard. »Sie kenn ich noch ned, aber Sie waren ja auch schon mal da, bei meinem Horsti …«

»Ja, Frau Kritschke. Mein Beileid.« Richard nickte ihr zu, trat dann einen Schritt zur Seite und lehnte sich gegen die Arbeitsplatte der Einbauküche.

»Frau Kritschke«, Mike stellte sich neben ihren Hocker, »wie geht es Ihnen heute? Ich kann mir gut vorstellen, wie einen so was erschüttert … Geht's Ihnen einigermaßen gut?«

»Geschlafen hab ich wie ein Stein«, gab sie zurück.

Darüber war Mike keineswegs verwundert.

»Die Olga ist da«, fuhr sie fort, »da kann ich alles viel leichter ertragen. Wir zwei wissen einfach, was wir aneinander haben, gell, Olga?«

»Ja, Frau Kritschke. Wir haben was einander.« Sie sprach leicht abgehackt mit osteuropäischem Akzent.

So ganz passte es Mike nicht in den Kram, dass die Putzfrau bei ihrem Gespräch dabei sein sollte, vorzugsweise hätte er mit Marianne Kritschke unter vier beziehungsweise sechs Augen gesprochen.

»Frau Kritschke, wir hätten uns gern mit Ihnen unterhalten,

über Dinge, die Ihren verstorbenen Mann betreffen. Ich weiß nicht …« Zweifelnd wies er mit dem Kinn auf Olga.

»Ach, die Olga stört mich ned. Aber wenn Sie meinen … Olga, würdest du bitte …?«

Die Mundwinkel der älteren Frau zogen sich nach unten. »Ja, ja. Geh schon weg.« Hinter ihr fiel die Tür nicht besonders leise ins Schloss.

»Frau Kritschke, wenn Sie sich ned gut genug fühlen, um uns einige Fragen zu beantworten, dann kommen wir ein andermal wieder. Dass wir einiges wissen und klären müssen, verstehen Sie bestimmt, ned wahr?«

Sie nickte langsam, zugleich fuhr ihre Hand an die Stirn. Anscheinend plagten sie noch immer heftige Kopfschmerzen, denn bevor sie antwortete, leerte sie das trübe Wasserglas vor sich in einem Zug.

»Sicher versteh ich das. Versprechen kann ich aber nicht, dass ich Ihnen weiterhelfen kann. Zumindest werd ich es versuchen.«

»Danke. Ihr Mann war gestern Nacht unterwegs, wissen Sie, wohin er gefahren ist? Ob er sich mit jemandem getroffen hat?«

»Ich weiß nur, dass er zu seinem Atelier wollte. Er hat mich gestern Abend angerufen, so gegen sechs, da war er mit dem letzten Geschäftstermin fertig und hat mir Bescheid gegeben, dass er noch an seiner neuesten Drehbuch-Geschichte weiterarbeiten würde. Er hat geschrieben, wissen Sie?«

»Ja, das hat er uns erzählt. War es üblich, dass er dann stundenlang wegblieb? Soweit wir wissen, waren Sie wohl schon zu Bett gegangen, bevor er heimkam?«

»Meistens wurde es so spät, ja.« Sie nippte an der Kaffeetasse, dann sah sie auf. »Oh, Entschuldigung, hätten Sie auch gern einen? Kaffee? Oder etwas anderes?«

»Ich nicht, danke, Frau Kritschke.«

Richard schüttelte ebenfalls den Kopf. Er hatte seinen Block auf die Arbeitsplatte gelegt und notierte sich Marianne Kritschkes Aussagen.

Mike registrierte ein unwilliges Stirnrunzeln von ihr. Seine Wachsamkeit erhöhte sich. Gestern hatte er noch gedacht, sie wäre ein trauriges, überfordertes Häufchen Elend, doch heute vermittelte sie ihm einen ganz anderen Eindruck. So unbeholfen war sie gar nicht, im Gegenteil. Bei Tageslicht betrachtet erkannte er ihren starken Willen, der sich durch stahlgraue Augen und eine stramme, aufrechte Körperhaltung zum Ausdruck brachte.

Und er bemerkte noch etwas anderes: Ihr Blick irrte immer wieder zur geschlossenen Küchentür.

»Sagen Sie, Frau Kritschke, mir ist aufgefallen, dass gestern Abend Ihre Einfahrt geräumt und gestreut gewesen war. Heute nicht. Hat diese Arbeiten denn Ihr Mann selbst erledigt?«

»Wie?« Von seiner Frage abgelenkt wandte sie ihren Kopf in Richtung Mike. »Äh, nein, das hat … das macht ein junger Mann für uns. Olgas Sohn, wenn Sie es genau wissen wollen. Er hilft aus, wenn es nötig ist, im Sommer zur Gartenarbeit, im Winter zum Schneeschippen. Oder wenn es was zum Reparieren gibt. Da hilft er uns immer.«

»Aber«, tat Mike verwundert, »Entschuldigung, ich dachte, Ihr Mann wäre handwerklich begabt gewesen? Als Architekt und Häusermakler? Hätte er Reparaturen im Haus und Garten nicht selbst erledigen können?«

Gleichmütig gab sie zurück: »Mein Mann war Künstler, Herr Zinnari, kein Handwerker. Sein Kopf schuf phantasievolle Geschichten, zu profanen Dingen wie Wasserhähne tauschen oder eine Glühbirne wechseln fühlte er sich durchaus nicht berufen.«

Erneut wanderten ihre Augen zur Tür.

Seinem Bauchgefühl gehorchend trat Mike spontan ein paar Schritte vorwärts und riss die Tür auf. Mit einem überraschten Aufschrei fiel ihm Olga taumelnd direkt in die Arme. Erschrecktes Aufstöhnen der beiden Damen ließ Mike zu einem Entschluss kommen.

»So geht das nicht!« Er stellte Olga wieder auf die stämmigen

Beine, bevor er sich mit strenger Miene zu Marianne Kritschke umwandte.

»Frau Kritschke, ich denke, Ihre Angestellte hat uns bestimmt auch einiges zu erzählen. Mein Kollege wird sie mitnehmen auf die Dienststelle, um sich ungestört mit ihr unterhalten zu können. Richard, bitte sei so gut, fahr mit ihr nach Straubing und schick mir den Willi, damit der mich hier abholt. In der Zwischenzeit werde ich mich weiter mit Frau Kritschke unterhalten.«

»Nein, bitte, warum …?« Marianne Kritschke war vom Hocker gesprungen, baute sich erbost vor Mike auf. »Das muss doch jetzt nicht sein, oder? Olga kann Ihnen nicht helfen, sie weiß doch von nix! Nur weil sie ein bisserl neugierig ist, können Sie sie doch nicht einfach mitnehmen!«

»Wir haben sehr wohl das Recht, Frau … Frau Olga mitzunehmen. Ich halte das sogar für äußerst sinnvoll. Es sollte ja wohl auch in Ihrem Sinne sein, Frau Kritschke, wenn wir den Tod Ihres Mannes rasch aufklären und Sie ihn mit allen verdienten Ehren begraben können, oder?«

Sie schnaufte empört. »Was, bitte, sollte Olga mit dem Tod meines Mannes zu tun haben?«

Von oben herab sah er sie scharf an, jedes Wort betonend gab Mike leise zurück: »Frau Kritschke, ich diskutiere nicht mit Ihnen, ich entscheide. Basta.«

Selbst Richard zuckte bei Mikes Worten überrascht zusammen. Was war nur in seinen Chef gefahren, dass er einer trauernden Witwe dermaßen über den Mund fuhr? Bei allen zurückliegenden Fällen hatte Mike stets Feingefühl bewiesen, dieser harte, schroffe Ton passte so gar nicht zu ihm.

Mike dagegen fand ihn sehr angebracht. Die beiden Damen standen sich anscheinend viel zu nahe, als dass er die Möglichkeit ausschließen konnte, dass sie ihre Aussagen der Polizei gegenüber vorher absprechen würden. Sofern sie es nicht schon vor seiner Ankunft getan hatten. »Richard, Frau Olga fährt mit dir mit. Sofort!«

Er wandte sich an die verschreckte Putzfrau und bemühte sich um ein beruhigendes Lächeln. »Wir fahren Sie später auch wieder zurück, keine Sorge. Ihnen passiert nichts.«

Beschwörend sah er seinem Kollegen in die Augen, und endlich kapierte Richard. Mit dieser Strategie verfolgte sein Chef ein bestimmtes Ziel.

»Okay. Bitte, Sie können ganz unbesorgt sein. Sie fahren einfach mit mir mit, und bald sind Sie dann wieder hier. Einverstanden?«

Mit seinem jungenhaften Charme und dem offenen Blick vertrieb Richard tatsächlich den ängstlichen Ausdruck in Olgas Gesicht. Mit einem resignierten Seufzer hob sie schließlich die Schultern. »Gut, ich komme. Meine Jacke anziehen darf ich, ja?«

»Selbstverständlich. Kommen Sie, gehen wir. Auf Wiedersehen, Frau Kritschke.«

Bei der Hausherrin bewirkte Richards unwiderstehliche Ausstrahlung eher das Gegenteil. Hätten Blicke töten können, wäre Richard auf der Stelle tot umgefallen. Sie nickte ihm kurz zu, ohne Antwort zu geben, drehte ihm demonstrativ den Rücken zu und nahm wieder auf dem Hocker Platz.

Nachdem sich die Tür hinter Richard und Olga geschlossen hatte, ging Mike kurz entschlossen um den Tresen herum, sodass er Marianne Kritschke gegenüberstand und ihr Gesicht betrachten konnte.

»Frau Kritschke.« Seine nun wieder sanfte Stimme ließ sie unwillig zu ihm hochsehen.

»Frau Kritschke, das geht doch nicht gegen Sie. Schauen Sie, Ihr Mann ist tot, wir wissen leider noch nicht, ob es ein Unfall war oder nicht. Wenn es keiner war, dann …«, er machte eine Pause, »… dann wollen wir wissen, wer dafür verantwortlich ist. Das möchten Sie doch auch, oder?«

Langsam senkte sie den Kopf und nickte. Ihre Augen waren ausdruckslos geblieben, ein leichtes Flattern der Lider verriet jedoch ihre innere Anspannung.

»Ja, schon. Mein Horsti hat nie jemandem was Böses getan. Er war so ein herzensguter Mensch. Es kann nur ein blöder Unfall gewesen sein, weil was anderes –« Sie verstummte.

Mike richtete sich auf. »Genau. Gehen wir einfach von der Annahme aus, dass es ein Unfall war. Trotzdem müssen wir immer noch im Mordfall Thomas Pickerl ermitteln, weswegen wir am Mittwoch schon einmal hier waren. Sagen Sie, haben Sie Herrn Pickerl gekannt?«

»Er war ein paarmal bei uns zu Hause. Horsti und er hatten Geschäftliches zu bereden, worum es genau ging, kann ich nicht sagen. Ich hab Kaffee gekocht und Kuchen bereitgestellt, dann bin ich wieder gegangen. Hört sich vielleicht blöd an«, sie zuckte die Schultern, »aber Horst hat mir nie von seinen Geschäften erzählt, er hat immer alles allein gemanagt.«

Ihre Empörung schien verschwunden zu sein. Redselig sprach Marianne Kritschke weiter: »Ich hab mich deshalb auch nie gekümmert, nie nachgefragt. Uns ging es gut. Wie Sie sehen …«, sie wies mit einer ausladenden Geste um sich, »… hat es uns an nix gemangelt. Ich war immer da, wenn Horst mich gebraucht hat, aber aufdrängen, nein, das wollt ich mich nie. Dass mir oft allein daheim stinklangweilig ist, hat er nie verstanden. Seine Interessen teilen, das hat ihm vorgeschwebt. Manchmal hat er mich um meine Meinung gefragt, ja, aber ich bin kein kreativer Typ, und wenn ich ehrlich bin, hab ich bis heut nur wenige Folgen der Serie angeschaut, für die Horst geschrieben hat.« Ein verschämtes Lächeln huschte kurz über ihr Gesicht.

Marianne Kritschke konnte verdammt charmant und attraktiv sein, stellte Mike fest. Kaum zu glauben, dass ein Mann wie Horst Kritschke, deutlich älter als sie, um einige Zentimeter kleiner, dafür aber um doppelt so viele Zentimeter dicker, eine Chance bei ihr gehabt hatte. Was hatte sie bewogen, ihn zu heiraten? Und nach den langen Jahren ihrer kinderlosen Ehe trotz ihrer – nach eigener Aussage – alltäglichen Langeweile bei ihm zu bleiben?

»Wie lange waren Sie verheiratet, Frau Kritschke?«

Ein Schatten legte sich über ihr Gesicht, die grauen Augen verloren den stählernen Glanz. Sekundenlang starrte sie an Mike vorbei, bevor sie ihm antwortete.

»Unsere Silberhochzeit können wir jedenfalls nimmer feiern. Seit zweiundzwanzig Jahren waren wir verheiratet. Im Guten wie im Bösen. Nein«, sie schüttelte heftig den Kopf, »die bösen Jahre lagen schon lange hinter uns. Uns ging's gut.«

Mit dem rechten Handrücken wischte sie über beide Wangen, obwohl Mike keine Tränen bemerkt hatte, bevor sie die Kaffeetasse packte, einen Schluck nahm und Mike ansah.

Eine Kämpfernatur, dachte Mike, sich nur keine Blöße geben, niemals eigene Schwächen zugeben. Außer sie war so besäuselt wie in jener Nacht, als man sie über den Tod ihres Gatten informiert hatte.

Ohne Aufforderung fuhr sie plötzlich fort: »Horst war so intelligent und so gefühlvoll. Als ich ihn kennenlernte, war ich von dieser Kombination völlig hin und weg. Was machten da schon die paar Jahre Altersunterschied? Oder dass er ein paar Zentimeter kleiner war als ich? Es war mir völlig egal, Horst hat mir genau das gegeben, was ich im Leben gebraucht hab.«

»Kinder haben Sie keine? Entschuldigung, aber …« Irgendwo musste es doch eine Stelle geben, an der man ihren emotionalen Panzer sprengen konnte.

»Nein, haben wir nicht. Wir wollten, aber, nun, es hat halt ned geklappt.«

»Hat es Ihnen etwas ausgemacht? Ich mein, hat das Ihre Ehe stark belastet?«

»Haben Sie Kinder, Herr Zinnari?«

Überrascht von ihrer Frage nickte er. »Ja, zwei. Ein Mädel und einen Buben.«

Mit zwingendem Blick fragte sie weiter: »Haben Sie jemals darüber nachgedacht, wie es ohne Kinder wäre? Haben Sie jemals darüber nachgedacht, dass es um vieles einfacher wäre, keine Verantwortung zu tragen, kcine Sorgen zu haben?«

Eiskalt erwischt. Ganz ehrlich, welcher Mensch, der ein Elternteil war und nicht durchwegs aus dem Charakter »Was geht es mich an?« bestand, hatte sich diese Frage noch nicht gestellt? Mit Kindern gab man einen Großteil seines eigenen Lebens auf, opferte sämtliche zur Verfügung stehenden Ressourcen, damit es dem Nachwuchs nie schlecht ging. Selbstverständlich gab es Phasen, wo man gut und gerne auf die eigene Brut hätte verzichten können. Trotzdem, ohne die Liebe und Hingabe an seine Kinder würde Mike sein Leben nur als blasse Fassade erscheinen, als eine Art durchscheinendes Negativ eines ausgefüllten Bildes. Bei dem Gedanken daran, was er ohne seine Kinder wäre, empfand er plötzlich eine Leere, die ihm fast den Atem raubte.

Marianne Kritschke hatte etwas geschafft, was selten jemand gelang: Mike aus der Fassung zu bringen.

Heftig gab er zurück: »Das steht wohl nicht zur Debatte. Sie –« Weiter kam er nicht.

»Das steht sehr wohl zur Debatte! Sie erwarten ehrliche Antworten von mir? Dann darf ich wohl auch ehrliche Antworten von Ihnen erwarten! Also, haben Sie es jemals bereut, Kinder zu haben?«

»Nein, nie«, knirschte Mike hervor, wobei ihm heiß wurde und er spürte, wie sein Kopf vor Erregung rot anlief. Diese Mistbiene! Grimmig verschränkte er die Arme vor der Brust. Was bezweckte sie mit ihrer Fragerei?

Als ihr Gesichtsausdruck in Richtung weinerliche Grimasse schwenkte, wurde ihm die Antwort klar. Sie wollte sein Mitleid erregen. Marianne Kritschke glaubte, durch seine eigenen familiären Bindungen würde der Kommissar ihren Mangel bedauern, Verständnis finden für ihr trauriges Schicksal.

Mitgefühl heischend sah sie Mike direkt in die Augen. »Was denken Sie denn? Natürlich hat es unsere Ehe belastet, aber – wir haben uns damit abgefunden. Und Horsti hatte Ersatz gefunden, er übernahm stattdessen die Rolle eines liebevollen Onkels.«

Bemüht um einen neutralen Gesichtsausdruck gab Mike zurück: »Bei Sabine Mehltretter?«

Sie war überrascht, woher er das wusste.

Mike setzte schnell hinzu: »Und Sie? Wurden Sie für Sabine eine liebevolle Tante?«

Für eine Millisekunde flatterten ihre Augenlider, dann nickte sie. »Das war nicht schwer, Sabine war so ein liebes Kind, man musste sie einfach gernhaben. Irgendwie hatte ich das Gefühl, dass ich es Horst schuldig war, ihm Kinder zu geben, und so adoptierten wir quasi die Sabine. Wir waren sehr viel mit den Mehltretters zusammen, und als Sabine älter wurde, kam sie auch öfters allein zu uns. Der Pool, der Tennisplatz … alles für sie.«

Kein Wunder, dachte Mike, dass Sabine Mehltretter so einen verwöhnten Eindruck machte. Von allen Seiten verhätschelt und bevorzugt zu werden schien einer anständigen Charakterbildung nicht unbedingt zuträglich zu sein.

Mike sah sein Wochenende in Rundlberg in immer weitere Ferne rücken. Eine Vernehmung von Sabine Mehltretter war unumgänglich, musste auf jeden Fall so schnell als möglich durchgeführt werden. Und eigentlich hätte er noch zum ehemaligen Pickerl-Anwesen hinausfahren wollen, um mit den Gästen der Ferienwohnungen zu reden und sich in Kritschkes blumigem Schreibatelier umzusehen. Auf diesen geheimnisvollen Rückzugsort Kritschkes war Mike neugierig, das konnte er nicht abstreiten.

Zugleich musste er in Erfahrung bringen, ob Kritschke gestern Abend wirklich dort gearbeitet hatte und vor allem, wie lange er sich dort aufgehalten hatte und ob er dabei alleine gewesen war.

So wie die Sache nun stand, musste er diese Vorhaben auf nächste Woche verschieben, denn um eine Begründung zu haben, die Spurensicherung in Kritschkes Haus oder zu seinen gemieteten Räumlichkeiten zu schicken, fehlten noch die Ergebnisse der Obduktion. Erst wenn tatsächlich Hinweise vorlagen, dass sein Tod kein Unfall gewesen war, konnte sich die Spusi seinem Arbeitszimmer und den Wohnräumen widmen.

Mikes Armbanduhr wies schon auf elf Uhr, langsam liefen ihm die Stunden davon.

»Frau Kritschke ... oh, Entschuldigung.« Mikes Handy meldete sich mit dem Klingelton von Falco. »Willi! Du sollst mich abholen, ned anrufen! Was gibt's?«

Das stoßweise Atmen des untersetzten Beamten klang wie Gewehrsalven in Mikes Ohr. »Ja, ja, bin ja scho unterwegs zu dir! Aber ned allein, Mike, i muss dir wos Wichtiges sagen! Pass oba auf, dass die Kritschke nix mitkriegt, lass dir nix anmerken!«

Das klang nun so verwirrend, dass Mike zuerst das Handy vom Ohr nahm, Marianne Kritschke unverbindlich zunickte und sich entschuldigend in Richtung eines der Fenster drehte, damit sie sein Gesicht nicht sehen konnte.

»Ja, verstanden. Ich höre?«, sprach er mit ruhiger Stimme ins Telefon.

»Mit dieser Olga, der Reinigungsfachkraft, die uns der Richard da angeschleppt hod, host du mol wieder den richtigen Riecher bewiesen, Mike! Rat mol, wie die sich schreibt? Boszanski! Na, klingelt's?«

22

Mike machte einen Schritt näher zum Fenster, musste schlucken und hatte sich dann so weit von seiner Überraschung erholt, dass er in normalem Tonfall weitersprechen konnte.

»In Ordnung. Gibt's sonst noch was? Ich bin grad beschäftigt, wenn nix Dringendes vorliegt, kann es bestimmt warten, bis ich wieder in der Dienststelle bin.«

Seine Antwort passte so überhaupt nicht zu Willis Satz, doch in den Ohren von Marianne Kritschke musste es unverfänglich und vielleicht sogar ein wenig verärgert klingen.

Willi war nicht blöd, er kapierte sofort. »Alles klar. Mia kommen mit zwei Funkwagen, du konnst ja die trauernde Witwe scho mol sachte drauf vorbereiten, dass wir sie in Gewahrsam nehmen müssen. Oder – siehst du des anders, Mike?«

»Nein. Ich geb dir völlig recht. Also dann, wir sehen uns später.«

Umständlich packte Mike das Smartphone zurück in die Hosentasche, um ein paar Sekunden Zeit zu gewinnen, dann drehte er sich lächelnd zur Hausherrin um. »Entschuldigung. Wenn man sich ned um alles selbst kümmert …«

»Kein Problem, Herr Zinnari.« Liebenswürdig fragte sie ihn nochmals: »Möchten Sie nicht doch eine Tasse Kaffee?«

»Nein, vielen Dank. Wo waren wir stehen geblieben? Ah, bei der Sabine, nicht wahr? Wie sieht denn Ihr Verhältnis jetzt zu ihr aus? Kommt sie immer noch auf Besuch, treffen Sie sich öfter?«

»Manchmal. Bei Weitem nicht mehr so oft wie früher. Aber, ja, sie kommt hin und wieder vorbei. An Geburtstagen oder wenn es halt grade mal passt. Herrje, sie ist erwachsen, hat einen Job, da bleibt eben wenig Zeit für alte Onkels und Tanten …«

Ihr entspanntes Lächeln bewies, dass Mikes Telefonat sie in keiner Weise misstrauisch gemacht hatte. Gut so.

»Das kann ich gut verstehen. Meine Tochter ist siebzehn, fast achtzehn, die geht ebenfalls ihre eigenen Wege. Lässt sich ja nicht aufhalten so was, gell?«

Lässig lehnte sich Mike ihr gegenüber an den Tresen.

»Frau Kritschke, Ihre Reinigungskraft Olga, wie lange arbeitet sie schon für Sie? Mir ist aufgefallen, dass Sie ein richtig freundschaftliches Verhältnis zu ihr haben.«

Marianne zuckte die Schultern und ließ sich vom Hocker gleiten. Während sie um den Tresen und dabei nah an Mike vorbeistreifte, um den Kaffeeautomaten erneut mit einem Pad zu bestücken, sagte sie: »Warum auch nicht? Sie kommt jetzt seit fast zehn Jahren zu uns ins Haus, sie ist fleißig und freundlich, und ich vertraue ihr völlig. Wir verbringen tatsächlich viel Zeit miteinander, das stimmt schon. Ich würde sagen, sie ist mir eine gute Freundin geworden. Weil sie, genauso wie ich, zu Hause nur allein wäre. Da zieht sie es vor, lieber bei mir zu bleiben. Und ich bin froh, jemanden zu haben, mit dem ich reden kann.«

Im Stillen fragte sich Mike, warum so viele Menschen immer jemanden um sich herum brauchten, um sich gut zu fühlen. Warum es vielen nicht möglich war, sich selbst genug zu sein, damit zufrieden zu sein, Zeit für sich selbst zu haben. Marianne Kritschke hätte sich doch eine Beschäftigung suchen können, und wenn es nur gewesen wäre, ihr Haus selbst zu putzen. Oder in einem der diversen Frauenvereine aktiv zu werden, vielleicht sich zu engagieren für die zahlreich eingetroffenen Flüchtlinge und Asylsuchenden, ihnen Hilfe anzubieten, sei es mit Behördengängen oder Sammlungen von Kleiderspenden. Oder sonst irgendetwas in dieser Richtung. Es war doch niemand dazu verdammt, gelangweilt zu Hause den Tag totschlagen zu müssen!

Inzwischen hatte sie eine weitere Tasse Kaffee in der Hand, schlüpfte wiederum wie unabsichtlich eng an ihm vorbei und nahm auf ihrem Hocker Platz.

Um sein Unverständnis über ihr phlegmatisches Verhalten nicht zu zeigen, zwang Mike sich zu einem Nicken. »Ja, ich versteh schon, dass Sie froh um Olgas Gesellschaft sind. Olgas

Sohn, der Ihnen manchmal aushilft, wie heißt der junge Mann gleich noch mal?«

Sie hatte ihm den Namen nicht genannt, was sie aber offenbar nicht mehr wusste, denn sie tappte blind in Mikes rhetorische Falle.

»Karel. Karel Boszanski. Was ist mit ihm?«

Da war sie, die Bestätigung, auf die er gewartet hatte. Die Bestätigung, dass sie alle irgendwie miteinander verbandelt waren, die Kritschkes, die Boszanskis, die Mehltretters. Und die ihn dazu berechtigte, sämtliche Verdächtige vorerst in Polizeigewahrsam zu nehmen.

Ihr Tonfall hatte sich fast unmerklich verändert, war dunkler geworden als zuvor. Wachsam musterte Mike sein Gegenüber. Sie senkte die Augen, um Blickkontakt mit ihm zu vermeiden. Was sollte er davon halten? Wollte sie vor ihm verbergen, was er automatisch vermutete? Der Gedanke schien nicht abwegig: hier eine gelangweilte reiche Dame, dort ein junger, hilfsbereiter Mann. Hatte Karel Boszanski nicht nur den Garten beackert?

»Wie oft kommt er zu Ihnen? War er gestern da, um die Einfahrt zu räumen?«, fragte Mike harmlos nach.

»Ja, das könnte sein. Warten Sie …« Um den Eindruck von Nachdenklichkeit vorzutäuschen, legte sie einen Finger an die Nase. »Ja, tatsächlich, gestern Nachmittag war Karel da. Ist das denn wichtig?«

Vermutlich blieb ihr nichts anderes übrig, als es zuzugeben, weil sie befürchten musste, dass Nachbarn, die ihn gesehen hatten, etwas anderes aussagen könnten.

Arglos gab Mike zurück: »Es könnte ja sein, dass ihm irgendetwas aufgefallen ist. Fremde Leute auf der Straße oder jemand, der sich nach Ihrem Mann erkundigt hat, zum Beispiel.«

Heftig schüttelte sie den Kopf. »Nein, da war nix. Weil, nun, er hätte es mir oder zumindest seiner Mutter erzählt, wenn etwas Außergewöhnliches vorgefallen wäre.«

»Okay, wenn Sie das sagen …« Mike hörte das leise Brummen eines Automotors. So wie er stand, konnte er aus dem Fenster sehen, Marianne Kritschke hinter ihm jedoch nicht. Zwei Streifenwagen waren vorgefahren, seine Verstärkung war eingetroffen.

Ernst sah er sie an. »Frau Kritschke, es tut mir leid, aber ich muss Sie bitten, mich auf die Dienststelle zu begleiten. Wir müssen Ihre Aussagen schriftlich protokollieren, und deshalb –«

»Was?« Sie stand auf. »Das fällt Ihnen jetzt erst ein? Auf keinen Fall komme ich mit Ihnen. Sie können mich nicht dazu zwingen!«

»Leider doch, Frau Kritschke.« Süffisant sah Mike auf sie hinab. »Weil ich nämlich den Verdacht habe, dass Sie uns an der Nase herumführen …«

»Wie bitte?« Trotz der zur Schau gestellten Entrüstung sah Mike das erschreckte Aufblitzen in ihrem Gesicht. Sie drehte ihm den Rücken zu wie ein trotziges Kind, verschränkte die Arme vor der Brust und sagte: »Ich möchte mich mit unserem Anwalt absprechen. Vorher sage oder mache ich keinen Schritt!«

»Das steht Ihnen frei.« Mike trat neben sie und sah sie freundlich an. »Sie können Ihren Anwalt vom Kommissariat aus anrufen, aber nicht jetzt. Kommen Sie, holen Sie Ihre Jacke.«

Zuvorkommend öffnete er die Küchentür. Es klingelte an der Haustür.

Lange sah sie Mike ins Gesicht, bevor sie leise sagte: »Warum? Warum muss das jetzt sein?«

Ebenso lang blickte Mike zurück.

Er hatte noch keine passende Antwort parat, da lächelte sie plötzlich.

»Ich versteh schon. Ihr Kollege ist da, Herr Zinnari. Wir sollten ihm öffnen gehen.«

Marianne Kritschke saß gut verstaut hinter ihnen im folgenden Funkwagen, während Mike es genoss, ausnahmsweise von Willi kutschiert zu werden.

Aufseufzend lehnte er sich zurück. »Willi, meinen höchsten

Respekt! Dass du so schnell geschaltet hast, ehrlich, ganz große Klasse!«

»Richard war's«, gab der dickliche Beamte freimütig zu. »Er hod die Personalien von Olga Boszanski aufg'nommen und sofort den Zusammenhang erkannt. Daraufhin hod er uns losg'schickt, dich und die Dame dort hinten abzuholen. Er dachte wohl, dass mia unbedingt verhindern müssen, sobald sie wieder alloa im Haus wär, sich mit dem Karel in Verbindung zu setzen.«

»Da hatte er absolut recht.«

»Du, Mike?«

»Hm?«

»Denkst du, dass die Jutta überhaupt wiederkommt? I moan, wenn ihre Mutter jetzt stirbt und sie dann in Bielefeld die Wohnung erbt und ihre Mutter ja dort bestimmt auch begraben lässt, dann könnt's doch sei, dass sie gar nimmer zu uns nach Bayern kommt, oder?«

Verwundert drehte ihm Mike den Kopf zu. »Keine Ahnung, Willi. Wie kommst denn jetzt auf so was?«

»Woaß ned.« Willi zuckte die Schultern. »Is mir grad so eing'fallen. Wenn der Richard so weitermacht, dann könnt er die Jutta glattwegs ersetzen. Als Hauptkommissar, moan i. Und der Posten konn ja ned dreifach besetzt sein, weil du bleibst ja do … und dich woll ma ja auch gar ned loswerden.«

Darauf konnte Mike nicht gleich antworten. Willis Überlegungen kamen so unvermutet, dass er Zeit brauchte, um darüber nachzudenken.

Schließlich hob er hilflos die Hände. »Ehrlich, Willi, darauf hab ich keine Antwort. Vor allem jetzt ned, wo ich gedanklich ganz woanders bin. Du meinst also, der Richard wär so weit, dass er zum KHK befördert werden sollt?«

»Du ned? In letzter Zeit is der Richard wia ausgewechselt. Als wär er mit Lenor gespült, bringt er täglich a frische Brise ins Büro. Ja, i woaß, des hört sich echt blöd an, aber … so kommt's mir halt vor. Und wennst ehrlich bist, Mike, dann merkst es doch selbst, dass ned jeder besonders guad mit der Jutta z'rechtkommt.«

Dass ausgerechnet von Willi Schretzlmeier dieses Statement kam, damit hätte Mike im Leben nicht gerechnet. Vielmehr hätte er vermutet, dass Willi froh darüber wäre, wenn Richard bald nach Franken zurückgehen würde. Anscheinend hatte Willi bisher von Richards Rückruf tatsächlich nichts mitbekommen. Und Mike wollte ihn nicht aufklären, nicht jetzt und nicht heute.

»Wir reden ein andermal drüber, Willi. Lass uns erst mal schauen, was die Jutta sagt, wenn sie sich meldet. Eigentlich ist's ja schon ungewöhnlich, dass sie sich die ganze Woche ned gerührt hat.«

»Eben.«

Sich lockernd rollte Willi beide Schultern und grinste. »Ja, guad, dann hol'n mia uns jetzt erst mol den Mörder vom Pickerl. Und den vom Kritschke, weil des war bestimmt koa Unfall. Wobei, mei G'fühl sogt mir, dass wir den gleichen Kerl suchen müssen, Mike.«

Mike nickte. »Wenn du das Gleiche denkst wie ich … Mal schauen, ob wir recht haben, Willi.«

»Verdammt, jetzt hab ich doch glatt den Mehltretter vergessen!« Mike klatschte sich gegen die Stirn. »Ich Hornochs, schick den sogar selber noch zur trauernden Witwe, dabei fährt er jetzt ganz umsonst dorthin!«

Willi und er standen am Eingang der Kriminalinspektion und warteten auf das Eintreffen der Kollegen, die Marianne Kritschke dabeihatten.

»Ja, und? So schlimm wird des scho ned sei.« Mit Unverständnis drehte sich Willi zu seinem Chef um.

Ungehalten gab Mike zurück: »Doch! Weil der sicher unruhig wird, wenn er sie daheim ned antrifft, und ich will vermeiden, dass er mir sämtliche Leut aufscheucht durch eine eventuelle Rumfragerei! Vor allem hätt ich die Sabine gern noch vernommen, bevor sie spitzkriegt, dass wir die Kritschke und ihre Putze festg'setzt haben. Nein, ich muss dem Mehltretter gleich Bescheid sagen. Im Büro hab ich seine Nummer. Führ du mal die Kritschke ins Vernehmungszimmer und dann hol mir schleunigst diese Sabine her!«

Mit langen Sprüngen hetzte Mike den Gang entlang und die Treppe hinauf. Beate hob erschrocken den Kopf, als er ungestüm die Tür aufriss und weiter zu seinem Büro rannte. »Keine Zeit!«

»Ja, aber, Chef –!«

»Später!«

Eine Minute darauf hatte er Michael Mehltretter in der Leitung. »Entschuldigen Sie die nochmalige Störung, Herr Mehltretter. Ich wollte Ihnen nur kurz Bescheid sagen, dass meine Kollegen Marianne Kritschke zu uns in die Inspektion gebeten haben, um einige Fragen mit ihr abzuklären. Ich war vorhin darüber nicht informiert, deswegen dachte ich, ich sag Ihnen Bescheid, damit Sie nicht umsonst zu ihr hinausfahren.«

»Das find ich nett, danke. Ich hätte mich jetzt dann auf den Weg gemacht, gut, dass Sie sich gemeldet haben.« Mehltretters Stimme hörte sich freundlich an, es klang kein Argwohn heraus. Erleichtert atmete Mike auf. Gerade noch geschafft. Sollte er nachfragen, ob Sabine im Seniorenstift anzutreffen war? Nein, lieber nicht, Neugier oder Misstrauen wollte er beim Heimleiter auf gar keinem Fall erwecken. Und der Überraschungseffekt wäre dann auch hinüber.

»Ich werde ihr ausrichten, dass sie sich bei Ihnen melden soll, sobald sie wieder daheim ist, ist das für Sie in Ordnung?«, schob Mike betont harmlos hinterher.

»Äh, ja, sicher. Meine Handynummer hat Marianne ja. Wird es lange dauern?«

Mike kam ins Schwitzen. Da er keine Vorstellung davon hatte, wie sich die Dinge entwickeln würden, konnte er wirklich keine Zeitangaben machen. Was sollte er darauf antworten?

Langsam sagte er: »Nein. Aber ich glaube, sie wollte noch etwas in der Stadt erledigen. Zumindest hat sie so was erwähnt.

Keine Ahnung, Herr Mehltretter. Sie wird sich dann schon melden.«

»Gut. Jedenfalls, danke noch mal, dass Sie mir Bescheid gesagt haben.«

»War doch klar. Auf Wiederhören.« Mike legte auf.

Himmel, hoffentlich hatte er nicht zu nervös und gehetzt geklungen. Nun, ändern konnte er sowieso nichts mehr.

So – und jetzt? Vierteilen sollte man sich können, und nicht mal das hätte ausgereicht, um überall dort präsent zu sein, wo Mike jetzt gern gewesen wäre. Marianne Kritschke hockte in dem einen Raum, Olga Boszanski im anderen, ihr Sohn Karel und Christian Waldmann bisher unbehelligt in Rundlberg und Sabine Mehltretter vermutlich im Büro von St. Hubertus. Von Babs, die in einer Stunde zu Hause sein und ihre Sachen fürs Wochenende bei ihrer Freundin packen würde, und Isabel, die – sich bestimmt vor Sehnsucht verzehrend – auf ihn wartete, gar nicht zu reden.

»Himmeldonnerwetterherrschaftszeitennocheinmal! Scheißmieses Karma, zefix!« Mike fluchte sehr selten, doch nachdem er diese Worte vor sich hin gezischt hatte, ging es ihm besser.

Wozu hatte er schließlich fähige Kollegen? Ganz klar, er musste delegieren, ob er wollte oder nicht. Nur, wie am besten die Aufgaben verteilen? Mit Marianne Kritschke hatte er sich bereits ausführlich unterhalten, bei ihr ging es nun vorrangig darum, sie daran zu hindern, mit Karel Boszanski Kontakt aufzunehmen und ihn vorzuwarnen, bevor er mit ihm sprechen konnte.

Dies konnte Willi gut übernehmen, seine Zerberus-Vorstellung gelang ihm so gut, dass sie dadurch hoffentlich eingeschüchtert genug sein würde, um sich ruhig zu verhalten, zumindest bis der Anwalt der Kritschkes eintraf.

Olga war bei Richard bestens aufgehoben, er hatte ihre Vernehmung ja bereits begonnen und schien Mikes Unterstützung im Moment nicht zu brauchen.

Blieb also das Gespräch mit Sabine Mehltretter, und das wollte sich Mike von keinem nehmen lassen.

Zurückgelehnt, die Hände am Hinterkopf verschränkt, ließ er den bisherigen Tag nochmals Revue passieren.

Irgendetwas hatte ihn heute extrem gestört, etwas, das im Seniorenstift vorgefallen war. Er kam nicht drauf, was es gewesen sein könnte, krampfhaft grübelte er nach.

Anscheinend war Michael Mehltretter nicht wirklich der aufgeblasene Schnösel, für den Mike ihn anfangs gehalten hatte. Und seine Schilderungen über Kritschke ließen das zweite Todesopfer in einem relativ guten Licht dastehen. Anhaltspunkte für kriminelle Machenschaften gab es bei keinem der beiden Gesellschafter der »St. Hubertus Seniorenstift GmbH«.

Und Sabine? Die verzogene Göre? Plötzlich erinnerte sich Mike an den einen Satz, den ihr Vater über sie gesagt hatte: »Sabine hat eigentlich noch mehr als ich darauf gepocht, dass wir keine Unterschiede bei der sozialen Herkunft eines Gastes machen dürfen.« Genau das war es gewesen, was ihm sauer aufgestoßen war.

Sabine war es also gewesen, die sich für Pickerl starkgemacht hatte, die ihn unbedingt in ihrem Heim haben wollte. Warum? Wie passte das zu ihrem sonstigen arroganten Getue letztens? Klar, wahrscheinlich hatte sie die Kripo erst einmal abwimmeln wollen. Den Grund dafür musste Mike unbedingt herausbekommen.

Was wusste er sonst noch? Laut Pickerls Verbindungsnachweisen hatte Horst Kritschke in der letzten Zeit mit Thomas Pickerl telefoniert, was der Drehbuchautor jedoch nicht erwähnt hatte. Mike war durchaus bereit zu glauben, dass Horst Kritschke nicht gelogen hatte. Aber, wenn nicht Horst mit Thomas Pickerl gesprochen hatte, wer dann? Putzfrau Olga bestimmt nicht, blieb also nur die Witwe. Weshalb? Was verband Marianne Kritschke mit Thomas Pickerl? Und was verband Sabine Mehltretter mit Pickerl, dass sie sich so für seinen Heimplatz eingesetzt hatte?

Mike raufte sich das Haar. Fragen über Fragen über Fragen!

Beate meldete über Telefon Willi mit Sabine Mehltretter an.

Als die Tür aufging, sprang Mike entsetzt hoch. »Willi! Bist du verrückt geworden?«

Willi, puterrot im Gesicht, verzog keine Miene, zerrte Sabine Mehltretter am Arm hinter sich her. Ihre Hände waren vorn mit Handschellen gefesselt, sie keifte und trat mit hochhackigen Stiefeln immer wieder in Willis Richtung.

»Ich zeig Sie an, darauf können Sie Gift nehmen! Sie kriegen ein Verfahren, das sich gewaschen hat! Sie, Sie …«, giftete die junge Frau, ohne von Mike Notiz zu nehmen.

»Hinsetzen!«, befahl Willi unbeeindruckt und drückte sie auf den Stuhl vor Mikes Schreibtisch.

Mit ruhiger Stimme versuchte Mike, sich Gehör zu verschaffen. »Frau Mehltretter, jetzt beruhigen Sie sich doch! Willi, mach sofort die Handschellen ab! Herrschaft, was ist dir denn da eingefallen?«

Endlich klappte Sabine den Mund zu und starrte Mike vorwurfsvoll an. Willi trat einen Schritt zur Seite. »Ich mach's nur, wenn die da ned wieder handgreiflich wird. Schau dir des an!« Er drehte den Kopf und wies auf zwei lange Kratzer an Kinn und Hals.

»Da dran sind Sie selber schuld!«, fauchte Sabine. »Wenn Sie mich mit Gewalt gegen meinen Willen hierherschleppen, dann ist das Amtsmissbrauch, und es ist mein gutes Recht, mich zu wehren!«

Fragend hob Mike die Augenbrauen. »Mit Gewalt, Willi?«

»Schmarrn. I hob sie ganz freundlich aufg'fordert, mi zu begleiten. Bis i schauen hob können, wollt sie oba auf und davon rennen, do hob i sie grod no am Mantelzipfel erwischt und festg'halten. Daraufhin hat sie mir eine g'schmiert, und i hob ihr die Handschellen verpasst. So und ned anders war's.«

»Gar nicht wahr! Davonlaufen wollt ich gar nicht, ich hab, ich wollt –« Sie brach ab. »Ist ja jetzt egal, Sie haben mich ja da, wo Sie mich haben wollten. Also, bitte!« Auffordernd streckte sie Willi die eisenberingten Hände entgegen.

»Mach sie auf, Willi. Und dann geh bitte in das Vernehmungs-zimmer zwei und bleib dort, bis ich komme. Schick mir Beate herein, sie soll das Protokoll führen. Über diese Sache hier reden wir später noch.«

Stumm schloss Willi die Handschellen auf und verließ das Büro. Beate trat gleich darauf ein und setzte sich schweigend mit ihrem Schreibblock an Juttas verwaisten Arbeitsplatz.

Provokativ rieb sich Sabine Mehltretter die geschundenen Handgelenke. »Das wird ein Nachspiel haben, Herr Zinnari. So einfach lass ich mir das nicht bieten! Wie eine Verbrecherin abgeführt zu werden, also wirklich! Bloß gut, dass es auf dem Parkplatz gewesen ist und mich hoffentlich keiner gesehen hat! Stellen Sie sich diese Blamage vor!«

Mike ließ sich langsam wieder auf seinem Drehstuhl nieder.

»Es tut mir leid, Frau Mehltretter, ich verspreche Ihnen, ich werde die Sache umgehend disziplinarisch verfolgen.«

Mehr sagte er nicht dazu, denn er erkannte sofort den glück-lichen Nebeneffekt des Dramas, nämlich dass er sie nun so lange festhalten konnte, wie er es für nötig hielt. Eine Anzeige wegen tätlichen Angriffs auf einen Vollzugsbeamten war schnell ge-tippt …

»Möchten Sie ein Glas Wasser? Oder eine Tasse Kaffee?«

Mit den Fingern versuchte sie, ihre ramponierte Frisur ein wenig zu ordnen.

»Nein danke. Ich will jetzt nur endlich wissen, was Sie eigent-lich von mir wollen, und dann schnellstens hier wieder raus.«

»Selbstverständlich. Also, Frau Mehltretter, Sie wissen ja, dass wir immer noch im Fall Thomas Pickerl ermitteln. Und inzwischen haben sich durch den Tod von Horst Kritschke weitere Umstände ergeben, die wir untersuchen müssen. Wie mir Ihr Vater und Marianne Kritschke berichteten, haben Sie Herrn Kritschke sehr gut gekannt.«

»Seit meiner Kindheit, ja. Onkel Horst und mein Vater waren befreundet.«

»Und wie ist Ihr Verhältnis zu Marianne Kritschke?«

Misstrauisch verengte sie die Augen. »Sie kenne ich genauso lange«, gab sie ausweichend zur Antwort.

Mike seufzte ungeduldig. »Das ist mir klar. Danach hab ich aber nicht gefragt. Wie eng ist Ihre Beziehung zu ihr? Wie häufig treffen Sie sich oder telefonieren?«

»Warum ist das denn wichtig? Ja, ich besuche sie öfter, oder wir gehen mal zusammen ins Theater oder shoppen. Sie ist viel allein, da versuch ich hin und wieder, sie aus dem Haus und unter Leute zu bringen.«

»Wie oft?«, hakte Mike nach.

»Herrje, wie oft? Was weiß ich, so alle zwei, drei Wochen, denke ich. Warum stellen Sie mir diese Fragen?«

»Haben Sie irgendwann im Hause Kritschke Thomas Pickerl kennengelernt?«

»Äh, nein …«

Überrascht von der Frage überlegte sie offensichtlich, was sie darauf antworten sollte. Falls Marianne Kritschke bereits etwas darüber erzählt hatte, wäre es ungeschickt von ihr, es abzustreiten. Wie gut, dachte Mike, dass sie keine Gelegenheit gehabt hatte, mit ihr zu telefonieren, bevor Willi sie einkassiert hatte.

»Nein, warten Sie, doch, ich glaube. Ja, tatsächlich, einmal hatte Onkel Horst eine Besprechung mit ihm, da sind wir uns über den Weg gelaufen.«

»Haben Sie eine Ahnung, worum es dabei ging?«

»Um den Umbau von Pickerls Wohnhaus, glaube ich.« Zögernd setzte sie hinzu: »Mir fällt grade ein … Onkel Horst hat uns sogar einmal mitgenommen, also die Marianne und mich, als er sich vom Pickerl die Scheune zeigen ließ, die er dann als sein Atelier pachtete.«

»Hm.« Mike schob den Stuhl etwas zurück, streckte die langen Beine aus. Mit einem Kugelschreiber zwischen den Fingern spielend bohrte er weiter nach.

»Dass Pickerl zu Ihnen ins Seniorenheim gezogen ist, darüber waren Sie sich mit Ihrem Onkel Horst uneins, wie wir gehört haben. Weshalb haben Sie sich trotzdem so sehr dafür eingesetzt, dass er zu Ihnen kommt?«

Mit übergeschlagenen Beinen setzte sie sich jetzt entspannt vor ihn. Ihr Lächeln wirkte süffisant. »Das hab ich nicht. Ich war eigentlich auch Onkel Horsts Meinung, dass er nicht zu uns passen würde. Aber mein Vater, na ja, der sagte, es dürfe kein Unterschied gemacht werden bei der sozialen Herkunft unserer Gäste und dass sich der Pickerl schon einleben würde. Hat ja dann auch gepasst, es gab keine nennenswerten Probleme mit ihm.«

Sie stellte den Sachverhalt genau andersherum dar als ihr Vater. Wer von den beiden sprach nun die Wahrheit, wer von den beiden hatte ihn belogen? Unwillig runzelte Mike die Stirn, sein Blick wurde härter.

»Hatte denn Ihr Vater Thomas Pickerl schon gekannt, bevor dieser den Antrag auf das Zimmer bei Ihnen gestellt hat?«

Sabine schüttelte den Kopf. »Nein, bestimmt nicht. Ich wüsste nicht, woher.«

»Aha. Aber *Sie* hatten ihn gekannt.« Diese Feststellung ließ Mike einfach mal so im Raum stehen, um zu sehen, was sie daraus machen würde.

Langsam schien ihr zu dämmern, dass sie sich hier um Kopf und Kragen reden könnte. Ihr zuvor noch zornesrotes Gesicht wurde allmählich bleicher. Nervös verkrampfte sie die Hände ineinander, bevor sie sie um die übergeschlagenen Knie schlang.

»Worauf wollen Sie hinaus, Herr Zinnari?«

»Wie erklären Sie sich, dass Thomas Pickerl nachweislich über einen längeren Zeitraum Hasch zu sich genommen hat?«

Sie schien nicht überrascht zu sein von dieser Frage. »Davon weiß ich nichts.« Ihre hohe Stimme klang gekünstelt. »Der alte Mann? Kann ich mir überhaupt nicht vorstellen.«

»Haben Sie keine Ahnung davon, wo er die Drogen herbekam, Frau Mehltretter?«

»Natürlich nicht! Das Privatleben unserer Gäste geht uns

nichts an, aber wenn wir etwas davon geahnt hätten, dann wäre er im hohen Bogen geflogen!« Unruhig knetete sie die Hände.

»Falls wir dahinterkommen, dass Sie Ihre Bewohner mit Hasch versorgen, dann …«

»Hören Sie auf. Sie werden bei uns nichts finden.« Ihre trotzige Haltung schwand immer mehr, kleinlaut hockte sie vor Mike und starrte zu Boden.

»Wissen Sie, was ich glaube?« Mike sprach leise und eindringlich. »Sie wissen sehr gut, woher die Drogen kommen, nicht wahr? Pickerl hat den Hanf für Sie angebaut, versteckt in seinen Maisfeldern, Karel Boszanski und seine Helfer haben ihn geerntet und verarbeitet, damit Sie Ihren gut betuchten Heimbewohnern einen zusätzlichen Luxus bieten konnten. Ist es nicht so?«

Sabine Mehltretter hob nicht einmal den Kopf.

Noch leiser setzte Mike hinzu: »Irgendetwas muss vorgefallen sein, dass der Pickerl nicht mehr in Ihr Geschäft passte. Warum musste er sterben?«

Sabine sackte zusammen. »Ihre Unterstellungen sind unverschämt. Ich sage nichts mehr ohne Beisein meines Anwalts.«

23

Mike seufzte bodentief. Mittlerweile war es halb zwei Uhr nachmittags, längst hätte er seine Einkäufe erledigen und zu Isabel aufbrechen wollen. Stattdessen hockte er mit Willi, Richard und Beate in seinem Büro.

Sie warteten. Auf Michael Mehltretter, der auf Bitte seiner Tochter sein Kommen angekündigt hatte, und auf den Anwalt, den sich Sabine Mehltretter und auch Marianne Kritschke herbestellt hatten. Wie sich gezeigt hatte, ging es dabei um ein und dieselbe Person, und was Mike tatsächlich nicht mehr verwunderte: Es war der ihnen bereits bekannte Jurist Peter Voss.

»Es ist zum Aus-der-Haut-Fahren!« Ungeduldig sprang Mike auf. »Jetzt haben wir bis auf Karel Boszanski, Christian Waldmann und Michael Mehltretter alle mutmaßlich Verdächtigen da, und keine der Frauen will den Mund aufmachen! Aber offensichtlich konnten wir verhindern, dass sie ihre Komplizen in Rundlberg verständigen, so bleibt uns noch Zeit, um denen auf den Zahn zu fühlen.«

Als das Telefon klingelte, riss Mike fast erleichtert den Hörer hoch. »Pauli! Gibt's was Neues?«

»Ja und nein. Ich muss mich wiederholen: T-H-C!«

»Das ist uns ned neu, Pauli!«

Paul Heise schmunzelte hörbar. »Doch. Das wird dich jetzt umhauen. Wir haben Hasch in sämtlichen Lebensmitteln vom Altersheim gefunden. In den Keksen aus Pickerls Zimmer genauso wie in allen Kuchen in der Kaffeetheke, in den Vorräten der selbst gemachten Nudeln, Semmeln und Brote oder als Bestandteil von Suppen und Bratensoßen. Das komplette Seniorenheim berauscht sich schon beim Frühstück, Mike! Und mit jeder Mahlzeit mehr! Die Frage ist jetzt nur, ob die Heimbewohner davon wissen oder ob ihnen die Drogen ohne

Kenntnis untergejubelt werden! Mike? Bist noch dran? Bist mir jetzt aus den Latschen gekippt?«

»Ja, fast. Das gibt's doch ned!« Die Kollegen waren bei seinem Ausruf hochgesprungen und warfen ihm fragende Blicke zu.

»Wart mal, Pauli, ich stell auf laut, sonst denken die anderen, ich will sie verarschen. So, bitte, wiederhol das noch mal!«

Pauli erfüllte seine Bitte umgehend.

»Damit seids ihr jetzt auf dem neuesten Stand«, fügte Pauli hinzu. »Alles andere ist nun eure Aufgabe. Wennst noch was brauchst, Mike, meld dich. Habe die Ehre!«

Sekundenlanges fassungsloses Schweigen erfüllte den Raum.

Willi machte als Erster den Mund auf.

»Ja, do legst di nieder. Ja, sowos oba a. Koa Wunder, dass der Pickerl durchs Leben g'segelt is wia der Engel Aloisius! Jeden Dog zum Frühstück scho a Manna, ja leck mi am Arsch!«

Niemand widersprach ihm, keiner rügte ihn für seine Wortwahl.

Endlich kam Leben in Mike.

»Richard, hol sofort Dr. Ganserl her. Ohne Staatsanwalt kommen wir ned weiter! Unsere verdächtigen Damen müssen unbedingt in Polizeigewahrsam bleiben, bis abgeklärt ist, wer wie weit in der ganzen Sache mit drinhängt. Und vorsorglich der Mehltretter gleich mit, wie gut, dass der uns sowieso freiwillig ins Haus kommt. Mensch, der Anwalt Voss kriegt dann gleich ein Pauschalpaket von Mandanten geliefert, der wird sich wundern!«

»Wer sagt denn, dass der nicht auch daran beteiligt ist?« Dieser Einwand kam von Richard. »Zum Moosberger-Hof hat der doch seit damals die besten Beziehungen! Und als Anwalt von unseren Verdächtigen könnte er doch weit mehr die Finger drinhaben als gedacht!«

»Scheiße, ja, da hast du absolut recht. Soll der Dr. Ganserl entscheiden, wie es weitergeht! Hol ihn her!«

Worauf sich Richard an Jutta Heinzes Arbeitsplatz umgehend ans Telefon hängte. »Er kommt. Was jetzt? Die Frauen werden bestimmt langsam ungeduldig.«

Mike zuckte die Schultern. »Ist mir wursch. Die warten ja eh auf ihren Anwalt, so viel Geduld werden sie schon aufbringen. Ich will vor allem endlich wissen, wo wir stehen! Helfts mir mal, das Ganze auf einen gemeinsamen Nenner zu bringen!«

»Ned ohne Kaffee.« Willi setzte sich gesittet auf die Besucherbank und verschränkte die Arme. »I bin heut scho so lange im Dienst, entweder i zisch mir jetzt dann a frisches Weißbier rein oder i bekomm an Kaffee und a Stück Kuchen. Beatchen, deine san bestimmt cannabisfrei, also her damit!«

Damit entspannte Willi die hektische Situation. Obwohl Mike noch immer die Zeit unter den Nägeln brannte, war er zum Warten verdammt, und warum dies nicht mit Kaffee und Kuchen versüßen?

»Gute Idee. Beate, sei so lieb, und vor allem kannst du uns dann gleich Bescheid sagen, wenn der Mehltretter aufkreuzt. Der müsste eigentlich jeden Moment da sein.«

Während Beate sich in ihrem Vorzimmer beschäftigte, saßen die beiden Kommissare und Willi nachdenklich um den Tisch.

»Hätten wir den Mehltretter nicht besser abholen sollen?« Richard runzelte die Stirn. »Wenn er ebenfalls an der Drogensache beteiligt ist, könnte er leicht verduften und vorher bei dem Karel Boszanski anrufen, damit in Rundlberg sämtliche belastenden Beweise beseitigt werden. Dann war alles für die Katz. Bis wir nach Rundlberg kommen, ist vielleicht alles vernichtet, und der Karel und der Waldmann sind auf und davon!«

»Nein«, widersprach Mike, »das glaub ich ned. Der alte Mehltretter hat bestimmt von den Vorgängen im Seniorenstift keine Ahnung. Ich hätt es zwar ned geglaubt, weil mein erster Eindruck von einem Menschen selten täuscht, aber trotzdem denk ich inzwischen, dass er unschuldig ist. Die Sabine hat das alles ohne sein Wissen angezettelt, da bin ich mir ziemlich sicher. Wahrscheinlich mit Hilfe von Marianne Kritschke, der sowieso stinklangweilig ist und die vermutlich ein Verhältnis mit dem Boszanski hat, was absolut zu unserem Verdacht passt!«

Unbemerkt war Staatsanwalt Dr. Ganserl in Mikes Büro geplatzt. Mikes letzte Worte hatte er eben noch aufgeschnappt.

»Beweise dazu, dann steht die Anklage, lieber Zinnari!«

Schon als er den süffisanten Ton des Juristen vernahm, schwoll Mike der Kamm. Es war kein Geheimnis, dass sich die beiden nicht leiden konnten. Dass der Staatsanwalt regelmäßig am längeren Hebel saß und dies leidlich nutzte, um Mike manchen Stein in den Weg zu legen, ärgerte den Kommissar am meisten.

»Ganz richtig, Herr Staatsanwalt, Beweise. Dazu brauchen wir allerdings Sie, denn ohne Durchsuchungsbeschluss für das Seniorenstift, Sabine Mehltretters Privatwohnung und auch für das Anwesen Kritschke kann ich damit leider nicht dienen!«

Nach einem Kopfnicken in die Runde setzte sich Dr. Ganserl geziert auf einen Stuhl, nicht ohne vorher die perfekt sitzende Bundfaltenhose in Höhe des Schritts nach oben zu ziehen. Mit übergeschlagenen Beinen stützte er das Kinn in die Hand und musterte Mike durch die Designerbrille.

»Klären Sie mich auf, dann sehen wir weiter.«

Nachdem bisher Richard die Ermittlungsergebnisse an die Staatsanwaltschaft erstellt und weitergegeben hatte, wusste Mike nicht, wie weit Dr. Ganserl informiert war. Hilfesuchend wandte er sich an Richard. »Richard, machst du das bitte?«

Kommissar Bacher stand Dr. Ganserl vorurteilsfrei gegenüber, kein Wunder, die beiden waren ja auch noch nie aneinandergerasselt. Zwar ebenfalls unvorbereitet, aber bereitwillig nickend stand Richard auf. Er schob sein Lieblingsinstrument, die Memotafel, so vor den Tisch, dass der Staatsanwalt einen guten Blick darauf werfen konnte.

Während der letzten Tage hatte Richard weiter darauf herumgemalt, alle neu bekannt gewordenen Tatsachen hinzugefügt. Und – in der Mitte prangte nun über dem Wort »PICKERL«

dessen Foto. Inzwischen sah es richtig professionell aus, zumindest für Eingeweihte.

Dr. Ganserl schien verwirrt wegen der vielen Namen und Linien und quer geschriebenen Verweise zwischen den Personen. Mit gerunzelter Stirn starrte er zuerst auf Pickerls Konterfei, dann auf Richard.

»Bacher, tut mir leid, damit kann ich leider gar nichts anfangen.«

»Noch nicht, aber gleich«, gab Richard verbindlich zurück. »Also …«

Mit dem Stift in der Hand fühlte sich Richard sichtlich wohler, jedenfalls begann er damit auf bekannte Weise herumzufuchteln.

»Mit dem Mord an Pickerl fängt's an. Von den Jugendlichen, die seine Leiche gefunden hatten, haben wir zwei als besonders interessant herausgefiltert. Einmal Peter Voss, weil dessen Verhalten sehr auffällig war, und Roland Bogenrieder. Bogenrieder deshalb, weil seine – Mutter«, nur Mike hatte das kurze Zögern bemerkt, »vor Jahren auf Pickerls Hof gearbeitet hat und ihn posthum einer Vergewaltigung beschuldigt. Beweise dafür gibt es nicht …«

Jetzt machte er eine deutliche Pause, um Ganserl darauf hinzuweisen, dass dieser einen DNA-Abgleich bisher nicht für nötig gehalten hatte. »… aber ein Motiv für den Mord an Pickerl ergibt sich daraus dennoch. Somit also haben wir hier beide Bogenrieders gelistet.«

»Gut«, unterbrach Dr. Ganserl trocken, »das alles ist mir ja bekannt. Für Roland stehen die Zeugenaussagen der anderen Kinder, doch das Alibi seiner Mutter wurde noch nicht bestätigt. Dass sie zu Hause ihren kranken Vater betreut hat, mag stimmen, und wir müssen es als gegeben, aber nicht gesichert betrachten.«

Mike und Richard wechselten einen schnellen Blick. Keiner von beiden hatte beim Sozialdienst nachgefragt, ob Verenas Aussage für den Sonntagmittag tatsächlich stimmte. Nach all den Neuigkeiten war diese Aufgabe irgendwie untergegangen, und nur Dr. Ganserl hatte es beim Lesen der Berichte bemerkt. Beide wussten, dass dieser Einwand völlig berechtigt war.

»Das stimmt schon, aber Sie selbst haben –«

»Bacher, ich weiß, was ich gesagt hab! In meinen Augen könnte zwar ein Motiv bestehen, doch die Ausführung der Tat traue ich keinem der beiden Bogenrieders zu. Und nachdem bisher keine weiteren Anhaltspunkte in diese Richtung ermittelt wurden, streichen wir vorerst die beiden als Verdächtige!«

Mike traute seinen Augen kaum, als er ein Schmunzeln in Ganserls Mundwinkeln bemerkte. War es möglich? Konnte der sonst so steife Staatsanwalt tatsächlich Empathie für Bachers persönliches Dilemma verspüren? Wusste er überhaupt davon, und wenn ja, woher?

Es war egal, der Felsbrocken, der Richard vom Herzen fiel, war jedenfalls laut genug, um von allen Anwesenden bemerkt zu werden. Richard hatte sich schnell wieder in der Gewalt, mit neuem Schwung setzte er seine Erläuterungen fort.

»Dann haben wir hier die Pächter. Horst Kritschke hatte die ehemaligen Wirtschaftsgebäude gepachtet, Karel Boszanski zusammen mit dem Schauspieler Christian Waldmann alle landwirtschaftlichen Anbauflächen. Und nun wird's wirklich verwirrend. Also davon ausgehend, dass der Pickerl nachweislich gekifft hat, haben wir inzwischen festgestellt, dass im Seniorenstift St. Hubertus Hasch in großzügiger Weise sämtlichen Speisen zugefügt wurde. Ob mit Kenntnis der Bewohner oder ob der Tatverdacht vorsätzlicher Körperverletzung vorliegt, müssen wir prüfen. Aber – damit kommen die Mehltretters ins Spiel! Als Geschäftsführer, befreundet mit Kritschke und als Heimatgeber des ermordeten Pickerls stehen die beiden auf jeden Fall ganz oben auf der Liste! Zumindest die Anzeige wegen Verstoßes gegen das Betäubungsmittelgesetz muss umgehend erfolgen!«

Dr. Ganserl hatte Richards leidenschaftliche Ausführungen mit immer größeren Augen verfolgt. Als hätte er Hummeln im Hintern, sprang er nun auf und marschierte im Büro umher.

»Ich werde sofort eine Razzia machen lassen. Das Seniorenheim muss schnellstens geschlossen werden! Moment!« Er zückte das Smartphone, gleich darauf bellte er kurze, präzise Anweisungen hinein.

Wider Willen war Mike beeindruckt. War ihm Ganserl bisher als schwerfälliger und schwer zu überzeugender Staatsanwalt bekannt, so lernte er nun dessen andere Seite kennen. Spontan, akribisch, kurz und knapp konnte er seine Entscheidungen treffen, hatte sofort ein Gefühl für das Wesentliche und reagierte entsprechend darauf.

Warum war das bei seinen vorherigen Fällen nicht so gelaufen? Damit wäre beiden Seiten, Dr. Ganserls und Mikes, eine Menge Ärger erspart geblieben. Lernte der Staatsanwalt langsam dazu? Noch konnte Mike an diese Wandlung nicht so recht glauben.

»So, das wäre der eine Punkt. Ich gehe davon aus, dass Sie die beiden Mehltretters bereits in Gewahrsam haben?« Dr. Ganserl blieb abwartend vor Richard stehen.

»Äh, nein, der Alte fehlt uns noch …«, stammelte Richard, und Mike schob hinterher: »Aber der kommt noch. Seine Tochter hat ihn angerufen und zusammen mit ihrem Anwalt hierherzitiert. Wir erwarten ihn jede Sekunde.«

Zweifelnd sah Ganserl ihn an. »Und Sie glauben wirklich, dass der freiwillig zu uns kommt? Sollten wir nicht lieber gleich eine Fahndung ausschreiben?«

»Der kommt«, gab sich Mike überzeugt. »Ich bin fast sicher, dass der alte Mehltretter nix mit der ganzen Sache zu tun hat. Der will seiner Tochter Beistand leisten, aber wenn ich recht hab, dann nur so lange, bis er alles erfahren hat. Wird interessant, was er dazu sagen wird.«

»Gut. Damit hätten wir zumindest das Dringlichste weg. Aber mir fehlt noch immer der Zusammenhang zu Pickerls Tod.«

Damit sah sich Richard wieder in der Pflicht, weiter zu erklären. »Wir vermuten, dass auf den Feldern von Thomas Pickerl

Hanf angebaut wird oder wurde. Beweisen lässt sich bisher nicht, ob der alte Bauer davon wusste oder daran beteiligt war. Karel Boszanski und der Schauspieler sind die Pächter der Anbauflächen. Boszanski ist quasi Hausmeister und Gärtner bei den Kritschkes und der Sohn deren Putzfrau. Was ermittlungstechnisch feststeht ist, dass Thomas Pickerl sich des Öfteren von Boszanski hat abholen lassen, vermutlich verbrachte er seine Sonntage nach dem Stammtisch bei der Landkommune in Rundlberg. Wir gehen fest davon aus, dass Pickerl in den Drogenanbau und -handel verwickelt war. Außerdem haben wir festgestellt, dass irgendwer im Hause Kritschke mehrmals auf Pickerls Handy angerufen hat. Wer genau, wissen wir noch nicht, seine Witwe schweigt eisern zu dieser Frage, und Horst Kritschke hatte es geleugnet. So.«

Richard brauchte eine kurze Verschnaufpause. Was er bisher zum Besten gegeben hatte, beeindruckte nicht nur Mike. Auch Willi und Dr. Ganserl saßen aufmerksam dabei.

Schon fuhr Richard fort: »Was wir mit diesen ganzen Verbindungen anfangen können, ist uns noch nicht ganz klar, und deshalb brauchen wir dringend für die Kritschkes und Mehltretters einen Durchsuchungsbeschluss.«

»Wird aber nicht ausreichen, oder?« Schnell von Begriff wies Ganserl auf die Tafel. »Karel Boszanski ist Pächter vom Pickerl – und Hausmeister bei Kritschkes! Wissen wir, was er und der andere Pächter, dieser Waldmann, auf dem Hof in Rundlberg so treiben? Es ist der Moosberger-Hof, nicht wahr?« Er sah Mike an.

»Ja. Er wurde vor ein paar Jahren verkauft, als … als die Tochter starb. Ich fahre oft daran vorbei, aber wer die neuen Eigentümer sind, hat mich bisher nicht interessiert, Dr. Ganserl. Jetzt aber müssen wir wohl genauer darauf schauen.« Er verschwieg, dass es seit Wochen unerklärliche Begebenheiten in Rundlberg gab, die durchaus mit dem Moosberger-Hof zusammenhängen konnten.

»Der Meinung bin ich auch. Es wird Zeit, dass wir unsere Ermittlungen dort konzentrieren, oder?« Dr. Ganserl sah fragend in die Runde.

Willi Schretzlmeier, der sich bisher gänzlich zurückgehalten hatte, platzte heraus: »Genau! Und meiner Meinung nach sind genau die des, die des Dreckszeug unter die Leut bringen! Zusammen mit der blöden Wachtel Sabine Mehltretter ham die sich bestimmt a goldene Nasen damit verdient!«

»Ja, also«, Dr. Ganserl zog die Stirn kraus, »Schretzlmeier, Ihre Meinung zählt aber leider nicht, Beweise fehlen, sonst helfen die ganzen Vermutungen nix. Somit sollte wohl auch ein Beschluss für den Hof in Rundlberg her, oder? Zinnari, wann hatten Sie vorgehabt, sich diese Herren dort vorzuknöpfen?«

»Ja, eigentlich irgendwann an diesem Wochenende«, gab Mike zögernd zurück, »weil ich da sowieso in der Nähe bin und nicht extra hinfahren müsste. Bei diesem Wetter schien mir das am vernünftigsten zu sein.«

»Aha. Sie verbringen das Wochenende also bei Ihrer Freundin?«

Was geht's dich an, grummelte Mike in Gedanken und fragte sich, woher der Staatsanwalt über sein Privatleben so genau informiert war.

Er zuckte die Achseln. »War so geplant, ja, aber bevor uns die ganzen Ereignisse seit dem Tod von Kritschke quasi überrollt haben. Die dort oben, in St. Englmar und Umgebung, haben ein ziemliches Schneechaos, und ich hätte vorsichtshalber einiges auf Vorrat einkaufen und mitbringen sollen. So wie es ausschaut, besteht Gefahr, dass die Bewohner bald nicht mehr aus den Dörfern rauskommen.«

Bedeutungsvoll warf Mike einen Blick auf seine Armbanduhr. »Aber es ist jetzt schon so spät, ich weiß ja nicht einmal, ob und wann ich überhaupt dazu komme, nach Rundlberg zu fahren.«

»Hm, ja, von dem vielen Schnee dort habe ich gehört.« Nachdenklich rieb sich Dr. Ganserl das Kinn. Sosehr es ihm vorher pressiert hatte, schien er nun wieder in seine gewohnt lethargische Denkweise zurückzufallen. Ungeduldig wartete jeder darauf, dass er sich endlich in Bewegung setzte, um die besprochenen Durchsuchungsanträge aufzusetzen, doch er ließ sich Zeit.

»Okay, Männer, ich weiß jetzt, wie wir es machen.« Die Arme vor der Brust verschränkt, stand er da, legte resolut seine Vorstellungen offen.

»Zinnari, Sie gehen einkaufen und erledigen Ihre Sachen. Dann kommen Sie wieder hierher. Sagen wir, in zwei Stunden. Reicht Ihnen das?«

»Äh, ja, schon, aber …« Verblüfft starrte Mike ihn an.

Ganserl grinste. »Na dann, hopp, hopp! Bacher und ich warten weiter auf Mehltretter und den Anwalt, Schretzlmeier sorgt dafür, dass die Witwe Kritschke, Sabine Mehltretter und Olga Boszanski sich in ihren zugeteilten Unterbringungen nicht langweilen. Willi, Sie sind doch ein Spezialist in Sachen Befragung, unterhalten Sie sich abwechselnd mit ihnen, solange deren Anwalt noch nicht hier ist, vielleicht erfahren Sie ja was Neues!«

Willi war baff, weil ihn der Staatsanwalt mit Vornamen angesprochen hatte, vor allem auch, weil dieser anscheinend das Heft in die Hand nahm, ohne sich vorher mit Mike abzustimmen.

Dr. Ganserl hatte sich inzwischen umgewandt. »Zinnari, Sie sind spätestens um sechzehn Uhr wieder hier, dann fahren wir gemeinsam und nehmen uns den Moosberger-Hof und die Herren Boszanski und Waldmann vor!«

Jetzt rieb sich der Staatsanwalt erwartungsvoll die Hände.

Mike erschrak bei seinen letzten Worten. »Wir« und »uns« hatte er gesagt, du lieber Himmel, was kam denn noch?

Kaum gedacht, sprach Dr. Ganserl es schon aus.

»Zinnari, Ihre Freundin hat nicht zufällig ein Fremdenzimmer zu vermieten? Die Wohnzimmercouch täte es auch!«

24

Noch immer völlig wirr im Kopf schob Mike den voll beladenen Einkaufswagen zur Kasse. Mieses Karma, absolut mieses Karma, ein scheißdrecksmieses Karma! So viel hab ich in meinem ganzen Leben doch nicht verbrochen, als dass ich es verdienen würde, mit dem Deppen Ganserl nach Rundlberg fahren zu müssen!

Als Mike zuvor sein Büro verlassen hatte, gerade in dem Moment, als Beate Kaffee und Kuchen für alle auf den Tisch stellte, hatte Hochbetrieb geherrscht. In aller Eile druckte Richard noch fehlende Berichte aus, Ganserl hatte sich hinter Mikes Schreibtisch gehockt und die Telefonleitung zu seinen Kollegen in der Staatsanwaltschaft heiß laufen lassen.

Einzig Willi nahm sich Zeit, um ein Stück Kuchen zu verdrücken, bevor auch er in Trab gesetzt wurde, um die Frauen einzeln in Arresträume zu verbringen. In Anbetracht seines Erlebnisses mit Sabine zuvor war es verständlich, dass er sich dazu stärken wollte.

Und Mike … ihm blieb es überlassen, in den ihm zugewiesenen zwei Stunden zu hetzen und zu machen und zu tun. Er war nach Hause gerast, hatte seine kleine Reisetasche gepackt, Babs ins Auto geworfen und war zu Jessie gefahren, dann nächster Zwischenstopp im Einkaufszentrum, um Isabels Liste abzuarbeiten.

Ihre Lebensmittelmengen musste er nun umrechnen: geteilt durch zwei mal drei, denn wer konnte ahnen, wann sie zurück nach Straubing kommen würden?

Er konnte es immer noch nicht glauben, dass Isabel bereitwillig zugesagt hatte, Dr. Ganserl auf einem Gästebett im Bügelzimmer übernachten zu lassen. Ein enges Kabuff, in dem Isabel normalerweise Putzgeräte und noch nicht schrankfeine Wäsche lagerte. So wie er sie kannte, würde sie nun putzen und wienern, bis die Reinheitsklasse eines OP-Raumes erreicht wäre.

Nicht einmal eine winzige Andeutung der Gegenwehr war von ihr gekommen, als Mike sie noch vom Büro aus angerufen hatte, um ihr die Sachlage zu erklären. War ihr so wenig an der Zweisamkeit mit Mike gelegen? War sie vielleicht sogar froh darüber, einen Sittenwächter im Haus zu haben? Hatte er sich so sehr in ihr und ihren Gefühlen zu ihm getäuscht? Sollte es sein Schicksal sein, sie bei einem Mordfall in Rundlberg zu finden und durch einen anderen wieder zu verlieren?

Nicht nur diese Gedanken lagen Mike bleischwer im Magen. Der Nachmittag war düster, es schneite noch immer beharrlich. Es passte alles zusammen, um ihn in eine tiefschwarze Stimmung zu versetzen.

Während er bezahlte und die Einkäufe in Klappboxen im Kofferraum seines Renaults verstaute, grübelte er weiter missgelaunt vor sich hin.

Völlig unverständlich, warum Dr. Ganserl plötzlich die Abenteuerlust verspürte, zusammen mit Mike die Verdächtigen auf dem Moosberger-Hof zu vernehmen, denn die Hausdurchsuchung musste wohl eh auf den Samstag verschoben werden, da der erforderliche Gerichtsbeschluss sicher nicht mehr heute eintreffen würde.

Ja, okay, vielleicht befand sich auf dem ehemaligen Bauernhof die Schaltzentrale eines Rauschgiftringes. Zugegeben. Trotzdem, was hatte der arrogante Jurist davon? Er wollte nur wieder einmal die Lorbeeren für die Klärung eines Mordfalles selbst einstreichen, um was anderes ging es diesem Lackaffen doch nicht!

Halt! Plötzlich hockte Mike starr vor dem Lenkrad. Was hatte er gerade gedacht? Rauschgiftring? Und diese Umtriebe gab es ja auch noch! Vielleicht war eine männliche Unterstützung nicht verkehrt, selbst wenn es nur ein Lapp war wie Dr. Ganserl. Nur schade, dass der Staatsanwalt keine Dienstwaffe trug, das wäre zur Absicherung gut gewesen. Aber vielleicht besaß er ja eine eigene?

Mike trat aufs Gas, das Heck brach auf der rutschigen Straße einen halben Meter seitwärts nach rechts aus, er schnappte kurz erschrocken auf und fuhr dann bedächtig weiter zur Kriminalinspektion.

»Jetzt sind wir also da, wie geht's weiter?« Mit unsicherem Blick sah Roland sich um.

Sie standen mitten auf der Hauptstraße von Rundlberg. Obwohl es noch nicht einmal sechzehn Uhr war, hatten die tiefen dunklen Wolken und der Schneefall das Tageslicht verdüstert, als wäre es schon Abend.

»Da geht's lang.« Peter sah auf die Karte im Display seines Handys, deutete in eine Richtung. »Dort liegt der Moosberger-Hof.«

Langsam trabten sie vorwärts, die Köpfe tief unter dicken Mützen verborgen, die Hände in den Jackentaschen versenkt. Roland begann sich langsam zu fragen, was er hier überhaupt tat.

Was hatte Peter ihm alles erzählt? Dass Pickerl sein Vater gewesen sein soll, weil er Verena vergewaltigt hatte? Das bezweifelte Roland kein bisschen. Aber der Rest erschloss sich ihm nicht zu einem logischen Ganzen. Um Hasch soll es gegangen sein und um Zahlungen von den Bewohnern des Moosberger-Hofes an Pickerl.

Als er leichtfertig vorgeschlagen hatte, diesen vermeintlichen Geldstrom an Pickerl für sich selbst auszunutzen, hatte Roland es nicht wirklich ernst gemeint. Aber warum war sein Freund Peter nun so versessen darauf, herauszufinden, was der Hintergrund der Geschichte war? Weil sein Vater eventuell in Drogengeschichten verwickelt war, weil dieser Informationen besaß, die bei der Polizei besser aufgehoben wären als in geheimen Papieren auf seinem Schreibtisch?

Plötzlich erkannte Roland den wahren Grund, und mit dieser Erleuchtung konnte er die Beweggründe seines Freundes verstehen.

Peter wollte Gewissheit, in was sein Vater verwickelt war,

ob er kriminelle Dinge tat oder nur Kenntnis von Dingen hatte, die vielleicht illegal abliefen. Deshalb hatte er darauf bestanden, hierherzufahren. Er hätte vermutlich genauso gehandelt. Und im Endeffekt – betraf es ihn nicht im gleichen Maße? Falls Pickerl tatsächlich sein Vater war, wollte er es wissen. Oder lieber doch nicht? Was ging es schließlich ihn an?

Es war Freitagnachmittag, ihm war kalt, er war so weit weg von daheim und hatte plötzlich furchtbare Sehnsucht nach Vreni, die nicht wusste, wo er war und was er tat. Schon wollte er stehen bleiben, Peter einen Hinweis geben, dass er lieber wieder heimfahren würde, als dieser ihn mit dem Ellbogen anstieß.

»Da muss es sein.« Peter wies auf eine Ansammlung von Gebäuden am Ende des Dorfes. Sie blieben am Straßenrand stehen und sahen sich verstohlen um. Alles wirkte tief winterlich, vor allem die hohen Schneedecken auf den Dächern. Die Hofauffahrt war zum Großteil geräumt worden, trotzdem waren im Neuschnee genug Fahrzeug- und Fußspuren zu sehen. Anscheinend herrschte reges Treiben auf diesem ehemaligen Bauernhof.

Roland seufzte. »Gut, und jetzt? Willst du zum Haus gehen und klingeln? Grüß Gott, wir wollten bloß mal wissen, ob Sie was mit Drogen zu tun haben?«

»Arschloch.« Peter sah sich um. »Wir verstecken uns einfach hier irgendwo und beobachten eine Zeit lang, was sich tut.«

»Okay, aber dann bittschön irgendwo, wo's trocken und ned so kalt ist!«

»Ach je, den Bubi friert!« Obwohl selbst Peter vor Kälte schlotterte, grinste er spöttisch. »Ja freilich, dann müssen wir wohl was finden, was dem Herrn Bogenrieder genehm ist.«

Roland nahm die Provokation gelassen. »Du bist und bleibst ein Depp. Was meinst, könnten wir vielleicht von hinten in die große Scheune da links kommen? Über den freien Hof gehen können wir ja schlecht, ohne dass uns jemand sieht. Aber wenn wir von hinten in die Scheune hineinkommen, könnten wir das vordere Schiebetor ein bisserl öffnen und haben dann alles im Blick.«

Peter nickte ihm anerkennend zu. »Gar ned blöd, deine Idee. Dann schauen wir uns mal den Hof von der Rückseite an, vielleicht klappt's ja so, wie du dir das denkst.«

Die beiden Jungs schlenderten lässig wie Touristen auf der Straße weiter, bis sie die hintere Ecke der Scheune erreicht hatten, schlugen sich rechts in die Büsche und stapften in den Schneewehen mühsam die Scheunenwand entlang.

Roland hätte fast gejubelt, als er zwischen den senkrechten Wandbrettern eine schmale Tür entdeckte. »Wer sagt's denn! Ist der Bubi jetzt blöd oder genial?« Er packte den Holzriegel und zog daran. Die Tür ging ein paar Zentimeter auf, dann blockierte sie. Anscheinend war sie von innen mit einem weiteren Riegel gesichert.

»Scheiße!« Peter versuchte ebenfalls mit sanfter Gewalt an der Tür zu zerren, ohne Ergebnis. »Die ist zu!«, zischte er.

»Schlaumeier, hab ich auch schon g'merkt. Geh mal weg da, ich probier was aus.« Roland hatte ein Taschenmesser gezückt und aufgeklappt, mit der Klinge voraus durch den schmalen Schlitz geschoben und stocherte umher. Peter wurde nach einer Minute ungeduldig. »Lass das doch jetzt, so geht's nicht! Wir müssen –«

»… hier eintreten, bitte sehr, der Herr!« Es war Roland gelungen, den Riegel aus der Verankerung zu hebeln, die schmale Pforte ließ sich ohne Weiteres öffnen.

Vorsichtig glitten die Jungen hinein, schlossen schnell die Holztür hinter sich und blickten sich in der dämmrigen Scheune um. Natürlich konnten sie nicht viel erkennen, bis Roland die Taschenlampe seines Handys aufleuchten ließ. Und was sie nun sahen, ließ sie vor Staunen erstarren.

Fünf Minuten nach vier stand Mike wieder in seinem Büro.

Beate hatte wortlos eine verzweifelte Grimasse geschnitten, mit dem Zeigefinger an die Stirn getippt, dann auf seine Bürotür gewiesen.

Richard saß noch immer hinter Juttas Computer, tippte unentwegt, der Drucker spuckte unaufhörlich Blatt um Blatt aus. Dr. Ganserl saß entspannt, nicht mehr im Maßanzug, sondern in Jeans und Pulli, auf der Bank der Besucherecke. Neben ihm stapelten sich ein mittelgroßer Reisekoffer, eine Sporttasche und ein Laptop-Case.

Bei seinem Eintreten sprang der Staatsanwalt erfreut hoch. »Da sind Sie ja schon! Ich bin so weit, können wir fahren?«

»Äh, ja, ich denk schon.« Mike war zu perplex von Dr. Ganserls Verwandlung, um mehr als einen Schritt in den Raum zu machen, und sah sich hilflos um.

Zumindest Richard schien seine widerstreitenden Gefühle verstehen zu können. Mit einem kurzen aufmunternden Augenzwinkern in Mikes Richtung stand er auf, ging zum Drucker, heftete die Papiere in einem schmalen Ordner zusammen.

»So, damit habt ihr alle Unterlagen und alle Protokolle dabei. Mike, die Personenabfrage Karel Boszanski habe ich auch dazugelegt. Soweit ich sehen konnte, fiel er bisher nicht straffällig auf. Der Durchsuchungsbeschluss für den Moosberger-Hof dauert noch, aber zumindest können wir das Seniorenstift schon mal auf den Kopf stellen. Wenn ihr anderweitig auf dem Moosberger-Hof Unterstützung braucht, Mike, dann ruf mich an. Ich bleib in Bereitschaft.«

»Danke, Richard.« Indigniert nahm Mike ihm die Akte aus der Hand, dann wollte er wissen: »Wie steht's mit unseren drei Damen?«

Inzwischen hatte sich Dr. Ganserl einen Anorak angezogen, die Sporttasche über die Schulter gehängt, den Reisekoffer in die eine, das Laptop-Case in die andere Hand genommen. Mike konnte sehen, dass er kurzschaftige Winterschuhe trug, die mit dem Stollenprofil stark an Wanderstiefel erinnerten. Durch und durch leger und gut ausgerüstet für einen Aufenthalt in den tief verschneiten Bayerwald-Bergen.

Ganserl lächelte. »Bestens, Zinnari, bestens! Die haben wir ja nun alle in Gewahrsam, inklusive Michael Mehltretter, den konnten wir ebenfalls gleich dazu einladen. Also, ab jetzt läuft die Zeit! Wenn nicht bald Beweise folgen, gehen uns diese vier übermorgen fröhlich pfeifend wieder flöten. Aber so weit wird es nicht kommen, das habe ich im Gefühl! Auf geht's!« Er stapfte zur Tür.

Mike blinzelte Richard zu, stellte sich dem Staatsanwalt in den Weg.

»Warten Sie, Dr. Ganserl. Sie gehen in den Außeneinsatz, besitzen Sie eigentlich eine Waffe?«

Aus schmalen Augen musterte der Jurist Mike von oben bis unten, dann nickte er selbstgefällig. »Ihre Besorgnis habe ich mir gemerkt, Zinnari. Wie gesagt, ich bin startklar!«

»Jetzt hören Sie doch bitte auf, sich zu bedanken, Dr. Ganserl. Isabel sagt, es ist kein Problem, dass Sie bei uns übernachten, also passt das schon so.«

Während Mike sich nebenbei auf den Verkehr konzentrierte, musste er die endlosen Reden des Staatsanwalts über sich ergehen lassen. Dr. Ganserl auf dem Beifahrersitz blätterte in den Fallakten. »Sehr schön, danke, das erleichtert die Sache. Was denken Sie, Zinnari, macht es Sinn, heute noch diesen Hof aufzusuchen? Bis wann werden wir da sein?«

»Nicht vor sechs, halb sieben. Ich befürchte, wir werden nicht viel erreichen, wenn wir heute bei Boszanski aufschlagen, zumal wir die Hausdurchsuchung zusammen mit den verfügbaren Kollegen sowieso frühestens morgen durchführen können.«

»Das stimmt. Dann haben wir heute Abend also Zeit genug, unser Vorgehen abzusprechen.«

Darauf sagte Mike nichts. Von der erträumten Zweisamkeit mit Isabel war sowieso nichts mehr geblieben, deshalb war es ihm ganz wurscht, wie er den Abend verbrachte.

Schweigend fuhren sie weiter, jeder in seine eigenen Gedanken vertieft.

Plötzlich sagte Dr. Ganserl: »Wissen Sie, Mike, ich kann mir schon vorstellen, dass Sie sich über mein persönliches Engagement wundern. Weil Kommissarin Heinze sich aus Bielefeld noch nicht zurückgemeldet hat und ich durchaus weiß, wie eng Ihre Personaldisposition aussieht, wollte ich unbedingt zu Ihrer Unterstützung mitkommen. Kommissar Bacher hat genug damit zu tun, sich mit den Verhören und dem Anwalt unserer Zellengäste herumzuschlagen. Verstehen Sie mich richtig, keineswegs will ich absichtlich Ihr freies Wochenende sabotieren, aber dieser Fall – beziehungsweise die Fälle, wenn ich Kritschkes mutmaßliche Ermordung dazunehme – erscheint wohl mehr als undurchsichtig. Diese ganzen Kontakte zwischen den Beteiligten verursachen mir Kopfschmerzen.«

»Nicht nur Ihnen, Dr. Ganserl«, gab Mike reserviert zurück. Verwundert hatte er zur Kenntnis genommen, dass er ihn beim Vornamen nannte. Mike wusste nicht, was er dazu sagen sollte. Sein Groll darüber, sich von diesem Besserwisser das Wochenende verderben lassen zu müssen, war jedenfalls noch nicht weniger geworden.

»Zumindest haben wir Zeit gewonnen, indem wir die beiden Mehltretters, Olga Boszanski und Marianne Kritschke in unserer Obhut haben«, fuhr Ganserl fort. »Ich habe Kommissar Obermüller gebeten, mit einigen Leuten und einem Arzt, der Blutproben abnehmen wird, in das Seniorenheim zu gehen. Ich hoffe, er kann diesem weitverbreiteten Cannabiskonsum dort auf den Grund gehen. Ein Kollege von mir bereitet schon die Anklageschriften vor, je nachdem, was dabei herauskommt. Ich denke mir, die Mehltretters werden wohl noch länger Staatsgäste bleiben.«

»Schon möglich.«

Sparsam gab Mike Antwort. Zum einen, weil er sich auf die rutschige Straße konzentrieren musste, zum anderen, weil er sich gehemmt fühlte, weil er wusste, er musste mit Dr. Ganserl nicht nur ein oder zwei Stunden verbringen, sondern mindestens heute den ganzen Abend und morgen den Tag. Irgendwie hatte Mike Angst, ihm würden in seiner genervten Stimmung Worte entfliehen, die er später bereuen könnte.

Plötzlich klappte Dr. Ganserl den Ordner zu, sah zu Mike hinüber und seufzte.

»Mike, ich muss Sie was fragen. Aber das bleibt bitte unter uns! Was halten Sie von der Beziehung zwischen Richard Bacher und Verena Bogenrieder? So ganz habe ich weder sie noch den Jungen, den Roland, als Verdächtige abgeschrieben. Wenn ich ehrlich bin, habe ich ein schlechtes Gefühl dabei, weil ich dieser Sache nicht weiter nachgegangen bin, nur … irgendwie verlasse ich mich auf Bachers Gespür. Ich kann mir nicht vorstellen, dass er mit dieser Frau angebändelt hätte, wenn er tatsächlich auf tatrelevante Beweise gestoßen wäre. Oder täusche ich mich?«

Es kostete Mike Beherrschung, ruhig weiterzufahren. Wie viele Überraschungen sollte er mit Staatsanwalt Dr. Ganserl dieses Wochenende noch erleben? Langsam wurde ihm der verhasste Jurist sympathisch, was sich Mike durchaus nicht so schnell eingestehen wollte.

Er brauchte einige Minuten, bevor er bedächtig antwortete: »Richard ist ein viel zu korrekter Kriminalbeamter, um seiner Gefühle willen irgendwas zu vertuschen. Ich glaub schon, man kann sich auf ihn verlassen, er würde nichts tun, was unsere Ermittlungen behindern würde. Dafür leg ich meine Hand ins Feuer.«

Ein kurzes amüsiertes Auflachen kam zurück. »In dem Fall würden wir uns beide verbrennen, Mike. Sie als Abteilungsleiter und ich, weil ich es zugelassen habe, dass Sie beide Augen zudrücken. Ich bin froh, dass Sie meine Meinung teilen.«

Es war das erste Mal, dass Dr. Ganserl ihm, wenn auch indirekt, das Gefühl gab, seine Ansicht anzuerkennen. Auch darauf wusste Mike nichts zu antworten. Sie fuhren schweigend weiter, hinauf in die graue, schneeverwehte Dämmerung Richtung St. Englmar.

»Schau dir des an!«, hauchte Roland fassungslos. Im Taschenlampenlicht waren meterlange Holztische zu erkennen, die über und über mit geschnittenen Hanfpflanzen bedeckt waren, bergeweise türmten sich Blätter und Stängel nebeneinander auf. Hoch über den Tischen zogen sich Lattengestelle durch die Halle, an denen dutzendweise Büschel von Hanfpflanzen kopfüber festgebunden waren. Die ganze Scheune roch wie eine im Hochsommer gemähte Wiese, doch viel intensiver als Heu, herb und süß zugleich.

Peter pfiff leise durch die Zähne. »Das hab ich jetzt wirklich nicht erwartet, Mensch, Roland haben wir ein Glück! Mach Fotos davon, schnell, und dann lass uns noch weiter umschauen! Was ist das da vorn?« Er deutete auf einen drei Meter hohen Blechschrank, der sich undeutlich im Schatten abzeichnete. Langsam schlich Peter darauf zu und untersuchte das Teil. »Ein Trockenofen, ich werd verrückt!«

Ehe sich Roland besinnen konnte, tappte Peter schon zwischen den Tischen herum, fotografierte mit seinem Handy alles, was er nur finden konnte.

Endlich gelang es auch seinem Freund, sich aus der Erstarrung zu lösen. »Bist du verrückt geworden?«, fauchte er Peter an. »Was ist, wenn man das Blitzlicht von draußen sehen kann? Lass uns bloß von hier abhauen und die Polizei anrufen!«

»Gleich, aua, jetzt wart doch mal!« Unwirsch schüttelte Peter die Hand ab, mit der Roland ihn zurück zur Holzpforte zerren wollte. Und da passierte es: ein Scheinwerfer flammte auf, dann noch einer und ein Stück weiter entfernt, oberhalb des großen Schiebetors, ein dritter. Plötzlich lag die Scheune im Flutlicht, machte das Ausmaß der verbotenen Pflanzen allzu deutlich.

»Renn!« Roland stürzte zurück zur hinteren Tür, dicht gefolgt von Peter. Mit zitternden Fingern riss er die Tür auf, nebeneinander stolperten sie ins Freie, um abrupt abzubremsen. Vor ihnen stand ein kräftiger Mann mit dichten dunklen Haaren, die Augen zu schmalen Schlitzen verengt, den breiten Mund zu einem harten Grinsen verzogen.

»Na, na, wer wird denn gleich wieder gehen wollen? Ihr

wolltet euch doch umschauen, jetzt habt ihr reichlich Gelegenheit dazu!«

Mit ausgestrecktem Arm wies er mit dem Lauf einer Pistole zurück in die Scheune. Den beiden Jungs blieb nichts anderes übrig, als zurückzuweichen, mit vor Angst weit aufgerissenen Augen.

25

Anwalt Peter Voss ließ sich anstandslos von Willi in den Vernehmungsraum führen. Erschöpft stellte er seinen Aktenkoffer neben den Stuhl, ließ sich fallen und fragte mit leiser Stimme, ob es wohl möglich wäre, ihm eine Tasse Kaffee anzubieten?

Richard Bacher, an der Stirnseite des langen Resopaltisches sitzend, hatte ihn bereits nervös erwartet. So ganz ohne Mike fühlte Richard sich doch etwas unsicher, gut, dass wenigstens Willi ihm zur Seite stand.

Nun nickte er ihm zu. »Grüß Gott. Wird sich einrichten lassen, Herr Voss. Willi, bitte sei so gut, gib Beate Bescheid und dann komm wieder her.«

Das Gespräch mit Anwalt Voss hätte Willi sich sowieso nicht entgehen lassen. So schnell es seine kurzen Beine zuließen, trabte er hinüber in Beates Vorzimmer, bat sie um Kaffee und drei Tassen und dann – ganz ungewohnt – um Notizblock und Stift. Beate musterte ihn neugierig, während sie die Kaffeemaschine neu befüllte.

»Für was brauchst jetzt du was zu schreiben, Willi? Bist doch sonst so gut ausgerüstet, oder sind dir deine Schmierzettel ausgegangen?«

»Des verstehst du ned, Beate. Jetzt wird's hochoffiziell, die Befragung von Anwalt Peter Voss steht bevor, und wenn der nur an klitzekleinen Pieps von sich gibt, mit dem er sich selbst belastet, dann will ich ned versäumen, des mitzuschreiben!«

»Okay, dann nimm dir halt meinen Block und einen Kugelschreiber. Aber die Befragung wird doch sowieso aufgenommen, oder? Wenn's schon so wichtig ist? Wofür ham wir denn die teure Tonanlage in den Vernehmungsräumen?«

»Ja, äh, klar, des hätt i dann scho no g'macht.«

Da Willi in puncto Technik ein Verweigerer ersten Grades war, konnte er sich mit diesem Aufnahmesystem nicht anfreunden. Block und Stift waren stets seine erste Wahl, auch wenn die Vernehmungen aufgezeichnet wurden.

»Der Ordnung halber weise ich darauf hin, dass dieses Gespräch aufgenommen wird, Herr Voss«, sagte er kurzatmig, nachdem er neben Richard Platz genommen hatte. Beate kam herein, stellte eine Kanne Kaffee in die Mitte, verteilte Unterteller und Tassen, dann verließ sie den Raum.

Richard nickte Willi kurz zu, ihm war durchaus bewusst, dass die Beamten formal gerecht und rechtssicher agieren mussten, zumal sie einem Juristen gegenübersaßen und sich keinen Fehler erlauben durften. Er startete damit, dass er Datum, Uhrzeit und Personalien der anwesenden Personen laut kommunizierte.

Damit Voss seine Anspannung nicht mitbekam, lehnte er sich etwas zurück und faltete die Hände auf der Tischplatte. »Herr Voss, wir können Sie freilich nicht über die Gespräche mit Ihren Mandanten Kritschke und Mehltretter befragen, das ist klar. Aber trotzdem steht es uns frei, Sie mit unseren bisherigen Ermittlungsergebnissen zu konfrontieren und Ihre Meinung dazu einzuholen.«

Richard hatte eine geschickte Taktik eingeschlagen. Sofern keine direkten Beschuldigungen von ihm kamen, sollte Voss besser Rede und Antwort stehen. Falls er ehrlichen Antworten ausweichen würde, konnte dies nur bedeuten, dass er etwas zu verbergen hatte.

Langsam richtete Voss sich auf, nippte an seinem Kaffee. »Sicher, fragen Sie ruhig. Wo haben Sie übrigens Kommissar Zinnari gelassen? Durfte er schon ins Wochenende starten und hat Ihnen die ganze Arbeit überlassen?«

»Finden Sie, ich habe Arbeit mit Ihnen, Herr Voss?«, konterte Richard.

Voss verschluckte sich beinahe. »Ja, nein, ich finde es nur ungewöhnlich, dass Sie ohne Ihren Chef Vernehmungen durchführen.«

»Wir befragen, Herr Voss«, verbesserte Richard nonchalant,

»das müssten Sie doch wissen. Eine Vernehmung sieht bei uns ganz anders aus.«

Er blinzelte Willi zu, der diese Worte mit einem todernsten Nicken bekräftigte.

»Die Tatvorwürfe an Ihre Mandanten sind Ihnen nun hinlänglich bekannt.« Richards Stimme klang ganz ruhig. »Wenn wir auf den Todesfall Pickerl Bezug nehmen und die gegenseitigen Verbindungen Ihrer Mandanten zum Opfer und dem ehemaligen Moosberger-Hof in Rundlberg in Betracht ziehen –«

»Tut mir leid«, fiel Voss ihm ins Wort. »So ganz kann ich Ihnen jetzt nicht folgen. Sie werfen Marianne Kritschke und Sabine und Michael Mehltretter vor, an dem Rauschmittel-Vorkommen im Seniorenheim beteiligt zu sein, aber welchen Bezug sollten meine Mandanten zu dem Bauernhof in Rundlberg haben?«

»Nun, wurden Sie nicht damals von Frau Moosberger beauftragt, die rechtliche Seite beim Verkauf ihres Bauernhofs zu vertreten? Somit gehe ich davon aus, dass Sie die neuen Eigentümer, Christian Waldmann und Karel Boszanski, gut kennen, ja? Und genau diese beiden haben Beziehungen sowohl zu den Kritschkes als auch zum Pickerl und infolgedessen auch zum Seniorenheim der Mehltretters.«

Richard beugte sich vor. »Tun Sie doch nicht so, als ob das alles neu für Sie wäre, Herr Voss! Wie gesagt, Ihre anwaltliche Verschwiegenheitspflicht wird vollkommen akzeptiert, das hindert mich jedoch nicht daran, Sie zu fragen, in welcher Verbindung Sie zu Karel Boszanski und zu Christian Waldmann stehen!«

Anwalt Voss nahm sich reichlich Zeit, einen Schluck Kaffee zu nehmen, anscheinend dachte er angestrengt darüber nach, was er zugeben oder besser verschweigen sollte. Richard wartete ungeduldig auf eine Antwort. Warum nur brauchte der Anwalt dazu so lange?

Es war nach fünf Uhr, langsam wurde es dunkel, und Roland war noch immer nicht zu Hause. Besorgt saß Verena in der Küche, hatte schon mehrmals versucht, ihn auf dem Handy zu erreichen, doch es schaltete sich jedes Mal sofort die Mailbox ein. Als sie bis um sechs immer noch nichts von ihm gehört hatte, beschloss sie, bei Peter Voss zu Hause anzurufen.

Seine Mutter ging ran. »Nein, die Jungs sind nicht da, ich dachte, sie wären bei Ihnen, Frau Bogenrieder?« Ihre Stimme klang leicht gelangweilt, keineswegs besorgt, stellte Verena fest.

»Wissen Sie, was die beiden nachmittags vorhatten? Roland ist gleich nach dem Mittagessen abgedüst, aber er sagte mir ned, wohin.«

Frau Voss lachte. »Das kenn ich nicht anders vom Peter. Jungens in dem Alter treiben sich weiß Gott wo herum. Die tauchen schon wieder auf, keine Bange. Mein Mann wurde vor ein paar Stunden zu einem dringenden Mandantengespräch gerufen, aber sobald er nach Hause kommt, werde ich ihn fragen, ob er etwas weiß. Sollten die beiden Schlingel in der Zwischenzeit auftauchen, können wir ja noch mal telefonieren.«

»Ja, gut, vielen Dank, Frau Voss. Und entschuldigen Sie die Störung.«

»Keine Ursache. Wiederhören.« Peters Mutter hatte aufgelegt.

Beunruhigt stand Verena auf. Um sich abzulenken, schälte sie Kartoffeln, machte den Salat fertig, briet Putenschnitzel und stellte sie zur Seite. Fast sieben und noch immer kein Lebenszeichen von Roland.

Wenn nur Richard bei ihr gewesen wäre! Aber er hatte ihr Bescheid gegeben, dass er länger in der Dienststelle zu tun haben würde und nicht wisse, ob er es überhaupt schaffte, am Abend zu ihr hinauszufahren.

Jetzt hielt sie es nicht mehr aus und griff zum Handy. Nur kurz zögerte Verena, doch dann war ihre Sorge stärker als das schlechte Gewissen, falls sie mit ihrem Anruf Richard bei einer wichtigen Arbeit störte.

»Herr Dr. Ganserl, grüß Gott, kommen Sie bitte herein!«

Isabel stand in der Haustür, nachdem Mike und der Staatsanwalt samt Gepäck ausgestiegen waren.

Isabel schüttelte Dr. Ganserl die Hand, er bedankte sich freundlich für ihre Gastfreundschaft, dann bugsierte Isabel ihn ins Haus, bevor sie schnell Mike die Arme um den Hals schlang.

Hier gab es keine Worte, ihre Freude über Mikes Anwesenheit zeigte sich in dem raschen, intensiven Kuss, den sie ihm gab. Dass Mike, der Isabel zuerst eigentlich kühl gegenübertreten wollte, über diese Begrüßung das Herz bis zum Haaransatz schlug, bemerkte hoffentlich nur er selbst.

Schließlich ließ Isabel ihn los, sie lächelte und sagte nur: »Zeigst du unserem Gast bitte sein Zimmer?«

Mike nickte, doch er kam nicht weit. Noch im Flur hatte ihn Schorschi erspäht, der sich zuerst mit dem fremden Mann beschäftigt hatte. Nebenbei registrierte Mike, dass Dr. Ganserl mit fast frenetischer Freude den Hund gestreichelt und getätschelt hatte. Dann schoss Schorschi auf ihn zu, sprang an ihm hoch und warf ihn fast um.

»Hey, langsam, Freund, wo sind wir denn!« Energisch schob Mike den Golden Retriever von sich, ließ ihn Sitz machen, lobte und streichelte ihn.

»Braver, du. Und jetzt geh Platz. Wo ist dein Körbchen?«

Die einstudierten Rituale funktionierten diesmal nicht, denn nachdem Mike sich aufgerichtet hatte, trottete Schorschi zu Dr. Ganserl zurück, der etwas verloren in der Diele stand, und forderte von ihm weitere Streicheleinheiten ein.

Isabel ging dazwischen. »Aus! Schorschi, geh ins Körbchen! Ab!«

Der Hund trollte sich in die Küche, Isabel sah Dr. Ganserl entschuldigend an. »Tut mir leid, das macht die Freude über den fremden Besuch. So, bitte, hier können Sie schlafen.« Sie öffnete eine Tür zur Rechten. »Ich hoffe, es ist Ihnen nicht zu spartanisch, aber ich hab so selten Gäste …«

Es war, wie Mike vermutet hatte. Der Raum war aufgeräumt

und sauber, die Heizung aufgedreht, irgendwoher hatte sie sogar einen kleinen Webteppich organisiert, der quer vor dem flauschig überzogenen Klappbett lag. Auf dem niedrigen Schränkchen mit einer Lampe darauf, das als Nachttisch fungierte, stand eine Porzellanschale mit Hyazinthen, die einen betäubenden Frühlingsduft verströmten. Das ganze Zimmer strahlte Behaglichkeit und Wärme aus, Mike hegte die Befürchtung, dass es Dr. Ganserl so gut gefallen könnte, dass er freiwillig die nächsten vierzehn Tage hier nächtigen wollte.

»Sehr schön, wirklich, ein schönes Zimmer. Herzlichen Dank, Frau Weingartner.« Dr. Ganserl stellte seine Taschen ab, wandte sich wieder zu Isabel um und drückte erneut ihre Hand. Dabei lächelte er so offen und herzlich, dass sogar seine Augen zu strahlen begannen.

»Keine Ursache, Herr Dr. Ganserl. Richten Sie sich gern in Ruhe ein. Wenn es Ihnen recht ist, können wir in einer halben Stunde essen. Ach ja, das Bad liegt gleich gegenüber, fühlen Sie sich wie daheim.«

Mit diesen herzlichen Worten packte sie Mikes Hand, zog ihn mit sich hinaus und warf die Tür zum Bügelzimmer mit Nachdruck hinter sich zu.

Gleich darauf hatte sie ihn in Windeseile auf das Sofa im Wohnzimmer gedrückt, presste sich an ihn und flüsterte: »Ich freu mich so, dass du da bist! Ich liebe dich! Und deinen Dr. Ganserl koch ich die nächsten Tage so weich, dass du ihn aus einem Eierbecher löffeln kannst!«

Da musste Mike lachen, die ganze Welt war plötzlich wieder vollkommen in Ordnung. Isabel wusste um sein angespanntes Verhältnis zu dem Staatsanwalt, und ihre Bereitschaft, ihm ein Zimmer zu geben, hatte nur den einen Hintergrund: Mike einen Gefallen zu tun.

Seine Zweifel an ihrer Liebe waren wie weggeblasen, heftig erwiderte er ihre Küsse, dann schob er sie sanft von sich. Während er sich unter ihr herausschälte und aufstand, flüsterte er: »Du mit deinen Ideen, du bist ned in Gold aufzuwiegen, mein

Schatz! Aber übertreib es ned, sonst will er gar nimmer von hier weg!«

Isabel richtete sich auf und grinste. »Dass er hier stört, wird er schon noch merken. Lass mich nur machen, Mike, ich krieg das schon hin!«

»Davon bin ich überzeugt. Aber jetzt – wir müssen heut noch arbeiten, leider. Lass uns essen und dann den Ganserl schnellstmöglich ins Bett verbannen!«

Endlich bequemte sich Anwalt Voss zu einer Antwort. Er kratzte sich hinter dem Ohr und nickte Richard zu. »Klar habe ich diesen Schauspieler Waldmann kennengelernt, Herr Bacher. Sie können sich nicht vorstellen, wie meine Frau mir in den Ohren gelegen hat, dass ich ihr ein Autogramm von dem beliebten ›Mia-san-mia‹-Darsteller besorgen sollte. Ein echt freundlicher Mann, muss ich schon sagen, denn als wir zusammensaßen, um den Kaufvertrag zu unterzeichnen, hat er mir eine seiner Autogrammkarten mit persönlicher Widmung für meine Frau geschrieben und sogar der alten Frau Moosberger eine eigens mit ihrem Namen überreicht. Obwohl«, er versuchte ein unbeschwertes Auflachen, das nicht sehr überzeugend wirkte, »ich glaube, sie wusste gar nicht, welch berühmter Mann ihren Hof gekauft hat!«

Richard erinnerte sich gut an Frau Moosberger, eine ältere, zierliche Frau, innerlich zerbrochen an dem Tod ihrer Tochter. Er konnte sich sehr wohl vorstellen, dass sie kein näheres Interesse an den Käufern ihres Hofs gezeigt hatte, geschweige denn an Vorabendserien und deren Schauspielern.

»So berühmt ist der Waldmann sicher auch wieder nicht, Herr Voss«, gab Richard abwertend zurück. »Das interessiert mich grad überhaupt kein bisschen, entschuldigen Sie schon. Noch einmal, wie gut kennen Sie den Christian Waldmann und vor allem den anderen Käufer, diesen Karel Boszanski?«

»Die Bonität beider habe ich freilich geprüft, da gab es nichts zu beanstanden. Das Geld ging an Frau Moosberger, und –« Er hielt inne, als Richards Handy klingelte.

Richard wollte nicht unterbrochen werden, doch als er sah, dass es Verena Bogenrieders Nummer war, sprang er auf. Sie würde kaum anrufen, nur um ihm eine Liebeserklärung zu machen oder danach zu fragen, was er gerne zu essen haben würde, das war Richard sofort klar. Sie musste einen ernsten Grund haben, etwas musste passiert sein.

»Sie entschuldigen mich?« Schon war er zur Tür hinaus, hatte Willi und Anwalt Voss kurz entschlossen allein gelassen.

Auf dem Flur nahm er den Anruf entgegen. »Verena, entschuldige, ich bin mitten in einer Vernehmung, was gibt es denn so Dringendes? Kann ich dich nicht später zurückrufen?«

Ihre leise, zittrige Stimme klang ihm alarmierend im Ohr. »Ich wollt dich ned stören, Richard, tut mir leid, aber … ich weiß ned, was ich tun soll! Der Roland ist ned heimgekommen, und jetzt ist's ja schon finster, und er hätte längst zum Essen zu Hause sein sollen!« Ehe Richard etwas sagen konnte, fuhr sie schon hektisch fort: »Heut nach dem Mittagessen wollte er zum Peter, zu seinem Freund Peter Voss, weißt schon, und seitdem ist er weg! An sein Handy geht er auch ned, Richard! So kenn ich den Buben überhaupt ned, normal sagt er mir immer Bescheid, wo er ist! Was soll ich jetzt bloß machen?«

Ihre Stimme klang verzweifelt, voller Besorgnis.

Richard wünschte, er wäre bei ihr und könnte sie tröstend in die Arme nehmen. Trotzdem nahm er sich zusammen. »Verena, Roland ist doch kein kleines Kind mehr, wenn er mal später daheim ist oder mal vergisst, dir Bescheid zu sagen, ist das doch kein Weltuntergang. Wahrscheinlich hocken Peter und er über irgendwelchen Spielen und haben die Zeit vergessen.«

»Das ist es ja grad, Richard, beim Peter daheim sind sie auch ned! Frau Voss hab ich schon angerufen, die hat auch keine Ahnung, wo sich die beiden rumtreiben!«

Ihre eindringliche Stimme ließ Richard plötzlich Schauer über den Rücken laufen. Trotzdem, noch war er im Dienst, er konnte nicht die Sorgen seiner neuen Liebschaft über die dringliche Vernehmung eines mutmaßlichen Verdächtigen stellen.

»Verena, ich hab grad noch zu tun, aber sobald ich fertig bin, meld ich mich bei dir, und wir überlegen, was wir machen können, okay? Sei doch ned so aufgeregt, der Roland geht halt auch mal seine eigenen Wege, bestimmt kommt er in wenigen Minuten heim, sagt Entschuldigung und verlangt was zu essen!«

»Wenn's nur grad so wäre! Bitte, Richard, ich brauch dich jetzt! Wenn ich könnte, würd ich losfahren und ihn suchen, aber ich kann den Papa ned allein daheim lassen! Wo könnt der Roland bloß hingegangen sein? Ich versteh's ned!«

Es zerriss Richard das Herz, sie so verzweifelt zu hören. »Verena, ich bitt dich, hab noch ein wenig Geduld. Sobald ich hier wegkann, fahr ich zu dir, und dann überlegen wir, wo der Roland sein könnt, und suchen gemeinsam!«

In dieser Sekunde riss Willi Schretzlmeier die Tür zum Flur auf. Er fuchtelte mit beiden Händen in Richtung Bacher, sodass Richard nur »Moment mal, Verena« ins Telefon sagen konnte.

Ganz nah trat Willi an ihn heran und flüsterte: »Der Voss hod grad einen Anruf von seiner Frau erhalten, sie sogt, der Peter sei no ned dahoam, und die Bogenrieder Verena hätt sich auch schon bei ihr erkundigt, wo denn der Roland abgeblieben sei. Jetzt is der Voss«, er deutete mit dem Daumen hinter sich auf das Vernehmungszimmer, »ganz aus dem Häuserl und wui unbedingt mit dir reden, Richard!«

Richard sah ihn wortlos an, dann packte er Willi am Arm. »Langsam, Willi!«, raunte er ihm zu.

Gleich darauf sprach er ins Telefon: »Verena, entschuldige, ich meld mich bei dir, sobald's geht! Bis dann.« Er nahm das Smartphone vom Ohr und drückte das Gespräch weg, ehe Verena ein Wort erwidern konnte, und drehte sich zu Willi um. Sein Gesicht war blass, aber entschlossen. »Wenn die beiden Jungs zusammen unterwegs sind, kann nix Gutes dabei rauskommen«, vermutete er finster. »Willi, wir müssen den alten Voss so weit bringen, dass er uns freiwillig alles erzählt, was er weiß!«

»Konnst auf mich zählen, eh klar.« Willi drehte sich um und stampfte energisch Kommissar Bacher voran ins Verhörzimmer.

Der Anwalt sah besorgt zu den Beamten hoch, das Mobiltelefon noch in der Hand. »Hab gerade wieder versucht, meinen Sohn anzurufen, aber anscheinend hat er keinen Empfang. Meine Frau macht sich Sorgen und ich auch! Peter weiß ganz genau, dass er zum Abendessen daheim sein muss. Da stimmt was nicht, ihm muss was zugestoßen sein!«

Mit größter Selbstbeherrschung nahm Richard wieder am Tisch Platz.

»Herr Voss«, begann er betont ruhig, »wir haben erfahren, dass auch Roland Bogenrieder nicht zu Hause ist. Seine Schwester macht sich ebenfalls große Sorgen. Keine der beiden Mütter«, er verbesserte sich sofort, nachdem er sich von Willi unterm Tisch einen Fußtritt eingehandelt hatte, »ich mein, Rolands Schwester und Ihre Frau wissen nicht, wo sich die beiden aufhalten könnten …«

»Und jetzt, Herr Voss«, fügte Willi energisch hinzu, »sind Sie an der Reihe, uns weiterzuhelfen. Machen S' endlich den Mund auf! Was wissen Sie?« Die letzten Worte klangen beinahe drohend. Und wirkten, denn Peter Voss sackte sichtlich zusammen.

»Wahrscheinlich nicht mehr als Sie, meine Herren. Aber falls mein Sohn und Roland etwas davon erfahren haben, kann ich mir vorstellen, warum die beiden nicht daheim sind.« Mit einem Seufzer hob er den Aktenkoffer auf den Tisch und klappte ihn auf. Eine dicke Mappe wurde vor Richard hingelegt.

»Hier drin«, murmelte Anwalt Voss angestrengt, »finden Sie alle Unterlagen und Beweise, die ich gegen Christian Waldmann und Karel Boszanski gesammelt habe. Dass die beiden etwas mit Drogen zu tun haben, vermute ich schon lange. Eigentlich begann alles damit, dass ich mir Sorgen um den Freund meines Sohnes machte, um den Roland. Wissen Sie, er war stets so, so unnahbar, verstehen Sie?«

Richard nickte, genau dieses Wort beschrieb den Jungen besser als jedes andere.

»Und nicht gerade der Umgang, den ich mir für den Peter

gewünscht hätte«, gab Voss freimütig zu. »Also habe ich angefangen, in seinem Privatleben herumzuschnüffeln, hab Leute befragt, Nachbarn und so, die die Bogenrieders gut kannten. Dann bin ich nach langen Recherchen dahintergekommen, dass der Roland keineswegs der Sohn von der Maria Bogenrieder ist, sondern von der Verena. Sie glauben nicht, wie schnell man an Informationen kommen kann, wenn man eine Visitenkarte oder einen Briefkopf als Anwalt vorweist.«

»So weit sind wir auch schon, Herr Voss«, fuhr Willi ihn an, »dass der Roland in Wirklichkeit der Bub von der Verena ist. Und was ham Sie dann g'macht?«

»Was wohl? Ich wollte natürlich wissen, wer der Vater ist. Und so schwer war das ja nicht herauszufinden. Man muss schon ganz blöd sein, um nicht zu erkennen, warum die Verena damals ihre Lehre beim Pickerl so plötzlich abgebrochen hat und verschwunden ist. Und ich habe mir seitdem die ganze Zeit Gedanken gemacht, wie man ihr helfen kann, also der Verena und dem Roland freilich, um ihr das zu geben, was ihr rechtlich zustehen würde, ich meine eine Vaterschaftsanerkennung und somit Unterhalt und Erbberechtigung.« Er goss sich ein Glas Mineralwasser ein und trank.

Richard stützte beide Hände auf die Tischplatte und starrte Voss an. »Und weiter? Herr Voss, bitte, die Zeit drängt, wir müssen die beiden Jungs finden! Wenn Sie wissen, wo sie sich aufhalten, dann sagen Sie es!«

»Das weiß ich nicht, ich kann's mir nur denken. Aber, Herr Kommissar, wenn ich weitererzähle, muss ich mich selbst belasten, und Sie wissen genauso gut wie ich, dass ich dazu nicht verpflichtet bin!«

Damit sprengte er Richards letzten Rest von Beherrschung. »Dann lassen Sie es, verdammt noch mal!«, brüllte er. »Willi, nimm den Kerl fest wegen Verdunklungsgefahr und Behinderung der Justiz! Ich geh jetzt auf die Suche nach Roland und Peter, egal, was der da sonst noch zu plappern hat!«

»Herr Bacher!« Auch Voss war aufgesprungen. »Jetzt warten Sie halt, ich sag ja alles! Ich … ich habe mit dem Pickerl gesprochen, ihn mit der Nase darauf gestoßen, dass ich weiß, was damals vorgefallen ist und dass er der Vater vom Roland ist! Dass er Verpflichtungen hätte, habe ich ihm gesagt, und wenn er nicht eine nachträgliche Anzeige wegen der Vergewaltigung haben will, soll er gefälligst zu seinen Pflichten stehen, habe ich ihm gesagt!«

»Wie kommen S' drauf, dass er die Verena vergewaltigt hod?«, fragte Willi verblüfft nach. »Es hätt ja auch eine leidenschaftliche Romanze sein können, oder?«

Richard verzog schmerzlich das Gesicht. Inzwischen hatte er sich widerstrebend zurück auf den Stuhl fallen lassen, er fuhr sich mit beiden Händen über das Gesicht und schüttelte den Kopf.

Voss hob die Schultern. »War halt eine Vermutung von mir. Welches anständige junge Mädchen hätte sich schon freiwillig mit so einem Stier wie dem Pickerl eingelassen? Nein, die Vorstellung ist doch furchtbar, und wie es schien, hatte ich den Nagel auf den Kopf getroffen. Er hat es zugegeben, echt jetzt, darüber kann ich eine eidesstattliche Versicherung abgeben. Und ein Gen-Abgleich wird es bestätigen. Jedenfalls, äh, noch ehe der Pickerl und ich uns einig geworden sind, wie wir weiter verfahren, ja, äh, da wurde er ermordet.«

Diesen letzten Satz brachte er nur stotternd hervor, was Richard seiner Aufregung zuschrieb. Willi jedoch, den eine bestimmte Vorahnung überfiel, wollte nochmals nachhaken. Ehe er den Mund öffnen konnte, kam ihm Anwalt Voss zuvor.

»Warten Sie, das ist noch nicht alles. Im Zuge meiner Recherchen bin ich auf Pickerls Verbindungen zu den neuen Eigentümern des Moosberger-Hofes gestoßen, die ich ja beide schon kannte. Da war meine Neugier grad doppelt so groß, das können Sie sich denken! Und ich habe tatsächlich herausgefunden, dass der Pickerl mit dem Waldmann und dem Boszanski Geschäfte gemacht hat. Er hatte seine Felder zu Hanfplantagen ausbauen lassen, selbst noch nach der Übersiedelung ins Altersheim, dann mit Unterstützung seines Pächters, einem gewissen Hans Riedmeier. Der hat wohl auch ganz schön davon profitiert! Aber das meiste Geld sackte der Pickerl ein, denn durch seine Vermittlung kam von dem Hasch ziemlich viel im Seniorenheim St. Hubertus an. Was die damit machen, entzieht sich allerdings meiner Kenntnis. Ja, und jetzt sind wir genau beim Punkt!«

Breitbeinig stand Voss da, die Fäuste in die Hüften gestützt. »Ich weiß, dass alles aufgezeichnet wird, was wir bereden. Und mir ist klar, dass ich schon längst zu Ihnen hätte kommen müssen! Mir muss niemand erklären, dass ich des Tatbestandes der Vertuschung einer oder mehrerer Straftaten schuldig bin. Den Vorwurf nehme ich gern auf mich, denn es wird mir keiner glauben, dass ich sowieso vorgehabt hatte, Ihnen all meine gesammelten Tatsachen«, er deutete auf den Ordner vor Richard, »der Polizei zu übergeben. Aber das ist jetzt wohl völlig belanglos! Wenn mein Sohn jemals etwas davon zu Gesicht bekommen konnte, dann hat er wohl eins und eins zusammengezählt und ist …«, er musste einmal Luft holen, »… zusammen mit dem Roland auf dem Weg nach Rundlberg zum Moosberger-Hof!«

Bei diesen Worten schoss vor Aufregung das Blut in Formel-1-Geschwindigkeit durch Richards Adern bis zum Hals. Alles, was Anwalt Voss erzählt hatte, klang plausibel, deckte sich mit ihren eigenen Erkenntnissen.

Doch nun waren die beiden Jungs abgängig, und nur ein Mensch fiel Richard in dieser Sekunde ein, der helfen konnte.

26

»Ich kenn Sie! Sie sind der Henning, der Henning Wagner aus ›Mia san mia‹, oder?« Peter schob sich nach vorn, trotz Handfesseln am Rücken und Kabelbindern um die Fußknöchel.

Der blonde Mann trat einen Schritt auf ihn zu. »Wie erfreulich, dass du glaubst, mich zu kennen. Nein, ich bin nicht Henning Wagner, den gibt's nämlich gar nicht!«

Er grinste die beiden Buben an, die vor ihm auf dem Boden kauerten. »Hennig ist eine Filmfigur, aber den Menschen dahinter kennt wohl keine Sau. Aber jetzt erzählt ihr Burschen mir doch mal, warum ich euch in meiner Scheune aufgegabelt hab und was ihr hier zu suchen habt?«

Peter und Roland warfen sich einen Blick zu. Beide saßen sie, verschnürt wie Rinderrouladen, in der hell erleuchteten Scheune, mit den Hintern auf dem eiskalten Betonboden, die Schultern an die Holzsparren der Scheunenwände gelehnt. Neben dem gut aussehenden Schauspieler stand der Möchtegern-Rambo mit der Pistole, der sie gefangen genommen hatte, passte auf wie ein Luchs, damit die Jungs keine unbedachte Bewegung machten.

Peter bewies Nervenstärke, er schnaufte tief auf und gab mit fester Stimme zurück: »Klar kenn ich Sie, Herr Waldmann! Deswegen sind wir ja da, mein Freund und ich, weil wir ein Autogramm haben wollten und uns mal ansehen, wie so ein berühmter Mann wohnt.«

»Soso. Und warum habt ihr nicht einfach an der Haustür geklingelt?«

»Das hätten wir dann schon gemacht. Haben Sie noch nie ein Abenteuer erleben wollen? Wir sind halt einfach nur so herumgeschlichen, auf Indianerart, verstehen Sie? Und da kommen Sie daher und binden uns einfach so fest!«

Waldmann lachte schallend. Er sah trotz allem sympathisch

aus, zugegeben, etwa Mitte dreißig, mit dunkelblonden Haaren und Grübchen in den Wangen.

»Ein Indianer muss das abkönnen, mein Freund. Am Marterpfahl wär's bestimmt noch unbequemer. Aber Spaß beiseite. Ihr seid nicht zum Spielen hier, so blöd braucht ihr uns gar nicht anschauen. Wir haben hier überall Überwachungskameras und Mikrofone«, er deutete in mehrere Ecken der Holzhalle, »wir haben euch beobachtet, seit ihr dahinten auf unserem Grund und Boden eingedrungen seid. Alles, was ihr gesagt und getan habt, haben wir auf Video. Also, heraus mit der Sprache, was wollt ihr hier?« Noch immer klang seine Stimme gelassen.

Wieder sahen sich die beiden Jungs an. Peter schüttelte leicht den Kopf, Roland blinzelte kurz. Sie hatten sich verstanden, keiner der beiden würde ein Wort sagen, egal, was kommen mochte.

Als sie stumm blieben, seufzte Waldmann auf.

»Okay. Wie ihr wollt. Aber um hier dumm herumzustehen bin ich mir zu schade, deshalb nehm ich euch mit ins Haus. Wird euch auch besser gefallen, da ist es warm und gemütlich. Karel«, er wandte sich an den Mann mit der Pistole, »bring unsere Gäste ins Wohnzimmer. Die Fußfesseln können ab, die Handschellen bleiben dran. Und wenn einer pinkeln muss, kannst ja mitgehen und Hilfestellung geben!« Die beiden Männer lachten, während den Jungen bei dieser Vorstellung immer übler wurde.

»Ich fasse nochmals zusammen«, sagte Staatsanwalt Dr. Ganserl, beugte sich vor und starrte auf den Bildschirm seines Laptops, der zwischen ihm und Mike auf dem Küchentisch stand.

Isabel hatte sich rücksichtsvoll ins Wohnzimmer verzogen, während Schorschi bei ihnen unter dem Tisch lag und leise vor sich hin schnarchte.

»Entweder war Thomas Pickerl darüber informiert, sofern seine verpachteten Äcker tatsächlich als Hanfplantagen missbraucht wurden, und es gab irgendwelche Unstimmigkeiten unter den Verbündeten, denen er zum Opfer gefallen ist. Oder er wusste nichts davon, bekam davon Wind, was ihn zur Bedrohung machte, weshalb man ihn ausschalten musste. Dies alles natürlich unter der Prämisse, dass der Cannabis im St. Hubertus daher stammt. Was aber sehr wahrscheinlich ist, nachdem die Mehltretters, die Kritschkes, die Boszanskis und Pickerl so eng miteinander verflochten sind.«

Hätte Mike auf Dr. Ganserls Humor hoffen können, hätte er ihn grinsend daran erinnert, dass ihnen für diese Theorie noch sämtliche Beweise fehlten. Schließlich war das Ganserls Lieblingssatz, mit dem er Mike regelmäßig zur Weißglut brachte.

So aber unterließ er eine Bemerkung, nickte nur und meinte: »Wenn wir etwas Belastendes finden wollen, sind wir bei Waldmann und Boszanski hier in Rundlberg mit Sicherheit an der richtigen Adresse. Es gibt übrigens noch etwas, was ich Ihnen erzählen sollte, Dr. Ganserl.«

Kurz schilderte Mike die nächtlichen Vorkommnisse in Rundlberg, die sich niemand erklären konnte. »Meiner Meinung nach«, schloss er, »haben diese Umtriebe ebenfalls etwas mit dem ehemaligen Moosberger-Hof zu tun. Vielleicht hat diese Landkommune nächtliche Wachen aufgestellt, die die Hunde nervös machen.«

»Hätten dann nicht Fußspuren oder so etwas zu finden sein müssen, Mike? Jeden Tag Neuschnee, da würden Herumtreiber schlecht unbemerkt bleiben, es sei denn, sie könnten fliegen.«

Schon wieder hatte der Staatsanwalt Mike beim Vornamen genannt. Er hatte sich die letzten Jahre so sehr an Ganserls Eigenart gewöhnt, alle mit dem Nachnamen anzureden, dass es Mike langsam dämmerte, dass der Staatsanwalt auf eine Duz-Freundschaft mit ihm hinsteuerte. Bloß das nicht! Lieber weiterhin nur »Zinnari« bleiben, als mit diesem Snob per Du zu sein. Wie hieß Dr. Ganserl eigentlich mit Vornamen? Herrschaft – ja, wie denn gleich?

Spontan fiel es Mike nicht ein, dafür aber etwas anderes. Hatte der Staatsanwalt nicht eben geäußert, dieser »Herumtreiber« müsste fliegen können, um keine Spuren zu hinterlassen?

»Da wüsste ich eine Möglichkeit«, platzte er heraus, »eine Drohne!«

»Eine Drohne mit Kamera, am besten noch mit Nachtsichtlinse, ja, das könnte sein.« Zustimmend nickte Ganserl, tippte erneut auf seinem Laptop herum und lehnte sich zufrieden zurück. »Sehr gut, Mike, sehr gut. Das klingt einleuchtend.« Er nahm die Brille ab, rieb sich die Augen, trank einen Schluck Mineralwasser, dann klappte er den Computer zu.

»Morgen früh um sieben kommen die Kollegen von Viechtach hierher, ebenso wie einige Leute unseres Präsidiums. Das heißt, ich hoffe, dass es so klappt. Haben Sie in der letzten Zeit hinausgeschaut? Es schneit noch immer wie verrückt, noch viel mehr als bei uns in Straubing.«

Mike nickte. »Hab's gesehen. Wir sind mitten in den Bayerwald-Bergen, Dr. Ganserl, da muss man damit rechnen, dass es mehr Schnee gibt als bei uns.«

»Erich.«

»Wie bitte?«

Der Staatsanwalt lächelte, und Mike hatte den Eindruck, als wäre der sonst so aufgeblasene Jurist tatsächlich ein wenig verlegen.

»Erich heiße ich. Ich finde, wir sollten das Sie endlich weglassen, schließlich arbeiten wir seit Jahren tagtäglich zusammen. Und jetzt, ich meine, jetzt sind wir ja noch engere Kollegen, gemeinsam im Außeneinsatz …«

Oh nein! Als ob er's geahnt hätte! Verdammt, das hätt's nun wirklich ned gebraucht …

Demonstrativ hielt Dr. Ganserl Mike seine Rechte entgegen, die der Kommissar nach kurzem Zögern ergriff. Zumindest bestand der Staatsanwalt nicht auf einem Bruderschaftskuss.

»Äh, ja dann, freut mich, äh – Erich.« Wie er das neue Verhältnis zu Dr. Ganserl seinen Kollegen gegenüber erklären sollte, war Mike schleierhaft. Dankbar registrierte er, dass Ganserl ebenso wenig wie er das Ganze dramatisieren wollte.

Der Staatsanwalt schaute demonstrativ auf die Armbanduhr und erhob sich abrupt, nahm den Laptop unter den Arm, streichelte Schorschi, der sich bei seiner Bewegung aufgerichtet hatte, kurz über den Kopf.

»Schon fast acht Uhr, ich geh dann mal besser. Du willst sicher noch ein bisschen allein mit deiner Freundin sein, oder? Gute Nacht, wir sehen uns morgen – so um sechs?«

»Ja, passt. Gute Nacht, Dr. … äh, Erich. Wenn Sie … äh, wenn du noch was brauchst, sag es ruhig, kein Problem.«

»Danke. Übrigens, deine Freundin, Mike, eine wirklich nette Dame. So sympathisch, so natürlich. Hast eine gute Wahl getroffen, ich freu mich für dich.«

Damit zog Dr. Erich Ganserl leise die Tür hinter sich zu. Verdattert blieb Mike sitzen, hörte, wie er kurz ins Bad ging und die Tür des Bügelzimmers endlich hinter ihm ins Schloss fiel.

Jetzt also Erich, dachte er, aha. Na dann, was soll's. Was tat man nicht alles für ein gutes Betriebsklima.

Isabel lachte sich halb tot, als ihr Mike flüsternd von der Verbrüderung mit dem Staatsanwalt erzählte. Sie hatten sich nebeneinander auf die Längsseite der Wohnzimmercouch gekuschelt, Schorschi wie immer unter sich auf dem Teppich liegend.

»Erich?« Sie kicherte. »Erich Ganserl, mit dem Namen ist er wirklich gestraft genug. Enterich Ganserl, ich fass es nicht.«

»Bitte, Isabel, sag das ned! Wenn ich ihn jetzt aus Versehen mit Enterich statt Erich ansprech, ist der Teufel los!«

Sie lachten beide, leise und verschworen wie Teenager im Haus ihrer Eltern.

»So schrecklich, wie du ihn immer beschrieben hast, ist er gar ned, Mike«, wisperte Isabel an seiner Schulter.

»Nein, so gut gelaunt und freundlich wie heut kenn ich ihn überhaupt ned. Du müsstest ihn mal erleben, wenn man ihm widerspricht. Da meinst du, als Kriminalkommissar bist du ein Wickelkind neben dem studierten Juristen.«

»Dann hat er eindeutig Komplexe irgendwelcher Art«, gab

Isabel weise von sich. »Weißt du mehr von ihm, Mike? Ist er verheiratet, hat er Kinder?«

»Keine Ahnung. Ist mir ehrlich gesagt auch wurscht.«

»Ihm bist du nicht wurscht«, flüsterte Isabel zurück. »Anscheinend weiß Enterich über dich und unser Verhältnis ganz genau Bescheid.«

»Erich, bitte, Isabel – führ mich ned in Versuchung.«

Sie kicherte. »Okay, ich versteh dich ja. Also, der Erich Ganserl hat wohl ganz genau deine Lebenssituationen verfolgt. Hat sich über dich informiert und so weiter. Wenn er nur auf seine Arbeit fixiert wäre, würde er das nicht machen. Ich wette, er hat sich auch über Richard und seine Verena informiert. Wer weiß, wo der Ganserl überall seine Spione sitzen hat?«

»Zumindest ned in meiner Abteilung.« Mike schob Isabel nachdenklich eine Haarsträhne aus dem Gesicht. »Wenn er Willi deswegen ausgefragt hätte, wüsste ich das. Willi hatte bis vor Kurzem jedenfalls keine Ahnung davon, dass Richard mit der Verena was angefangen hat. Nein, wenn es so ist, dann sitzen Ganserls Spitzel woanders. Vielleicht beim KDD, da laufen so manche Dinge, die ich ned mitbekomme.«

Er dachte an Kommissar Obermüller und daran, was ihm Willi über die Neue in der Kriminalinspektion, diese Daniela, erzählt hatte. Mike traute Ganserl durchaus zu, manche Beamte für seine Recherchen einzuspannen, die von Willi gutgläubig über alles informiert wurden, denn der hatte nicht nur große Ohren, sondern manchmal ein ebenso großes Maul.

»Sei es, wie es sei, Mike, ich bin müde, lass uns ins Bett gehen, ja?« Isabel drückte ihm einen Schmatz auf die Wange und wollte sich erheben. Mike hielt sie fest.

»Sei mir ned bös, mit dem Ganserl in meiner Nähe kann ich wahrscheinlich eh ned schlafen. Bist du arg enttäuscht, wenn ich noch ein wenig in den Fernseher starr?«

Isabel sank wieder neben Mike. »Nein. Aber dann ned allein, ein bisserl was will ich schon auch noch von dir haben.« Sie schmiegte sich an ihn.

»*Molto pronto …*« Mike küsste sie.

Sein Handy unterbrach knallhart die aufkommende Romantik. Diesmal erklang nicht Falcos »Der Kommissar«, sondern sein üblicher Klingelton. Es hätten Babs oder Lukas sein können, sein Vater oder sonst jemand, der ihn freitags um acht brauchte, und Mike richtete sich unwillig auf, um nachzuschauen.

»Es ist Richard, Himmelherrschafts–«

Ein Finger Isabels auf seinen Lippen stoppte den Wutausbruch.

»Geh dran, Mike. Es ist Freitagabend, und wenn Richard anruft, dann sicher aus wichtigem Grund!«

»Habt ihr schon alle Freunde abtelefoniert, die Unfälle von den Kollegen sondiert, beim Krankenhaus nachgefragt?« Mike musste sich dessen vergewissern, obwohl er Richards Antwort schon ahnte.

»Du schaust mich wohl für ganz blöd an, Mike. Freilich haben Willi und ich das ganze Programm durch, und Verena und Peter Voss' Mutter haben ebenfalls gesucht und rumtelefoniert, aber ohne Ergebnis! Was glaubst denn du, was wir die letzte halbe Stunde gemacht haben? Die Jungs sind nicht auffindbar! Aber jetzt lass mich doch mal ausreden, du weißt ja noch gar nicht alle Neuigkeiten!«

Grob umriss Richard das Gespräch mit Anwalt Voss, worauf Mike beim Zuhören so aufgeregt wurde, dass er Isabel unsanft zur Seite schob und aufsprang. Schorschi folgte ihm schwanzwedelnd, während Mike im Wohnzimmer hin und her tigerte.

Richard schloss mit den Worten: »Eine Streife habe ich zum jungen Riedmeier geschickt, aber der war nicht zu Hause. Die Fahndung nach ihm läuft.«

»Das gibt's doch ned! Mensch, Richard, wenn der alte Voss recht hat, dann dürfen wir keine Zeit mehr verlieren! Wir brauchen auf jeden Fall Verstärkung, der Ganserl und ich allein können keinesfalls den Bauernhof stürmen, falls die beiden Buben tatsächlich dort sind! Kannst du das veranlassen? Dass schnellstmöglich Unterstützung in Rundlberg eintrifft?«

»Ich werd's versuchen, Mike«, gab Richard zweifelnd zurück, »aber du weißt, wie das Wetter ist, und die Straßen zu euch hinauf sind bestimmt schon wieder zugeschneit! Keine Ahnung, ob auf die Schnelle ein Durchkommen ist!«

Spontan kam Mike in den Sinn, was Isabel einige Tage vorher am Telefon erzählt hatte. Von Belagerungszustand hatte sie gesprochen, was hieß, dass – wenn auch nicht im kleinen Dorf Rundlberg, so doch zumindest in St. Englmar – Einsatzkräfte der Feuerwehr und des Technischen Hilfswerkes zu finden sein sollten.

»Probier's bei der Feuerwehr oder der Bergwacht, ist mir vollkommen egal, Hauptsache, es kommen Leute, die den Moosberger-Hof erreichen und uns unterstützen können!«

»Mach ich. Und bitte, meld dich gleich, sobald du was vom Roland weißt. Die Verena dreht mir sonst durch …«

»Logisch. Mach dir keine Sorgen, die beiden Helden werden wir schon finden. Bis später!« Mike legte auf und drehte sich zu Isabel um.

»Jetzt ist's nimmer lustig. Zwei vermisste Buben, und allem Anschein nach treiben die sich hier in Rundlberg herum. Isabel, der Ganserl und ich müssen los zum Moosberger-Hof, nachschauen, ob die beiden –«

»Wuff, wau, wau!«

Schorschis wütendes Gebell unterbrach Mikes Rede. Der sonst so ruhige Hund war aufgeregt, kratzte an der Wohnzimmertür, bellte immer aggressiver.

Isabel fuhr sich über die Augen. »Oh nein, geht das schon wieder los! Mike, du siehst, wie er sich aufführt! Jetzt haben wir genau das, wovon ich dir erzählt hab!«

»Du meinst, er hat wieder Witterung aufgenommen?«

»Was anderes kann es nicht sein! Obwohl es eine vollkommen falsche Uhrzeit ist, erst acht Uhr abends und nicht wie sonst um elf oder drei Uhr früh. Aber ich kenn doch meinen Hund, Mike! Das ist genau sein Verhalten wie sonst, wenn –«

»Ich glaub dir's schon, Isabel. Bleib da, ich geh mit dem Hund nach draußen und schau mich um.«

Die Tür zum Bügelzimmer öffnete sich.

»Was ist denn los? Drohnenalarm?« Dr. Ganserls Kopf erschien im Türspalt.

Mike nickte. »Wahrscheinlich! Erich, ich wollte dich sowieso grad holen gehen. Es gibt ein echtes Problem!« Mit schnellen Worten gab er das Telefonat mit Richard wieder.

»Oh, verdammt.« Ganserl rieb sich die Stirn. »Ja, Mike, hilft ja nix, wir müssen raus, um erstens nachzuschauen, warum der Hund sich so aufführt, und dann wohl weiter zum Moosberger-Hof, um nach den Buben zu suchen.«

Im Wegdrehen fügte er hinzu: »Bin gleich wieder da, zieh mich nur schnell an.«

So lange wollte Mike nicht warten. Er öffnete die Haustür, Schorschi schoss an ihm vorbei und bellte wie wild, während er schnüffelnd zwischen den Schneewehen im Hof umhersprang. Dann lief er in den angrenzenden Garten und war in der Dunkelheit verschwunden.

»Isabel, hast du eine Taschenlampe?«, rief Mike zurück ins Haus.

»Neben dir auf der Ablage!«

Bis Mike in Jacke und Stiefel geschlüpft war, die Lampe ergriffen hatte, stand Erich bereits neben ihm, fertig angezogen, eine Waffe der Marke Walther PPK in der Hand.

»Ich habe dir ja gesagt, Mike, dass ich vorbereitet bin. Den Waffenschein habe ich seit meinem Ersten Staatsexamen, und ich kann durchaus damit umgehen! Also, los geht's! Bin gespannt, was wir finden!«

Eifrig trat Ganserl noch vor Mike zur Tür hinaus. Mike seufzte ergeben und trottete hinterher.

Der Lichtstrahl von Isabels LED-Taschenlampe war enorm, Mike konnte damit sogar bis zum angrenzenden Waldrand hinter Isabels Garten leuchten. Langsam ließ er die Taschenlampe kreisen, doch außer wirbelnden Schneeflocken und dem noch immer umherspringenden Hund war nichts zu sehen.

»Hörst du was, Mike?« Ganserl stand lauschend da.

»Nein. Du?«

»Nein. Absolut nichts. Wenn es eine Drohne wäre, wie wir vermuteten, müssten wir ihre Rotoren hören können. Vor allem nachts, da wirkt jedes Geräusch doppelt so laut.«

Mike musste Erich recht geben. Angestrengt lauschte er, doch er hörte außer dem Rauschen des Windes in den Bäumen nicht das Geringste.

»Nein, ich seh und hör nix.« Mike schaltete die Taschenlampe aus. Stumm blieben die beiden stehen, horchten, versuchten mit ihren von Schnee beflockten Augen die Dunkelheit zu durchdringen. Kein Licht irgendwo, kein Geräusch zu hören.

»So kommen wir nicht weiter. Gehen wir wieder rein.« Mike drehte sich um, pfiff nach Schorschi, der augenblicklich angerannt kam, und wollte zur Haustür gehen.

Ganserl hielt ihn am Oberarm zurück.

»Mike, wenn es doch eine Drohne ist, die so weit oben kreist, dass wir sie weder sehen noch hören können, muss sie irgendwann wieder gelandet werden. Wir müssen sofort zum Moosberger-Hof und schauen, was da los ist. Der liegt nicht weit entfernt von hier, oder?«

»Nein, knapp fünf Minuten Fußmarsch.«

»Dann los!« Erich trabte schon zur Straße, ehe er sich abwartend zu Mike umwandte.

Bevor Ganserl etwas sagen konnte, kam Mike ihm entschlossen zuvor: »Ich sperr den Hund ein und hol mir meine Ausrüstung. Bin gleich da!«

Mike rannte ins Haus, dicht gefolgt von Schorschi, der froh war, ins Warme und Trockene zu kommen.

Flink sprang Mike in eine dunkle Goretex-Hose, die in Isabels Schlafzimmerschrank eigentlich auf ihren nächsten gemeinsamen Wandereinsatz wartete, zog sich einen dicken Sweater unter dem Anorak an.

»Isabel, du und der Hund bleibt im Haus, klar? Lass ihn nicht mehr raus, und du gehst auch nicht mehr vor die Haustür, verstanden?«

Während Mike seine Dienstwaffe aus dem Koffer holte, sich das Hüftholster umschnallte, stand Isabel blass im Flur.

»Kann ich helfen, Mike?«

Im Vorbeidüsen gab er ihr einen Kuss. »Ja. Wenn wir uns in einer Stunde nicht gemeldet haben, ruf Richard an und erzähl ihm alles. Seine Handynummer hast du ja.«

Mike stürmte hinter dem Staatsanwalt her, während Isabel verstört zurückblieb.

27

Der vereiste Schnee vor Isabels Grundstück knirschte leise, doch sobald Mike und Erich auf die geteerte Straße kamen, wurde jedes Geräusch vom Neuschnee verschluckt. Zügig marschierten sie die Straße hoch, mussten zwischendurch immer wieder das Gesicht und die Augen von Schneeflocken befreien.

»So ein Mistwetter im Frühling!«, knurrte Erich, »könnte es uns nicht ein wenig einfacher gemacht werden?«

»Mieses Karma, Erich«, entfuhr es Mike, bevor ihm bewusst wurde, dass der Staatsanwalt damit wenig anfangen konnte und sich eventuell kritisiert fühlen würde. »Ich mein –«

»Ja, hab's schon kapiert.« Erich verzog keine Miene, doch aus seiner Stimme klang ein Schmunzeln. »Da wir nicht wissen, wessen Karma daran schuld ist, werden wir *beide* Besserung geloben müssen.«

Geschickt aus der Affäre gezogen! Auf den Kopf und den Mund gefallen war Enterich Ganserl jedenfalls nicht. So, wie er im Moment mit gesenktem Kopf gegen die Schneeböen ankämpfte, fand ihn Mike sogar sympathisch. Im Stillen beschloss er, seinerseits Informationen über ihn einzuholen. Irgendetwas hatte diese Veränderung in Erichs Verhalten bewirkt, und Mike würde zu gerne wissen, was es war.

Nach ein paar Minuten hatten sie die Hauptstraße erreicht und wandten sich nach links, Richtung Ortsausgang. Die wenigen Peitschenlampen am Straßenrand spendeten nur spärlich Licht, zu dicht war das Schneetreiben geworden.

Mike war das ganz recht, so konnten sie weiterhin fast unsichtbar am Rand der Straße dahinstapfen, die vor Stunden zuletzt geräumt worden war und inzwischen eine Neuschneedecke von einigen Zentimetern hatte. Nirgendwo waren Fuß- oder

Fahrzeugspuren zu entdecken. Warum auch, bei diesem Wetter trat niemand freiwillig vor die Tür, wenn es nicht nottat.

Gleich darauf verharrten Erich und er an der Hofeinfahrt zum ehemals Moosberger'schen Anwesen. Sämtliche Gebäude, die von der Straße aus zu erkennen waren, lagen in tiefer Dunkelheit, aber Mike war jeder Meter der weitläufigen Hofstelle vertraut. Links waren die Scheune und der ehemalige Kuhstall, rechts die Garagen und ein weiterer Schuppen, dazwischen stand das lang gestreckte alte Bauernhaus. Kein Licht verriet die Anwesenheit eines Bewohners, kein Auto parkte im Hof.

»Was machen wir jetzt?«, flüsterte Erich.

Irgendwie hatte Mike das Gefühl, beobachtet zu werden. Er fand, es wäre besser, den Bauernhof nicht offen in Angriff zu nehmen, sondern sich behutsam zu nähern.

Mike sah sich aufmerksam um, ehe er ebenso leise zurückgab: »Wir gehen besser hintenherum. Kaum anzunehmen, dass dort jemand unsere Spuren entdeckt, und vom Durchgang zwischen Haus und Stall haben wir eine bessere Übersicht.«

Dr. Ganserl überließ sich ganz Mikes Führung, der zielstrebig die Straße weiterging, im weiten Bogen das Anwesen umrundete, ehe er rechts abbog und durch kniehohen Schnee über eine Weidefläche zurück in Richtung Hof watete. Tapfer hielt sich Ganserl in Mikes Fußspuren, obwohl es nicht leicht war, voranzukommen. Die wasserabweisenden Schuhe und Hosen, die beide in weiser Voraussicht angezogen hatten, taten gute Dienste.

Links verloren sich winterliche Wiesen in der Dunkelheit, Mike konnte sich erinnern, wie er damals, im Hochsommer, mit seiner Kollegin Jutta hier gestanden hatte, nachdem sie den Moosbergers die traurige Nachricht vom Tod ihrer Tochter hatten überbringen müssen. Damals hatten bunte Blumen zwischen dem saftigen Gras geblüht, es hatten Spatzen und Bienen sommerliche Geräusche verbreitet, es war brütend heiß gewesen.

Nun war es totenstill, finster, nass und bitterkalt.

Nach etwa zehn Minuten langsamen Vorankämpfens hatten die beiden endlich den Durchgang zum Haus erreicht, von hier aus konnte man die Rückseite des Hauses und den Hof überblicken.

Mike bemerkte einen Lichtschein, der im oberen Stockwerk aus einem Fenster fiel und ein schwaches Viereck in den Schnee malte.

»Da ist doch jemand zu Hause«, wisperte Mike dem Staatsanwalt zu. »Nur von einem Drohnenpiloten ist keine Spur zu sehen.«

Erich schob sich neben Mike. »Müsste dieser denn zwangsläufig im Freien sein? Ich kenn mich zu wenig damit aus, Mike, zugegeben. Könnte das Ding nicht auch vom Haus aus gesteuert werden?«

»Keine Ahnung. Wäre schon möglich. Aber er wird das Teil kaum landen können, ohne dabeizustehen. Also muss wohl irgendwann jemand erscheinen, der die Drohne in Empfang nimmt und wieder sicher verstaut. Warten wir eine Weile, mal schauen, was passiert.«

Minutenlang standen die beiden stocksteif, wagten kaum, sich zu bewegen. Ihre Geduld wurde belohnt, bald darauf verriet ein kaum wahrnehmbares Summen, dass sich etwas von oben näherte.

Hatten sie also richtig getippt! Mike verspürte einen leichten Ellenbogenknuff von Ganserl. »Sind wir nicht gut?«, zischte er, doch Mike gab keine Antwort.

Gespannt sah er hoch zum dunklen Himmel, während all seine Sinne auf die gesamte Umgebung ausgerichtet waren. Ihm war, als hätte er eine Stimme vernommen, leise, undeutlich, aber unzweifelhaft von irgendwoher aus Richtung des Hauses. Ja, da war es wieder, es schien vom Holzbalkon über der Haustür zu kommen, eine flüsternde Stimme, die sich durch die verschneite Nacht einen Weg zu seinem Ohr bahnte.

Dann war es wieder totenstill. Schon wollte Mike Erich von seinen Eindrücken berichten, als dieser plötzlich erstarrte.

»Hörst du das, Mike?«

Mit aufgesperrten Ohren horchten sie in die tiefe Nacht.

Das Geräusch wurde lauter, gleichzeitig ging im Erdgeschoss ein Licht an, Mike erinnerte sich, dass sich in dem Raum früher das Wohnzimmer der Moosbergers befunden hatte. Nun wurde ein großes Sprossenfenster weit aufgerissen, zugleich kam das Surren immer näher.

Eng an die Scheunenwand gepresst beobachteten sie, wie sich ein dunkler Schatten, einer Fledermaus nicht unähnlich, jedoch mit knapp einem halben Meter Breite, aus dem Nachthimmel herabsenkte und wie ein kleines Ufo durch die Fensteröffnung in den beleuchteten Raum hineinschwebte.

So ein Teil hatte Mike noch nie gesehen. Ihm waren Drohnen oder Quadrokopter durchaus bekannt, doch was hier nun ihren fassungslosen Augen entschwunden war, kam eher einem Tarnkappen-Flugzeug gleich, die Form des Gerätes mit den beiden lang gezogenen Flügeln erinnerte ihn an einen Nurflügler der Streitkräfte.

»Was war denn das für ein Ding?«

»Ufo wird es wohl keins gewesen sein«, erwiderte Mike sarkastisch. »Erich, wir warten besser hier, solange dort oben auf dem Balkon jemand steht und das Fenster vom Wohnzimmer noch offen ist.«

Minutenlang mussten sie unbeweglich ausharren, bis sowohl von oben als auch aus dem Erdgeschoss die Geräusche sich verriegelnder Fenster zu hören waren. Erst dann getrauten sie sich, ihren Beobachtungsposten zu verlassen, schleichend zogen sie sich bis zur hinteren Hausecke zurück.

»Ich habe keine Ahnung, Erich, so ein Ding hab ich noch nie gesehen. Aber es fliegt, anscheinend ferngesteuert, und verdammt leise. Kein Wunder, dass zwar Hunde das Surren hören können, wir Menschen aber erst, wenn es in der Nähe ist. Solange es einige zig Meter über den Häusern und Bäumen schwebt, ist davon nichts zu hören.«

»Ja, dann haben wir also die Ursache der rätselhaften Umtriebe gefunden«, gab Erich zurück, »aber warum steuern die eine Drohne durch die Gegend?«

»Wir werden das schon noch herausbekommen. Mich würde vielmehr interessieren, wo die beiden Buben stecken. Nachdem es jetzt wieder ruhig ist, schlag ich vor, wir gehen einmal rund ums Haus, vielleicht können wir durch die Fenster was sehen. Solange keine Verstärkung in Sicht ist, will ich mich ungern mit den Bewohnern hier anlegen.«

»Einverstanden. Sollen wir uns trennen?« Dr. Ganserl zog seine Waffe aus der Jackentasche, Mike tat es ihm gleich.

»Wäre wohl besser, ja. Ich gehe vorne durch den Hof, schau du dich hinter dem Haus um. Aber gib Obacht, dahinten gibt es einen angebauten Kartoffelkeller, nicht dass du im Schnee die Stufen übersiehst und hinunterpurzelst.«

Sein Kollege Richard Bacher hatte damals gute Bekanntschaft mit dieser Treppe und dem Keller gemacht, weshalb Mike es für ratsam hielt, Erich davor zu warnen.

»Ich pass schon auf. Und dann treffen wir uns wieder hier, oder?«

»Ja. Bis gleich.« Lautlos schlichen sie in verschiedene Richtungen davon.

Der Schauspieler hatte recht behalten, im Haus war es durchaus trockener und vor allem wärmer als in der Scheune, doch von Gemütlichkeit konnte keine Rede sein.

Roland und Peter saßen nebeneinander auf einer eilig angeschleiften Matratze auf dem Fußboden, die Hände noch immer zusammengebunden, aber immerhin waren sie die Fußfesseln losgeworden. Mit Staunen hatten die beiden beobachtet, wie dieser Karel mit einem ferngesteuerten Fluggerät hantiert hatte, damit den Raum verlassen hatte und über die knarzende Holztreppe ins obere Stockwerk gestiegen war.

Christian Waldmann saß entspannt in einem Sessel, rauchte und starrte in sein Handy, anscheinend fürchtete er nicht, dass die beiden Jungs irgendwelche Dummheiten machen würden.

Was ihnen allerdings auch gar nicht in den Sinn kam, denn die Pistole lag griffbereit auf dem Tisch neben ihm.

Keiner sagte ein Wort, nur hin und wieder wechselten die beiden einen verzweifelten Blick. Was die Männer mit ihnen vorhatten, wussten sie nicht, aber ihnen war klar, dass sie sicher nicht bereit waren, sie einfach nach Hause gehen zu lassen, bei allem, was sie wussten und gesehen hatten. Ihre beiden Handys hatte Karel einkassiert und abgeschaltet in der Annahme, dass sie so nicht geortet werden konnten.

Plötzlich erhob sich Waldmann, nahm die Waffe und ging zur Tür. An die beiden Jungen gewandt sagte er leise: »Bleibt sitzen und verhaltet euch ganz ruhig. Ich will euch nicht wehtun müssen.«

Dann drückte er auf den Lichtschalter, und es wurde dunkel. Lediglich das Display seines Handys leuchtete weiter. Langsam ging der Mann zurück zum Sessel und setzte sich, ohne sein Telefon aus den Augen zu lassen.

Stumm lehnten sich Roland und Peter aneinander, und ihre Furcht wurde in dem dunklen Raum noch größer.

Roland beugte den Kopf und flüsterte mit dem Mund an Peters Ohr: »Sie werden uns schon suchen, hab keine Angst. Der Bacher wird keine Ruhe geben, ehe –«

»Ruhe auf den billigen Plätzen!«, schnauzte der blonde Mann sie an.

Erschreckt rückten beide auseinander. Wie lange sie so verharrten, wussten sie nicht, als Waldmann erneut aufsprang, das Licht anmachte und das Fenster aufriss.

»Alles klar, kannst kommen«, sprach er leise ins Handy. Gleich darauf schwebte die Drohne mit leisem Summen in den Raum und senkte sich langsam ab. Mit einem letzten Hopser setzte sie sich unweit der Füße der Jungs auf.

»Landeautomatik ist 'ne feine Sache, findet ihr ned auch, Jungs?«, grunzte er zufrieden. »Alles okay, Touchdown, Karel. Kannst runterkommen.« Er schloss das Fenster und drehte sich um. »So, jetzt überlegen wir mal, wo ihr zwei am besten die Nacht verbringt. Eigentlich hab ich weder Lust noch Zeit, euch zu bewachen. Dank eurer Neugier haben wir eine Menge Arbeit vor uns, ihr könnt von Glück sagen, wenn wir bis morgen früh damit fertig werden. Und so lange dürft ihr euch als unsere Gäste betrachten. Nur wo?« Nachdenklich fuhr er sich über das Kinn.

Peter sah ihm frech ins Gesicht. »Am besten schlaf ich zu Hause in meinem eigenen Bett!«

Waldmann lachte. »Eh klar. Aber darauf wirst du leider verzichten müssen, verstehst schon. Wer seine Nase in fremde Angelegenheiten steckt, muss damit rechnen, dass nicht alles so einfach geht.«

»Wir wollten uns echt nur ein bisserl umschauen, es war doch nicht unsere Absicht, Ihr Hanflager zu finden«, versuchte Peter erneut, sich aus der Situation herauszureden. Dass er es damit noch schlimmer machte, erkannte er sofort, denn nun wurde Waldmann richtig sauer.

»War mir klar, dass ihr erkennt, dass wir keine Gärtnerei für Frühlingsblumen sind. Sorry, Jungs, aber jetzt müsst ihr die Konsequenzen tragen! Und die werden euch wahrscheinlich nicht gefallen. Ah, da bist du ja, Karel. Hast du den Hans endlich erreicht?«

Während der kräftige Mann mit unvermuteter Sorgfalt die Drohne aufhob, mit wenigen Griffen zerlegte und zum Schrank trug, erwiderte er: »Ja, der ist schon auf dem Weg, aber es kann dauern bei dem Wetter. Von den anderen weiß ich nix, ich hab keine Ahnung, was da los ist, warum weder Marianne noch meine Mutter ans Telefon gehen. Aber es hilft uns nix, wir müssen loslegen. Und die da?« Er nickte zur Matratze hinüber.

»Kühl und trocken lagern«, entschied Waldmann. »Bring sie runter in den Kartoffelkeller, die Matratze sollen sie mitnehmen und ein paar Decken dazu, dann werden sie uns schon ned gleich erfrieren.«

»Wär doch gar keine schlechte Möglichkeit, oder?« Karel spechtete verkniffen zu den Kindern.

Der Schauspieler schüttelte den Kopf. »Nix da, wer weiß, ob wir sie ned noch brauchen können. Später können wir immer noch entscheiden. Du hast ja so ein gutes Händchen im Arrangieren von Unfällen, Karel. Beim Kritschke hat das auch wunderbar geklappt! Wenigstens der kann uns jetzt nimmer dazwischenfunken, dank deiner Fürsorge!«

Die beiden Buben sahen sich an, die Todesangst stand ihnen ins Gesicht geschrieben. Nun kannten sie nicht nur das Hanflager, nein, sie wussten auch Bescheid über einen arrangierten Unfall eines ihnen unbekannten Herrn Kritschke. Und solche Zeugen würden die beiden Verbrecher wohl nie und nimmer am Leben lassen, oder?

Weder Karel noch Waldmann schienen sich Gedanken darüber zu machen, dass sie bei ihrem Gespräch zwei aufmerksam lauschende Beobachter hatten.

Sarkastisch fuhr Waldmann fort: »Obwohl ich immer noch ned versteh, warum du das gemacht hast. Der Kritschke hatte doch von nix eine Ahnung! Wolltest wohl nimmer länger warten, bis Marianne endlich seine Kohle erbt, wie?«

»Halt die Klappe, das verstehst du ned! Ja, du, der erfolgreiche Schauspieler, du mit deinen ganzen Weibergeschichten, du hast gut reden!« Mit einem Ruck hatte sich Karel umgewandt, die Waffe vom Tisch genommen und fuchtelte damit herum. »Ich hab doch bloß sie! Der alte Schwabbelmann hatte so eine Klassefrau wie die Marianne gar ned verdient …«

Nicht im Mindesten beeindruckt von Karels emotionalem Ausbruch zuckte Waldmann die Schultern. »Beruhig dich. Ist deine Sache, geht mich nix an. Mach jetzt, schaff die beiden weg, es pressiert.«

Karel scheuchte die Jungs mit vorgehaltener Pistole hinunter in den Keller. Roland und Peter schleppten die Matratze zwischen sich, Karel trug zwei Wolldecken. Am Ende eines schmalen Ganges öffnete er eine Tür.

»So, bitte, macht's euch bequem.« Die Jungen stolperten in

ein modriges Kellerverlies, dürftig von der Lampe im Gang erhellt. Erleichtert ließen sie die Matratze zu Boden fallen, Karel warf die Wolldecken hinterher.

»Hier könnt ihr tun und lassen, was ihr wollt, sogar schreien, wenn euch danach ist. Bringt aber nix, kann ich euch gleich sagen, hier wird euch niemand hören. Und finden schon gleich gar ned. Also seid brav, haut euch aufs Ohr, ich bring euch später noch was zu essen und trinken.«

Damit wollte er verschwinden, doch Peter schrie ihm nach: »Warten Sie doch! Sollen wir hier ohne Licht und mit gefesselten Händen rumhocken?«

»Hmm, nein. Okay, wartet, ich komm gleich wieder!« Damit schlug er die Tür zu und gab Roland und Peter einen Vorgeschmack auf die kommenden Stunden in diesem finsteren, vermoderten Lagerraum.

Beide blieben sie unbeweglich stehen.

»Mannomann«, stöhnte Peter, »da haben wir uns was Sauberes eingebrockt.«

Fast hätte Roland gesagt: nicht wir, sondern du! Doch er schwieg, Vorwürfe brachten sie nicht weiter, zusammenhalten mussten sie, um aus diesem Schlamassel wieder heil herauszukommen.

Tatsächlich dauerte es nicht lange, bis Karel zurückkam. Er warf eine Taschenlampe zu den Wolldecken, dann befahl er Roland, sich ihm zuzudrehen. Mit einer Zange knipste er den Kabelbinder um dessen Hände auf, dann drückte er ihm die Zange in die Hand. »Deinem Freund kannst selber helfen, ich muss los.«

Wieder standen beide Jungen in der Finsternis, doch Roland sank auf die Knie und tastete nach der Lampe, schaltete sie ein und befreite Peter ebenfalls von der Fessel.

»Hast du g'hört, Peter? Einen Unfall soll'n wir haben, Mensch, die wollen uns wirklich umbringen!« Roland sank auf die Matratze, packte eine der Decken und drückte sie schutzsuchend gegen die Brust.

Peter warf ihm einen Blick zu. »Hab ich mitbekommen, keine Sorge. Aber noch sind wir lebendig, sogar ohne Fesseln, und so schnell geben wir doch ned auf, oder, Roland?«

Er ging in die Hocke, legte eine Hand auf Rolands angezogenes Knie. »Komm schon, lass dich ned so hängen!«

Die energische Stimme seines Freundes ließ Roland den Kopf heben und nicken.

Peter grinste schwach. »Na also, Bubi. Dann lass uns mal schauen, wie wir hier herauskommen!«

28

Mike war gebückt die Hausmauer entlanggeschlichen bis unter das Wohnzimmerfenster, hatte sich vorsichtig aufgerichtet und über den Sims in den Raum gespäht.

Entsetzt sah er, wie die beiden vermissten Jungs sich mit einer unförmigen Matratze abmühten, in Schach gehalten von einem kräftigen Mann, der mit einer Pistole auf die beiden zielte. Daneben stand noch einer, mit dunkelblonden Haaren und großer, schlanker Figur, dies musste Schieß-mich-tot sein, der Schauspieler Christian Waldmann. Er sah mit verschränkten Armen zu. Beide Männer standen mit dem Rücken zum Fenster, sodass Mike nicht befürchten musste, entdeckt zu werden.

Es kostete ihn Disziplin, sich nicht durch eine unbedachte Bewegung zu verraten. Verdammt, es hatten sich tatsächlich alle Befürchtungen bewahrheitet, die beiden Jungen waren hier aufgekreuzt, von Waldmann und Boszanski entdeckt und einkassiert worden.

Mike überlegte fieberhaft, wie er eingreifen und die beiden befreien könnte, ohne sie in Lebensgefahr zu bringen.

Soeben wurden sie aus dem Wohnzimmer woanders hingebracht, was wiederum einen Nachteil für Mike bedeutete. Es wäre ihm lieber gewesen, sie im Auge behalten zu können.

Als die drei durch die Tür verschwunden waren, ging auch der blonde Mann aus dem Zimmer und machte das Licht aus. Dafür flammte es im Flur auf. Mike hörte Türen klappern und trat vorsichtshalber den Rückzug zum Durchgang an, keine Sekunde zu früh, ehe sich die Haustür öffnete und Waldmann herauskam.

Er ging quer über den Hof, ohne sich umzuschauen, sperrte ein Vorhängeschloss am Scheunentor auf und zog einen der beiden Torflügel so weit auf, dass er sich hindurchzwängen konnte.

Plötzlich bog ein Geländewagen mit aufgezogenen Schneeketten, einen geräumigen Aufbauanhänger hinter sich herziehend, ratternd von der Straße ab und fuhr auf den Hof. Mit einem weiten Bogen fuhr das Auto eine Kurve, die Scheinwerfer streiften die Gebäude. Mike konnte sich gerade noch mit einem Sprung nach hinten retten, um nicht gesehen zu werden. Der Wagen blieb vor dem Scheunentor stehen. Der Pistolenmann erschien an der Haustür, zog diese schnell hinter sich zu und eilte zu dem Neuankömmling.

»Servus, Hans, endlich!«

»Ging ned schneller, es ist verdammt glatt auf der Straß. Aber jetzt bin ich ja da, also auf geht's!« Ein kräftiger, untersetzter Mann stieg aus dem Wagen und folgte dem anderen in die Scheune.

Zu gern hätte Mike gewusst, was da drin vor sich ging, doch er konnte nichts tun, als abzuwarten. Langsam schlich er sich weiter von Scheune und Haus weg, zog das Handy aus dem Anorak und rief bei Richard an.

»Hast du was erreicht, wann kommt denn unsere Unterstützung? Roland und Peter sind tatsächlich hier, aber irgendwo im Haus eingesperrt. Keine Ahnung, wo und ob noch irgendwelche Bewacher drin sind!«

»Die Feuerwehr und die Bergwacht kommen, außerdem einige Kollegen von der Viechtacher Inspektion. Ich weiß aber nicht, wie lang die noch brauchen. Meine letzte Option wäre der Hubschrauber, aber ob das Sinn macht, solange die Jungs als Geiseln gehalten werden?«

»Um Gottes willen, bloß ned!« Entsetzt schüttelte Mike den Kopf. »Nein, uns muss was anderes einfallen. Ruf die Einsatzleitung der Feuerwehr an, sie sollen die Straße vor dem Moosberger-Hof in beide Richtungen absperren. Und die Kollegen aus Viechtach sollen zusammen mit den Bergwachtlern unauffällig den Moosberger-Hof umstellen. Ich versuch jetzt herauszubekommen, wo sich die beiden Buben aufhalten und wie viele Leute hier noch herumhampeln.«

»Okay, ich meld mich, sobald ich was Genaueres weiß.«

Nachdem Roland und Peter im Schein der Taschenlampe jeden Millimeter ihres Gefängnisses inspiziert hatten, blieben sie ratlos vor der Holzbohlentür am Ende des Raumes stehen, die ihnen als einziger logischer Ausweg in die Freiheit erschien.

Falls es ihnen wirklich gelingen sollte auszubrechen, wäre es der größte Fehler, zurück ins Haus zu gelangen, das war ihnen klar. Daher zogen sie die Außentür vor, diese entpuppte sich allerdings als sehr widerstandsfähig, weder mit Fußtritten noch mit der Zange konnten sie am Türschloss etwas ausrichten.

Erschöpft sanken die Buben schließlich zurück auf die Matratze.

»So wird das nix.« Peter kratzte sich am Hinterkopf. »Um Hilfe zu schreien wird uns auch nicht helfen, da hat der Grobian, dieser Karel, wohl recht, schließlich hocken wir auf der Rückseite des Hauses, und Nachbarn gibt es da keine, soweit ich gesehen hab.«

»Und was jetzt? Ich denk, wir müssen halt abwarten, bis die Polizei uns findet.« Roland schlang zitternd eine der Decken um seine Schultern, ihm war saukalt. Trotzdem versuchte er, vernünftig zu argumentieren. »Die Vreni wird keine Ruhe geben, bevor Kommissar Bacher ned alle Hebel in Bewegung setzt, um uns zu finden. Früher oder später wird schon jemand aufkreuzen, der uns befreit, Peter.«

Peter schnaubte. »Mag sein, aber so lange will ich ned warten! Sag mal, dein Taschenmesser, hat dir Karel das auch abgenommen?«

»Nein, das hat er mir gelassen.« Roland zog es aus der Hosentasche. »Wahrscheinlich hat er vergessen, dass ich das noch hab, ihm war es wichtiger, uns die Handys wegzunehmen. Und anscheinend hat er auch nimmer dran gedacht, als er mir die Handfessel aufg'schnitten hat.«

»Dieser Klugscheißer hat eindeutig zu viel gekifft«, stellte Peter hämisch fest. »Also, her damit!«

Mit neuer Hoffnung machten sich die beiden Jungs über das

Türschloss her, versuchten, einen Widerstand zu finden, der wundersamerweise das Schloss knacken würde.

Plötzlich vernahmen sie ein leises Knirschen, es klang, als stapfte jemand draußen im Schnee vorbei. Erschreckt verharrten sie regungslos, lauschten einige Minuten.

Als es wieder ruhig war, vermutete Peter: »Wahrscheinlich ein Kontrollgang. Der ist weg, also mach weiter!«, forderte er seinen Freund auf.

»Wie denn, Blödian, wenn du mir im Weg stehst! Mann, jetzt halt doch die Lampe mal g'scheit, ich seh doch so nix!«

Erneut stocherte Roland mit der Klinge seines Taschenmessers im Schlüsselloch herum. Längst hatte er erkannt, dass von außen ein Schlüssel stecken musste, der seine Bemühungen blockierte. Irgendwie musste er das Ding hinausbugsieren. Während er immer wieder versuchte, den Schlüssel so zu drehen, dass er ihn hinausstoßen konnte, kamen erneut Geräusche von draußen.

Doch diesmal klang es verheißungsvoll, jemand flüsterte schwer atmend: »Ich hab doch da was gehört! Peter? Roland? Seid ihr da drin?«

Sie kannten diese Stimme nicht, vorsichtig erwiderte Peter: »Wer ist da?«

»Ich bin Erich Ganserl. Der Staatsanwalt«, kam es leise zurück. »Und ich bin zusammen mit Kommissar Zinnari auf der Suche nach euch! Wie geht's euch, seid ihr okay?«

»Ja.« Peters Stimme kippte beinahe vor Erleichterung. »Aber wir können ned raus. Die Tür zum Haus ist abgeschlossen, und die da kriegen wir auch ned auf.«

»Bleibt ruhig, Jungs, das kriegen wir schon. Uups, was ist denn das? Nein, so was!«

Die beiden Jungen hörten, wie nach ein wenig Rascheln und Geschabe das Schloss von außen geöffnet wurde, gleich darauf ging die Tür auf. Roland und Peter flogen Erich Ganserl förmlich entgegen, doch mit einem heiseren »Keinen Mucks, Jungs, ganz still!« bremste ihr Befreier eventuelle Erleichterungsrufe schnell ab.

Dieser Aufforderung hätte es nicht bedurft, den beiden war die gefährliche Situation ganz und gar bewusst.

Auf ein stilles Handzeichen des Staatsanwaltes machten sie sich durch den Schnee davon.

Erst als sie im großen Bogen durch die Wiesen zurückgegangen waren und weit hinter dem Bauernhof auf die Straße trafen, ließen sie sich erschöpft seufzend unter einem Gebüsch nieder.

Roland konnte es kaum glauben, endlich waren sie in Sicherheit. Zusammengekauert stieß er seinen Freund mit dem Ellbogen an. »Jetzt wird alles gut. Hab ich dir doch gleich g'sagt, Peter.«

Sein Freund lehnte sich leicht an seine Schulter, doch er sah zu Boden, als er erwiderte: »Das müssen wir abwarten, Roland. Danke dafür, dass du mit mir hierhergefahren bist. Hätt ich gewusst, was alles … Ohne dich hätte ich das alles ned durchgehalten.« Ein größeres Zugeständnis an ihre Freundschaft würde Roland von Peter wohl nicht mehr erhalten.

Gerührt presste er dessen Arm, bevor er seine Aufmerksamkeit auf den Mann ihm gegenüber richtete. Der Staatsanwalt telefonierte gerade mit Richard. In der Stille der schneeweißen Nacht konnte Roland auch ohne Freisprechfunktion jedes Wort verstehen.

»Die Straßensperren stehen«, hörte er Kommissar Bachers Stimme aus dem Telefon. »Auf dem Hof geht irgendwas vor, eine unbekannte Person ist vorhin eingetroffen. Vermutlich bereiten Boszanski und Waldmann ihre Flucht vor, aber da werden sie nicht weit kommen. Die Viechtacher Kollegen, die Feuerwehr von St. Englmar und die Bergwacht haben mit fast dreißig Mann das Grundstück umstellt. Ich hoffe nur, dass Mike in der Lage ist, den Zugriff zu befehlen. Er weiß ja noch nix von der Verstärkung, Dr. Ganserl! Ich kann ihn nämlich nicht mehr erreichen!«

Leise war Mike bis zum Anhänger geschlichen, hatte sich der Länge nach hingeworfen und war daruntergerobbt. Nun lag er bäuchlings da, konnte den Kopf so weit heben, dass es ihm möglich war, in die Scheune zu spähen.

Die drei Männer waren dabei, wahllos getrocknete und grüne Gräser von den Tischen zu fegen, der Pistolenmann war auf eine Staffelei gestiegen und durchschnitt dünne Schnüre an Holzgestängen, sodass die daran befestigten Büschel häufchenweise zu Boden fielen. Christian Waldmann und der Unbekannte schaufelten alles zusammen, stopften es in mannsgroße Jutesäcke und banden sie zu, sobald sie voll waren.

Dies alles ging mit einer stillen Präzision vor sich, Mike befürchtete, in spätestens einer Stunde kein Krümelchen von belastendem Material mehr finden zu können. Aber konnte er die Männer aufhalten? Solange er nicht von Richard darüber informiert wurde, wann Verstärkung anrücken würde, war er zum Zuschauen verdammt. Und spätestens dann, wenn die Herren da drin beginnen würden, die Säcke im Anhänger zu verladen, könnte er zu leicht entdeckt werden.

In seiner Bewegungsfreiheit stark eingeschränkt, konnte Mike weder an seine Waffe noch an das Handy heranzukommen.

Gerade als Mike sich entschloss, den gleichen Weg zurück anzutreten, kam auch schon Waldmann mit zwei Säcken angehetzt, löste die Gummizüge der Anhängerplane und machte die Seitenwand frei. Schnell hatte er die Säcke hineingeworfen und eilte zurück in die Scheune.

Unbeweglich blieb Mike liegen, verfluchte sich selbst, weil er seine Neugier nicht hatte bezwingen können. Sobald Waldmann nach drinnen verschwunden war, rollte er sich unter dem Anhänger hervor und richtete sich langsam auf. Nun konnte er nicht mehr sehen, was vorging, hörte lediglich das schwere Atmen und die Schritte der arbeitenden Männer.

Minutenlang verharrte er, als er merkte, dass der Schnee um den Geländewagen herum knirschte. Reflexartig zog er die Pistole aus dem Holster und wartete auf die Konfrontation. Es war Karel Boszanski, der vor ihm auftauchte und blitzschnell erkannte, dass jemand hinter dem Fahrzeug stand, der da nicht hingehörte.

»Da schau her, noch ein Besucher!« Unverdrossen zog er seine Waffe und richtete sie auf Mike.

So standen sie nun da, beide eine Pistole im Anschlag, sich anstarrend wie die Helden im Westernklassiker »Zwölf Uhr mittags«.

Wie kaltblütig muss dieser Kerl sein, dachte Mike, wenn er versucht, den Spieß einfach umzudrehen.

»Polizei, nehmen Sie die Waffe herunter, Boszanski!« Mike versuchte trotz seiner Anspannung, leise zu sprechen, um die beiden anderen in der Scheune nicht zu warnen.

Karel bleckte die Zähne, keinen Millimeter nahm er die Pistole vom Anschlag. »Sehr erfreut, Herr Polizei. Hab aber nicht die Absicht, Ihrer Bitte nachzukommen. Sie dürfen mir gern die Ihre geben! Und dann wandern Sie zu unseren anderen beiden Gästen. Oder haben Sie nicht gewusst, dass wir zwei neugierige Jungs eingeladen haben, die Nacht bei uns zu verbringen? Wenn Sie Schwierigkeiten machen, bekommen sie große Probleme, mein Freund passt auf sie auf und macht ihnen, wenn's sein muss, großes Aua.«

Schon wollte Mike resignierend die Waffe sinken lassen, als er hinter Boszanski, im Gegenlicht der Straßenlampe, eine kleine Bewegung sah.

Erich erschien, hielt dem Pistolenmann die Walther PPK zwischen die Rippen. »Irrtum, lieber Freund, das große Aua wird Sie schon selber treffen. Runter mit der Wumme, aber dalli!«

Karel war völlig perplex, stocksteif blieb er stehen, es dauerte nur Sekunden, bis Mike hinzuspringen und ihn entwaffnen konnte.

»Zugriff!«, schrie Erich, sobald Mike Boszanskis Waffe sichergestellt hatte, und sofort wimmelte es auf dem ganzen Hof von Polizeibeamten, Feuerwehr und Bergwacht.

Mit zitternder Hand steckte Mike seine Waffe zurück ins Holster. Während Karel von einem uniformierten Kollegen in

Handschellen gelegt wurde und die beiden anderen Übeltäter von der plötzlichen Übermacht überrascht aufgaben, wechselten er und Erich einen stummen Blick.

Gemütlich ließ Dr. Ganserl die Walther PPK im Schulterhalfter verschwinden. Mike versuchte ein dünnes Grinsen. »Runter mit der Wumme? Also ehrlich, wer sagt denn so was, Erich?«

Der Staatsanwalt zuckte die Schultern. »Mir fiel grad nix Besseres ein. Alles okay bei dir, Mike?«

Mike schob die Hände tief in die Jackentasche. »Ja, klar. Ich dank dir, Erich. Bist gerade noch rechtzeitig aufgetaucht! Aber, wo sind bloß die beiden Jungs? Ich glaub, die werden noch bewacht! Wir müssen sofort das Haus stürmen …«

Ernst trat Dr. Ganserl einen Schritt näher und klopfte Mike begütigend auf die Schulter. »Keine Sorge, die sind in Sicherheit. Und wahrscheinlich schon fast daheim. Ich hab sie gefunden, im Kartoffelkeller, durchgefroren, aber gesund. Und stell dir vor, diese Olsenbande«, er wies auf die drei Männer, die soeben abgeführt wurden, »war so blöd, den Schlüssel außen stecken zu lassen.«

Ein wenig dauerte es, bis Mike das Gesagte realisierte, dann konnte er nicht anders, er brach in schallendes Gelächter aus, in das Erich einstimmte. Unter den verwunderten Augen aller Einsatzkräfte, die versuchten, dem Ernst der Lage gerecht zu werden, standen die beiden einfach nur da, bogen sich vor Lachen und wischten sich dabei Tränen aus den Augen.

Die »Olsenbande« bestand aus Christian Waldmann, Karel Boszanski und dem unbekannten Hans, der sich als Johann Riedmeier junior entpuppte, der Sohn von Pickerls Stammtischbruder.

»Wir sind ja schon ziemlich blöd«, gab Mike zu, als er zusammen mit Erich vor belegten Broten und Bier in Isabels gemütlicher Küche saß.

»Irgendwie sind wir alle blöd«, murmelte Isabel. »Wenn ich nur ein bisserl aufmerksamer gewesen wär, dann hätte ich schon mitbekommen können, was auf dem Moosberger-Hof alles abläuft. Immerhin komm ich oft genug beim Gassigehen dort vorbei. Aber ich hab nicht mal gewusst, dass der Christian Waldmann dort wohnt.«

Noch immer sah man ihr die ausgestandenen Ängste der letzten Stunden an, sie war blass. Spontan legte Mike den Arm um ihre Schultern und küsste sie auf die Stirn.

»Isabel, du hast keine Schuld an irgendwas. Was ich meinte, ist, dass wir den jungen Riedmeier so lange gar nicht beachtet haben, obwohl er doch die Felder vom Pickerl bewirtschaftet. Irgendwie hab ich es ned auf den Schirm bekommen, dass weder Pickerl noch Waldmann oder der Boszanski die erforderlichen landwirtschaftlichen Maschinen haben, um die Äcker zu bearbeiten. Wer sonst also konnte die Hanfplantagen so geschickt zwischen den Maisstauden verstecken? Das hätte uns schon viel früher auffallen müssen.«

»Da stimm ich dir zu, Mike.« Ungeniert griff Erich zum zweiten Wurstbrot. »Soll aber kein Vorwurf sein, versteh mich nicht falsch. Inzwischen wird der Ruf nach legalem Hanfanbau immer lauter. Ich weiß nicht, ob ihr es mitbekommen habt, aber vor Kurzem gab es nur eine Bewährungsstrafe für einen, der seine Hanfpflanzen zwischen Fichtenschößlingen im eigenen Wald angebaut hat. Wohlgemerkt für seinen Eigenbedarf, weil er krebskrank war und andere Schmerzmittel nicht anschlugen.« Nach zwei Bissen fügte er hinzu: »Aber so was kann man natürlich nicht mit dem gewerblichen Anbau in unserem Fall vergleichen.«

»Eben. Wenn das Zeug säckeweise verpackt werden kann, dann ist das schon eine andere Kategorie.« Mike streichelte gedankenverloren Isabels Nacken, die den Kopf an seine Schulter gelehnt hatte und beinahe einschlief. »Damit Kekse zu backen und Nudeln und Frühstücksmüsli zu würzen, nur damit deprimierte Altpromis sich gut fühlen, grenzt doch an Körperverletzung, oder ned?«

»Zumindest verstößt es eindeutig gegen das Betäubungsmittelgesetz. Was sich die Mehltretters dabei gedacht haben, wird sich noch herausstellen.« Erich schluckte den Rest Brötchen mit einem Schluck Bier hinunter.

Mike nickte. »Trotzdem, jetzt haben wir zwar den Drogenhandel aufgedeckt, aber den Mörder vom Pickerl haben wir immer noch ned.«

Erich hatte es sich bis jetzt aufgespart, doch nun ließ er die Bombe platzen: »Nein, aber den vom Kritschke!«

»Was sagst du da?« Mike richtete sich so abrupt auf, dass Isabel neben ihm beinahe von der Bank gefallen wäre. »Bisher wussten wir ja nicht mal, ob der Kritschke ermordet worden ist! Wie kommst du denn darauf?«

Erich wiederholte, was ihm Roland und Peter berichtet hatten, solange sie abseits des Geschehens gemeinsam in den Büschen kauerten.

»Ich sag ja, eine noch dümmere Olsenbande als das Original. Sich im Beisein der Kinder so ungeniert darüber zu unterhalten, dass Boszanski diesen Unfall arrangiert hat, also ehrlich! Und wie ein Unfall hätte es bei den beiden Jungen ebenfalls aussehen sollen, zumindest, wenn es nach dem Boszanski gegangen wär. Himmel, so freimütig darüber zu reden, obwohl die beiden Jungen zuhörten, zeigt mir deutlich, wie skrupellos die beiden sind«, meinte Erich. »Wenn wir nicht rechtzeitig da gewesen wären, hätte es ganz schlecht für unsere jungen Helden ausgesehen.«

»Das kannst glauben. Du lieber Himmel, welch ein Glück …«

Erich warf einen Blick auf die Küchenuhr und stand auf. »In ein paar Stunden kommen die Kollegen zur Hausdurchsuchung des Moosberger-Hofs, wenn ihr nichts dagegen habt, genieße ich die mit ein bisschen Schlaf im Gästezimmer. Gute Nacht.«

Mike führte die schlaftrunkene Isabel ins Schlafzimmer, notdürftig entkleidet verkrochen sie sich nebeneinander unter die Bettdecken.

»Er ist verliebt«, murmelte sie undeutlich, an seine Schulter gekuschelt.

»Hm? Was sagst du?« Mike streckte die Beine aus und wandte ihr den Kopf zu.

»Der Enterich. Er ist frisch verliebt, deswegen ist er so um-gänglich …« Ihr Kopf wurde schwerer, Isabel war eingeschlafen.

29

Samstag, 9. März

Natürlich konnte Mike nicht länger in Rundlberg bei Isabel bleiben. Erich und er führten am frühen Morgen zusammen mit Kollegen der Viechtacher Polizeiinspektion die Hausdurchsuchung auf dem Moosberger-Hof durch. Auf Beamte aus Straubing oder Bogen verzichteten sie. Ohne sich näher damit zu befassen, hatten sie alle Ordner, sämtliche Kleidungsstücke und persönliche Utensilien sowie die seltsam aussehende Drohne einpacken lassen.

Dann waren sie nach Straubing aufgebrochen.

Erich Ganserl bestand darauf, mit in die Kriminalinspektion zu kommen, er konnte es kaum erwarten, dass die Vernehmungen aller Verdächtigen begannen.

Nachdem die beiden Mehltretters, Marianne Kritschke und die Reinigungsfachkraft Olga Boszanski mittlerweile viele Stunden im Polizeigewahrsam hatten absitzen müssen, ging es keinem der genannten Personen schnell genug, auszupacken und vorzugsweise andere zu belasten. Zumal Erich ihnen genussvoll ihre bisherigen Ermittlungsergebnisse unter die Nase rieb. Mike ließ ihn gleichmütig gewähren, in diesem Punkt hatte sich der Staatsanwalt kein bisschen geändert, anscheinend machte es ihn glücklich, wenn er sich profilieren konnte.

Die Aussagen der Beschuldigten waren reichlich, wenn auch reichlich verworren, aber nach und nach kamen Erich und Mike hinter die Zusammenhänge. Diese betrafen aber nur den Drogenhandel, nicht Pickerls Tod. Dazu schwiegen alle Beteiligten eisern und gaben vor, nichts davon zu wissen.

Anders stellte es sich beim Tod von Horst Kritschke dar. Konfrontiert mit den Aussagen der beiden Jungen sowie den inzwischen eingetroffenen Auswertungen der KTU und Pathologie, gestand Karel Boszanski, dass er Kritschke mit dem Griff seiner Waffe niedergeschlagen und den Bewusstlosen zum Rolltor gezerrt hatte. Währenddessen hatte sich seine Mutter mit ihrem Schlüssel Eintritt ins Haus verschafft und von drinnen das Schließen des Tores in Gang gesetzt. Als Motiv gaben beide an, auf das Geld Kritschkes spekuliert zu haben, wenn Marianne frei für Karel geworden war.

»Außerdem war der Schwabbelmann in unsere Geschäfte nicht eingeweiht«, fügte Karel freimütig hinzu. »Im Gegensatz zu Marianne. Mir zuliebe, und auch für die Sabine, hat sie dichtgehalten. Der Kritschke war ein unkalkulierbares Risiko für uns, deshalb fanden meine Mutter und ich, dass es nicht schaden würde, einen Unfall zu arrangieren.«

»Hat Marianne Kritschke von Ihrem Plan gewusst?«, wollte Mike von ihm wissen.

Karel schüttelte den Kopf. »Nein. Damit wäre sie nie einverstanden gewesen. Ihr ach so lieber Horsti, bis in alle Ewigkeit wäre sie mit dem verheiratet geblieben, da hätten Mutter und ich warten können, bis wir schwarz werden! Von selbst hätte Marianne es nie gewagt, sich von ihm zu trennen und zu mir zu stehen. Aber nachdem er nun tot war … da hofften wir halt, dass es schneller gehen würde.«

Die Pathologie hatte bei Horst Kritschke Genickbruch festgestellt. Er war auf der Stelle tot gewesen, ohne das Bewusstsein wiedererlangt zu haben. Kein schöner Tod, aber immerhin schnell und schmerzlos.

Am späten Samstagnachmittag trabten alle Beamten hintereinander in das Besprechungszimmer, in dem einsam und verlassen Anwalt Peter Voss hockte.

Obwohl er zwischendurch ein paar Stunden zu Hause verbracht und mit seinem Sohn gesprochen hatte, war er nicht eine Minute zum Schlafen gekommen. Und nun saß er hier, um Rede und Antwort zu stehen.

Ehrlich gegen sich selbst, musste er eingestehen, dass er es nicht anders verdient hatte. Warum nur hatte er nicht früher Meldung erstattet, als er von dem Drogenhandel erfahren hatte? Natürlich musste es nun in den Augen der Ermittler so aussehen, als ob er ebenfalls daran beteiligt gewesen wäre, doch er wusste, dass sich nichts beweisen ließ. Gelder aus dem Verkauf durch Waldmann und Boszanski waren nur auf die Konten von Pickerl, Hans Riedmeier und Sabine Mehltretter geflossen.

Seine Überlegungen, genau diese Personen mit seinem Wissen zu erpressen, hatte Pickerls Tod vorzeitig verhindert. Gerade rechtzeitig, bevor er sich dessen tatsächlich strafbar gemacht hätte. Der regelmäßige Geldfluss auf Pickerls Konto hatte ihn neidisch gemacht, zugegeben, er hatte wahrlich überlegt, wie er ein Stück vom großen Haschischkuchen für sich selbst abzweigen könnte, doch als noch wichtiger war es ihm erschienen, Verena und Roland Bogenrieder zu ihrem Recht zu verhelfen.

Und nun saß er hier, hatte vor Müdigkeit kaum mehr Kraft, seine Gedanken auf das Verhör zu richten.

Er rieb sich die Augen, nickte wortlos den Kommissaren Bacher und Zinnari, Staatsanwalt Dr. Ganserl und den uniformierten Beamten Schretzlmeier und der blonden Daniela zu, die nacheinander bei ihm aufmarschierten. Richard, Mike und Erich nahmen am Tisch Platz, Willi und Daniela stellten sich in Nähe der Tür auf.

Schließlich sagte Richard: »Ich muss Sie darauf hinweisen, dass alles aufgenommen wird, Herr Voss.«

Er seufzte. »Ja, ja, ich weiß. Also bitte, fangen Sie schon an.«

In diesem Moment ging die Tür erneut auf, er sah verwundert, wie sein Sohn Peter, Roland und Verena Bogenrieder eintraten, sich schüchtern umsahen. Nach heftigem Winken von Richard und Mike suchten sie sich freie Stühle am Tischende.

Richard Bacher erklärte laut und deutlich: »Es ist Samstag, der neunte März, es folgt eine Vernehmung mit dem Zeugen Peter Voss in der Ermittlungssache Thomas Pickerl, anwesend sind …« Und er zählte in aller Gelassenheit alle Namen derer auf, die um den Tisch saßen.

Voss sah hinüber zu seinem Sohn. So fest in die Augen geschaut hatte ihm der Junge schon lange nicht mehr. Aber er wirkte nicht wie früher herausfordernd dabei, vielmehr meinte der Anwalt, Peter hätte ihm aufmunternd zugezwinkert und genickt.

Das gab den Ausschlag. Mit gesenktem Kopf begann Anwalt Peter Voss zu berichten.

»Am letzten Sonntag hatte ich endlich den Pickerl zu einem Treffen überredet, ich wollte ihn nochmals dazu bewegen, dass er seine Vaterschaft zum Roland eingesteht und entsprechend handelt.« Er sandte einen entschuldigen Blick zum jungen Bogenrieder.

»Der Pickerl bestand auf dem Treffpunkt mitten in der Pampa bei seinen Feldern«, fuhr er fort, »ich verstand zwar nicht, warum, aber ich fuhr hin. Wie der Pickerl dorthin gekommen ist, weiß ich nicht, außer ihm war niemand da und auch kein Auto in der Nähe. Ja, ich habe also mit aller möglichen Geduld auf ihn eingeredet, aber irgendwie konnte ich erkennen, dass er nicht nüchtern war, er hat geschwankt und mit den Armen herumgefuchtelt. Zuerst hat er mir zugehört, die Vergewaltigung hat er auch zugegeben, er hat …«, Voss schluckte, »sogar noch damit geprahlt, wie gut es ihm getan hat und dass es schade gewesen sei, dass die Verena einfach davongelaufen sei, denn ein paarmal mehr hätte ihm schon gefallen.«

Atemlos und angewidert hörten ihm die anderen zu. Richard beobachtete Verena, die totenbleich dasaß, aber tapfer den Kopf hochhielt und seinen Blick stumm erwiderte.

»Und wie ging's weiter, Herr Voss?« Mike starrte ihn gespannt an.

Der Anwalt schloss kurz die Augen. Leise fuhr er fort: »Ein Wort ergab halt das andere, plötzlich wollte er nix mehr davon wissen, dass er Rolands Vater ist, keinen Cent wollte er lockermachen für die Bogenrieders! Da ist mir der Kragen geplatzt, und ich habe ihm gedroht, dass ich ihn wegen der Cannabis-Sache ins Gefängnis bringen würde. Zuerst hat er getan, als wüsste er ned, wovon ich rede. Aber als ich ihm auf den Kopf zugesagt habe, dass ich all seine Verbindungen zum Moosberger-Hof ganz genau kenn, vor allem die Zahlungen, die er erhalten hat, und ich all das auch beweisen könne, ist er plötzlich völlig durchgedreht.«

Voss lehnte sich zurück, fuhr sich mit beiden Händen über das Gesicht. Inzwischen war auch er aschfahl geworden.

»Er war auf einmal komplett von Sinnen, packte mich am Hals, obwohl er gar ned richtig stehen konnte. Er wankte hin und her, drückte mir den Hals immer fester zu, hat sich an mich gehängt, da habe ich versucht, ihn wegzustoßen, aber der hatte vielleicht eine Bärenkraft! Bevor er mich noch mal packen konnte, bückte ich mich und ergriff den erstbesten Gegenstand, mit dem ich mich wehren konnte.« Voss presste nun beide Hände vor das Gesicht, als wollte er die Erinnerung daran verdrängen.

Mike war es, der sich zuerst aus der allgemeinen Beklemmung, die Voss' Schilderung ausgelöst hatte, lösen konnte.

»Sie haben also den Begrenzungsstein gepackt und zugeschlagen?«

Anwalt Voss wurde zu einem Häufchen Elend. Auf dem Stuhl zusammengesunken nickte er langsam. »Ja. Der Pickerl war wie rasend, ich wusste mir nicht mehr anders zu helfen. Ich hab ja gemeint, mein letztes Stündchen hat geschlagen! Ich musste mich doch irgendwie wehren, oder ned?«

Einen so schuldbewussten Eindruck hatte Mike bisher noch bei keinem geständigen Täter gesehen. Er wechselte mit Erich einen Blick, aber bevor einer der beiden antworten konnte, war Peter Voss junior hochgeschnellt, zu seinem Vater gelaufen und umarmte ihn heftig.

»Papa, ich hab gewusst, dass du nix Verbotenes tust!«

Staatsanwalt Dr. Erich Ganserl war entschieden anderer Meinung, er räusperte sich laut.

»Nun ja, Notwehr hin oder her, ganz so einfach ist es wohl nicht. Sicher besteht der Tatbestand einer Nötigung und versuchter Erpressung. Wir müssen die Sachlage selbstverständlich näher prüfen. Herr Voss, von Pickerl fehlt uns das Handy, seine Schlüsselkarte vom Seniorenheim und sein Ausweis. Ich gehe davon aus, dass Sie diese Dinge an sich genommen haben?«

»Ja. Ich weiß nicht, warum. Ich war so schockiert darüber, als er plötzlich blutend und reglos vor mir im Schnee lag, dass ich wohl nicht mehr klar denken konnte. Ich hätte wissen müssen, dass man es nicht als Raubüberfall tarnen kann, wenn es keiner war. Die Sachen liegen zu Hause in meinem Tresor.«

»Oder wollten Sie einfach seine Identifizierung erschweren?«

»Nein, nein, daran habe ich gar nicht gedacht.« Inzwischen klang er ziemlich erschöpft.

Erich stand auf. »Tja, Herr Voss, Ihre Kooperation und Geständnisfreude wird sich bestimmt positiv für Sie auswirken. Aber wir müssen Sie festnehmen wegen des Verdachts auf Totschlag in Notwehr an Thomas Pickerl. Willi, bitte führen Sie Herrn Voss ab.«

Bevor der Anwalt fügsam in Begleitung von Schretzlmeier das Zimmer verließ, sah er zu Richard hinüber.

»Herr Bacher, in dem Ordner, den ich Ihnen gestern gegeben habe, finden Sie alle Formulare und Briefentwürfe, die ich vorbereitet hab, um für Roland und Verena ihr Recht an Pickerls Erbe erstreiten zu können. Leider kann ich es wohl nicht mehr selbst, aber Sie werden schon entsprechende Verwendung dafür finden.«

Verena Bogenrieder sprang auf, wollte zu Voss gehen, doch ihre Beine ließen sie im Stich. »Herr Voss, warum haben Sie alles so geheim gehalten? Hätten Sie nur mal mit mir darüber geredet, dann hätten Sie gewusst, dass ich vom Pickerl gar nix will! Ja, der Pickerl war ein rabiates Schwein, aber diesen Tod hätte ich ihm nicht gewünscht! Roland und ich kommen auch so zurecht!« Plötzlich brach sie in Tränen aus.

Richard und Roland sprangen zugleich hoch, doch Roland war schneller als der Kommissar bei der weinenden Verena.

»Mama, jetzt ist doch alles vorbei!« Der Junge umfing sie mit beiden Armen, hielt sie fest an die Brust gedrückt. Trotzdem konnte Verena ihren Kopf heben. Sie schob ihn ein wenig von sich weg, um in sein Gesicht sehen zu können. »Was hast du grad g'sagt, Roland?«

»Mama, hab ich g'sagt, was sonst? Nix anderes warst und bist für mich!«

30

Sonntag, 10. März

Am Sonntagmittag war Mike zu Isabel zurückgefahren, sie hatten gemeinsam gegessen und waren dann zu einem kleinen Spaziergang aufgebrochen. Es schneite Gott sei Dank nicht mehr, die Luft unter dem bewölkten Himmel trug sogar einen milden Hauch von Frühling mit sich.

»Wie bin ich froh, dass sich das mit den Umtrieben endlich aufgeklärt hat.« Dick eingepackt stapfte Isabel neben Mike her, Schorschi sprang eifrig schnuppernd am Straßenrand entlang.

Mike nickte. »Kann ich mir vorstellen. Boszanski hat ausgesagt, dass sie die Drohne kreisen ließen, weil sie vor ein paar Wochen von irgendeinem Nachbarn erfahren hatten, dass ein Kriminalkommissar bei dir ein und aus geht. Das hat sie so beunruhigt, dass sie einfach sichergehen wollten, dass ich von ihrem Treiben auf dem Hof nichts mitbekomm, und mit der Drohne Kontrollflüge gemacht haben. Die Kamera hat mit Nachtsichtlinse die ganze Umgebung aufgezeichnet. So konnten sie zwischendurch überprüfen, dass sich kein Fremder in ihrer Nähe herumtreibt. Vor allem nicht ich!« Er lachte.

»Aber warum hat die Kamera am Freitagabend Erich und dich nicht entdeckt? Ihr wart doch zur gleichen Zeit draußen unterwegs, als das Ding da herumflog?«

»Tja, vermutlich war einfach das Wetter zu schlecht, der viele Schnee muss die Bilder so unscharf gemacht haben, dass sie uns nicht erkennen konnten. Und als sie die Drohne zurückholten und im Wohnzimmer gelandet haben, standen wir ja sicher unter dem Dach der Scheune und von den Wänden verdeckt. Zugegeben, wir hatte eine Menge Glück dabei. Sonst wär die Sache wohl anders abgelaufen.«

Isabel schauderte, ließ seine Hand los und hängte sich an

Mikes Arm. »Ich darf gar ned dran denken, Mike. Was die wohl mit den Buben gemacht hätten?«

»Waldmann sagt, sie hätten sie laufen lassen, sobald sie alle Spuren beseitigt hätten und sie in Sicherheit gewesen wären. Das kann man glauben oder auch nicht. Seine Rolle bei ›Mia san mia‹ muss jedenfalls neu besetzt werden. Für den Waldmann hat es sich endgültig ausg'spuit.«

Später meldete sich Richard bei Mike. »Ich wollte dich nur darüber informieren, dass morgen früh um acht der neue Anwalt von Marianne Kritschke kommt. Dr. Ganserl hat Michael Mehltretter aus der U-Haft entlassen, nachdem seine Tochter und die Kritschke einstimmig erklärt haben, dass er von den Drogen im Heim nichts gewusst hatte. Dafür wurde der Pflegedienstleiter Wegener in Haft genommen, mutmaßlich war er ebenso daran beteiligt, dass die Haschkekse im Stift nicht ausgingen.«

»Warum haben die das bloß gemacht, Richard?«

»Laut Wegener deshalb, weil es den alten Leutchen durchwegs besser ging und sie lustiger und pflegeleichter waren als ohne Drogenkonsum. Das alles lief ohne Wissen der Heimbewohner ab, was natürlich bei der Anklage um einiges schwerer wiegt. Die Wohlstands-Gruftis fühlten sich dauerbekifft dermaßen wohl, dass immer mehr Leute ins Stift kommen wollten, sagt Sabine. Sie und Marianne Kritschke waren schon drauf und dran, Michael Mehltretter zu einem Anbau überreden zu wollen. Irre, das Ganze, oder?«

»Auf was die Leut alles kommen, um Geld zu scheffeln, unglaublich. Und für Pickerl mit seiner Raffgier war es eine willkommene Zusatzquelle. Was wirst du jetzt eigentlich mit den Unterlagen von Voss machen, Richard? Ich mein, diese Sache mit der Erbschaft?«

Einen Moment blieb es still in der Leitung. Dann meinte Richard langsam: »Ich weiß es nicht. Schließlich ist es Verenas Entscheidung, ob sie was von Pickerls Geld haben will oder nicht. Und auch wenn sie ein Verfahren deswegen anstrengen würde, ist es noch lange nicht gesagt, dass dabei etwas herauskommt. Ganz ehrlich, Mike, egal, wie es mit ihr und mir weitergeht, ich selbst will keinen Pfennig davon haben. Soll sie es meinetwegen der Heilsarmee stiften oder der Alzheimer-Forschung.«

Diese Einstellung konnte Mike vollkommen nachvollziehen, er würde es nicht anders machen. »Kann ich verstehen, Richard. Du, ich muss aufhören, wir sehen uns eh morgen früh im Büro.«

»Alles klar, Mike. Schönen Abend noch.«

»Dir auch. Und danke für den Anruf.« Mike sah zu Isabel hinüber, die ihm mit Tippen auf die Armbanduhr angezeigt hatte, dass er aufbrechen musste, um Babs bei ihrer Freundin abzuholen und heimzufahren.

»Ich weiß schon, Isabel. Wollen will ich ned, aber müssen muss ich schon.« Sein Grinsen wirkte gequält, als er zu ihr hinüberging. »Das Wochenende ist leider ned so gelaufen, wie wir es uns vorgestellt hatten. Tut mir leid.«

Wieder einmal sah er das goldene Leuchten in ihren Augen aufblitzen. Mit den Armen um seine Hüften meinte sie: »Stimmt. Aber ich sag dir was: Wenn du und Babs bereit seid, Schorschi und mich aufzunehmen, dann wird es für uns wohl langsam Zeit, unsere Zelte in Rundlberg abzubrechen. So schön es hier auch ist, aber dieses Dorf wird mir langsam unheimlich. Ich glaub, ich werde mir einen Mieter für das Haus suchen und dann einfach ausprobieren, ob wir es alle miteinander zusammen aushalten. Bei dir, in Bogen.«

Entgeistert starrte Mike sie an. Isabel musste lachen. »Schau ned so ungläubig! Oder willst du uns am Ende gar nimmer haben?«

»Du kannst so viel Schmarrn reden, echt …«

Und dann sprachen sie längere Zeit nicht mehr, bis Isabel ihn entschlossen aus der Küche schob.

»Jetzt reicht's, Mike, du musst fahren. Denk dran, in Zukunft werden wir viele gemeinsame Wochenenden haben.«

Schnell küsste er sie noch mal. »Und Tage und Nächte und …«

Danksagung

Mein größter Dank gilt dem Emons Verlag für sein Vertrauen in meine Fähigkeiten, im Speziellen Stefanie Rahnfeld, die mir im übertragenen Sinne das Messer auf die Brust setzte, um diesen Krimi zu vollenden. Nach langen Monaten krankheitsbedingter Pause konnte ich mich dazu aufraffen, Mike weiter durch den Dschungel der Ermittlungen zu hetzen, um schlussendlich die Fälle aufzuklären. Meine Lektorin Christiane Geldmacher fand zielsicher sämtliche Schwachstellen, für ihre akribische Arbeit daher ein dickes Lob. Ebenso sei meine Freundin Grazia erwähnt, die Mikes (und mein) dürftiges Italienisch kontrollierte. Trotzdem wäre all dies nicht möglich ohne Verständnis und Unterstützung meiner Familie, die in den Zeiten meiner Schreiberei freiwillig auf vieles verzichtet.

Tessy Haslauer
NEBEL ÜBER DEM BAYERWALD
Broschur, 256 Seiten
ISBN 978-3-95451-375-8

Ein Totenkopf im Wald, eine Leiche am Donauufer: Der Straubinger
Kommissar Zinnari kann sich über Arbeitsmangel nicht beklagen.
Dann soll er auch noch in einem bereits dreißig Jahre alten Mordfall
ermitteln. Hinweise ergeben, dass die beiden Mordfälle zusammen-
hängen könnten. Bald muss Zinnari erkennen, dass ein Mord seinen
Anfang nicht mit dem Tod nimmt, sondern schon lange Zeit zuvor …

»Spannung bis zur letzten Seite.« Mittelbayerische Zeitung

www.emons-verlag.de

Tessy Haslauer

TOD IM BAYERISCHEN WALD
Broschur, 272 Seiten
ISBN 978-3-7408-0306-3

Das beschauliche Bodenmais wird von zwei rätselhaften Morden
erschüttert. Kurz zuvor wurde die Weiße Frau gesichtet, deren Erscheinen einer Sage nach Unglück bringt. Kommissar Mike Zinnari
dringt bei den Ermittlungen zu den dunkelsten Geheimnissen des
Ortes vor – und dann scheint die Geisterfrau ein neues Opfer gefunden zu haben …

www.emons-verlag.de